Huérfana #8

Huérfana#8

Kim van Alkemade

HarperCollins *Español*

Editora-en-Jefe: *Graciela Lelli*
Traducción: *Sandra Cravero*
Adaptación del diseño al español: *Grupo Nivel Uno*

ISBN: 978-0-71809-222-1

Impreso en Estados Unidos de América

17 18 19 20 21 DCI 6 5 4 3 2

A la memoria de mi abuelo Victor Berger, «el siempre tan eficiente muchacho del hogar».

Capítulo uno

DESDE SU CAMA HECHA CON MANOJOS DE PERIÓDICOS tendidos debajo de la mesa de la cocina, Rachel Rabinowitz observaba que los pies desnudos de su madre se arrastraban hacia el fregadero. Escuchó que llenaba un recipiente con agua, luego vio que sus tobillos se elevaron cuando se estiró para poner una moneda de cinco centavos en el medidor de gas. Escuchó chasquear un fósforo, silbar la hornalla, encenderse la llama. Cuando su madre pasó por al lado de la mesa, Rachel la alcanzó para agarrar el borde de su camisón.

—¿Ya estás despierta, monita? —Visha se asomó para verla, su cabello oscuro pendía en rizos sueltos. Rachel asintió con sus ojos ávidos—. Te quedarás ahí hasta que los inquilinos se marchen al trabajo, ¿bien? Sabes que me pongo nerviosa cuando hay demasiada gente en la cocina.

Rachel sacó su labio inferior. Visha se puso tensa, aún temerosa de que desatara uno de sus berrinches, aunque ya habían pasado varios meses desde que tuvo el último. Pero entonces, Rachel sonrió.

—Sí, mamá, lo haré.

Visha respiró.

—¡Esa es una niña buena!

Se puso de pie y golpeó la puerta del cuarto: dos golpes agudos. Después de que las voces cansinas de los inquilinos le aseguraron que estaban despiertos, cruzó la cocina y salió del apartamento. Mientras se dirigía hacia el baño por el pasillo del edificio, pensó que el problema con Rachel había terminado.

Aquello había comenzado con los cólicos, pero no podía culpar a la bebé por eso, aunque Harry parecía hacerlo. Por meses, lloraba a toda hora por la noche. Solo si la sostenía en brazos y caminaba por la cocina, calmaba sus gritos, para que los vecinos pudieran dormir entre sollozos, al menos. Durante ese tiempo, no habían podido tener inquilinos: ¿quién querría pagar para dormir entre tanto alboroto?, así que Harry comenzó a trabajar hasta tarde, para compensar los ingresos. Para evitar a la bebé, pasaba más noches en las reuniones de la Sociedad. Los domingos se las arreglaba para escaparse, también, y llevaba a Sam al Central Park o a los muelles para ver las embarcaciones.

Visha podría haberse vuelto loca, encerrada en esas tres habitaciones con una niña que parecía odiarla. Pudo superar todos esos largos meses, gracias a que la señora Giovanni se acercaba todos los días, para que Visha pudiera conversar como persona o para llevarse a la bebé por una hora, así podía descansar.

De vuelta en la cocina, Visha vertió agua hirviendo en la tetera y, también, en un lavamanos ubicado en el fondo del fregadero, antes de llenar el hervidor y colocarlo de nuevo sobre el fuego. Atemperó el agua del lavamanos con un chorro de agua fría y preparó una barra de jabón rústico y una toalla raída. Colocó en la mesa la tetera, dos pocillos, un frasco de mermelada, una cuchara y unas rodajas de pan viejo. En el cuarto se escuchó que arrastraban un mueble, luego se abrió la puerta y aparecieron los inquilinos: Joe y Abe. Los jóvenes salieron con el torso desnudo, con los tirantes que colgaban de la cintura de unos pantalones arrugados y con los cordones desatados que serpenteaban al andar. Visha acomodó dos camisas húmedas en el espaldar de las sillas de la cocina. Las había lavado tarde la noche anterior y, por lo menos, estaban limpias si es que alguien se quejaba. Abe se dirigió al final del pasillo mientras Joe se inclinaba sobre el fregadero para asearse. Visha tuvo que pasar junto a él rozándolo para entrar a su dormitorio y cerrar la puerta.

Se quitó el camisón y lo colgó en un clavo de la pared, luego se abrochó una blusa blanca encima de la enagua y se enfundó en una falda larga. Su esposo bostezaba cuando ella se sentó en la cama para levantarse las medias. El brazo de Harry aún se extendía a lo largo de la almohada desde la noche anterior, cuando la acarició en el hombro y le susurró al oído: «Pronto, Visha mía, pronto, cuando sea contratista con un negocio propio, nos mudaremos de este edificio para Harlem, quizá incluso al Bronx. Los niños tendrán su dormitorio propio, no necesitaremos tener inquilinos, y tú podrás sentarte toda la tarde con los pies elevados como una reina, mi reina». Mientras él hablaba, Visha visualizaba el dormitorio silencioso de un edificio nuevo de apartamentos, con las ventanas abiertas al aire fresco del exterior. Se imaginaba en un baño de losa llenando la tina con agua caliente y esperando solo para cerrar el grifo.

Entonces, Visha se tornó hacia Harry, incitante. Él se montó sobre ella en silencio, tal como a ella le gustaba, no como el señor Giovanni, el vecino de al lado, cuyos gemidos hacían eco en el ducto de ventilación maloliente. Lo mantuvo adentro hasta el final, mientras presionaba con los talones la parte trasera de las rodillas de él, con la posibilidad emocionante de que cumpliera su deseo de tener otro bebé. Rachel ya tenía cuatro años, las noches de desvelo eran un recuerdo lejano y, en apariencia, los berrinches también. Después que Harry se bajó de ella, soñó con el peso ligero de un recién nacido en sus brazos.

Rachel se impacientaba mientras los inquilinos sentados en la cocina revolvían la jalea en el té y remojaban el pan para ablandarlo. Desde debajo de la mesa, agarró los cordones de los zapatos de Joe y los enredó.

—¿Qué está pasando ahora? ¿Hay ratas comiéndose los cordones de mis botas?

Rachel sonrió y codeó a su hermano para despertarlo.

—Átale los cordones, Sam, así se cae —susurró—. No sé hacer nudos todavía.

Joe la escuchó.

—¿Para qué deseas que me caiga, para romperme el cuello? Cuidado que no te saque de ahí abajo y te cause problemas con tu madre.

Sam rodeó a su hermana con sus brazos.

—No empieces ahora, Rachel. Sé buena y mantente en silencio, y te enseñaré el número que sigue después del cien.

Rachel deja los cordones.

—¿Hay más números *después* del cien?

—¿Prometes quedarte quieta hasta que mamá diga que podemos salir?

Rachel asintió con energía. Sam le susurró al oído:

—Dilo otra vez.

Lo hizo, y Rachel rio como cuando saboreaba algo dulce.

—Ciento *uno* ciento *uno* ciento *uno*.

Sam apoyó la cabeza sobre los periódicos y escuchaba, satisfecho, el cántico de su hermana.

En septiembre pasado cuando Sam comenzó el primer grado, a Rachel se le metió la idea de que también iría a la escuela. Como se marchó sin ella se enfadó tanto, que cuando él volvió a casa para el almuerzo, ella aún continuaba con el berrinche. Los gritos de Rachel habían ahuyentado hasta a la señora Giovanni y Visha estaba fuera de sí. «¡Ve qué puedes hacer con ella!», le dijo a Sam y se encerró en el dormitorio.

Sam se las arregló para calmar a su hermana, enseñándole las primeras cinco letras del alfabeto. Antes de volver a la escuela por la tarde, con el estómago retorciéndosele del hambre, ya habían hecho un trato. A cambio de silencio y buen comportamiento, Sam recompensaba a Rachel con letras y números. Ahora en abril, ya sabía todo lo que le había enseñado su hermano. Aquel primer día de clase, Visha compensó a Sam por no almorzar, preparándole su cena favorita, pasta con salsa de tomate, tal como la de la señora Giovanni. «Me salvaste la vida hoy», le había dicho a su hijo, mientras lo besaba en la cabeza.

Ya vestida, Visha salió del dormitorio para prepararles el almuerzo a los inquilinos, así que envolvió en un periódico unas papas asadas frías y unos pepinos en conserva. Cuando Joe y Abe se levantaron de la mesa, las patas de las sillas hicieron un ruido y los pocillos repiquetearon. A la vez que se alzaban los tirantes por encima de las camisas húmedas y tomaban las chaquetas, se metieron la comida en el bolsillo y se marcharon, dando unos pasos estrepitosos.

—Salgan de ahí ahora, monitos —dijo Visha.

Rachel quitó la manta a toda prisa y trepó con dificultad, Sam la siguió. Visha besó a cada uno en la cabeza, luego Sam tomó a su hermana de la mano y la sacó de la cocina hacia el final del pasillo. Mientras se turnaban en el baño, Visha preparó té por segunda vez, rellenó la tetera, enjuagó los pocillos y volvió a colocarlos sobre la mesa.

Cuando los niños entraron corriendo a la cocina, Visha atrapó a Rachel y la alzó en su regazo, mientras Sam se paraba en puntitas de pie, para alcanzar el lavamanos del fregadero. Ya era alto para ser un muchacho de seis años y a Visha le parecía que era una versión pequeña del hombre que sería algún día. De seguro, tiene el cabello castaño claro como Harry, así como los ojos gris pálido que hicieron que el padre de Visha dudara de si Harry, en realidad, era judío. Pero, mientras que Harry era persuasivo y adulador, Sam era astuto y rápido, ya peleaba en la escuela y se rasgaba los pantalones jugando *béisbol callejero*.

Rachel agarró a su madre por los pómulos para conseguir su atención. Visha contemplaba y reflexionaba en los ojos oscuros de su hija; eran casi negros, de tan pardos. Cuando Sam terminó, Visha arrastró su asiento hasta el lavamanos para que Rachel pudiera pararse sobre él y lavarse. Después que los dos niños ya estaban en la mesa tomando a sorbos el té y humedeciendo el pan, puso un huevo a hervir y fue a despertar a su esposo.

Con la respiración aún pausada por el sueño, Harry murmuró a su oído:

—Entonces, ¿crees que hicimos un bebé anoche?

Visha respondió con un susurro:

—Si así fue, necesitará un papá que sea contratista, así que sal ya de la cama.

Visha se dirigió a la cocina con una sonrisa tímida en el rostro; Harry la siguió.

—¡Papá! —exclamaron a coro Rachel y Sam. Su padre los tomó por los hombros y los acercó, para poder besarlos de una vez en la mejilla.

—Denle un minuto de paz —cacareó Visha.

Levantó la tapa del hervidor para revisar el huevo flotando, mientras Harry iba al final del pasillo. Eso era un lujo: cada mañana un huevo entero solamente para Harry. Él decía que necesitaba sus fuerzas. Si Visha tenía que conseguir un hueso con trozos de carne para la sopa o comprar el pan del día anterior para costear los huevos; pues bien, todo sería mejor una vez que Harry tuviera éxito.

Cuando regresó, Harry alzó a Rachel sobre su rodilla y tomó el asiento de ella. Visha colocó frente a él un pocillo de té y algo más de pan. Luego, sacó el huevo con un tenedor y lo sirvió en el plato de Harry, para que se enfriara. Se reclinó en el fregadero, con una mano reposando sobre el vientre, en tanto observaba a su esposo con los niños.

—Entonces, Sammy, ¿qué aprendiste en la escuela ayer?

Harry no los veía desde el desayuno del día anterior. Había trabajado hasta tarde, luego fue directo a la reunión de la sociedad y llegó para susurrarle a Visha al oído, incluso hasta después de que se durmieron los inquilinos. A ella solían disgustarle esas sociedades, con membresías tan exigentes para sus bolsillos, hasta que Harry la convenció de que la sociedad lo respaldaría cuando entrara al negocio por su cuenta.

Sam entrecerró los ojos.

—P-A-N —dijo—. T-E.

—Y, ¿qué es eso? —preguntó Harry, mientras miraba a Visha con destellos en los ojos.

—¡Así se deletrea *pan* y *té*, papá! Ya aprendimos todo el alfabeto y ahora cada día aprendemos a deletrear palabras nuevas. G-A-T-O. ¡Así se deletrea *gato*, papá!

—Todo un genio ya —dijo Harry, mientras hacía rodar el huevo sobre el plato para quitarle la cáscara. Algunas veces guardaba un bocado para Rachel y empujaba con su dedo la clara redondeada entre los labios de la niña, pero esta mañana se lo puso entero en la boca de él.

—¿Qué cortarás hoy, Harry? —preguntó Visha.

Rachel repitió lo que dijo su madre.

—Sí, papá, ¿qué cortarás?

—Pues bien —dijo, dirigiéndose a su hija—, recibimos ayer los moldes para las blusas nuevas y tuve que calcular la manera de recortarlas. El contratista, verán, a él le gusta cómo hago los cortes, porque no dejo tantos retazos, pero la tela para las cinturas nuevas tiene una pequeña puntada corrida a través de la trama, y tuve que recortar los moldes, de manera tal que esa pequeña puntada encajase en todas las costuras. Me llevó tiempo, por eso no llegué para la cena anoche —miró ligeramente a Visha—. Pero tengo todo calculado, así que hoy hago los cortes.

—¿También puedo ser cortadora cuando crezca? —preguntó Rachel.

—¿Para qué deseas trabajar en una fábrica? Por eso trabajo tanto, para que no tengan esa vida. Además, las niñas no son cortadoras. Las cuchillas son demasiado grandes para sus manos tan pequeñas.

Harry se puso los dedos de Rachel en la boca y pretendió comérselos hasta que ella se rio. Luego, se dirigió a Sam:

—Será mejor que te vayas yendo ya, pequeño genio, o llegarás tarde a la escuela.

Sam saltó de la silla y corrió hacia el cuarto para vestirse. Cuando volvió, Visha le alcanzó la chaqueta.

—¡Y no desperdicies toda la hora del almuerzo jugando en la calle, ven derecho a casa a comer! —gritó, mientras él salía dando un portazo y bajaba con estrépito los dos tramos de escaleras.

Visha entró en el cuarto para abrir las ventanas. La mañana de abril era clara y fresca. Al asomarse, vio a un policía usando aún un guardapolvo por la gripe, pero Visha sintió que estaban a salvo, ahora que el invierno había terminado. Tocó madera agradecida por lo que pasaba por su mente. Luego vio a Sam aparecer de repente por el frente del edificio: eludía los carros de los vendedores, los automóviles y el caballo viejo del camión de la leche. La fascinaba que un muchacho tan pequeño pudiera corretear por el mundo con tanto ímpetu.

Al alejarse de la ventana, suspiró. Los inquilinos habían dejado el cuarto desordenado, las sábanas encima de los sofás, algunas prendas sucias en el piso, el baúl abierto de par en par en la esquina. Pasó unos minutos ordenándolo antes de volver a la cocina. Harry había ido a vestirse. Rachel estaba en la mesa, arrojaba trozos de pan duro en su pocillo de té casi frío y los levantaba con un tenedor. Apretaba con la lengua los pedazos empapados contra el paladar, escurría el té y saboreaba la suavidad del pan.

Visha envolvía el almuerzo para Harry cuando la llamó desde el dormitorio.

—Ven un minuto, ¿quieres?

—Quédate ahí, Rachel —dijo Visha, mientras dejaba la papa y el pepino marinado envueltos en el escurridero—. Volveré enseguida.

—Sí, mamá.

—Cierra la puerta, Visha —dijo Harry.

Así lo hacía cuando Harry la atrapó y, antes de que pudiera voltearse por completo, deslizó las manos por sus caderas.

—No, Harry, ya estoy vestida —él tomó su falda con ambos puños y se la levantó hasta la cintura—. Llegarás tarde —él la condujo hacia la cama e inclinándola quitó de un tirón su ropa interior—. ¡Rachel nos escuchará!

Con su fuerte mano la sostuvo inclinada mientras con la otra se introdujo en ella. Ahora Visha tuvo que sofocar un gruñido. Volteó su rostro hacia el colchón mientras Harry se movía detrás de ella.

—Quieres otro bebé, ¿cierto?

El colchón tragó su respuesta: «sí, sí».

En la cocina, Rachel terminó su taza de té, pero aún había un pedazo de pan en la mesa. La tetera estaba vacía. Sobre la cocina estaba el hervidor de agua, la silla aún junto al fregadero. Miró hacia la puerta del dormitorio, sabía que debía esperar a su madre, pero deseaba té en ese momento. Tomó la tetera de la mesa, subió a la silla, la colocó sobre el escurridero, levantó la tapa y puso una pizca de té de la lata. Luego, con las dos manos, levantó el hervidor como había visto a su madre hacerlo miles de veces.

El hervidor era más pesado de lo que esperaba. Cuando lo inclinó, golpeó la tetera con el pico y la derribó. Aún sostenía el hervidor con las dos manos, mientras Rachel, impotente, veía caer la tetera y destrozarse. Al devolver el hervidor a la hornalla, salpicó la llama. Perpleja por el silbido, perdió el equilibrio. La silla se tambaleó y ella cayó al piso. Por un segundo sintió que no podía respirar. Luego, tragó aire y lanzó un grito como el de un gato al caer.

En el dormitorio, Visha se puso tensa con el sonido de la caída y los añicos. Intentó erguirse, pero Harry, que aún no terminaba, la mantuvo inclinada. El llanto agudo de su hija traspasaba el travesaño de la puerta.

—¡Basta, Harry, la niña está herida! Con un estremecimiento, la penetró con más fuerza aún. Cuando se retiró finalmente, ella se puso de pie a los tumbos y se acomodó la ropa sobre sus muslos resbaladizos.

Visha encontró a Rachel en el piso, con la silla encima.

—¡Harry, ven acá!

Harry la siguió, mientras abrochaba sus pantalones. Levantó a su hija que lloraba a gritos y pateó a un lado la silla caída.

—¿Qué pasó acá? ¿Tiene alguna fractura?

Visha recorrió con sus manos las piernas de Rachel, a la vez que le flexionaba las rodillas y los tobillos, luego levantó cada uno de sus brazos, para revisar los codos y las muñecas. Rachel mantuvo un alarido que no cedía en el tono, mientras Visha examinaba sus articulaciones.

—Creo que no, Harry, solo se cayó.

Visha vio los trozos de la tetera desparramados por el piso.

—¡Mira mi tetera! ¿No te había dicho que te quedaras en la silla?

Harry acomodó el cabello de su hija, pero ahora que ya estaba enojada nada parecía calmarla. Entonces, se la entregó a Visha.

—No tengo tiempo para esto, ya estoy retrasado —gritó por encima de los alaridos de Rachel.

—¡Como si no fuera tu culpa!

Harry la miró con desdén y con furia descolgó su chaqueta del clavo y se colocó el sombrero de fieltro. Visha, que lamentaba sus palabras groseras, levantó su mejilla para que la besara, pero él se alejó y se dirigió hacia el pasillo.

—¿A qué hora vuelves? —reclamó Visha.

—Sabes que tengo que terminar con todos los cortes —se detuvo un momento en la entrada—. Solo encárgate de todo aquí. Estaré de vuelta cuando me veas llegar.

RACHEL YA PESABA bastante en los brazos de su madre y sus gritos crispaban los nervios. Visha llevó a su hija al dormitorio y la sentó en medio de la cama.

—Cálmate ya —miraba a su alrededor en busca de algo que pudiera distraer a Rachel, mientras pensaba en la manera en que Sam se las arreglaba para calmarla. Visha tomó de la cómoda el frasco con monedas—. Rachel, ¿puedes contarlas por mamá? Así puedes venir a hacer las compras conmigo. No estoy enojada por la tetera, te lo aseguro. ¿Puedes, por favor?

De milagro, Rachel parecía dispuesta a calmarse. Mientras reprimía los sollozos, tomó el frasco y lo vació sobre la sábana. Monedas de un centavo oxidadas, monedas de cinco centavos sin brillo, monedas de diez centavos lustrosas, incluso unas cuantas de veinticinco centavos. Comenzó a hacer pequeñas pilas, haciendo coincidir las que eran iguales.

Visha retrocedió con precaución hacia la cocina. Se sentó unos minutos para calmar sus nervios. La señora Giovanni asomó su cabeza desde el pasillo, sobre su cabello llevaba atada una pañoleta floreada.

—¿Puedo hacer algo por ti, Visha? —se ofreció.

—No, gracias, ya está tranquila otra vez —Visha miró con tristeza su tetera rota—. Mira lo que ha hecho.

—¿Necesitas una tetera prestada?

Visha negó con su cabeza y señaló el estante superior encima del fregadero.

—Usaré la de la vajilla del *Seder*.

—Te visitaré más tarde, ¿te parece?

—Hasta luego, María.

Visha barrió los pedazos rotos de la vajilla y los puso en el bote de la basura.

—¡Mira, mamá! —la llamó Rachel desde el dormitorio—. ¿Podemos comprar pan de centeno hoy?

Visha se acercó y dio una mirada a las monedas ordenadas, para hacer el cálculo total.

—Hoy no. Mañana, cuando papá traiga su paga compraremos pan fresco y algo de pescado. Pero hoy, aún tiene que pasar el hombre del seguro por sus monedas, y necesitamos una de cinco centavos para el gas, para hacer la sopa, y otra para mañana temprano —Visha arrojaba las monedas al frasco, a la vez que recitaba la lista de obligaciones, luego miró lo que quedaba sobre la cama—. Hay suficiente para una hogaza de pan de ayer, algunas zanahorias, un hueso con algo de carne. Aún tengo una cebolla. Y unos sabrosos pepinos en conserva, ¿no es así, Rachel?

En el primer piso del edificio, había un negocio, donde el hombre de las conservas atendía los barriles con salmuera y recibía los pepinos que le entregaba un granjero de Long Island; todos los pasillos del edificio olían a eneldo, ajo y vinagre.

Visha se metió las monedas en el bolsillo y bajó a Rachel de la cama.

—Ven, vamos a vestirte, así podemos hacer las compras.

Al pasar por la cocina, Rachel se detuvo y señaló el paquete envuelto sobre el escurridero.

—¡El almuerzo de papá!

—¡Ah, ves lo que le hiciste olvidar con tu llanto! Ahora, ¿qué va a comer? —de inmediato, Visha lamentó la severidad de sus palabras. La boquita de Rachel hacía pucheros y comenzaba a temblar. Pronto comenzaría de nuevo con el llanto—. No estoy enojada, Rachel. No llores, por favor. Escúchame, ¿qué tal si se lo llevamos a la fábrica?

Rachel se tapó la boca. Nunca había estado en la fábrica.

—¿Puedo ver de dónde vienen los botones?

La mayoría de las noches, Harry traía una variedad de botones envueltos en un retazo de tela y, durante el día, el trabajo de Rachel era sentarse en el piso del cuarto y apilarlos por color y por tamaño.

—Sí, y las máquinas de coser y todo. Ahora bien, ¿crees que puedes vestirte sola?

Rachel brincó hasta el cuarto, abrió de un tirón un cajón de la cómoda que compartía con Sam, se puso unas medias y un abrigo.

Visha sonrió por su plan, luego vaciló. Harry había dicho que no quería que fuera a la fábrica. «Un cortador está por encima de las operadoras, Visha, sabes eso», había explicado. «Tengo que conservar el respeto. No puedo dejar de trabajar solo para jactarme de mi bella esposa». Pero después de la noche anterior y de esa mañana en el dormitorio, ¿no se pondría feliz al verla?

—Así que, Rachel —dijo—, atándole los cordones, ¿te portarás bien?

—Sí, mamá, lo prometo.

—De acuerdo, entonces, llevaremos el almuerzo a papá y haremos las compras de vuelta a casa.

La fábrica demandaba una larga caminata desde el edificio: Harry tomaba el tranvía cuando había mal tiempo, pero hoy hizo una mañana agradable que aseguraba que el invierno había terminado ya. Visha sostenía con firmeza la mano de Rachel, a medida que se hacían camino a través de la gente amontonada en los carritos de mano. Doblaron la esquina y esperaron a que pasara el tranvía, con su garfio que hacía chispas y sus chasquidos a lo largo del cable arriba. Al cruzar por Broad Street, Visha levantó a Rachel por encima de un montón de deshechos de caballo, luego la atrajo hacia ella de un tirón cuando un camión de repartos pasó rugiendo a su lado, con unas ruedas más altas que su pequeña niña. Por fin, Visha señaló un edificio de ladrillo que se veía mucho más grande que su propio edificio.

—Allí está.

Apuraron el paso para cruzar la calle cuando el policía en la intersección hizo sonar su silbato, para que el tráfico que venía por Broadway se detuviera.

En el vestíbulo del edificio, Visha dirigió a Rachel hacia una puerta amplia y se detuvo allí.

—Tenemos que tomar el elevador —explicó.

La puerta se abrió, deslizándose hacia los lados, y adentro apareció un joven. Hecho para transportar carga y trabajadores por docenas, el elevador era más grande que la cocina de Visha.

—¿A qué piso? —preguntó el muchacho cuando entraron.

—Goldman's Shirtwaist.

—¿Fábrica u oficinas?

—Fábrica.

—Están en el séptimo —el muchacho tiró de la puerta para cerrarla y el elevador comenzó a temblar y a sacudirse. Rachel lanzó un gritito—. ¿Primera vez en un elevador? —preguntó él. Rachel miró a Visha, que asintió por la niña—. Bueno, ¡lo hiciste bien! —El vehículo dio una última sacudida—. Goldman's.

Visha condujo a Rachel hacia el bullicio de la fábrica. La amplitud del piso estaba acentuada por unos postes de hierro que llegaban hasta el techo. Sin paredes que bloqueasen los ventanales, el espacio se veía luminoso, con polvo y pelusas flotando a través de los rayos de sol. Unas mesas largas se extendían a lo largo del piso, una máquina de coser uncida al yugo de la siguiente y, en cada una de ellas, una mujer encorvada sobre su trabajo. Unos corredores se movían por la fábrica, entregando pedazos de tela a las operadoras y levantando las cestas con las prendas terminadas a sus pies. En la esquina, algunas niñas estaban sentadas en el piso, las más jóvenes enhebraban agujas y las más grandes, de once o doce años, cosían botones a las blusas de gasa amontonadas a su alrededor.

El estrépito y el traqueteo de las máquinas eran tan altos que Visha tuvo que gritarle a Rachel en el oído.

—¡Allí está papá!

Estaba de espaldas a ellas, parado en la mesa de cortes. Por encima de su cabeza, las matrices de los moldes colgaban del techo como piel recortada y planchada. Rachel se preparó para salir corriendo hacia él, pero Visha la contuvo de la mano.

—¡Está cortando! Las cuchillas son filosas, no podemos sorprenderlo

Rachel retrocedió; ya había causado problemas una vez esa mañana. Juntas, caminaron con cuidado pasando las máquinas de coser hacia la mesa de cortes.

Harry miró a su alrededor y las vio venir. Lanzó la mirada por encima del hombro de Visha hacia una de las operadoras, una muchacha bonita con cuello de encaje abrochado hasta arriba. Ella captó su mirada, con las manos paralizadas sobre la máquina y las mejillas pálidas. Al ver que él había dejado de cortar, Visha soltó la mano de Rachel. La niña corrió unos pasos y saltó a los brazos de su padre. Él la levantó de manera distraída, mientras veía que la muchacha se levantaba de su máquina. A la vez que se movía tan rápido como podía entre las filas atestadas de personas, la muchacha corría a través del piso de la fábrica y desaparecía detrás de una puerta, con el capataz tras ella.

Ya frente a Harry, Visha buscó con su boca un beso.

—¿Qué estás haciendo acá? —gruñó él. Ella bajó el mentón.

—Trajimos tu almuerzo, papá. Lo dejaste en casa esta mañana.

—Estaba tan molesta, porque lo dejaste, que creí que tendría otro berrinche. Le dije que si se comportaba bien, te lo traeríamos.

Visha le entregó el envoltorio.

—Está bien, Visha —Harry metió con furia el almuerzo en su bolsillo, tomó a su esposa por el codo y la condujo hacia el elevador, mientras cargaba a Rachel—. Pero te había dicho que tengo un pedido grande, no tengo tiempo para esto.

Rachel comenzó a hacer pucheros.

—¿No estás feliz de vernos, papá?

—Siempre me hace feliz verlas, monita, no te enojes. Es que simplemente tengo mucho trabajo que hacer hoy. Las veré en casa más tarde.

Bajó a Rachel y las dejó para volver a la mesa de cortes. Cuando se abrió el elevador, estaba atestado de canastos repletos de jirones de tela.

—¿Podrían bajar por las escaleras? —preguntó el muchacho—. Llevo restos de recortes aquí.

Visha y Rachel se dirigieron hacia las escaleras y abrieron la puerta. En el descanso de la escalera, una operadora de máquinas de coser se encontraba recostada contra la pared, sollozando. Era apenas una muchacha, pensó Visha, diecisiete años como mucho y de origen italiano por las apariencias. Se preguntó qué tragedia la había hecho llorar. Posó una mano en su hombro, pero la muchacha se la quitó de encima con un sobresalto y corrió escaleras arriba. Visha se encogió de hombros y tomó la mano de Rachel para guiarla escaleras abajo. Eran muchos escalones, con un giro entre cada piso; cuando arribaron al vestíbulo, a Rachel le daba vueltas la cabeza.

El brazo de Rachel colgaba con pesadez de la mano de Visha, mientras hacían las compras: la carnicería de Broad Street por un hueso con carne, la panadería de la esquina por una pieza de pan del día anterior. En uno de los carritos frente a su edificio, Visha regateó por unas zanahorias marchitas y algunas papas con brotes. Solo cuando entraron al edificio y se detuvieron en el negocio de conservas del señor Rosenblum, Rachel se reanimó.

—¡Miren quién llegó para alegrarme el día!

La mirada sonriente del señor Rosenblum arrugó su rostro. Hablaba idish con la mayoría de sus clientes, pero con los niños practicaba el inglés.

—¡Señor Rosenblum, fuimos a la fábrica de blusas!

—¿Eso hicieron? ¿Te gustó? ¿Vas a trabajar ahí con tu papá algún día?

—No, no quiero trabajar ahí. Es demasiado ruidoso y hace llorar a las operadoras.

—¡Ah!, los pepinos en conserva jamás hacen llorar. Elige uno, Ruchelah —el señor Rosenblum levantó la tapa de madera de un barril de salmuera, y Rachel eligió un pepino gordo y grande—. Saboréalo —ella le dio una mordida, frunciendo los labios—. Cuanto más agrio es el pepino, tanto mejor es para ti.

—Muy bueno, señor Rosenblum, gracias.

—Y ¿para usted, señora Rabinowitz?

Visha pidió media docena de pepinos. El señor Rosenblum le entregó siete.

—Uno para el muchacho —dijo, mientras le guiñaba el ojo a Rachel—. Para que no se ponga celoso de su hermana.

Ya en el apartamento, Visha le dio a Rachel una rebanada del pan recién comprado.

—Mira, el centro aún está suave. Llévatelo al cuarto y trabaja en los botones. Voy a hacer la sopa ahora.

En la quietud de la habitación, Rachel arrastró el frasco con botones hasta al lado de la ventana, donde la calidez de la luz se extendía a lo largo del diseño del linóleo. Metió la mano en el frasco y sacó un puñado de los pequeños discos. Los esparció por el piso, luego comenzó a clasificar los botones por color, separando los negros, los marrones y los blancos. Después los agrupó, según el material del que estaban hechos: separó los de madreperla, los de marfil y los de hueso; los de carey, los de azabache y los de cuerno. Por último, lo haría por tamaño, aunque Harry casi siempre traía botones pequeños de blusa. A veces, Rachel encontraba uno voluminoso de un abrigo mezclado con los demás, tan grande que podía hacerlo girar como a un trompo. Mientras trabajaba, recitaba las letras del alfabeto que Sam le había enseñado, de principio a fin desde la «A» hasta la «Z».

Visha sonreía al sonido del cántico de su hija, mientras cortaba los vegetales. Después de dejar el cuchillo sobre la mesa, echó una moneda de cinco centavos en el medidor de gas, enciende un cerillo, ubica la olla sobre la hornalla. La embadurna con grasa recogida de la superficie de la sopa anterior, para freír las cebollas cortadas y agregar las rebanadas de zanahoria, las verduras picadas y un poquito de sal. Coloca el hueso y lo hace calentar hasta que casi huele la carne, luego se envuelve las manos en unas toallas para sostener la olla debajo del grifo, mientras la llena con agua. Después de ubicarla con pesadez de vuelta a la hornalla, agrega las papas cortadas y coloca la tapa, para que la sopa se hierva a fuego lento.

Apenas era una comida, pero ya casi era el día de paga. Mañana, después de pagar la cuota de la Sociedad, Harry llenaría el frasco con las monedas de nuevo. Una vez que ahorrara lo suficiente para comprar las telas y los moldes, y contratara algunos obreros, conseguiría un contrato: entregaría la mercancía terminada a un costo mayor del que había gastado en los suministros y los jornales, y reinvertiría las ganancias. Sería un contratista de blusas y ella sería su esposa, con un bebé tierno en sus brazos y su boca glotona rodeándole el pezón.

El golpeteo de los pasos de Sam subiendo las escaleras y entrando en la cocina, sorprendieron a Visha en su ensueño.

—¿Ya de vuelta? —dijo, mientras servía el almuerzo. Rachel dejó los botones en las pequeñas pilas y subió a una silla a un lado de su hermano. Mientras comía la papa fría y el pepino en conserva, Rachel le contó todo acerca de su viaje a la fábrica. Cuando su madre salió para ir al final del pasillo, Sam dijo:

—Uno de los muchachos consiguió una pelota de béisbol de verdad. Vamos a jugar antes de ir a la escuela esta tarde y yo soy el receptor —Sam ya estaba parado cuando Visha volvió—. Tengo que irme temprano, mamá, así practico mi deletreo —le hizo un guiño a su hermana y salió corriendo.

Rachel volvió a sus botones. Apenas Sam se fue, llegó el hombre del seguro, con un saco holgado que colgaba hasta sus tobillos, a pesar de la tarde cálida. Visha fue al dormitorio y volvió con las dos monedas de diez centavos. Él tomó una pequeña libreta de su bolsillo y anotó el pago.

—¿Aún no asegura a los más pequeños? —preguntó, al darle una mirada a Rachel.

—Dios no permita que algo pase —dijo Visha, dando unos golpecitos con los nudillos sobre la mesa de madera—. Por ahora, el dinero solo nos alcanza para el del papá y para el mío.

—Dios no lo permita —convino, mientras cerraba la pequeña libreta y echaba las monedas en otro bolsillo. Tintinearon contra las monedas que ya había recolectado en su recorrido escaleras arriba y escaleras abajo del edificio. Visha lo acompañó a salir, luego volvió a ver la sopa y a los pensamientos en su familia agitándose en su mente.

Rachel contó diez botones de madreperla: uno por cada dedito. Todos tenían el mismo tamaño; redondos y aplanados con dos agujeros pequeñitos perforados a través de un caparazón veteado color lavanda. Cada vez que tenía diez de los mismos, los envolvía juntos en un pedacito de tela para dárselos a papá. Los sábados, cuando él recibía su paga, recibía un centavo por clasificar los botones y otro su hermano por ir a la escuela todos los días, y Sam llevaba a su hermana con el vendedor de caramelos para que gastara su fortuna. Rachel clasificó botones hasta que se sintió somnolienta, entonces se acurrucó en el sofá para tomar una siesta. Visha entró al cuarto y se sentó al sol a un lado de la ventana para remendar ropa. La tarde estaría tranquila por un rato, el silencio de la habitación resaltaba especialmente por el ruido de la calle que se filtraba.

Un golpe seco en la puerta de la cocina sobresaltó a Visha y despertó a Rachel. Las voces del pasillo penetraban el apartamento, incluso antes de responder. Una mujer, rolliza y sudorosa, entró apresurada a la habitación, empujando a Visha contra la mesa.

—¿Dónde está, ese bastardo, ese mentiroso?

—¿De qué habla? ¿Quién es usted? —Visha pensó que debía tener algo que ver con los vecinos: la mujer hablaba como la señora Giovanni, pero más alto, más grosera.

Visha no estaba molesta. Aún. Luego notó, rezagada en el pasillo, a la muchacha bonita de la fábrica, la que había estado llorando en las escaleras. Una sensación a náuseas subió desde su vientre.

—Ha-rry Ra-bbi-no-wits, de ese hablo. ¡Ven acá, bastardo mentiroso! —La mujer miró alrededor de la habitación, cruzó la cocina hacia la puerta del dormitorio, la abrió de un tirón, dio una mirada y la cerró de un portazo—. ¿Dónde se esconde?

—Está en el trabajo, en la fábrica —respondió Visha.

—Ya estuvimos en la fábrica, ¿qué se piensa? Salió deprisa, ¿cierto, Francesca? —la mujer espetó la pregunta por sobre su hombro a la muchacha que deambulaba por el pasillo—. Entonces, ella vuelve corriendo a casa con su mamá, y me cuenta que la esposa de Harry, «su esposa», vino a la fábrica y que ya tiene una niña. ¿Es verdad? ¿Tiene esposa?

—Yo soy la esposa. Mi hija está aquí y nuestro hijo está en la escuela. —Visha tomó coraje y le gritó—: ¡No tenemos nada que ver con ustedes, váyase de mi casa!

—¡*Su* casa, *su* hija!, pero ¿qué hay de *mi* hija, eh?

Todo aquel bullicio atrajo a la señora Giovanni al pasillo. Comenzó a hablar en italiano con la muchacha, que empezó a llorar otra vez; las lágrimas se escurrían por sus mejillas y caían al cuello de encaje. Sus palabras, un catecismo foráneo, rondaban los oídos de Visha. Se puso pálida. Formuló la pregunta que ya sabía tenía respuesta.

—¿Qué tiene que ver con mi Harry?

—¡Que prometió casarse con ella, eso tiene que ver! Dos veces a la semana viene a visitarla después del trabajo y la lleva a bailar. Con esos ojos claros que tiene, creí que era alguna clase de estadounidense, no un judío sucio que vino a arruinar a mi Francesca.

Después la dejó embarazada, a esta muchacha estúpida, y dice que se casará con ella.

La señora Giovanni se había acercado poco a poco con cada palabra, trayendo a la muchacha con ella. Ahora todas las mujeres estaban en la cocina, Francesca temblaba tanto que la señora Giovanni acomodó una silla y la hizo sentar. Le hizo una pregunta en italiano a la madre de la chica y ella volvió a narrar la historia completa como una novela.

Visha retrocedió hasta la entrada del cuarto del frente. Rachel se acercó gateando con lentitud, a la vez que espiaba desde debajo de la falda de su madre las gesticulaciones y la charla de las mujeres en la cocina. Visha acariciaba distraída el cabello de Rachel. Eso parecía fortalecerla.

—¡Basta, todas! —gritó. La señora Giovanni fue a tomarla de la mano. La madre de Francesca se sentó al lado de su hija que sollozaba—. Harry se casó conmigo, hace siete años. Tengo dos niños con él. Es un error lo que dice —Visha inspiró, mientras reunía las palabras para decirle a esa mujer que Harry no podría haber llevado a su hija a bailar, que estaba ocupado con sus sociedades, ahorrando dinero para convertirse en contratista.

Entonces, la verdad cayó en su lugar, como una llave en su cerradura. No existían las sociedades. No existían los ahorros. Había estado saliendo con esa muchacha, a la vez que gastaba el dinero en ella y a Visha la dejaba en casa para hacer sopa con huesos. Se le aflojaron las rodillas. La señora Giovanni la sostuvo por la cintura y la orientó hasta una silla. Visha hundió el rostro en sus manos.

—Antes de casarse conmigo, también me llevaba a bailar.

—¿Sabe lo que le pasa si nadie se casa con ella? —dijo la madre de Francesca—. Es mercancía defectuosa ahora. Arruinada.

—Yo estoy arruinada —Visha lo dijo con tanta fragilidad y tristeza, que Rachel corrió y se arrojó al regazo de su madre.

La madre de Francesca se inclinó sobre la mesa, mientras que señalándola le dice a Visha:

—Dile a Harry, ese bastardo, que necesitamos dinero para enviar a Francesca al norte del estado. Hay un convento que toma muchachas como esta. Se va por seis meses, a visitar una prima, es lo que digo. Su bastardo va a parar a un orfanato católico. Cuando vuelva, quizá la gente hable, pero es solo eso, ¿*sí*?

La señora Giovanni asintió.

—Es tan joven y bonita, que algún hombre aún la querrá.

—Es su única posibilidad. Si Harry no paga, dile que la próxima vez no seré yo quien venga por él. —La mujer miró a la señora Giovanni—. Cuéntele lo que pasa cuando los hermanos de Francesca sepan lo que Harry le hizo. Tiene que irse antes de que se note. Dígale.

La mujer se levantó, arrastró a su hija hacia el pasillo y escaleras abajo. La señora Giovanni trató de consolar a su vecina, pero Visha la apartó.

—Ahora déjame sola, María, por favor.

La señora Giovanni se retiró, después de obtener de Visha la promesa de que enviaría por ella si la necesitaba. La habitación parecía demasiado tranquila ahora. La sopa burbujeaba sobre la hornalla. Rachel se movió en el regazo de su madre.

—Vuelve a tus botones —dijo Visha, a la vez que se la sacaba de encima—. Ve a hacer tus cosas —con desgano, Rachel entró en el cuarto—. Y cierra la puerta.

En la cocina, Visha luchaba para respirar, el pecho aprisionaba su corazón henchido. Quería hacer pedazos todo lo que veía, arrancarle las patas a la silla, estrellar contra el piso la tetera nueva, también, como la que ya se rompió en la mañana. Al recordar esa mañana, de repente se puso de pie, con una taza de té en la mano. Giró sobre sus talones y lo lanzó en el fregadero, la porcelana se destrozó contra el hierro fundido. Luego se inclinó sobre el fregadero y vomitó, descompuesta por el recuerdo de Harry dentro de ella, depurándose de las excusas estúpidas que había dado por su esposo.

Rachel trataba de contar los botones, pero el ruido de las roturas la sobresaltó. Hacía pucheros y temblaba, pero algo contenía su disgusto. Se acurrucó en el piso, con la cabeza descansando sobre su brazo y el dedo metido en la boca, y las pilas de botones la rodeaban como mojones.

Visha se derrumbó en una silla y se quedó mirando fijamente a la pared, con los ojos en blanco. Ahora se sentía paralizada, con sus extremidades inertes. Si Rachel hubiera tenido una de sus rabietas, si la señora Giovanni hubiera venido a visitarla, ella habría enloquecido. En cambio, se sentó inmóvil como un fantasma, los ruidos del pasillo y de la escalera y de más allá en la calle, quedaban atenuados por la confusión en sus oídos.

No tenía conciencia de cuánto tiempo había pasado hasta que escuchó crujir la puerta del apartamento y vio a Harry entrar subrepticiamente a la cocina. Al posar una mano cálida en su mejilla, murmuró:

—Visha, Visha mía, ¿qué ocurre?

Desde ese lugar donde la tocó, surgió un temblor que se esparció por toda la piel de Visha a través de sus músculos hasta que sus manos se estremecieron. Como si la hubieran liberado de un hechizo, saltó de la silla, alejándose de su esposo.

—¿Qué ocurre? ¿Tienes el descaro de preguntarme qué ocurre? ¡Lo sé todo! ¡Ella estuvo aquí, en mi propia cocina, esa puta italiana! ¡Todas tus promesas fueron todas mentiras! ¡Todas mentiras!

Detrás de ella percibió el borde frío del fregadero. Metió la mano y tomó un cuchillo, cubierto de vómito. Con el mango en su puño, avanzó hacia Harry. Su mano se proyectó hacia adelante. El cuchillo alcanzó su brazo y le cortó la piel. Una veta roja brotó bajo la manga.

Harry la tomó por la muñeca, para alejar su brazo y el cuchillo de él.

—¡Maldita loca!

—¡Bastardo mentiroso!

Rachel, al escuchar a sus padres gritar y luchar, entró corriendo a la habitación. En su apuro, pateó una pila de botones. Los pequeños discos se esparcieron por todo el piso de la cocina. Vio la sangre en el brazo de su padre y el cuchillo en la mano levantada de su madre. Los labios le temblaron y un grito estalló en su garganta. Entonces, la señora Giovanni, atraída por el griterío, apareció en la entrada. Desde allí no podía ver el cuchillo, solo sabía que Harry y Visha estaban peleando: no era una sorpresa, después de lo que había hecho ese hombre. Entró a la cocina para tomar la mano de Rachel y arrastrarla hacia el pasillo, mientras pensaba que al menos la pequeña no debería ver a sus padres así. De pronto, Sam irrumpió en la habitación atestada de gente, jadeando por jugar en la calle. Se paralizó por un segundo, confundido por la conmoción. Harry giró para ver qué pasaba. Sam vio el destello de un cuchillo y el rostro de su madre desfigurado. Se abalanzó y se colgó del brazo de su padre. Rachel se soltó de la señora Giovanni y corrió hacia su madre, para aferrarse a su falda. Visha perdió el equilibrio y se tambaleó hacia adelante. Harry alejó a Sam de su brazo con una sacudida.

Ya liberado del peso de Sam, el brazo rebotó. El cuchillo, empuñado por el esposo y por la esposa, se balanceó en medio de los dos. La hoja apenas cortó un lado del cuello de Visha debajo de la oreja. Parecía un rasguño, nada más. Entonces, un chorro de sangre brotó hacia la pared de la cocina. Harry, atónito, retrocedió. El cuchillo repicó en el piso. Visha caía sobre sus rodillas, hundiendo a Rachel en su falda. Sam golpeó con sus puños el pecho de su padre hasta que Harry le dio un manotazo para alejarlo, con una fuerza tal que lo hizo aterrizar contra la pared.

—¡Asesino! ¡Policía! —gritó la señora Giovanni. Salió corriendo de la habitación, sus palabras resonaban escaleras abajo.

Henry miró frenético a su alrededor. Corrió hacia el dormitorio, tomó una caja de abajo de la cama y comenzó a introducirle cosas con premura. Sam gateó a través de la cocina. Tomó con prisa el paño de secar los cubiertos y lo presionó sobre el cuello de su madre. Chorreaba empapado unos momentos después cuando su padre volvió, con la caja bajo su brazo.

—¡Papá! —gritó Sam—. ¡Ayúdanos!

Harry ponderó la situación: su esposa, sus hijos, las manchas de sangre sobre la pared. No derramó ni una pizca de emoción.

—Cuida a tu hermana, Sam. Ahora eres el hombre de la casa.

Harry se dio vuelta y bajó corriendo las escaleras hacia la calle, donde se escabulló en un callejón antes de que un policía llegara por la esquina, haciendo sonar su silbato.

Visha cayó hacia adelante sobre el piso de la cocina, con la cabeza hacia uno de los lados. La mancha de sangre esparciéndose levantaba los botones desparramados. Flotaban como botecitos blancos.

Rachel ahogó sus alaridos y respiraba con dificultad. Posó sus manos sobre las mejillas pálidas de su madre. Sus ojos se encontraron. Visha habló, pero sus palabras borboteaban. Rachel trató de leer los labios de su madre. Entonces, dejaron de moverse y su rostro se paralizó; sus ojos, como dos botones negros ya en las orillas lejanas de un mar horrible.

Capítulo dos

PARECÍA QUE EL METEORÓLOGO DE LA RADIO ACERTÓ ESTA VEZ: iba a hacer un calor abrasador. Incluso a la seis y media de la mañana, la humedad era tan sofocante como usar un saco de lana fuera de estación. Solo había caminado tres cuadras desde el subterráneo y el sudor ya se me acumulaba detrás de las orejas y me goteaba por el cuello. Temí pensar en lo feo que se pondría a medida que avanzara el día.

Al fin, el Hogar de Ancianos Judíos aparecía frente a mí. Mientras esperaba para cruzar la calle hacia el trabajo, contemplé el edificio, tan fuera de lugar entre las torres de apartamentos modernos que se habían construido alrededor, como si hubieran arrojado alguna ciudadela medieval europea en Manhattan. No era la primera vez que me preguntaba si compartieron el mismo arquitecto con mis otros hogares. ¿De quién había sido la idea de construir esos castillos para albergar judíos huérfanos y ancianos? Quizá esos banqueros y magnates comerciales prósperos que se sentaban en los comités inmobiliarios y en los consejos de directores lo hacían para alardear. Para ellos, la cúspide de los tejados y la redondez de las torres deben de haber parecido monumentos a la magnanimidad de su caridad. O quizá los judíos ricos de Nueva York, no importa cuánto dinero tuvieran, se

sentían asediados, mal recibidos en los clubes de yates y en los hipó-
dromos, sus esposas excluidas de las páginas sociales, sus hijos recha-
zados de la élite universitaria. Supongo que pensaron que nos hacían
un favor rodeándonos con muros fortificados. Al crecer, sin embargo,
esos muros se sentían diseñados para encerrarnos, no para mantenernos seguros.

El vestíbulo del Hogar de Ancianos Judíos estaba más fresco que
afuera, los techos altos y los pisos de mármol detenían el calor de
afuera. Saludé a la recepcionista en el escritorio y al telefonista en el
cubículo. Mis zapatos pasaron repiqueteando por al lado del piano de
cola, un instrumento reluciente donado por algún director de orquesta famoso. Por lo general, voy por las escaleras, amplias y curvas como
el escenario de una obra musical, pero hoy estaba demasiado cansada.
Había dormido mal la noche anterior, dando vueltas sola entre las
sábanas y con los gritos de los pasajeros de la montaña rusa Cyclone
que me interrumpían el sueño. Estaba por presionar el botón para
llamar el elevador cuando las puertas se abrieron. No reconocí a ninguno de los residentes que salían. Sin mi uniforme, es probable que
asumieran que era una visita, la hija dedicada de alguien, que pasaba
a ver a su pariente. Con dificultad, iban por el corredor para esperar
a que abriera el comedor a las siete, ya se sentía en el aire el aroma
del café y de los huevos. Al igual que yo, es probable que estuvieran
despiertos desde las cinco, pero mientras que yo pasaba la última
hora cabeceando en el subterráneo, ellos habían estado sentados en
sus habitaciones, vestidos y alertas, contando los minutos para bajar
a tomar el desayuno. Me prometí que cuando al final me jubilara,
dormiría hasta tarde todas las mañanas y haría que me trajeran el café
a la cama.

Subí hasta el quinto piso y me escabullí a la sala de las enfermeras, ansiosa por quitarme la ropa pegajosa que traía de la calle. Como
había llegado temprano para el cambio de turno, pensé que tendría

la habitación para mí sola por unos minutos, pero allí estaba Flo a un lado de la ventana abierta, con la cofia blanca que hacía equilibrio en su rodete alto y voluminoso.

—¡Miren quién llegó! —dijo, mientras extraía un Chesterfield del paquete y lo encendía con un yesquero dorado. Asomó los hombros por la ventana y apuntó su exhalación al cielo.

—Me encanta el humo en un día caluroso, ¿y tú, Rachel? Te refresca de alguna manera.

—Si tú lo dices —me uní a ella en la ventana. Compartimos pitadas, y su labial migraba a mi boca. Con el calor en ascenso y la brisa que no aparecía, solo el silbido de los autobuses en la parada y la ráfaga esporádica del claxon de un taxi—. Escuché que va a hacer un calor abrasador.

—Parece —terminó el cigarrillo, apagó la colilla en el borde de la ventana y lo arrojó afuera—. El señor Mendelsohn murió anoche.

—¡Oh!, Flo, lamento escuchar eso. Te habías apegado a él, ¿no?

Se encogió de hombros.

—Riesgos de la ocupación.

Trató de parecer ruda, pero escuché el quebranto en su voz.

Algunos de nuestros pacientes peleaban con uñas y dientes contra el final. Absortos en su propio sufrimiento, descargaban su amargura en nosotras: impacientes, demandantes, llenos de reclamos. El señor Mendelsohn no. Durante los meses que permaneció en el quinto, se había convertido en el favorito de las enfermeras: agradecía todo lo que hacíamos por él, apreciaba nuestra amabilidad. A pesar de que habían pasado nueve años ya desde que terminó la guerra, fue mi primer paciente con esos números tatuados en el brazo. Había vacilado, la vez que lo bañé, con pasar la esponja por encima de su piel inyectada con tinta. «No te preocupes, Rachel, no duele», me lo aseguró con una voz jadeante. Algo en su dialecto me hacía sentir muy joven. Cuando le pregunté qué podía hacer para hacerlo sentir más cómodo, dijo que lo único que deseaba era mirar al cielo. Abrí su ventana de par en par y moví su cama para que pudiera ver las nubes. Durante la noche, me contó Flo, miraba la luna, y nombraba las fases a medida que pasaba por encima de la ciudad.

—Se le paró el corazón mientras dormía —dijo—. La mejor manera de partir. Se lo merecía, también, después de todo lo que sufrió.

Asentí.

—¿Aún está allí?

Negó con su cabeza.

—El doctor de guardia firmó su deceso. Vinieron a buscarlo esta mañana. Supongo que tendrás un nuevo paciente hoy.

—Gloria dijo que estuvieron llamando desde abajo toda la semana por una cama.

—Hablando del diablo —susurró Flo cuando la puerta de la sala se abrió y entró Gloria Bloom.

Siempre usaba su uniforme para llegar al trabajo, con medias y todo. Siempre de blanco de pies a cabeza, como únicos adornos: un anillo de matrimonio, un reloj y los anteojos con forma de ojos felinos y con diamantes de imitación.

—Buen día, Rachel. ¿Ya de salida, Florence?

—Ya casi, Gloria. —Flo cruzó la habitación hacia las tarjetas de registro de horarios—. ¿Registro la tuya, Rachel?

—Sí, gracias.

Flo registró su salida y mi entrada, mientras Gloria recogía su cofia del casillero y lo fijaba sobre su pequeño rodete gris.

—¿Vienes enseguida, Rachel? Tenemos que preparar la habitación del señor Mendelsohn para un nuevo paciente.

—Apenas me cambie, estaré ahí, Gloria.

Conforme se cerraba la puerta detrás de ella, Flo murmuró:

—No hay respeto por los muertos.

—Sabes que no es eso. Solo hace su trabajo.

Fui al baño. Cuando volví Flo, ansiosa por irse, ya se había cambiado.

—No olvides la cofia —dije.

Se rio, se la quitó del cabello y la guardó en su casillero.

—Olvidaría mi propia cabeza si no la tuviera pegada. ¡Ah!, escúchame, tenía la intención de contarte que mis niños no han parado de hablar de aquel día contigo en la playa. No dejan de preguntarme: «¿Cuándo podemos visitar a la enfermera Rachel?». ¿Crees que puedes soportarnos alguna otra vez?

—Seguro, fue divertido. Déjame ver el cronograma de turnos.

Fui a ver el calendario en la pared, donde Gloria anotaba nuestros turnos: doce horas día por medio, los días libres adicionales aparecían tan impredecibles como las festividades judías.

Flo se acercó a ver por encima de mi hombro.

—¿Cuánto tiempo más estará fuera de la ciudad esa compañera de cuarto que tienes?

Me estremecí, pero mantuve mi rostro hacia la pared, así Flo no podía ver mi expresión de dolor. A veces, aún me tomaba por sorpresa escuchar que me repitieran mis propias mentiras.

—Unas semanas más —dije.

—¿Adónde se iba de nuevo?

—A Miami, a visitar a su tío. Mira, no veo un buen día. De todas maneras, con este calor, la playa estará demasiado atestada. Te avisaré.

Me sentí mal por la frialdad que surgió en mi tono. Me preguntaba si lo había notado, pero estaba cerrando su casillero y encendiendo otro cigarrillo.

—¿Quieres que te deje algunos? —preguntó, dando unos golpecitos en el paquete.

—No, gracias; no quiero adquirir el hábito. No deberías fumar tanto. ¿No leíste sobre ese estudio nuevo que hicieron, con los ratones? ¿La manera en que el alquitrán les produjo cáncer?

—Vamos, son buenos para mí. Me mantienen delgada. Me tran-
quilizan. Me estimulan. Son pequeños milagros.

Tuve que sonreír.

Lo que digas, Flo.

Al fin sola, me quité los zapatos de una patada y me subí el vestido. Mis caderas estaban rosadas y húmedas por encima de las medias.
¡Qué alivio sentí al desprenderme las ligas y bajarlas! Las dejé flotando alrededor de mis pies, mientras tiraba de mi vestido con cuidado
por encima de mi cabeza. Mi enagua estaba húmeda por la transpira-
ción. Irritada, retiré con fuerza la tela de mi piel mientras cruzaba la
sala, con la planta de mis pies pegándose al piso.

En el espejo encima del lavamanos, vi que el dibujo de mis cejas
se corrió al limpiarme el sudor de la frente. Me molestó que Flo no
dijera nada. Sin el grosor de las cejas o el marco de las pestañas, mis
ojos marrón oscuro parecían demasiado amenazantes y hacían mi
mirada vacía, como la muñeca de cualquier niña. Me sacudí la irritación y llevé la mirada hacia mi cabello. Después de todos esos años,
aún no podía creer que fuera mío: montones de rizos colorados entre-
mezclados con mechones granate y dorado que se desprendían como
brasas. No podía decir cuántas mujeres me habían parado en la calle a
lo largo de los años para comentar sobre el color o a cuántos hombres
había escuchado susurrar, a nadie en particular: *«¡Mira qué cabello!»*.
Sin dudas, era lo más bonito de mí.

Abrí el grifo de agua fría, me incliné y presioné la mejilla contra
la porcelana del lavamanos. Me sentía fantástica con el agua salpicán-
dome el rostro y el cuello. Tomé pequeñas bocanadas de aire, como
aquel pececito dorado de la pecera que ganan los niños en el parque de diversiones de Coney Island. Un ventilador eléctrico apoyado
sobre la mesa giraba de un lado a otro. Me paré enfrente hasta que el
frío del agua evaporándose me hizo poner la piel de gallina. Después
de colocarme una cantidad generosa de talco, me puse el uniforme,

blanqueado y almidonado de la lavandería. Al abrocharlo hasta arriba, mis manos se detuvieron para arreglarme los senos. El tacto debe haberles recordado el placer que les estaba faltando; bajo mis palmas, los pezones se me irguieron.

Mientras suspiraba, arreglé el cuello del uniforme. Solo unas pocas semanas más, me dije. Hurgué en mi bolsillo en busca del lápiz delineador y un espejo de mano, para dibujarme las cejas, en arcos vivaces que le daban a mi rostro una expresión compasiva y atenta. Fijé la cofia blanca con una horquilla, abroché las medias blancas a las ligas sueltas y até los cordones de los zapatos blancos. Una vez que ordené mis cosas en el casillero, cerré la puerta que quedó reverberando con un ruido metálico.

Gloria levantó la vista cuando me aproximaba a la enfermería, los anteojos con forma de ojos felinos hacían equilibrio a mitad de su nariz.

—Lucía, puedes irte ya —dijo por encima de su hombro a la otra enfermera de la noche.

—Rachel, ¿alistarías la habitación del señor Mendelsohn para nuestro paciente nuevo? Cuando termines, puedes preparar el carro de curaciones para la ronda de las ocho en punto.

Fui hasta el final del corredor del quinto piso. Las puertas de las habitaciones de los pacientes estaban abiertas, sostenidas con trabas, para permitir que la brisa atravesara por las ventanas de cada habitación, pero el aire se movía aletargadamente, agobiado por la humedad. La habitación del señor Mendelsohn estaba al final, al lado del viejo elevador de carga. El conserje de la noche ya había hecho su trabajo: los pisos brillaban por la lavada reciente y la habitación olía a desinfectante. Aun así, quedaba por dar vuelta el colchón, hacer la cama, reabastecer la mesa de noche. Las postales enviadas por los hijos y los nietos del señor Mendelsohn aún estaban pegadas a la pared. Las despegué una a una, mientras pensaba de nuevo qué asombroso fue que se anticipara a enviar lejos a sus hijos, antes de que fuera imposible hacerlo: fue la buena fortuna de tener un pariente en Nueva York con la influencia para beneficiarlos, la suerte para conseguirles los documentos a pesar del cupo. Flo dijo que la hizo creer en milagros, pero yo no lo vi de esa manera. Que una persona, una familia, hubiera sobrevivido solo me recordaba a los miles, los millones, que no pudieron. Recuerdo el silencio asfixiante en el cine cuando pasaban las noticias de los campos de concentración, aquellos ojos desesperados sobresaliendo de los rostros esqueléticos.

Empujé la cama de vuelta a su lugar, puse la silla contra la pared para la visita, quité la etiqueta con el nombre del señor Mendelsohn del soporte a un lado de la puerta. Me pregunté cuántas veces había hecho eso en el año que llevo trabajando en el quinto, pero no era un número lo que buscaba. Solo había pedido que me transfieran aquí arriba por el horario. En los pisos inferiores, donde cada día se dividía en segmentos de ocho horas, disfrutaba de las rotaciones de los turnos: mañana, tarde, noche. Pero luego de mudarme a Brooklyn, calculé que más horas, aunque menos días en el quinto, me ahorrarían tiempo en el subterráneo. Sin embargo, este verano al escuchar en el apartamento el repiqueteo de mis propios pasos, me preguntaba para qué las necesitaba.

Me gustaba trabajar en los pisos inferiores. Aún podía imaginarlos. En el comedor, para esta hora ya habrían retirado la vajilla del desayuno, quedarían unos pocos residentes demorándose con sus pocillos de café tibio y con los periódicos abiertos por el pliegue de los obituarios. En el patio interno, estarían los hombres sociables mezclando los naipes para jugar canasta, mientras las mujeres estarían apilando las fichas de *mahjong*. Me los imaginaba lidiando con la idea de ver el asiento vacío, donde se sentaba el paciente nuevo destinado a la habitación del señor Mendelsohn, y se explicarían su ausencia con una mirada al techo y la frase consabida: «Se fue al quinto». Más tarde, habría una película o una lectura, clases de baile o el club del libro, el rabí vendría los sábados, las visitas de los domingos, todas distracciones para evitar que piensen en lo inevitable. Porque, por más placenteros que fueran los días en los pisos inferiores, los residentes sabían que las actividades sociales durarían, mientras se los permitiera la salud. Cuando se quedaran seniles, postrados o en fase terminal, serían trasladados al montacargas y traídos aquí. A menos que alguna emergencia requiriera de hospitalización, el quinto era donde venían para morir.

—La habitación está lista —avisé a Gloria, que estaba en la enfermería—. ¿Empiezo con los medicamentos?

—Sí, por favor. Quisiera que estén listos antes de que los doctores vengan por la ronda matutina.

Extrajo de su bolsillo un llavero tintineante y abrió el cuarto de medicamentos. Rodé el carrito de servicio y comencé a prepararlo: los vasitos con las píldoras ordenados en hileras, las jeringas en líneas paralelas, los registros de enfermería ordenados por habitación desde el principio al final del corredor.

—¿Lista para la morfina? —preguntó Gloria. Asentí con la cabeza. Con otra llave, más pequeña, quitó el seguro del botiquín de las sustancias controladas y observaba, mientras yo hundía las jeringas en los frasquitos de las ampolletas cuidadosamente contados y extraía dosis exactas. Registró su firma y volvió a cerrar el botiquín, así seguimos al pie de la letra los procedimientos diseñados para evitar el robo de los opiáceos.

Cuando mi carrito estuvo listo, lo empujé por el corredor. La habitación del señor Bogan sería la primera. Estaba sentado en la cama, con sus notas y papeles desparramados encima de las sábanas. Con una mano temblorosa, tomó con sus dedos las píldoras que le entregué, las colocó en su boca y tomó el vasito de agua que le ofrecí.

—¿Cómo va con el libro, señor Bogan?

—Lento, lento. Aunque, no puedes apurar un li-li-li-libro.

—No si es bueno. Y estoy segura de que el suyo va a ser grandioso, señor Bogan.

—Gracias, Rachel. Qu-qu-qu-qué amable eres en decir eso.

Lo ayudé a organizar los papeles y acomodé un cuadernillo de notas sobre sus rodillas flexionadas. Mientras rodaba el carrito de servicio dentro y fuera de las habitaciones, zigzagueaba mi camino por el corredor. Volvía a la enfermería justo en el momento en que escuchamos a los médicos llegar por las escaleras, con sus agudas voces entrecortadas por el aire húmedo. Gloria me miró con aprobación por encima de sus anteojos.

OCURRIÓ JUSTO DESPUÉS del almuerzo: las bandejas de los pacientes estaban apiladas en orden en el carro vertical de la cocina, con los restos de sus alimentos blandos embadurnando los platos, cuando Gloria recibió la llamada desde el piso inferior. «¡Por fin!», la escuché decir. «La habitación está lista desde hace horas». La otra enfermera diurna estaba en su descanso, así que Gloria me envió a esperar a un lado del montacargas al celador que traía al quinto piso a nuestro paciente más reciente. A través de la reja, escuché la música del piano que flotaba por el hueco del elevador. Me acerqué, para tratar de reconocer la pieza. Me imaginé a un pianista jubilado o a un maestro de música anciano sentado al piano de cola del vestíbulo, que buscaba una melodía conocida con sus manos pecosas por la vejez.

El sudor goteaba por mi cuello. Me abaniqué con la mano, como si ese pequeño gesto pudiera ahuyentar el calor. Se había puesto peor a medida que pasaba el día, el sol horneaba los ladrillos del lado este del edificio antes de elevarse hasta el techo de tejas. Los techos altos, las ventanas abiertas y los ventiladores oscilantes no ofrecían demasiada resistencia. Miré mi reloj. Se suponía que tendría mi descanso en

unos minutos. Imaginé lo fresco que estaría en la cafetería del personal, en la planta baja, y me pregunté cuál era la demora.

Al fin, los engranajes surgieron a la vida con un zumbido. La
flecha arriba del elevador recorrió los números hasta que la puntita señaló el cinco. Abrí la reja de un tirón mientras que el celador
levantó la puerta. Era Ken, el joven veterano con el brazo mecánico
y un garfio brilloso donde alguna vez había estado su mano. Entré al
ascensor para ayudarlo a maniobrar la camilla.

—Deje, enfermera Rabinowitz, yo me encargo.

Tomó la barra de la camilla, con el garfio como pivote, y la balanceó en círculo hacia el pasillo.

—Aquí tiene.

—Gracias, Ken. ¿Y a quién tenemos acá?

La mujer en la camilla lucía anciana: el cabello gris lacio y graso,
el rostro hundido detrás de una nariz en forma de gancho, la piel de
sus delgados brazos arrugada como papel cera. Me incliné para leer
el nombre en su registro de enfermería. Mildred Solomon. Me erguí
demasiado rápido y empujé con el codo la cánula de la intravenosa
que iba desde su brazo lánguido al frasco que colgaba sobre la camilla.
Ella gimió.

—Lo lamento, Mildred, —dije.

—Doctor —su tono de voz fue desagradable, exigente.

—Mildred, el doctor hará las rondas de nuevo esta tarde. Me aseguraré de que la vea.

—Doctor —sus párpados, unas fisuras acuosas, se separaron por
un momento.

—No quiere ver a un doctor —dijo Ken—. Quiere que le digas
doctora. Solía serlo. Al menos, eso es lo que escuché.

—¡Ah! —mi estómago se me revolvió. Ya debería haber comido
algo—. ¿Algo más?

Se encogió de hombros.

—Supongo que no. Ya es hora de su medicina, creo. No podían decidir si hacerme esperar para subirla hasta después de que tomara los medicamentos, pero luego dijeron que lo hiciera, así que aquí está.

—Me encargaré desde ahora, entonces. Gracias de nuevo.

—Seguro.

Regresó al elevador y usó su mano sana para cerrar la reja, luego alcanzó la puerta con su garfio. Yo volteé la mirada hacia mi paciente nueva.

—Vamos entonces —¿Qué daño hacía complacerla?, pensé—. Vamos a instalarla, doctora Solomon.

Sus labios delgados se estiraron en una sonrisa apretada.

—Esa es una buena niña.

Quizá por el calor, de repente me sentí mareada. Mis ojos me engañaban, ensanchando el pasillo como el salón de los espejos en un parque de diversiones. Tomé la camilla para estabilizarme, respiré hondo varias veces hasta que el corredor volvió a tener su forma normal. Incluso así, mientras empujaba a Mildred Solomon a la habitación que perteneció al señor Mendelsohn, tuve la extraña sensación de ir por el lado equivocado de una escalera mecánica.

—¿Estás bien? —Gloria asomó su cabeza—. No te ves muy bien.

—Es este calor. Me temo que siento un poco de vértigo.

—Ayúdame a moverla, luego ve a tomar tu descanso. Yo la instalaré.

Gloria ubicó la camilla a un lado de la cama. Yo di la vuelta por el otro lado y me incliné para tomarla de la sábana. A la cuenta de tres, Gloria levantó y yo tiré hacia mí, mudando a la anciana al colchón.

—Ya puedes irte, Rachel. Toma, llévate también la camilla.

Gloria transfirió el frasco de la intravenosa al soporte a un lado de la cama, tomó el registro de enfermería y lo examinó.

—¿Y a quién tenemos acá? Mildred, ¿cierto? Bienvenida al quinto, Mildred.

Me retiré, rodando la camilla de la habitación hacia el ascensor. La voz aguda de Gloria llegaba hasta el pasillo.

—¿Doctor? El doctor la verá cuando venga a hacer las rondas.

No soy de las que se extienden en sus descansos, pero ese día deambulé por la cafetería del personal, tomando vaso tras vaso de té helado hasta que me causó dolor de cabeza. Doctora Mildred Solomon. Di vueltas a ese nombre en mi mente, mientras trataba de encontrar dónde encajaba, como uno de esos jueguitos de *pinball* que vienen en las cajas de galletitas Cracker Jacks. Un recuerdo lejano resplandeció en mi cerebro: el rostro de una mujer, inclinada sobre mí; yo, parada en una cuna, levanto la mirada hacia ella; mis manos se estiran para alcanzar el pequeño lazo alrededor de su cuello; una voz, su voz, que pregunta si había sido una buena niña. El rostro solo era una imagen borrosa, pero el nombre, Doctora Solomon, encajó donde iba.

Si alguien me hubiera preguntado aquella mañana si recordaba el nombre de mi doctora en el hogar de niños —si recordaba algo antes de la señora Berger y la recepción en el orfanato—, hubiera dicho que no. Ahora, estaba segura de eso. Pero si la paciente disecada en la cama del señor Mendelsohn era esa misma mujer o solo tenía el mismo nombre, eso no lo sabía.

—¿Mejor? —preguntó Gloria cuando regresé.

—Sí, gracias —mentí, mis ojos punzaban del dolor de cabeza que no podía quitarme—. ¿Cómo está nuestra paciente nueva?

—Ya está instalada, pero parece que se perdió el almuerzo. Llamé abajo para que enviaran algo líquido y les tomó hasta ahora traerlo —Gloria me entregó una bandeja con un tazón de caldo. A un lado, una jeringa enrollada en la servilleta—. Noté que estaba retrasada con su medicación. Calculé la dosis prescrita, pero debe estar sufriendo un dolor tremendo para necesitar esa cantidad. Ve si puedes hacer que tome algo de caldo primero; esa morfina la dejará sin sentido.

¡Ah!, escucha esto. Me dijo que debía llamarla doctora Solomon. No había oído eso antes.

Tomé la bandeja, mientras hacía un esfuerzo por mantener mis manos estables.

—El celador dijo que realmente era doctora. Al menos, creía que podría haberlo sido.

Gloria arqueó sus cejas.

—No había pensado en eso. Supuse que estaba confundida. Sabes cómo se ponen.

Lo sabía. Era habitual que los pacientes nos confundan con sus madres o sus mucamas, incluso sus hijos. Quizá yo, también, estaba equivocada.

Capítulo tres

LA SEÑORITA FERSTER LEVANTÓ LA VISTA DESDE SU ESCRITORIO EN la Agencia de Niños Judíos para ver a la señorita Jones, una trabajadora social de la corte, entrar a la oficina con dos pequeños, un chico y una chica. Estaban mejor acicalados que los granujas desgreñados que solía ver, sus caras aseadas, sus ropas cuidadosamente remendadas, en apariencia bien alimentados y al menos sus piernas no estaban raquíticas. Era obvio que no habían sido recogidos de las calles ni sacados de los tugurios de inmigrantes. La señorita Ferster se preguntaba qué tragedia los había traído hasta ella.

—Los niños Rabinowitz —anunció la señorita Jones, mientras se quitaba los guantes. Bajo el brazo traía su archivo, aún delgado: una orden de custodia firmada por el juez de familia de turno, una copia del informe policial, una orden nombrando a la agencia como guarda temporal. La señorita Jones había agregado algunas notas sobre la vecina, la señora Giovanni, que había alejado a los niños del cuerpo de su madre a rastras, les había dado un baño, los había vestido y cuidado durante la noche. Cuando arribó al domicilio la señorita Jones con los documentos legales, los inquilinos se habían ido y el encargado del edificio estaba de rodillas rasqueteando el piso del apartamento de los Rabinowitz. Burbujas rosadas hacían espuma alrededor del cepillo. La señora Giovanni había reunido las cosas de los niños: algo de ropa, un cepillo para el cabello, un libro con el abecedario, la fotografía de la boda de sus padres, una caja de zapatos con papeles que parecían documentación oficial. La señorita Jones había tomado algunos documentos de la caja, pero con gentileza rechazó tomar algo más, diciendo que la agencia brindaría lo que necesitaran.

Para Sam y Rachel, su primer paseo en un automóvil privado había sido empañado por la preocupación. Ya, en la agencia, se sujetaron las manos con fuerza y miraban con ansiedad el entorno de la oficina hacinada de escritorios con pilas de papeles, un par de máquinas de escribir repicando, una pizarra grande en el muro.

La señorita Ferster, de rostro redondo y anteojos aun más redondos rodeados de rulos, estiró la mano para tomar el archivo. Lo leyó y chasqueó la lengua.

—Pobrecitos —dijo, entrecerrando los ojos al mirarlos—. ¿Hará el seguimiento inicial, señorita Jones?

—Voy de camino a entrevistar a los abuelos, pero si la situación no es conveniente o los parientes los rechazan, devolveré el caso a la corte de adopciones. Con seguridad los niños serán asignados a su agencia; el censo identifica a los padres de origen idish, así que no debería haber interrupción en el cuidado. A partir de ese momento, el pago del Estado comenzará a llegarle. Ya sea que el padre sea capturado o no, no importará. En fuga o encarcelado, los niños estarán mejor siendo huérfanos.

—Una pena —dijo la señorita Ferster con un chasquido de su lengua—. Bien, gracias, señorita Jones.

—Buena suerte, Samuel —la señorita Jones le extendió su mano para despedirse, pero él se negó, estaba molesto por lo que había dicho de su padre.

—Y buena suerte para ti, Rachel. —Deslizó sus dedos por la mejilla de la niña—. Eres muy valiente. Fue un placer conocerte.

Al mirar a la señorita Jones irse de la oficina, Rachel no se sintió valiente, aunque lo pareciera. La pelea de sus padres, la muerte de su madre, la invasión de la policía; todo la había dejado tan atónita, que olvidó tener un arrebato de gritos. Luego, cuando vio a Sam tan molesto, se mantuvo tranquila por el bien de su hermano. Pero tras la calma que se confundía con su valentía, sus entrañas estaban tan revueltas como un frasco de botones.

La señorita Ferster salió de detrás del escritorio para saludar a los niños.

—¿Han comido hoy?

Rachel miró a Sam, que dijo:

—La señora Giovanni nos dio bollos, miel y café para el desayuno. Y manteca.

—¿La señora Giovanni es la vecina? —la señorita Ferster señaló al archivo con una mirada—. Parece una señora muy amable. Entonces, Sam, tienes seis años y estás en primer grado, ¿cierto? Y Rachel, ¿tienes cuatro años?

Sam respondió por ella.

—Tendrá cinco en agosto.

—De acuerdo, ¿por qué no se sientan allá y veré qué puedo hacer?

La señorita Ferster indicó un banco contra la pared. En él había un pedazo de cuerda atado, que algún otro niño había dejado.

Para distraerse, Rachel mantuvo tirante la cuerda entre sus dedos y se la enseñó a su hermano.

—Distráete conmigo con el juego de las cuerdas, Sammy.

A pesar de que los muchachos de su edad habían dejado ese juego [que consiste en hacer figuras con las cuerdas entre los dedos] dedicaba tiempo para jugar con canicas y *stickball* [un juego parecido al béisbol, que se juega con un palo y una pelota de goma], Sam introdujo sus dedos en el círculo que formaba la cuerda y la retiró de las manos de su hermana.

La señorita Ferster revisó con cuidado los papeles que estaban sobre su escritorio, luego fue hasta la pared y tomó el auricular del teléfono que colgaba allí. Habló por el micrófono por un largo rato. Después de volver a su lugar el auricular, fue hasta el escritorio de otra mujer.

—Miriam, no hay custodias transitorias disponibles, ¿puedes creerlo? Tendré que asignarlo a él a uno de los hogares.

Miriam miró hacia la pizarra. Había una columna para cada uno de los orfanatos judíos de Nueva York. Debajo de cada título, había una lista de nombres de niños, conservada cuidadosamente uniforme hasta el final.

—El último muchacho fue al Asilo de Huérfanos Judíos en Brooklyn —dijo—. Tendremos que enviar a este al Hogar de Huérfanos Judíos en Manhattan. Para la niña, la única opción por su edad es el hogar de niños.

—Quería ubicar a estos dos en custodia transitoria con la Sociedad de Refugiados. —La señorita Ferster se quitó los anteojos y frotó el puente de su nariz—. Han pasado por mucho ya como para tener que separarlos también.

—Quieres que todos estén en custodia transitoria, ese es tu problema.

—Estos orfanatos —murmuró—, se han atestado tanto este último año; si no es por la gripe, es por la Gran Guerra. ¿Cuántos hay ahora en el Hogar de Huérfanos Judíos? Más de mil, ¿cierto? Esa no es la clase de vida para un niño.

—Es mejor que las calles o el Orfanato Estatal, sabes eso —le recordó Miriam. Era mayor que la señorita Ferster, aún tenía presente cuando se pregonaba a los grandes orfanatos institucionales como la solución más eficaz a la crisis del cuidado de los niños—. Una vez que se construyan las nuevas viviendas, podremos comenzar a enviar a los niños hasta Westchester.

—Estoy esperando eso. Ese grupo de casas será mucho mejor para los niños que los dormitorios del orfanato. —La señorita Ferster dio una mirada a los niños sentados en el banco y suspiró—. No obstante, supongo que no hay nada más que hacer por ellos. ¿Puedes cubrir la oficina, Miriam? Quiero llevar a la pequeñita yo misma. Si llamas al señor Grossman, enviará a un celador por el muchacho.

Cuando la señorita Ferster se acercó a Sam y a Rachel, ya las pequeñas quemaduras de la cuerda comenzaban a aparecer en sus dedos. Así que se sentó en el banco para explicarles su situación.

—No he podido encontrarles una custodia transitoria que pueda llevarlos a ambos, todavía no, pero seguiré tratando. Por tanto, solo por ahora, Sam, te vas a quedar en el Hogar de Huérfanos Judíos, pero ese es solo para niños que ya tienen seis años. Eso significa, Rachel, que tú irás al Hogar de Niños Judíos.

—¿Por qué no podemos quedarnos con la señora Giovanni hasta que papá regrese por nosotros? —dijo Sam.

—Me temo que las cosas no funcionan así.

El labio de Rachel amenazó con temblar.

—Quiero estar con Sam.

—Lo sé, querida, y lo lamento, pero solo será por poco tiempo. Seguiré tratando de encontrar una familia adoptiva, alguien amable como la señora Giovanni. Si puedes ser valiente y buena por unos pocos días más, y hacer lo mejor por comportarse bien sin el otro, haré todo lo posible para que puedan estar juntos de nuevo. ¿Podemos hacer eso?

Los dedos de Rachel estaban entrelazados con los de Sam en el juego de la cuerda. Miró a su hermano con ojos asustados.

—Pero se supone que debo cuidarla. Papá me lo dijo.

—Y lo harás. Solo dame unos pocos días para encontrarles un lugar para ambos. Llevaré a Rachel al hogar de niños y cuando vuelva, te contaré todo.

La señorita Ferster tiró de la cuerda para separar las manos de los niños. Rachel tomó los dedos de Sam y no los soltaba. La señorita Ferster la levantó y trató de alejarla de su hermano. Rachel no podía esconder más el pánico que subió desde el fondo de su barriga. Así que estalló con un llanto, desde su garganta, que hizo vibrar toda la oficina.

—Calma, calma, Rachel, calma, calma. —La angustia en los ojos de la señorita Ferster hizo que Sam deseara ayudarla.

—Rachel, escúchame. Pronto estaremos juntos otra vez, pero solo si eres buena con la señora. —Sam dejó libres los dedos de su hermana—.Cuando ya sepas contar hasta ciento uno, entonces te veré otra vez. ¿Puedes contar por mí, Rachel?

Rachel trató.

—Uno. Dos. —Tragaba en un sollozo cada número que pronunciaba—. Tres. —La señorita Ferster la levantó—. Cuatro. —La señorita Ferster cruzó la oficina, con la niña forcejeando en sus brazos—. Cinco. —Abrió la puerta de la oficina y se llevó a Rachel—. Seis. —La puerta se cerró detrás de ellas.

Adentro, en el banco, mientras esperaba por el celador que lo llevaría al orfanato, Sam susurraba el conteo, haciendo corresponder sus números con los de su hermana. Cuando llegó a ciento uno, continuó contando.

RACHEL PERDIÓ LA cuenta antes de llegar a diez. Trataba una y otra vez de comenzar de nuevo, pero tenía bastante dificultad para concentrarse. Ahí estaba el taxi, acercándose al borde de la acera; luego el recorrido por Central Park; mientras la señorita Ferster insistía en que mirara los carruajes tirados por los caballos. Después del parque, el taxi cruzó un puente con torres de piedra, y a través de la ventana Rachel vio agua, barcos y pájaros blancos elevándose y zambulléndose en el aire. Siguieron hasta donde había menos casas y más césped y árboles. Finalmente, el taxi se detuvo.

—Ahí está —dijo la señorita Ferster. Una larga hilera de automóviles negros estaba estacionada a lo largo de la acera en frente de un edificio muy alto, cuyo techo Rachel solo podía ver si dejaba caer su cabeza hacia atrás.

—¿Es una fábrica? —preguntó.

—No, querida, no es una fábrica. Este es el hogar de niños. Aquí es donde vivirás hasta que te encuentre una familia adoptiva para ti y tu hermano. Ven.

La señorita Ferster tomó a Rachel de la mano y la llevó hacia un sendero ancho que conducía a una entrada con un arco. Rachel pensó en el libro del alfabeto de Sam: la C es para «calor». «Caramelo». «Canario».

—¿Es esto un «castillo»?

—Se parece —reconoció la señorita Ferster—. Entremos y veamos.

El vestíbulo del hogar de niños era un torreón elevado, alrededor del cual se erigía una escalera en caracol, piso por piso, hasta que alcanzaba una claraboya en el techo muy por encima de ellas. Rachel se mareaba al mirar a las nubes, mientras tanto la señorita Ferster se acercó al escritorio de la recepcionista, ubicado en una especie de hornacina.

—Llamé desde la agencia. Traje a Rachel Rabinowitz.

La recepcionista levantó la vista, como con sorpresa.

—Llegó muy pronto. El Comité de Damas acaba de arribar. La misma señora Hess está aquí. Sabe quién es, ¿cierto? —La señorita Ferster negó con un gesto. La recepcionista susurró de manera conminatoria—. Su padre fue el señor Straus, que fundó Macy's. Sus padres se hundieron con el Titanic.

—¡Ah!, la familia Straus. —La señorita Ferster trató de mostrarse impresionada, pero no estaba segura de qué tenía que ver eso con su pequeña carga—. Bueno, aquí está el archivo. ¿Debo dejarla contigo?

—No, ahora no, a eso me refiero. Las damas desearán pasar un tiempo con los niños en el patio de juegos antes de la reunión del comité. Es probable que no pueda llevar a una niña nueva todo el trayecto hasta su aislamiento en este momento. ¿Quizá pueda llevarla usted hasta allá? Está por el fondo de este pasillo, subiendo por las escaleras. Todos los niños nuevos comienzan en aislamiento.

—De nuevo la recepcionista susurró—. Usted sabe, hemos tenido un problema terrible tratando de contener la propagación del sarampión. —Miró a Rachel como si pudiera estar infectada.

La señorita Ferster pensó en el taxi en espera, con el taxímetro corriendo. Estaba ansiosa por regresar a la agencia antes de que llevaran a Sam al orfanato, pero no tenía alternativa.

—La llevaré entonces. ¿Quiere su archivo?

En ese momento, un parloteo de mujeres invadió el vestíbulo. La señorita Ferster notó el destello de sus estolas de visón, el brillo de sus zapatos elegantes, la iridiscencia de las plumas sujetadas en sus sombreros. Alisó su propio vestido de algodón y se preguntó cómo sería tener a su disposición toda la tienda Macy's.

—Llévelo con usted, la enfermera de aislamiento lo tomará. —La recepcionista se puso de pie y se acercó a las mujeres—. Buen día, señoras. Sigan por acá.

—¿Y a quién tenemos aquí? —Una de las mujeres se inclinó hacia Rachel y estiró su mano cubierta por un guante para tocar el mentón de la niña.

—Señora Hess, por favor, no la toque. La niña puede ser contagiosa. —La mujer se irguió y retrocedió—. Ahora la llevan a aislamiento.

La recepcionista señaló a la señorita Ferster, que tomó la mano de Rachel y la apresuró a caminar hasta el fondo del pasillo.

—¿Qué significa «contagiosa»? —preguntó Rachel.

—Significa atrapar —dijo la señorita Ferster.

—Como ¿atrapar una pelota?

—No te preocupes por eso, querida.

Al subir las escaleras del fondo, la señorita Ferster abrió una puerta al salir del primer descanso, diciendo: «Aquí debe ser».

Entraron en una habitación amplia y bien iluminada por un grupo de ventanas altas. A través de las ventanas, se veía una serie de cubículos de cristal, cada habitación transparente solo era lo bastante amplia como para una mesa y una cuna pequeñas. Dentro de cada cunita yacía un bebé en pañales. La señorita Ferster se detuvo, perturbada por aquel extraño panorama, mientras que se preguntaba si eso era el aislamiento al que se refería la recepcionista.

—Quiero ver. —Rachel alzó los brazos para que la subiera. La señorita Ferster la levantó del piso y juntas contemplaron a través del cristal a uno de los bebés. A Rachel le pareció un juguete, tan aletargado e inmóvil. Luego el bebé pateó y bostezó, lo que la dejó perpleja—. ¡La muñeca se movió!

—No son muñecas, querida Rachel, son bebés. —La señorita Ferster podía ver con claridad a través de una docena de cubículos hasta el final de la larga habitación, un bebé tras otro, ningún adulto a la vista.

—¿Por qué están todos solos? —preguntó Rachel.

—No sabría decirlo.

Desde el otro lado de la habitación apareció una enfermera.

—No tienen permitido estar aquí. —Caminó con rapidez hacia ellas, con su delantal blanco pendular, la cofia blanca sobre su cabeza aleteaba como los pájaros sobre el río—. Por favor, váyanse antes de que perturben a los bebés.

Algunos de los bebés voltearon sus rostros hacia el movimiento afuera de los compartimentos de cristal. Uno comenzó a llorar.

—¿Ven lo que han hecho? —La enfermera se detuvo fuera del cubículo del bebé que lloraba y comenzó a lavarse las manos en el lavamanos—. ¿Qué hacen aquí?

—La recepcionista me indicó que trajera a esta niña a aislamiento. Soy de la agencia.

Con una mirada de horror, la enfermera dijo:

¿Quiere decir que ella viene de afuera? ¿No ha estado en aislamiento aún? ¿Tiene idea de qué enfermedades debe tener encima? Por favor, retírese. —Giró sus manos con energía—. Por eso el doctor Hess desarrolló este método, para evitar que se disemine el contagio. Ninguno de estos bebés ha estado enfermo un solo día desde que los ubicaron aquí.

La señorita Ferster miró a través del cristal al bebé que lloraba. Supuso que tendría ocho o nueve meses de edad. Su pequeña sobrina había comenzado a gatear a esa edad. Pensó en las visitas a la familia de su hermana y en cómo se pasaban a la bebé de regazo en regazo, con cada miembro de la familia acariciándoles los deditos de las manos y de los pies, y los niños mayores haciéndoles monerías a su hermanita.

—¿Siempre están solos?

La enfermera estaba secándose las manos.

—Por supuesto. De esta manera garantizamos su salud.

—¿Podemos jugar con uno? —dijo Rachel, una pregunta tonta a la que la enfermera no contestó, pero que apremió a la señorita Ferster a formular la suya.

—¿Con cuánta regularidad los atiende?

—Tanto como sea posible. Por favor, regrese a la escalera. Se supone que esa puerta esté cerrada. El pabellón de aislamiento está en el próximo piso. —La enfermera esperó hasta que Rachel y la señorita Ferster volvieran sobre sus pasos antes de entrar a la habitación de cristal del bebé.

La señorita Ferster llevó a Rachel escaleras arriba a la siguiente puerta cerrada que se encontraron. Ahora con cautela, llamó a la puerta hasta que una enfermera vino a abrir.

—Soy la señorita Ferster, de la agencia. Esta es Rachel Rabinowitz. Me pidieron que la trajera hasta aislamiento.

—Sí, la recepcionista recién llamó para decirme que una niña nueva estaba en camino. Soy la enfermera Shapiro. Adelante. —Las condujo hacia una habitación pequeña con muebles metálicos y paredes con azulejos—. Colóquela aquí, así puedo procesarla. Deme el archivo.

La señorita Ferster ubicó a Rachel sobre una mesa de acero.

—Muy bien, querida. Esta gentil enfermera te cuidará ahora.

Rachel evaluó a la enfermera Shapiro, que parecía todo menos gentil: su rostro estreñido, sus cejas unidas, sus grandes manos rojas y ásperas.

—¿Qué me pasará?

La señorita Ferster miró a la enfermera que, con un suspiro de impaciencia, explicó:

—El proceso es el mismo para todos los niños nuevos. Cortaré su cabello, después voy a quemarlos con su ropa. Luego la bañaré y revisaré su cabeza en busca de piojos. Cuando esté toda aseada, vendrá el doctor Hess para examinarla. —Miró a Rachel arrugando el entrecejo—. Me pareces que estás bastante saludable, así que dudo que te quiera para uno de sus estudios. Es probable que pueda instalarte en el pabellón de Aislamiento a tiempo para el almuerzo.

—Y ¿luego del Aislamiento? —preguntó la señorita Ferster.

—Eso tomará un mes, para asegurarnos de que no están contagiados. Después de eso, van a uno de los pabellones para niños en el hogar de niños. Hay una sala de juegos para los que comienzan a caminar. Incluso abrieron un jardín de infantes para los mayores.

La señorita Ferster parecía satisfecha.

—Eso suena bien, ¿cierto, Rachel? Aun así trataré de encontrar una familia adoptiva para ti y Sam, así que pórtate bien con la enfermera Shapiro hasta que nos veamos otra vez. ¿Quieres que le diga algo a Sam cuando regrese a la agencia?

El rostro de Rachel palideció. La única persona que la conectaba con su hermano, y por extensión a todo lo que alguna vez había conocido, estaba por dejarla en ese lugar extraño. Todo lo que pudo pensar para decir, en un chillido estridente por el pánico, fue:

—¡Olvidé que sigue después de cien!

—Ciento uno, querida. —Ella sabía que era mejor hacer esas cosas rápido, así que le acarició la mejilla y se marchó.

—CIENTO UNO y ciento *uno* y —cantaba Rachel, mientras la enfermera Shapiro le quitaba sus ropas, cuidadosamente remendadas, y las tiraba en un cesto como si fueran desechos. Luego, la enfermera tomó una tijera. Rachel sintió varios tirones a medida que cortaba su cabello. Con sus dedos separaba los mechones que caían sobre su regazo.

—Por aquí ahora.

La enfermera Shapiro metió a Rachel en una bañera profunda llena con agua caliente y la limpió con un jabón áspero y un cepillo de cerda hasta que su piel estuvo casi roja, como las rústicas manos de la enfermera. Envuelta en una toalla rugosa, Rachel fue pesada y medida, mientras tiritaba y luego puesta al borde de la mesa.

A la vez que sostenía a Rachel con una mano, como si pudiera tratar de escaparse, la enfermera Shapiro se estiró para alcanzar la perilla de la puerta.

—Lista para usted, doctor Hess —anunció.

Entró un hombre con una bata blanca. Su rostro terso y frente calva hizo pensar a Rachel en los huevos hervidos de su papá. Con una luz apuntó a los ojos de Rachel, presionó su lengua mientras observaba el fondo de su garganta, sostuvo un estetoscopio en su pecho, apretó con los dedos a lo largo de los lados de su cuello y en su vientre. Mientras sus manos extrañas recorrían el cuerpo de Rachel, hablaba por encima de su hombro a la enfermera Shapiro, que escribía en un portapapeles.

—Los pulmones suenan despejados, sin signos de tosferina o neumonía. Sin conjuntivitis. Sin signos obvios de raquitismo o escorbuto. No hay señales de sarampión. Consígame un hisopado de difteria del fondo de la garganta, por favor. Lo veré con más detalle en el laboratorio. —El doctor Hess plegó su estetoscopio—. Veremos dónde estamos parados luego del periodo de aislamiento.

Cuando se marchó el doctor, la enfermera Shapiro tomó entre sus dedos el mentón de Rachel y bajó su mandíbula. Cuando el hisopo tocó su garganta, Rachel se atragantó.

—Ahí tienes, terminamos.

La enfermera dejó caer una bata blanca sobre la cabeza de Rachel, subió unas medias tejidas por sus piernas, abrochó unos zapatos suaves en sus pies. Sus manos rústicas estrujaron las costillas de Rachel cuando la bajó al piso.

—Ven conmigo —dijo, mientras llevaba a Rachel de la habitación con azulejos hacia aislamiento.

El pabellón era tan grande como la fábrica de blusas, pero en lugar de máquinas ruidosas, estaba repleto de niños chillones. Había cunas metálicas blancas alineadas alrededor de los cuatro muros; en el centro, niños del tamaño de Rachel y más pequeños sentados en sillitas y mesitas bajas. Cada uno de ellos, chicos y chicas, tenían el cabello corto y vestían una bata blanca. Por un momento Rachel pensó que debía ser la escuela como a la que iba Sam, pero no había ninguna maestra, solo las enfermeras sirviendo y levantando platos. Rachel fue ubicada en una silla. De la comida que le colocaron enfrente, solo logró comerse el pan.

Después del almuerzo, dirigieron a los niños a una habitación con inodoros a lo largo de la pared. Los otros niños de su tamaño se levantaron la bata y se sentaron enfrente de todos. En su casa, Visha le había enseñado a Rachel a cerrar la puerta siempre que usaba el baño. Sola en el cubículo, veía la sombra de Sam pasando enfrente del cristal esmerilado mientras esperaba por ella o escuchaba al señor Giovanni en el baño de al lado, que tarareaba una canción y pasaba las hojas de su periódico.

—Una niña grande como tú no debería necesitar ayuda— dijo la enfermera Shapiro a la vez que levantó a Rachel y la ubicó sobre la porcelana fría, pero Rachel era demasiado tímida para eso. Después de que los niños lavaron sus manos, los arrearon de vuelta hacia la sala. Alguien anunció la siesta. Rachel miró alrededor en busca de un sofá donde pudiera acostarse, pero una de las enfermeras la metió en una cuna. Parada allí, miraba por encima de las barras. Rachel quería decirle a alguien que no era una bebé como para que la pusieran en una cuna: ella era capaz de clasificar los botones, ganarse un centavo y recitar las letras del alfabeto.

Rachel giraba su cabeza de un lado a otro, mirando el entorno del pabellón. Los otros niños se habían acurrucado ya, con el dedo gordo entre sus bocas. Algunos estaban tranquilos, incluso lánguidos; otros gimoteaban hasta que se quedaban dormidos, con los mocos por todo el rostro. Rachel deseaba irse a su casa, deseaba que Sam viniera a buscarla. Se sentó en la cuna y cerró los ojos. Trató de no pensar en las ganas que tenía de orinar. Con cuidado, contó hasta ciento uno, asegurándose de no evadir un solo número. Cuando abrió los ojos, miró hacia la puerta a través de las barras, a la espera de que se abriera.

La puerta seguía cerrada. Rachel no pudo evitar más la aterradora idea de que la habían abandonado allí, olvidada. ¿Cómo la encontraría Sam alguna vez? Hizo pucheros y su labio inferior comenzó a temblar. Su estómago se endureció y sintió un nudo. Saboreó unas lágrimas saladas.

Se desarmó en un gemido.

El llanto de la niña era tan agudo y sostenido, que la enfermera Shapiro corrió hasta ella para examinar si estaba herida. Al descubrir que estaba bien, tomó a Rachel con firmeza por los hombros.

—¡No tienes nada, niña! ¡Será mejor que te calmes ahora!

Rachel logró formar cinco palabras, cada una acompañada por el llanto.

—Quiero. Ir. A. Mi. Casa.

—Esta es tu casa ahora, pronto verás que estos ataques de histeria no te hacen bien. —Giró y se fue—. Esta me va a sacar de quicio —dijo a la otra enfermera de guardia.

El pánico retorció con fuerza el cuerpo de Rachel. Su respiración salía entrecortada con chillidos que le hacían doler sus propios oídos. Algunos de los otros niños, agitados por sus gritos, lloraban a coro con ella. Se orinó, así que gateó con torpeza hacia una esquina de la cuna para escapar del charco frío. Mareada, temió que jamás podría volver a respirar de nuevo. Sentía que los sollozos con hipos la ahogaban. El lugar de donde venían las lágrimas parecía un barril de salmuera sin fondo.

Al fin, exhausta, el ataque menguó. Las enfermeras respiraron hondo y se felicitaron cuando la niña nueva, en silencio, arrastró la manta por sobre su cabeza.

—¿Ves? —dijo la enfermera Shapiro—. Todos lloran hasta dormirse si los dejas solos lo suficiente.

En el escondite oscuro bajo la manta, Rachel entretejió sus dedos y simuló que sostenía la mano de su hermano. Parecía que solo un segundo después la despertó de un sobresalto el sueño de una muñeca que cobraba vida, que tenía botones negros cosidos con hilo rústico en donde deberían estar sus ojos.

EL MES SIGUIENTE, la señorita Ferster volvió al Hogar de Niños Judíos y explicó a la recepcionista que estaba allí para llevarse a Rachel

Rabinowitz. Se había prometido no olvidar a esos dos niños, de modo que cuando al fin hubo una familia adoptiva adecuada, se sintió orgullosa de su dedicación. Se trataba de una pareja judía en Harlem, gente trabajadora y honesta que vivía sobre su taller de calzado, con la voluntad de acoger a ambos niños. Quizá Sam podía aprender el oficio —siempre había buen trabajo en la reparación de calzado— y para esa querida niñita estaría el cuidado de una mujer amable. La señorita Ferster no podía esperar a ver la mirada de Rachel cuando le contara que se reuniría con su hermano. Con impaciencia interrumpió a la recepcionista, que recorría con sus dedos las fichas.

—Solo la traje hace unas pocas semanas, así que imagino que aún está en aislamiento. Puedo llegar hasta ahí sola si lo prefiere.

Mientras subía por las escaleras del fondo, la señorita Ferster se apuró a pasar la puerta que conducía hacia la sala de bebés encerrados en los cubículos de cristal. Cuando ingresó en aislamiento, reconoció a la enfermera Shapiro y le solicitó que trajera a la niña Rabinowitz.

—Lo lamento, pero no podrá llevársela. Fue trasladada de aislamiento al pabellón hospitalario. Está en el pabellón de sarampión.

—¡Ah, pobrecita! —La señorita Ferster recordó cuando su sobrino se había contagiado de sarampión el verano pasado y las noches prolongadas que su hermana pasaba a su lado, tranquilizando al muchacho con toallas húmedas y dándole de comer postre frío por la garganta irritada—. ¿Cuánto tiempo cree usted que tardará en recuperarse?

—El doctor Hess confirmó el diagnóstico por medio de un examen de sangre la semana pasada. A estas alturas debe estar cubierta de erupciones. Será contagiosa hasta que se le aclare la piel, pero aun después de que las erupciones disminuyan, pueden aparecer otras complicaciones. La conjuntivitis es usual y tenemos que vigilarla por la neumonía. No esperaría que le den el alta antes del mes próximo como mínimo, y solo si no contrae nada más.

A la señorita Ferster se le hundieron los hombros. Se había entusiasmado tanto con la custodia, que le había pedido a Miriam que notificara al Hogar de Huérfanos Judíos a fin de que preparasen a Sam para la transferencia. Se imaginó la decepción del niño al tener que esperar otro mes, quizá más, antes de ver a su hermana.

—¿Podría visitarla antes de irme? No me contagiaría, tuve sarampión cuando era niña.

—Es imposible que ingrese al pabellón de sarampión. Ni siquiera debería permitirle la entrada al pabellón hospitalario.

—¿No existe manera de que al menos vea a la niña? Hice todo este trayecto.

La enfermera Shapiro consideró el pedido. Ya casi era la hora del almuerzo en aislamiento y no había ingresos nuevos que procesar. Una caminata hasta el pabellón hospitalario sería un buen cambio en su rutina.

—Si insiste, pero solo si la acompaño. Hay una ventana en la puerta del pabellón de sarampión. Pediré a la enfermera que acerque su cuna hasta ahí para que la vea.

—Se lo agradezco mucho. Tengo una familia adoptiva esperando por ella y me gustaría poder contarles cómo está.

Para llegar hasta el pabellón hospitalario, la enfermera Shapiro condujo a la señorita Ferster escaleras abajo y a través del vestíbulo. Subieron hacia la claraboya de la torre, luego giraron hacia un corredor amplio. Pasaron por varios pabellones de enfermedades contagiosas: sarampión, tosferina, difteria, neumonía. Después de golpear a la puerta del pabellón de sarampión, la enfermera Shapiro explicó su misión a la enfermera, que fue a buscar a la niña Rabinowitz. Mientras esperaban, la señorita Ferster miró a su alrededor. Al observar una etiqueta en una puerta cercana, le preguntó a la enfermera Shapiro:

—¿No es el escorbuto una deficiencia nutricional? No es contagioso, ¿cierto?

—No, pero el doctor Hess está haciendo un estudio especial sobre el escorbuto. Y mantener a todos los niños juntos en un pabellón ayuda a su investigación.

Un golpe atrajo su atención.

—Esa es la niña —dijo la enfermera Shapiro, a la vez que agitaba su mano a la enfermera del pabellón para que se alejara.

¿Podría escucharla Rachel si le dijera que la esperaba un hogar adoptivo apenas se recuperara?, se preguntó la señorita Ferster. La noticia le daría a la niña algo de esperanza. Con su rostro cerca de la ventana de cristal, la señorita Ferster miró dentro de la cuna que habían acercado a la puerta.

La niña estaba irreconocible. Estaba desnuda, para evitar que aflorase la irritación; su piel tenía el color rojo intenso de una quemadura grave, moteada y curtida. Su rostro parecía una máscara pintada, tenía el cabello rasurado pegado al cráneo por el sudor. Sus manos estaban amarradas con tiras de tela a las barras de la cuna: una medida necesaria para evitar que se rascara y se infectara, explicó la enfermera Shapiro; aun así, algo penoso de ver. Cuando Rachel la miró, la señorita Ferster respiró de forma abrupta. La conjuntivitis había enrojecido el blanco de los ojos de Rachel, por lo que brillaban de manera amenazante. El pus amarillo adherido a sus pestañas negras le daba a la niña una mirada perniciosa. Entonces, los ojos de la niña encontraron el rostro de la señorita Ferster del otro lado del cristal.

Allí estaba, la señora de la agencia, al fin venía a sacarla de ese lugar y llevarla de vuelta con Sam. Las semanas que pasaron desde que dejó a Rachel ahí fueron una eternidad de tristeza y dolor, pero ya terminó. Trató de alcanzar a la mujer, pero sus manos amarradas se lo impidieron. Comenzó a llorar, con enormes jadeos, sollozos de alivio, un desahogo de todo el miedo y el sufrimiento que había acumulado desde ese primer día en el hogar de niños.

La señorita Ferster miró a la niña histérica, tan diferente de la niñita valiente y amorosa que había descrito a los padres adoptivos: con la piel horrible, aquellos ojos infectados, la garganta expuesta de par en par, con esa lengua inflamada, temblorosa. Apartó la mirada de ese panorama, con un gesto negativo de su cabeza. La enfermera Shapiro hizo una seña a la enfermera del pabellón para que se llevara la cuna. A medida que la ventana se alejaba, Rachel gritaba con desesperación, lo que desfiguraba aún más su aspecto. Al ahogarse con sus lágrimas, tosía y tenía arcadas. La enfermera del pabellón anotó en el registro el desarrollo potencial de tosferina. En la cuna, Rachel se agitó con violencia y gritó hasta que, vencida, se desplomó sobre el colchón, con las manos amarradas aun deslizándose por las barras.

La señorita Ferster siguió a la enfermera Shapiro de vuelta hasta la recepción en el vestíbulo.

—Gracias por llevarme a ver a la pobrecita. —Extendió una mano, que la enfermera envolvió con sus propios dedos agrietados.

—Es mejor enfrentar la realidad antes que alimentar falsas esperanzas —dijo la enfermera Shapiro—. Por la manera en que se ve, creo que la niña estará con nosotros por algún tiempo.

—Así lo creo también.

La señorita Ferster se dirigió a la recepcionista para solicitar el teléfono. Primero, haría saber al Hogar de Huérfanos Judíos que Samuel Rabinowitz seguiría con ellos, luego llamaría a Miriam en la agencia, para preguntarle si habían ingresado otros hermanos que necesitaran una familia adoptiva. No tenía sentido dejar vacío durante meses un hogar tan bueno, a la espera de la recuperación de Rachel Rabinowitz.

Capítulo cuatro

LEVÉ LA BANDEJA CON EL CALDO Y LA JERINGA DE MORFINA hasta la habitación de Mildred Solomon, la ubiqué en la mesa de luz y reacomodé la cama con la manivela. A medida que su espalda se elevaba, la anciana se retorcía de dolor.

—Duele.

—Lo sé, lo siento. Comamos algo primero, luego te daré la medicación.

Mientras le servía unas cucharadas de caldo en la boca, noté el esfuerzo que hacía para tragar. Analicé su rostro, pero estaba tan cambiado después de los que debieron ser ¿cuántos?: treinta y cuatro, treinta y cinco años, que no reconocí nada. Me pareció que había algo familiar en su voz, sus gestos, pero no confié en que esas impresiones fueran reales.

El caldo la reanimó. Cuando terminó, empujó el tazón a un lado, con más fuerza de la que hubiera creído que podía reunir, y con un gesto de su cabeza señaló a la jeringa.

—Es hora de mi morfina, ¿cierto? No demasiado, algo, solo necesito un poco. Ese doctor prescribe demasiado. Se lo dije, solo un poco para el dolor.

En verdad, parecía doctora. Examiné el registro de enfermería otra vez, en busca de alguna indicación del título médico que afirmaba tener, pero no la había. Me pregunté si las enfermeras que prepararon el registro lo habían dejado inconscientemente sin la profesión de ella.

—Me dijo que me quejaba demasiado, ¿puedes creerlo? «Soy el doctor aquí, Mildred», dijo. No eres el único, le contesté. Eso no le gustó. Dijo que me mandaría al quinto si no cooperaba. —Lamió sus labios y miró a su alrededor—. ¿Es ahí donde estoy, en el quinto?

—Sí, estás en el quinto piso del Hogar de Ancianos Judíos. Soy tu enfermera, Rachel Rabinowitz. —¿Recordaría mi nombre? La miré a los ojos, pero no vi ni un atisbo de reconocimiento. Tomé la cánula de la intravenosa para inyectarle la morfina, luego me detuve. Todo lo que tenía que hacer era preguntar. Pregunta ahora, antes de que la morfina la enviase al país de los sueños—. ¿Doctora Solomon? —Me esforcé bastante para mantener estable el tono de mi voz—. ¿Recuerda si trabajó alguna vez en el Hogar de Niños Judíos?

—Por supuesto que recuerdo. No estoy senil. Es solo esa maldita morfina, él me prescribe demasiado. —La doctora Solomon cerró los ojos al dolor en sus huesos. Parecía buscar algo detrás de los párpados cerrados. Su boca mostró una sonrisa—. Practiqué mi residencia en radiología en el hogar de niños. Estaba a cargo de todas las radiografías del doctor Hess: las de los experimentos sobre el escorbuto, las del trabajo sobre el raquitismo, las de los estudios sobre la digestión. Para eso no había utilizado bario para los rayos X antes. El doctor Hess todavía colocaba tubos gástricos en la garganta de los niños. También, conduje mi propia investigación.

Entonces, fue mi doctora Solomon. Una carga eléctrica me sacudió, para estremecer unos fragmentos sueltos de recuerdos. Las imágenes comenzaron a aparecer en mi mente como el destello de una cámara fotográfica. Las barras de la cuna en la que me metían de noche, como a un bebé, a pesar de que ya casi tenía cinco años. Sostenía la mano de alguien mientras dormía, aunque no podía imaginar quién podría haber sido. Un número bordado en el cuello de mi camisón: recuerdo que recorría con la puntita de mi dedo los hilos flojos. Había tanto que quería preguntar; no sabía por dónde comenzar.

Ahora me miraba, con ojos ávidos.

—Leiste mi articulo sobre el experimento con las amigdalas que conduje, ¿cierto? ¿De ahí conoces el hogar de niños?

—No, nada de eso. Estuve ahí. Cuando era niña, estuve en el Hogar de Niños Judíos. Creo que usted fue mi doctora.

Mildred Solomon dio un respingo. Supuse que de dolor. Era obvio que necesitaba esa morfina.

—¿En qué estudio estabas? —Su voz sonó tensa en su garganta.

—No sé de ningún estudio. Sé que me tomaban radiografías, pero no sé qué enfermedad tenía.

Dio un resoplido y dejó caer su cabeza de vuelta sobre la almohada.

—A todos los niños le tomaban radiografías, era rutina, no significa nada. Lo que importaba era nuestra investigación. El artículo que escribí me consiguió la posición en radiología, delante de una docena de hombres. Después del hogar, jamás tuve que volver a trabajar con niños. —Una punzada de dolor puso tensa la línea de su boca—. Basta de charla. Quiero mi medicación.

Revisé la hora: faltaban quince minutos para las dos. Una dosis completa ahora permanecería bastante en su sistema para cuando viniera la siguiente ronda de medicamentos a las cuatro. Sabía que Gloria no modificaría la próxima dosis sin que el doctor la autorizara, pero era habitual que no llegase hasta alrededor de las cinco. Por supuesto, podría llamarlo: si hubiera una emergencia, no dudaría en hacerlo, pero si él venía temprano, habría deseado terminar las rondas antes, y eso hubiera desbaratado todo el cronograma. Sabía lo que significaba el cronograma para Gloria.

Inserté la jeringa en la válvula de la cánula de la intravenosa y presioné el émbolo. Me detuve a la mitad, solo lo suficiente para mantenerla cómoda, y tranquila, hasta la ronda de las cuatro en punto. El rostro de Mildred Solomon se relajó a medida que sus párpados se cerraban agitándose, cual adicto saboreando su dosis.

—Esa es una buena niña —susurró.

Al retirar la jeringa, decidí que Gloria no debía saber sobre eso. En la enfermería, encontré un frasquito de ampolleta vacío cerca del autoclave. Perforé la tapa de goma y vacié la jeringa de morfina, luego metí el frasquito en mi bolsillo antes de llamar a Gloria para que firmara el registro de Mildred Solomon. Pude ver que estaba complacida. El cronograma del quinto iba según lo previsto, con todos los opiáceos justificados.

—Resulta que Mildred Solomon fue doctora de verdad —dije—. La conocí, una vez. Era uno de mis doctores en el Hogar de Niños Judíos.

—¿Hogar de niños? —Gloria me miró por encima de sus anteojos—. Jamás supe que estuviste en un orfanato. ¿Cuándo fue eso?

—Allá por 1918.

Gloria pensó en ese año.

—¿Tus padres murieron de fiebre española?

Como que encogí mis hombros con pena, lo que interpretó como un sí.

—Entonces, esta doctora Solomon, ¿fue quien te cuidó?

Mientras tocaba mi cabello, asentí.

—Y ahora tú puedes cuidarla a ella. Eso es lo apropiado. Dudo que tenga a alguien más. ¿Para que una mujer fuese doctora, en aquellos días? Es posible que no se haya casado. Supongo que todos ustedes eran como sus hijos.

—Supongo. —Algo había venido a mi mente, una imagen tan clara que me pregunté dónde había estado todos esos años—. Cuando venía a buscarme para hacer los tratamientos, la doctora Solomon sonreía de tal manera, que hubieras pensado que solo lo hacía por ti y nadie más en todo el mundo. Siempre me dijo lo buena, lo valiente, que era.

—¿De qué te estaban tratando?

—No lo sé.

—¡Cómo ibas a saberlo, al ser tan pequeña! Pero podrías averiguarlo, supongo. ¿No quedaron registros?

—Dijo que escribió un artículo.

—Ahí tienes. —Gloria se levantó los anteojos, satisfecha por haber resuelto mi problema—. Estoy segura de que tienen esas revistas especializadas antiguas en la biblioteca de la Academia de Medicina. Tienes el día libre mañana, ¿por qué no vas a averiguar?

AL DIRIGIRME A casa, casi me desplomé en el asiento del sofocante subterráneo. Una vez que el tren estuvo en la superficie, a lo largo del río, las ventanas abiertas ayudaban a calmar el calor. Estiré mi cuello para atrapar lo que podía de viento. Arribamos al final de la línea a las ocho en punto, con el cielo aún iluminado por el sol tardío de verano. Para evitar la multitud, caminé por las calles traseras al edificio de apartamentos, con las preguntas de Gloria alborozando mi mente.

¿Por qué no lo había averiguado nunca? Solo sabía que me habían tratado con rayos X porque la señora Berger siempre dijo que era una pena lo que me habían hecho, pero en realidad no recuerdo haberlos recibido. Culpé mi ignorancia a la manera en que nos criaron. En el orfanato, las preguntas a menudo se contestaban con una bofetada por parte de uno de los monitores; hasta la señora Berger era evasiva si preguntaba por mi cabello o a dónde se había ido mi padre. Hacer lo que me decían no era natural en mí de niña, pero al final aprendí. Aprendí a dejar de hacer preguntas. A comer todo lo que estuviera en mi plato. A abrir la boca ante el dentista. A pararme con los brazos extendidos para ser castigada. A desnudarme para ducharnos. A quedarme callada.

Revisé el buzón del correo en la puerta de entrada, el nombre de ella y el mío se juntaban apretados en la pequeña etiqueta como cualquier par de compañeras de apartamento: hermanas viudas, solteronas cohabitando, mujeres solteras conscientes de los costos. Esperaba una de sus tarjetas postales garabateada con quejas sobre el calor de Florida, pero no había nada. La imaginaba descansando a un lado de la piscina, demasiado preocupada para escribir. Decepcionada, llamé al elevador. Cuando presioné el botón para que me llevara a mi piso, escuché la voz de Molly Lippman llamando para que detuviera la puerta, pero en el momento en que dudé —pensando en que esa mujer podía ser muy tediosa—, se cerró, lo que me dejó con algo de culpa. Escaleras arriba me apresuré para entrar a mi apartamento antes de que Molly me alcanzara. ¿Cuántos minutos de mi vida he perdido con ella mientras hablaba y hablaba de Sigmund Freud y ese club de sicoanálisis al que va? Podría haber sido más brusca con ella si no fuera porque vive al lado.

Fui derecho al baño y abrí la ducha fría. Si Molly tocaba la puerta, al menos tenía una buena excusa para no contestar. Me despojé de todo de pie a cabeza en segundos, desesperada por estar desnuda, me moría por sentir el agua en mis extremidades y en el cuero cabelludo. Estaba limpia en un minuto, el jabón Ivory se escurría en mi piel, pero permanecí bajo el fresco rocío hasta que los dedos de los pies se me arrugaron. Solo cuando retiré la cortina, me di cuenta de que había olvidado sacar una toalla limpia. Al estirarme para alcanzar una del armario, sentí esa punzada otra vez, un leve esguince por levantar a un paciente de su cama hacía unos meses. Pensé que ya estaría mejor. No importa.

Seca y empolvada, fui hasta mi habitación y saqué un pijama limpio de un cajón de la cómoda. Noté que una capa de polvillo se había posado sobre la colección de esculturas talladas en jade acomodadas allí. ¿Cómo es que me había retrasado con la limpieza, sin nada más

en qué ocupar mis días libres? Tomé un plumero de abajo del fregadero de la cocina y volví a sacudir las plumas de los animales de piedra,
hasta que brillaron. Mientras tenía el plumero en mi mano, recorrí
la habitación, acariciando el lomo de mis libros viejos de medicina y
ahuyentando las partículas, que se habían asentado en las abrazaderas y bisagras del antiguo baúl de viaje al pie de mi cama. También,
sacudí los portarretratos, una colección escasa que reemplazaba a las
imágenes de la familia ausente. Dos muchachas en la playa, con las
piernas fundidas en el oleaje. Un viejo doctor amable, con sus anteojos con montura metálica y un estetoscopio alrededor de su cuello.
El portarretrato de un soldado joven, orgulloso de su uniforme nuevo.
Al anudar de nuevo el moño negro que cruzaba un lado del cuadro,
como siempre, pensé que había sido muy joven para la guerra. Aunque, ¿no lo habían sido todos? El mundo entero había sido demasiado
joven para lo que desató la guerra.

Satisfecha con mi esfuerzo, volví a la cocina. No había mucho
para comer en el apartamento: estaba tan acostumbrada a que ella
hiciera las compras, que olvidaba parar en la tienda de comestibles,
pero encontré una lata de atún y preparé una ensalada rápida que
comí con galletas y una gaseosa sabor jengibre en el balcón. Las luces
a lo largo del paseo marítimo comenzaron a encenderse a medida
que el sol agotaba su última luz en el cielo. Tenía la intención de
llamarla tan pronto como llegara, no importaba el costo de la larga
distancia a Miami. Quería contarle sobre Mildred Solomon, pero se
estaba haciendo tarde y estaba demasiado cansada ya. Mejor si hablo
mañana, después de ir a la biblioteca, cuando en realidad tenga algo
que contarle.

No debí haberme molestado en limpiar. El polvillo se elevó y remo-
lineó en el aire tan pronto como encendí el ventilador. Mientras estor-
nudaba, me metí en la cama y me cubrí con una sábana liviana. Quizá
su habitación estaba más fresca: la ventana daba al norte, pero se sentía

raro dormir en su cama mientras no estaba. Con la ventana abierta por completo y con el ventilador soplando sobre mí, esperaba estar lo bastante cómoda como para pasar una buena noche de descanso.

El sueño comenzó como siempre, con mi primera sensación habitual, a pesar de que había sido hace tiempo, quizá años, desde que había tenido el último. Soy una niña pequeña, y papá me había llevado al parque para montar en el carrusel. De algún modo, sé que es domingo. Elijo el caballo que más me gusta, uno con bríos en los ojos y las crines negras, y papá me sube a la silla. ¡Oh, esa sensación de levedad! Se para detrás de mí, con sus manos en mi cintura para sostenerme en equilibrio. Sus dedos gordos se encontraban en la parte baja de mi espalda, sus otros dedos se cruzaban tocando mi vientre. Cuando el carrusel comienza a moverse, el caballo sube y baja, con una cadencia sostenida y reconfortante.

No es solo un sueño. Es una aparición. Aquí está papá, fuerte, vivo y mío de nuevo. Deseo quedarme en el carrusel para siempre, seguir siendo niña y tenerlo a mi lado. Pero cuando giro la cabeza para mostrarle mi sonrisa, se esfuma en las sombras.

Ahora el caballo sube y baja con más velocidad, como si realmente galopara, saltando hacia adelante más y más rápido, tanto que la sacudida del carrusel amenaza con tirarme de la silla. El caballo vuelve su mirada hacia mí, con unos ojos enormes y salvajes, como si su galope estuviera fuera de su control. Agarro la barra con fuerza, con más fuerza, pero puedo sentir que se me escapa entre los dedos. Llamo a papá para que se detenga. Pero de alguna manera, él ya no está y aparece la doctora Solomon.

En los sueños pasados, creía que era mi mamá quien lo reemplazaba, pero ahora sé que jamás había sido ella, siempre había sido Mildred Solomon. Se ve joven y saludable como era en el hogar de niños. Está montando el caballo conmigo, sus brazos me rodean para alcanzar el tubo. Siento su pecho contra mi espalda y su mentón contra

mi oreja cuando me dice que sea una buena niña, que sea valiente.
Tiene en las manos una enorme aguja hilvanada con un hilo. «Así
me aseguro de que no te escaparás volando», dice. Comienza a coser
mis manos, unidas, dándoles puntadas alrededor del tubo. No siento
nada, pero ver la aguja y el hilo atravesando mi piel me enferma.

Entonces el carrusel desaparece y el caballo es uno de verdad,
que corre libre por la playa; y yo ya no soy una niña, soy como soy
ahora. Estoy sola. Sin Mildred Solomon. Sin papá. Hay un momento
resplandeciente de alivio mientras río y siento la lluvia del océano
sobre mi rostro. Insto al caballo a que galope más rápido. En mi sueño cabalgo con confianza y desenfreno, aunque en la realidad solo he
mantenido el equilibrio con torpeza sobre una yegua alquilada alguna
vez en un paseo del Central Park. Al bajar la mirada, veo que mis
manos se aferran a las crines del caballo. Miro con más atención. No
están aferradas, no. Se mantienen en el lugar por el pelo del caballo,
con las crines enhebradas en la piel de mis manos. Horrorizada, trato
de retirar mis manos, pero el caballo malinterpreta mi gesto y vira
hacia el mar. Entra al galope en las olas hasta que el agua me da por
cintura, con los orificios nasales ensanchados, esforzándose por tomar
aire. El oleaje brama en mis oídos a medida que el agua cubre la cabeza del caballo y alcanza mi mentón.

Desperté con un grito ahogado, dando un salto en la cama, y
mi corazón golpeaba contra mis costillas. Me froté las manos y deslicé mis dedos sobre la piel lisa, suave. Sin nadie que me distraiga
o me consuele, me obsesioné con el sueño, incapaz de poder darle
sentido a aquellas imágenes horribles. Eché un vistazo al reloj, eran
casi las cinco. Sabía que jamás podría volver a dormirme, así que
me levanté, puse la cafetera a preparar café, tomé una ducha rápida
mientras se hacía.

En el balcón, con el café incómodamente caliente entre mis manos,
observé el brillo del sol que se elevaba sobre el océano. Deseé estar

en la playa, con los pies desnudos sobre la arena recién rastrillada, mi vista del horizonte despejada de los edificios de apartamentos y de los rieles de la montaña rusa. Cuando los rayos me iluminaron la piel, sentí el calor del sol. Era asombroso pensar en su energía recorriendo millones de kilómetros para que al fin me tocara. Me hizo pensar en el pescador japonés, el que murió por la lluvia radioactiva de la bomba de hidrógeno, a pesar de que su bote estaba a casi ciento treinta kilómetros del sitio de prueba. Había sido angustiante leer sobre un arma tan terrible que podía matar desde tan lejos. Los periódicos dijeron que no nos preocupáramos, que Eisenhower jamás permitiría que las cosas llegaran al punto de utilizar la bomba H, pero no había podido sacarme la idea de una explosión tan poderosa como para exterminar Manhattan.

Supongo que fue el mal sueño que me había vuelto aquellos pensamientos tan morbosos. De todas formas, comenzaba a sudar, así que volví adentro. Incluso después de que me había vestido y ocupado del cabello, aún debía pasar una hora antes de salir hacia la Academia de Medicina. No quería sentarme a mirar el reloj como una anciana, así que reuní la ropa sucia de la cesta y me dirigí al lavadero. Al menos el subsuelo estaría fresco.

Acababa de poner en marcha el lavarropas cuando Molly Lippman entró, cargando con dificultad —en sus brazos pulposos— una canasta de mimbre.

—¡Ah, Rachel! Me preguntaba quién más estaba despierta a esta hora. —Tenía puesta una bata, con flores llamativas que contrastaban con el color rosa de los rulos de su cabello teñido—. Supongo que una vez que tienes el hábito de despertarte temprano para ir al trabajo, no tiene sentido quedarte en la cama. —Cargó el otro lavarropas y lo puso en marcha.

Esperaba que se fuera: muchos de nosotros volvíamos a nuestros apartamentos durante los ciclos largos de lavado, pero no, se acomodó en una silla plegable y se abanicaba con una revista que alguien había dejado tirada.

—*Es* tu día libre, ¿cierto?

—Sí, pero cómo lo…

—Te vi entrar anoche. Pero fui demasiado lenta para alcanzar el elevador.

—Ah, sí, lamento que…

—Entonces, ¿qué vas a hacer hoy? ¿Ir a la playa con el resto de Nueva York?

—No, tengo algo que hacer en Manhattan. De hecho, debería subir para…

— Querida Rachel, déjame decirte que no me hubiera importado quedarme en la cama esta mañana, pero ¿quién puede pegar una pestaña con este calor? Aunque tengo sueños interesantes o, quizá, dormir mal solo me ayuda a recordarlos.

—¡Qué curioso, me ocurrió lo mismo!

Tan pronto como vi la expresión de entusiasmo en su rostro, deseé poder retirar lo dicho.

—¡Ah!, ¿por qué no me cuentas sobre eso, querida? Podemos hacer un análisis del sueño. Será una manera entretenida de pasar el rato.

Dudé pero no podía encontrar la manera de zafarme. No tenía el hábito de exteriorizar mucho acerca de mí, pero no vi que pudiera revelarle algo del sueño. Además, me había estado molestando toda la mañana. Quizá ayudaría hablar sobre de eso. Así que le conté, dejando a Mildred Solomon fuera, lo que hubiera sido demasiado para explicar. Fue la única vez que recuerdo a Molly sin interrumpirme.

—Fascinante, Rachel. Sencillamente fascinante.

—Entonces, Molly, ¿qué significa eso?

—¡Ah!, no me corresponde decirlo. Los sueños son un vehículo, a través del cual nuestro subconsciente nos habla. Por eso es que el análisis solo puede surgir de una exploración profunda de nuestras experiencias y emociones, nuestros miedos y deseos.

¿Se imaginó que iba a compartir mis emociones más profundas con ella, aquí, en el lavadero? Es posible que presintiera mi vacilación porque en un tono suave dijo:

—Puedo ofrecerte alguna observación, si quieres.

—Claro, adelante. —Sospeché que cualquier cosa que dijera tendría menos sentido que las predicciones que recibes del gitano mecánico por cinco centavos en el paseo de la playa.

—Bueno, esa parte acerca de tu padre llevándote al carrusel, eso podría ser un mero deseo de realización. Creciste en un orfanato, ¿cierto? —Sorprendida, asentí; no me di cuenta de que Molly sabía sobre el hogar—. Así que, en tu sueño, vives tu deseo. Esa es una manera de verlo.

De hecho, eso tenía algún sentido.

—Pero, ¿qué hay de mis manos? Ciertamente, no quiero que nadie me cosa las manos con hilos.

—Por supuesto que no. Como dije, un sueño es el subconsciente hablándonos. A veces, los sueños usan juegos de palabras o imágenes que parecen extrañas, pero que son bastante evidentes si lo piensas. —Hizo una pausa, con las cejas arqueadas, pero no pude adivinar qué quería que dijera—. Tus manos están literalmente atadas. Quizá te sientes impotente acerca de algo, incapaz de hacer algo, limitada por alguna fuerza exterior. Tienes que descifrar qué puede ser eso, lo que tu subconsciente te está diciendo.

—Tendré que pensar en eso, Molly.

El lavarropas había dejado de sacudirse y comenzado el ciclo de centrifugado. Si evadía la secadora, podía salir de ahí en unos minutos más.

—El profesor Freud nos enseña que soñar con un paseo a caballo comúnmente señala el deseo fálico. —Me miró con una ceja arqueada, pero solo me encogí de hombros—. Aunque, el agua que sube, es muy interesante. Quizá más de Jung que de Freud. En los encuentros de la Sociedad de Aficionados al Psicoanálisis de Coney Island, a menudo discutimos sobre el análisis de los sueños. Uno de los muchachos jóvenes, es homosexual, pobrecito, tiene una imagen similar en sus sueños. Su interpretación es que el agua elevándose representa las emociones reprimidas, porque no es algo sólido de lo que puedes agarrarte, debido a la manera en que se desliza entre tus dedos; aun así es capaz de agobiarte, de tragarte.

La máquina tembló al detenerse. Levanté la tapa y retiré la ropa húmeda.

—Me has dado mucho en qué pensar, Molly, gracias, pero tengo que irme ahora.

—¿No vas a secar tus prendas?

—¡Ah!, las colgaré en el balcón. Me parece tonto pagar diez centavos para secar algo en un día tan caluroso.

En el elevador exhalé, aliviada de haber escapado. Aunque me dejó perpleja su comentario sobre el muchacho de su grupo. Sabían que era gay y aun así estaba en su sociedad. Quizá la obsesión de Freud con el sexo los había hecho más tolerantes de lo que yo pensaba. Tolerantes, pero compasivos.

Había sido un error complacerla. Después de colgar la ropa lavada, me calcé las sandalias, tomé mi bolso y me dirigí hacia la Academia de Medicina. Si llegaba unos minutos antes de que abrieran, que así sea; podía sentarme en el parque al otro lado de la calle. No importaban los símbolos enigmáticos y el subconsciente. Iba a conseguir respuestas verdaderas.

Capítulo cinco

DESDE SU CUNA EN EL PABELLÓN DE TOSFERINA, RACHEL miraba absorta el carrito de los libros con dibujos que estaba estacionado cerca de la puerta. Ya había visto cada ilustración y cada letra de cada palabra del libro en su cuna unas cien veces. «Ciento uno», susurró. Lo que quería era un libro diferente, y podía verlos, allí en el carro, pero Rachel ya aprendió que no debía pedirle a la enfermera que le trajera uno. Había hecho un berrinche, una vez, cuando el libro que le dio resultó ser el mismo que había visto la semana anterior. «No tendrás más libros hasta que te controles», había dicho la enfermera del pabellón, enfurecida. Al no tener algo para mirar en su cuna, Rachel no podía hacer nada más que observar las sombras del techo moverse con el paso de las horas del día. Al final la enfermera había cedido y le trajo el libro sobre los animales que subían a un bote, pero le advirtió: «Debes ser una niña buena de ahora en adelante o me lo llevaré de nuevo». Rachel se lo prometió, y así lo fue por semanas y semanas ya; pero hoy, más que nada, quería un libro nuevo.

Helen Berman, la enfermera, estaba organizando el papeleo que cubría su escritorio. Cada tanto daba un vistazo al pabellón a través de la ventana del muro que separaba la enfermería de los niños. Una habitación atestada construida en una esquina del pabellón, servía de oficina, de habitación de descanso y, cuando el catre guardado bajo el escritorio se tendía por la noche, de dormitorio. Helen había tomado el empleo en el Hogar de Niños Judíos el verano pasado cuando solo tenía diecinueve años, recién salida de la escuela de enfermería y estaba feliz por obtener el puesto. Sin embargo, un año después sentía que los muros del pabellón de tosferina se estrechaban. Recordaba que la tos convulsiva era mejor que la difteria o el sarampión: solo el raquitismo hubiera sido más fácil, y el pabellón de escorbuto era demasiado perturbador; pero aun así el papeleo era apabullante. El registro de cada niño tenía que ser meticulosamente anotado: cada comida, cada expectoración, la temperatura diaria, los cambios en la disposición, medirles la altura y pesarlos cada semana. La escuela de enfermería no la había preparado para la documentación precisa de los datos requeridos para la investigación médica.

Al echar un vistazo, notó que una de las niñas trepaba para salir de la cuna. Es probable que necesitara usar el retrete, pensó Helen. El baño estaba conectado al pabellón, así que no había peligro de que un niño deambulara. Solía gritarles para que permanecieran en sus cunas hasta que se dio cuenta de que estaba a su servicio a todas horas del día y de la noche. Eso le dañó la espalda, al levantar sus cuerpos pesados media docena de veces al día o, peor aún, cambiar sus sábanas cuando se orinaban en la cama, lo que hacían de todas formas, los varones sobre todo. Mantenía a los pequeñitos en pañales, pero a los más grandes, pues bien, era mejor dejarlos que se cuidaran solos.

Salvo por los viajes al retrete y los baños semanales, los niños en el pabellón de tosferina quedaban confinados a sus cunas; hasta las comidas se les entregaban allí. Cuando trajeron a Rachel aquí a finales de mayo, después de recuperarse del sarampión, estaba tan agotada que todo lo que podía hacer era yacer lánguida, con los ojos entrecerrados, aún irritados por la conjuntivitis. En ocasiones la tos comenzaba con tanta violencia que apenas podía respirar, hasta que a la larga vomitaba y se derrumbaba con alivio. Todo ese largo verano, mientras las moscas cruzaban por las ventanas abiertas del pabellón, la tos convulsiva iba y venía. Sin embargo, al final, conforme las noches refrescaban, los accesos aparecían con menos frecuencia hasta que por fin cesaron.

Mientras Helen Berman actualizaba el registro de Rachel, vio que la niña Rabinowitz había cumplido cinco años el mes anterior. Al contar el tiempo desde la fecha de septiembre, Helen notó que no había tenido episodios de tos convulsiva por semanas. Mientras terminaba de tomar notas en el registro, decidió que a esta podrían transferirla finalmente al hogar de niños, donde se uniría a las otras chiquillas del jardín de infantes. Cinco meses en el pabellón hospitalario era más que suficiente para cualquier niño.

Rachel se elevó por encima de las barras de hierro de la cuna y aterrizó en sus pies desnudos. Pasó de manera inadvertida a los otros niños, que estaban durmiendo la siesta o absortos mirando el espacio o murmurándose algo, hasta que alcanzó el carrito de los libros. Quería elegir uno que jamás hubiera visto antes, pero para hacerlo tenía que mirar cada uno, pasando las páginas con cuidado. Apenas reconocía un dibujo, dejaba ese libro en la pila que se acumulaba en su regazo y tomaba otro. Estaba absorta en su tarea cuando la puerta del pabellón se abrió. Rachel se sorprendió al ver a la enfermera grande de manos rojas, la que le había quitado su ropa y cortado su cabello aquel primer día. Rachel se lo haló, tan largo ahora como para cubrir sus orejas, y esperaba que no la vieran detrás del carrito.

—¡Allí estás! —La enfermera Shapiro entró apresurada a la enfermería, lo que sobresaltó a Helen—. El doctor Hess viene para aquí. Está mostrándole al nuevo médico residente todos los pabellones. Quería advertirte que… un momento, ¿dónde está esa niña? —La enfermera Shapiro atrajo a Helen hacia la sala y señaló la cuna vacía. Al girar frenética, encontró a Rachel agazapada detrás del carro de libros.

—¿Tienes el hábito de dejarlos andar sueltos? —La mano agrietada de la enfermera Shapiro estrechó el brazo de Rachel, levantándola, pero los libros en su regazo la hicieron inclinarse hacia adelante y cayó, con pesadez, sobre su rodilla—. ¡Ah, por el amor de Dios! —refunfuñó la enfermera Shapiro, mientras levantaba a Rachel y la llevaba hasta la cuna.

—Créeme, jamás los dejo solos —balbuceó Helen—. Esta es muy furtiva. —Sacudió el hombro de Rachel—. ¿Qué te he dicho de salirte de la cuna? —Lo que había dicho era que no la molestara solo para usar el retrete, pero Rachel estaba muy confundida para responder.

—Escucha —dijo la enfermera Shapiro—. Vine a contarte…

La puerta del pabellón se abrió de nuevo. Ella y Helen giraron cuando el doctor Hess entró a la sala, mientras guiaba a una mujer joven, cuyo cabello oscuro se estiraba hacia atrás para armar un rodete riguroso. Una miembro del comité de damas, supuso Helen, aunque la chaqueta de la mujer y la falda eran sumamente corrientes, ni tampoco usaba un sombrero.

—¡Ah!, enfermera Berman —dijo el doctor Hess—. Me gustaría que conozca a la doctora Solomon, nuestra residente nueva en radiología.

Helen pestañeó, perpleja, y miró por encima del hombro del doctor Hess hacia la nueva residente. A su lado, la joven mujer se aclaró la garganta y extendió su mano. La enfermera le estaba agarrando los dedos antes que los uniera siquiera.

—¡Ah!, *usted* es la doctora Solomon. —Ofreció una sonrisa amigable que encontró una mirada devastadora. Helen al instante se formó la opinión de que esa mujer médico no era atractiva, a pesar de que no había nada particularmente ofensivo sobre sus gestos: a excepción de, quizá, su nariz con forma de gancho. Cuando los doctores pasaron rápido a su lado, la enfermera Shapiro susurró: «Traté de advertirte», antes de salir con agilidad del pabellón.

El doctor Hess ignoró a las enfermeras y continuó la conversación con Mildred Solomon.

—Ahora bien, como le decía, he sido escéptico de estas nuevas vacunas para la tosferina. Como bien sabe, la tos convulsiva va y viene en el transcurso de unos meses. Lo que podría parecer la cura una semana, en realidad, podría ser evidencia de un cese temporal de los síntomas. Solo comparando una cantidad de sujetos durante el curso entero de la enfermedad podemos comenzar a desarrollar resultados confiables. Lo que se necesitaba era un experimento controlado. Así que, es precisamente lo que hemos hecho durante los cien días pasados. —El doctor Hess agitó su brazo a lo largo de la sala, señalando a las cunas y a los niños que estaban en ellas—. Apunté a nueve de los niños como material de estudio. Tres fueron vacunados antes de introducirlos al pabellón, tres fueron vacunados a la primera evidencia de tos convulsiva y otros tres jamás fueron vacunados. Acabo de completar mi evaluación y, como lo sospeché, la vacuna actual no es efectiva.

—Doctor Hess, no puedo decirle lo impresionada que estoy por las oportunidades para la investigación que este escenario institucional permite. —La voz de la doctora Solomon, aunque placentera, no era melódica. Hacía el esfuerzo por mantener su tono monótono, mientras contrarrestaba la tendencia natural de su voz a elevarse al final de cada oración.

—Siempre he dicho —continuó el doctor Hess—, que las preguntas que se hacen en la medicina pediátrica moderna no se pueden responder con los experimentos en animales sino que deben decidirse por medio de las observaciones clínicas de los infantes. La habilidad que tenemos aquí de controlar las condiciones es incomparable. La nutrición, la luz solar, la actividad, la exposición a la enfermedad:

todo puede controlarse y medirse. Esto ha probado ser invaluable para mi trabajo sobre las causas y las curas de escorbuto. En mi estudio del raquitismo, sin embargo, quedan sin responder algunas preguntas. Por ejemplo, esperaba establecer si los niños negros desarrollarían raquitismo si se los privaba por completo de la luz solar al mismo grado que los niños blancos expuestos a condiciones similares. No obstante, sin la cooperación de mi colega en el orfanato de negros, tal experimento no ha sido práctico.

—Aun así, doctor Hess, el uso de rayos X para el diagnóstico del raquitismo fue una innovación tremenda. —Cuando se trataba de conversar con médicos distinguidos, la lección de la escuela de medicina que Mildred Solomon se sabía de memoria era el despliegue estratégico de la adulación.

—Sí, eso es verdad. Es rutina tomar radiografías a cada niño que ingresa a la institución, apenas se los libera de las enfermedades, por supuesto.

La doctora Solomon asintió.

—Las instalaciones de radiografías aquí en el hogar de niños son renombradas. —Pudo haber agregado que era el motivo por el cual había solicitado la residencia allí, pero sabía que la gente prefería creer que era por alguna afinidad femenina con el cuidado de los niños.

—Eso debo reconocerlo a nuestros benefactores por su generosidad para construir y equipar esta ala del hospital. —El doctor Hess inclinó su cabeza en un gesto estudiado de humildad, asumiendo que su conexión con la fortuna Straus era bien conocida—. No solo tenemos una sala de rayos X moderna, sino que también nuestro laboratorio está completamente equipado para realizar las pruebas microscópicas, los cultivos de garganta y los análisis de sangre.

—Estoy ansiosa por ver la sala de rayos X —dijo la doctora Solomon, al girar ligeramente para indicar que estaba lista para continuar con el recorrido.

—Disculpe, doctor Hess. —Sin que la notaran, Helen había estado parada al lado de ellos con un registro en sus manos—. Me preguntaba si firmaría el alta de esta niña. Ya que su estudio concluyó, y ella parece haberse recuperado por completo, pensé que quizá podía tener el alta del pabellón de tosferina. —No era usual que Helen mostrara tales agallas, pero después de la condena de la enfermera Shapiro, estaba ansiosa por deshacerse de la niña problemática.

El doctor Hess tomó el registro, a la vez que arrugaba el entrecejo por la interrupción, posaba su bolígrafo sobre el papel. Su ojo experto notó un declive en el peso de la niña.

—¿Cuál es esta?

—Por aquí —dijo Helen, mientras los dirigía hacia la cuna de Rachel.

El doctor Hess bajó la mirada y se impresionó con la palidez de la niña. Rachel, al reconocer su rostro con forma de huevo de ese primer día aterrador en el hogar, se encogió del miedo.

—Ya que estamos aquí, doctora Solomon —dijo, al tiempo que le devolvía el registro a la enfermera—, ¿me permitiría hacerle una demostración de mi método para diagnosticar el escorbuto latente?

Mildred Solomon brindó una mirada de interés profesional, mientras que enmascaraba su impaciencia.

—Por supuesto, doctor Hess.

—Si el niño presenta los síntomas agudos, como la pérdida de dientes, las encías sangrantes o rojizas, no hay duda del diagnóstico. Tan solo la semana pasada en el hospital de la ciudad, donde dirijo una clínica, un niño fue admitido con un escorbuto que se había vuelto necrótico en el tejido de las encías. Puedo decirle que el olor era en extremo desagradable. En tales casos, el único curso de acción es el tratamiento inmediato con la cura establecida de jugo de naranja por la boca. Sin embargo, con los casos latentes existe la oportunidad de experimentar, al saber que se puede revertir la enfermedad en cualquier momento del avance. Por ejemplo, recientemente, estuve intentando con las transfusiones de sangre con citrato.

—Eso parece prometedor —manifestó la doctora Solomon, aunque le pareció una idea ridícula.

—Los resultados hasta ahora no son estimulantes. —El doctor Hess miró pensativo a Rachel—. ¿Ve aquí, doctora Solomon, la piel pálida, la expresión peculiarmente alerta y preocupada? He descubierto que son sintomáticos. —Trató de alcanzar a Rachel, que se alejó del movimiento repentino con un grito—. En ocasiones, en los casos de escorbuto latente detecto, cuando nos acercamos a la cama de un niño, que lloriquea o grita de terror. No obstante, habitualmente, permanece en silencio tendido sobre su espalda con un muslo flexionado sobre su abdomen. ¿Enfermera?

—¿Sí? —Helen se acercó.

—¿Notó a esta niña en tal posición?

Titubeante por lo que le había preguntado, respondió:

—Supongo, a veces.

El doctor Hess carraspeó.

—Más evaluaciones demostrarán si uno o ambos muslos están inflamados y sensibles al tacto o si es solo sensibilidad.

El doctor Hess apretó la pierna de Rachel, presionando la zona en la rodilla donde se había caído. Ella gritó.

—¡Ah!, ¿lo ve? Finalmente, palpamos las costillas en busca del rosario raquítico. —Clavó los dedos en sus costados, extrayéndole el aire de los pulmones—. Es en esto donde los rayos X han evidenciado ser más valiosos, la búsqueda del rosario raquítico, lo que aparece en la radiografía, no siempre es palpable.

Liberada del apretón, Rachel se retiró a una esquina de la cuna, jadeante.

—Puede realizar sus primeros rayos X en esta, doctora Solomon. Si, en la radiografía, ve el rosario raquítico en las costillas o la separación característica de los hombros, la inscribiré en mi estudio de escorbuto.

La doctora Solomon se inclinó sobre la cuna, sus codos hicieron equilibrio sobre la barra metálica. Su mirada pensativa aterrizó en Rachel, aunque ella no estaba pensando en la pequeña niña sino en sus propias ambiciones. Aun así, los ojos fijos en ella le dieron a Rachel una sensación de la que no había sabido en meses: la sensación de ser notada. Rachel pensó que la señora que la miraba era muy bonita. Le gustaba la manera en que su cabello oscuro y sus ojos marrones resaltaban el rosado de sus mejillas. El moño flojo atado alrededor de su cuello se mecía sobre la cuna; Rachel se estiró para alcanzarlo y le dio un tirón. La doctora Solomon, entusiasmada con la idea de poder finalmente poner sus manos en el excelente equipo de rayos X del hogar, se permitió divertirse con la travesura de la niña. Después de todo el desaliento, la competencia, la crítica de los otros estudiantes de medicina ella, Mildred Solomon, había conseguido la residencia codiciada en radiología y aquí, tirando de su corbatín, estaba su primer sujeto. Una sonrisa se extendió en su rostro, demasiado rápida para contenerla. La niñita le devolvió otra. Parecía un buen augurio. La doctora Solomon se irguió, recompuso sus rasgos y promovió su argumento.

—Doctor Hess, debido a su interés en la nutrición y la digestión infantil, me pregunto si ha considerado reemplazar el uso del tubo gástrico por el bario radiológico. —La doctora Solomon levantó el mentón de Rachel con su mano, para estirar la garganta.

—Hace poco presencié una demostración de la deglución del bario mediante el uso de un fluoroscopio: las imágenes eran espléndidas, pero ¿no sería interesante registrar el tracto digestivo completo? Con un grupo de sujetos de tamaño y peso similares, pronto desarrollaríamos una comprensión básica de los índices normales de digestión que podrían ser útiles para comparar con los casos de obstrucción u otros desórdenes.

El doctor Hess ponderó la idea.

—¿El bario permanece brillante a lo largo de todo el tracto?

—Hace falta un enema para la sección final del intestino, pero sí.

—Es una idea muy interesante, doctora Solomon, vale la pena investigarla. Si la radiografía descarta el escorbuto, ¿por qué no utiliza a esta niña para su primera serie con bario? De todas maneras, vamos a transferirla al pabellón de escorbuto.

El doctor Hess le hizo una seña a Helen Berman, que escribió una nota en el registro de Rachel. Lamentó que la niña no se uniera a los otros en el jardín de infantes pero la alegraba que la pequeña problemática, al menos, estaría fuera de su pabellón.

«La radiografía no muestra evidencia de escorbuto». Escribió Mildred Solomon con satisfacción en el registro de Rachel. Ahora, la niña estaría a su disposición para la serie inicial de radiografías con bario. Si podía impresionar al doctor Hess con ese estudio, la doctora Solomon esperaba conseguir aprobación para su experimento propio, aunque no había decidido aún qué propondría. Entusiasmada por empezar, instruyó a la enfermera a cargo del pabellón de escorbuto que la niña Rabinowitz no debía ingerir ningún alimento en las siguientes veinticuatro horas.

—¿Ni siquiera un poquito de leche? Seguro que esta va a llorar.

—No, solo agua, nada más. Es muy importante para la calidad de la radiografía.

—Sí, señora —dijo la enfermera, luego se corrigió—. Sí, doctora.

Mildred Solomon no se esforzó por esconder su irritación a la sutil insubordinación. Las enfermeras jamás cuestionaban las órdenes del doctor Hess de la manera que lo hacían con ella. Solo porque eran mujeres no había razón para que asumieran que todas estaban en el mismo nivel. Quizá una vez que la vieran haciéndose cargo de un estudio, comenzarían a brindarle la deferencia que una doctora se merecía.

El siguiente día, la doctora Solomon alertó al técnico para que arreglara la sala de rayos X mientras ella preparaba el bario, mezclando el polvo completamente en agua fría. Al ingresar al pabellón de escorbuto, se acercó a la cuna de Rachel, con un vaso metálico grande en su mano.

—Debes tener mucha hambre —dijo.

Rachel levantó la vista hacia la doctora bonita. Todas las enfermeras habían sido tan crueles con ella al dejarla en la cuna, mientras los otros niños comían, ignorando su llanto cuando su estómago se retorcía y gruñía.

—Estoy muy hambrienta. ¿Hice algo malo? ¿Por eso no me dan de comer?

—No, no has hecho nada malo. De hecho, estás haciendo algo muy importante para la ciencia. —La niña la miró con perplejidad—. Muy importante para *mí* —dijo y vio que el rostro de Rachel se relajaba.

La doctora Solomon esperaba que las enfermeras pudieran escuchar la manera amable en que hablaba a la niña. Demandaba su respeto, sí, pero no le hubiera importado caerles bien: había soportado suficiente hostilidad en la escuela de medicina.

—Te traje este batido. Quiero que te tomes todo el vaso, luego iremos a la sala de rayos X otra vez, como hicimos hace unos días. Eso no te dolió ni un poquito, ¿cierto?

La sala de rayos X, con su laberinto de tubos y poleas, el murmullo y el crepitar del generador, habían perturbado a Rachel, pero no recordaba que le hubiese sucedido algo malo allí. Mientras pensaba, se dio cuenta de que solo podía recordar haber entrado a aquella habitación extraña, pero no haber salido; el siguiente recuerdo fue que se despertó de una siesta en su cuna.

—No, no me dolió.

—Bien entonces, ahora tómatelo todo.

Rachel hambrienta, se tomó el vaso, pero después de unos pocos tragos, lo alejó de ella.

—No me gusta. Sabe a tiza.

—Es muy importante que te lo tomes todo, y rápido. Eres una buena niña, ¿cierto? Eso es lo que me dijeron las enfermeras. Por eso te elegí, de entre todos los niños, para que me ayudaras en mi trabajo.

Rachel no estaba acostumbrada a que le dijeran que era buena, había pasado mucho tiempo desde que había sido útil. Pensó en la manera en que complacía a papá cuando clasificaba los botones para él, en cómo mamá dependía de ella para que organizara las monedas. El muro de tristeza que la separaba de la calidez de esos recuerdos la alejó del pasado y la forzó a atender a la mujer que tenía enfrente. Rachel deseaba desesperadamente complacer a la señora doctora. Comenzó a beber pero se atragantaba con aquel sabor a tiza. La doctora Solomon empujaba con la punta de su dedo la base del vaso, para llenar la boca de Rachel, sin dejarle otra opción más que tragar. El vaso se vació pronto y Rachel quedó con una sensación áspera en la garganta.

—Estoy muy orgullosa de ti, Rachel. Ahora, déjame llevarte a la sala de rayos X.

Al levantar a la niña para sacarla de la cuna, la doctora Solomon sintió una contractura por el peso. Disgustada, se preguntó cómo se las arreglaban las enfermeras todos los días. La próxima vez haría que una de ellas se la trajera.

Tomó la mano de Rachel y la condujo fuera del pabellón de escorbuto hacia el final del pasillo. A medida que caminaban, Rachel sentía el batido sacudiéndose en su vientre.

—¿Me porté bien?

Mildred Solomon bajó la vista hacia la niña. De nuevo, el entusiasmo ante la idea de conducir su propia investigación encendió su rostro con una sonrisa que derramó en Rachel.

—Eres una muy buena niña.

Doblaron en una esquina y entraron a la sala de rayos X.

El técnico le aseguró a la doctora Solomon que el generador funcionaba perfectamente y que el tubo de Coolidge estaba en su lugar, listo para la carga eléctrica. No había esperado recibir un apoyo tan experto: la mayoría de los radiólogos tenía que manipular todo el equipo por sí mismos y correr el riesgo de recibir quemaduras y descargas eléctricas. Ese técnico se había capacitado en rayos X durante la Primera Guerra, cargando el equipo por toda Francia en una furgoneta e instalándolo fuera del predio de los hospitales a muy poca distancia de las trincheras.

—Muchas gracias, Glen. Puedo ocuparme desde ahora si quieres hacer una pausa para el almuerzo, pero necesitaré que vuelvas en una hora. Esta tarde comprobaré si los niños nuevos tienen raquitismo.

—Sí, doctora —dijo, casi con una venia. Algo de Mildred Solomon despertó sus modales militares.

La doctora Solomon volvió su atención a Rachel.

—Vamos a acomodarte en la mesa.

Al pisar en un pequeño taburete, Rachel trepó.

—¡Con cuidado!

La doctora Solomon bajó la cabeza de Rachel, que casi había chocado con el tubo de Coolidge. Rachel se agachó de inmediato, luego se extendió sobre la mesa. Cuando la doctora Solomon se inclinó sobre ella, Rachel estiró la mano para tomar su corbatín y le dio un tirón, y lo desató.

—No es momento para juegos —dijo la doctora Solomon, tomando la mano de la niña—. Tienes que quedarte muy, pero muy quieta cuando realice la radiografía.

Ubicó los brazos de Rachel a sus lados y los aseguró con unas correas que abrochó sobre sus muñecas y sus codos. También, le amarró sus piernas y, finalmente, le envolvió la frente con otra correa.

—Ahora, quiero que respires de manera lenta y profunda.

La doctora Solomon ubicó una máscara rígida sobre la boca y la nariz de Rachel, lo que le dificultó respirar del todo. El sabor a tiza le subía hasta la parte trasera de su garganta a medida que la doctora Solomon dejaba gotear cloroformo en la máscara. A pesar de que yacía muy quieta, Rachel comenzó a sentirse mareada.

—Respira, así está bien. Eres una niña buena. —Mientras la sala comenzaba a dar vueltas, la voz de la doctora sonaba cada vez más lejos.

Una vez que la niña estuvo inconsciente, Mildred Solomon giró la manivela de la mesa, para inclinarla a cuarenta y cinco grados. Aflojó la correa alrededor de la frente de la niña para girar la cabeza a un lado, luego la amarró de nuevo. Sujetó la bandeja en su lugar debajo de la mesa, posicionó el tubo de Coolidge, accionó el generador y caminó hasta detrás de la pantalla de plomo. Deseaba que la exposición fuera perfecta, así que contó treinta segundos en el reloj que usaba abrochado a su chaqueta antes de apagar el flujo eléctrico hacia el tubo. Después de dejar pasar cinco minutos para que el líquido de bario continuara aún más su recorrido por el esófago de la niña y hasta su estómago, reposicionó el tubo de Coolidge y reemplazó la bandeja, luego realizó otra exposición. Cinco minutos después, otra exposición, con la radiografía concentrada en el duodeno, luego una cuarta, dirigida al íleo. La doctora Solomon no estaba segura de si los intervalos eran los óptimos: lo descubriría cuando revisara las radiografías. Según lo que hallara, adaptaría como se debía la duración de la siguiente serie de rayos X.

Amarrada a la mesa, Rachel comenzó a estremecerse y a gimotear. Basta por hoy, decidió la doctora Solomon. Desató a la niña y la sentó en la mesa.

—¿Puedes pararte? —le preguntó, pero la mirada confusa de Rachel le sugirió que no. Como si fuera una novia, la doctora Solomon cargó a la niña fuera de la sala de rayos X de vuelta hasta su cuna en el pabellón de escorbuto.

—Enfermera, venga acá, por favor. Cuando despierte, comience a darle algo de leche, luego alimentos blandos el resto del día. Mañana puede comer normalmente. Es posible que presente constipación, así que si para mañana por la tarde no ha defecado, puede colocarle un supositorio. Esperaré hasta que haya normalizado su digestión antes de ordenarle otro ayuno.

La doctora Solomon contempló a Rachel, consciente de que la enfermera la miraba por sobre su hombro.

—Hoy fuiste una niñita muy valiente —dijo, brindándole una sonrisa. Luego se dirigió a la enfermera—. La próxima vez, haré que usted le administre el bario y me la lleve a la sala de rayos X.

—Sí, doctora.

—¡No quiero tomarme eso!

Una vez más, Rachel había pasado un día entero sin alimentos, su estómago gruñía de hambre, pero ahora se rehusaba a tomar el vaso que la enfermera le ofrecía.

—Por favor, Rachel, es lo mismo que la última vez. Como un batido de leche, ¿recuerdas? Sé una niña buena y tómatelo todo. —La enfermera le empujaba el vaso a la niña que antes había cooperado tanto, pero Rachel mantenía sus dientes apretados, presionando sus labios en una línea rígida.

—¡Oh, por Dios!, me rindo. —Al alejarse con el vaso, la enfermera salió del pabellón y volvió con la doctora Solomon—. Lamento involucrarla, pero no quiere tomarse el líquido, y no estoy segura de lo que quiere que haga. ¿Quizá esta ya ha participado bastante? Podría comenzar con uno de los otros niños en ayuno.

—No, debo completar esta serie hoy; la próxima será la última, y esa es con el enema para la sección final del tracto. Rachel, escúchame.

—La doctora Solomon le dio a la niña una mirada severa—. Esta es la última vez que tendrás que tomar este batido, te lo prometo. Ahora sé una niña buena y tómatelo todo. —Sabía que cuanto más se asentara el bario en el agua tibia, tendría aun peor gusto.

La garganta de Rachel se había bloqueado. La vergüenza y el enojo hacían temblar sus labios.

—¡No puedo hacerlo! —gritó, a la vez que le daba un golpe al vaso en la mano de la doctora Solomon.

—No me dejas opción —dijo la doctora Solomon—. Enfermera, consígame el tubo gástrico y un embudo. —Cuando la enfermera regresó y le alcanzó los elementos a la doctora Solomon, Rachel comenzó a darse cuenta del error terrible que había cometido. Había visto al doctor Hess ensartando ese tubo en las bocas abiertas de los otros niños, los había observado ahogarse y llorar a medida que se los introducía para que se lo tragasen completo. Trató de decir que se tomaría el batido, pero fue muy tarde. La enfermera sostuvo la cabeza de Rachel hacia atrás mientras la doctora Solomon le empujaba el tubo de goma por su garganta. Al entrar en pánico, tuvo arcadas.

—No lo hagas más difícil de lo que debería ser —dijo la doctora Solomon. Las lágrimas se fugaban de los ojos de Rachel y se acumulaban en sus orejitas a medida que se atragantaba con el tubo. Cuando llegó finalmente al fondo, la doctora Solomon sostuvo el embudo sobre la cabeza de Rachel mientras la enfermera vertía el bario en él. Rachel, indefensa, sintió que su estómago se hinchaba. La doctora Solomon retiró lentamente el tubo, así la niña no vomitaría y echaría a perder todo.

A Rachel le ardía la garganta como si se hubiera tragado una taza de té hirviendo. La enfermera la trasladó por el pasillo, mientras seguía a la doctora Solomon hasta la sala de rayos X.

—Gracias por la ayuda —dijo la doctora Solomon cuando la enfermera ubicó a Rachel en la mesa—. Ya puedo encargarme. —Mientras aseguraba las extremidades de Rachel, la doctora Solomon se inclinó sobre ella con el ceño fruncido.

—Estoy muy decepcionada de ti —dijo, a la vez que cinchaba las correas. Rachel estaba desolada por haber enfadado a la única persona que era amable con ella. Por una vez, recibió con beneplácito el cloroformo.

Temprano en la mañana siguiente, el vientre de Rachel se retorcía a medida que el bario se hacía grumos en sus intestinos. La enfermera del pabellón le insertó un supositorio laxante, luego la sentó en un retrete. Rachel miraba absorta sus pies balanceándose sobre las baldosas del piso, hexágonos negros y blancos que aparecían y desaparecían de su vista. Después, ya aliviada de su malestar y famélica, Rachel miró a su alrededor en busca de la enfermera para pedirle su desayuno. No estaba en la sala ni detrás de su escritorio en la enfermería. La puerta de ingreso al pabellón de escorbuto estaba apenas abierta; debe estar en el pasillo. Rachel se asomó con la esperanza de que la enfermera estuviera cerca.

No había nadie a la vista. Rachel caminó vacilante por el pasillo vacío, por enfrente del pabellón de tosferina, el pabellón de sarampión y el pabellón de difteria. Apenas había pasado frente a la sala de rayos X cuando escuchó un portazo en alguna parte. Atemorizada, se escondió en la puerta más cercana.

Rachel se encontraba en una sala pequeña sin ventanas. La luz del pasillo iluminaba una silla y una mesa. La parte superior de la mesa tenía cierta inclinación y parecía estar hecha de cristal. Curiosa por saber si podía ver a través de él, gateó por debajo, pero desde abajo solo vio una superficie plana de madera. Escuchó aproximarse unos pasos y se agazapó, a la espera de que la persona siguiera de largo. Pero no fue así. Quienquiera que fuera entró, cerró la puerta y sumió la habitación en la oscuridad. Una línea fina de luz delineaba la puerta, luego Rachel escuchó el sonido de una cortina corriéndose y hasta ese poquito de luz se extinguió. Estaba tan oscuro que no podía notar la diferencia entre tener los ojos abiertos o cerrados.

En la sala de radiografías, la doctora Solomon acogió la oscuridad, mientras se acomodaba en la silla con un suspiro. Palpó la parte superior de la mesa hasta que su mano encontró el cronómetro. A tientas, giró el selector hasta los quince minutos y el tictac sonó ruidoso en la sala silenciosa. Mantuvo los ojos abiertos, sin ver nada, imaginando sus retinas relajándose a medida que la oscuridad forzaba a sus ojos a sensibilizarse al máximo. Ahora no había otra cosa por hacer más que esperar y pensar.

El estudio de la digestión estaba casi completo. El doctor Hess le aseguró que las radiografías con bario le habían brindado una perspectiva estupenda sobre los índices normales del movimiento de los alimentos en el tracto digestivo de un niño. Lo ayudarían de manera incalculable en el curso de sus estudios de nutrición. Quizá agregue su nombre como coautora en su próximo artículo: como mínimo, reconocería su asistencia en los créditos. Ya había comenzado a sugerir que ella podría hacerse cargo el año próximo del hogar de niños como médico adjunto, mientras él se concentraba en su investigación. Pero las ambiciones de Mildred Solomon no estarían satisfechas diagnosticando huérfanos. Debía escribir un artículo de su propia autoría, hacerse de su propia reputación, si alguna vez quería salir de la sombra del doctor Hess y alejarse de todos esos niños, pero aún tenía que iniciar su propio experimento.

Un crujido en el piso hizo que retrajera sus piernas con un resoplido. ¡Qué tonta!, pensó, asustarse con un ratón después de todos los roedores que manipulaba en el laboratorio. Aun así, fue una reacción completamente natural cuando la sorprendió en la oscuridad. Mientras sostenía sus rodillas en el pecho, se mantuvo pendiente de los movimientos del ratón. En vez de eso, escuchó un jadeo ligero. Se imaginó un perro perdido, aunque eso era imposible.

—¿Qué hay ahí?

Una vocecita desde abajo de la mesa dijo:

—Soy yo, doctora Solomon. Rachel.

Agitó la mano debajo del escritorio y rozó la manga de Rachel. Sus dedos rodearon su pequeño codo y la guiaron para salir de abajo del escritorio. La voz de la doctora Solomon sonó cerca del oído de Rachel.

—¿Qué estás haciendo aquí?

—Perdón, me perdí. —Rachel se puso tensa, esperaba que la doctora Solomon encendiera la luz, pero no fue así—. ¿Por qué está tan oscuro?

—Estoy dejando que mis ojos se adapten a la oscuridad antes de ver las radiografías. —La doctora Solomon no tenía tiempo para eso; si encendía la luz ahora, si apenas abría la puerta, tendría que comenzar todo de nuevo—. Tendrás que quedarte conmigo. Ven aquí, así sé dónde estás. —Atrajo a la niña hacia su regazo y envolvió el pequeño cuerpo con sus brazos—. No tienes miedo a la oscuridad, ¿cierto?

—Tengo un poquito de miedo. Está tan, pero *tan* oscuro.

—Solo quédate aquí conmigo y no tendrás nada de qué temer.

—¿Estoy en problemas?

—No si te quedas quieta y en silencio. ¿Puedes hacer eso por mí?

—Trataré.

—Buena niña. Ahora, silencio.

El tictac del cronómetro se filtraba por cada grieta de la habitación. Mildred Solomon sincronizó su respiración con el cronómetro, inspiraba cinco segundos y exhalaba otros cinco. Sin notarlo, sus latidos, también, comenzaron a disminuir. La pesadez del brazo de la señora doctora alrededor de su cintura, con la suavidad de su respiración, hizo que Rachel se sintiera segura y calmada. Comenzó a balancearse ligeramente mientras se relajaba en el pecho de la doctora, con la mejilla sobre la clavícula.

Una campanilla se disparó, lo que las asustó a ambas.

—Se acabó el tiempo —anunció la doctora Solomon. Rachel esperaba que ahora se levantaran y se marcharan de la pequeña sala, pero sintió que la doctora Solomon se estiró y escuchó que accionó un interruptor. Se encendió una luz verde tenue, pero en la oscuridad, sus ojos se dilataron plenamente; era suficiente para iluminar la habitación—. Quédate aquí —ordenó la doctora Solomon, al levantarse y caminar con cuidado alrededor de la mesa. Levantó unas radiografías frágiles de un cajón y las encajó en el tablero luminoso. Al volver a su asiento, ubicó a la niña en su regazo y envolvió una capa de caucho alrededor de las dos. La cabeza de Rachel se asomó, justo por debajo del mentón de la doctora Solomon—. Mantén tus manos bajo la capa. Tengo que ponerme guantes ahora. —Así lo hizo, la goma gruesa exageraba sus dedos—. ¿Lista?

—¿Para qué? — preguntó Rachel, luego vio.

Mildred Solomon accionó otro interruptor, y la luz de la mesa hizo un zumbido y parpadeó. La luz blanca era intensa, y sobre ella estaban las radiografías, imágenes oscuras y misteriosas a través de las cuales emergían franjas blancas y remolinos y nubes.

—¿Qué son?

—Estas son fotos que tomamos con la máquina de rayos X. —La silla se movió: Rachel se dio cuenta de que tenía ruedas, y juntas rodaron más cerca de las imágenes—. Los rayos X pasan a través de ti, a través de tu piel y de tus músculos, para alcanzar los huesos y los órganos. El rayo X toma la radiografía. Luego, cuando la luz brilla a través de la radiografía, muestra todas las formas y sombras. Debido a que sé cómo leerlas y entender la anatomía, la radiografía me permite ver lo que hay dentro de ti.

Las palabras de la doctora estimularon un recuerdo en la mente de Rachel. Estaba en una tina, con agua tibia hasta el mentón, en la cocina de la señora Giovanni, que la lavaba con un trapo rojo, áspero. «Todo es mi culpa», gimoteaba Rachel, que pensaba en la tetera rota, en el almuerzo que papá había olvidado, en la operadora de la fábrica, en los ojos negros de su madre. «Ahora, escúchame», dijo la señora Giovanni, que tomó su carita con las manos llenas de jabón para poder mirarla a los ojos. «Nada es tu culpa. Jamás vuelvas a pensar eso. Dios puede ver dentro de ti, justo dentro de tu alma, y Él sabe que tú no hiciste nada malo. Recuerda eso, Rachel, si alguna vez te sientes sola o temerosa». Al mirar las imágenes radiográficas, Rachel imaginó que eso era lo que Dios veía cuando la miraba a ella. Se preguntó qué parte de la radiografía mostraba si era buena o mala.

—¿Ves este garabato? —señaló con la mano enguantada la doctora Solomon—. Por esto es que bebes el batido, para que yo pueda ver lo que hay dentro de tus intestinos. Y mira aquí, estas son tus costillas. —La doctora Solomon se quitó uno de los guantes y extendió la mano por debajo de la capa. Mientras que señalaba a las formas blancas en la radiografía con la mano enguantada, con la otra tocaba las costillas de Rachel—. Y ahí está tu columna. —Rachel sintió un dedo que se deslizó hacia la mitad de su espalda—. ¿Ves tus hombros ahí y los huesos de tu cadera, por aquí? Estas nubes grandes son tus pulmones. Y esta, con tu cabeza hacia a un lado, ¿ves tu mandíbula y todos tus dientes de leche, con los dientes adultos encima, listos para tomar su lugar? Y ¿ves ese pequeño remolino, ahí? Esas son tus amígdalas.

Mildred Solomon se inclinó hacia adelante, sumida en sus pensamientos mientras contemplaba las radiografías. Recordó haber leído sobre Béclère y el tratamiento experimental de rayos X a un tumor en la glándula pituitaria de una joven mujer. El tumor se había encogido después de la exposición a los rayos, pero ¿cómo había resuelto Béclère el problema del quemado en la piel? ¡Ah!, sí, alternó el ángulo de los rayos, al concentrarlos en el tumor desde diferentes puntos de entrada. Si él pudo utilizar los rayos X para encoger un tumor, Mildred Solomon se preguntó si podrían eliminarse también las amígdalas mediante los rayos X. Era lo que comúnmente se hacía en la medicina pediátrica, a miles y miles de niños al año. Los cirujanos, tan superiores, consideraban la radiología poco más que un servicio cartográfico para guiarlos en el trabajo real de abrir a las personas. Con los rayos X, no obstante, la amigdalotomía podría convertirse en algo del pasado. En el hogar de niños, era práctica usual extirpar las amígdalas y las adenoides de cada niño de cinco años. Si podía desarrollar una técnica usando los rayos X, podría reemplazar la amigdalotomía, salvando a enorme cantidad de niños de los riesgos de la cirugía.

Mildred Solomon vibró de entusiasmo. Este sería su experimento: la amigdalotomía con rayos X. Después de una serie de radiografías, probando longitudes diversas de exposición, los resultados podían confirmarse mediante la extirpación quirúrgica. Necesitaría una cantidad de sujetos como material. Repasó todo en su mente. Ocho huérfanos servirían.

Al resplandor de la luz de la mesa, Rachel inclinó su cabeza y levantó la mirada hacia el rostro de la doctora Solomon. En aquel regazo cálido y con la capa pesada alrededor de ellas, Rachel sintió una oleada de afecto por esa mujer a quien ella deseaba complacer con tanta desesperación. Giró para envolver con sus bracitos el cuello de la doctora Solomon.

En otra ocasión, a Mildred Solomon la habría irritado que la niña se aferrara de esa manera, pero sentía el arrebato de la emoción de su brillante idea. En una inusual demostración de sentimientos, acarició la cabeza de la niña. Su mano quedó cubierta con mechones de cabello moreno. Era un efecto secundario previsible de los rayos X; en realidad, debería haberlo esperado. Sin embargo, como la tomó por sorpresa de esta manera, no pudo evitar estremecerse.

—¿Qué ocurre? —preguntó Rachel, luego siguió la mirada de la doctora Solomon al cabello en su mano. Por un momento horrible, Rachel pensó que había crecido ahí.

—Eso es todo por hoy —anunció la doctora Solomon, mientras se quitaba la capa y paraba a Rachel en el piso. Se frotó la mano contra el costado de su falda para limpiarse el cabello de la niña—. Regresemos al pabellón. Tengo una idea para un experimento nuevo con el que puedes ayudarme.

Capítulo seis

ESPERABA ESTAR TEMPRANO EN LA ACADEMIA DE MEDICINA, PERO hubo una demora en el cambio de la línea del tren de Lexington, así que cuando arribé, apenas había abierto. Siempre pensé que se trataba de un club exclusivo para los médicos; tanto que olvidé la biblioteca hasta que Gloria me la recordó. Al recorrerla, quedé impresionada con los candelabros dorados, las vigas talladas del techo, las vistas espléndidas del Central Park a través de las ventanas paladinas. Perdí la cuenta de los bustos de mármol y los retratos al óleo. Pensé en la parte del alquiler que pagaba de aquel apartamento antiguo en Village: esa vivienda completa cabía tres veces en el vestíbulo de esta recepción. Sabía que había espacios magníficos como este por toda Nueva York, pero olvidé que también era probable que una fachada de ladrillo, a veces, incluyera apartamentos hacinados en salones de baile sin usar.

Encontré la biblioteca en el tercer piso. El catálogo de fichas tenía la extensión de un muro entero. Docenas de cajones en lo alto, con sus pequeñas agarraderas de bronce, se multiplicaban como en un caleidoscopio. Fue asombrosamente fácil encontrar lo que buscaba: las bibliotecarias habían catalogado las fichas no solo por autor, sino también por coautor y por cita bibliográfica. Repasé con mis dedos las fichas, con sus bordes suavizados por los años de revisión, hasta que llegué a Solomon, M., doctora en medicina. Me sentí un poquito emocionada al descubrir esta prueba concreta de lo que afirmaba la anciana. Pensé en lo que le agradaría escuchar que en efecto la busqué hasta que me di cuenta de que, con la dosis prescrita de morfina, era poco probable que estuviera lo bastante lúcida como para entenderme. Tendría que conformarme con saber por fin qué enfermedad había sufrido que requirió de todos esos rayos X.

Mildred Solomon era la única autora de un artículo publicado en 1921: «Radiografía de las amígdalas. La eficacia de un enfoque no quirúrgico». Era coautora, junto al doctor Hess, A., de un estudio sobre la digestión infantil y fue citada en el libro de Hess: *El escorbuto. Pasado y presente*. También, había una cita en un artículo reciente sobre el cáncer mamario del doctor Feldman, pero esa debe ser otra M. Solomon, supuse. Copié todos los números de registro de todas las fichas, luego recorrí el catálogo y tomé el cajón de Hess también. Además de su trabajo sobre el escorbuto, había una cantidad de artículos sobre el raquitismo: una afección curiosa de la que nunca más se escuchó en Manhattan y en la que no estaba interesada. Lo que sí noté fue al Hogar de Niños Judíos incluido en el subtítulo de un artículo sobre la tosferina; decidí anotar ese número, también, a pesar de que no citaba a la doctora Solomon.

Fui a entregar mis números, pero no veía a la bibliotecaria por ningún lado. Hice sonar la campanilla en el mostrador y pronto apareció una mujer alta con un corte *pixie* usando unos pantalones que me recordaron a Katherine Hepburn. Mientras ella leía mi lista de números, yo le daba una mirada a su nombre en la etiqueta que llevaba abrochada sobre una prenda tejida ajustada al cuerpo: DÉBORA.

—Puede que me tome un rato traérselos. Hay una cafetería en la planta baja que ya debería estar abierta, por si prefiere esperar allí.

—No, está bien, pero ¿podría decirme dónde está el baño?

—El único baño público para damas está en el primer piso, al salir de la recepción. Venga, por aquí, sígame. —Levantó una sección del mostrador e inclinó su cabeza. Juntas, cruzamos los pasillos con estantes metálicos desde el piso hasta el techo, hasta donde podía ver—. El personal utiliza este de aquí. —Me mostró un baño sencillo con una ventana de vidrio esmerilado elevada en el muro—. La cerradura es un poquito tramposa si no está acostumbrada a usarla, pero no la interrumpirán. La otra bibliotecaria no viene hasta el mediodía.

Después de que me refresqué, busqué el camino de regreso a la sala de lectura y me acomodé para esperar. La tranquilidad del lugar era ideal para mí. No era una sala tan majestuosa como el resto de la academia: estaba mal ventilada y en silencio, los estantes revestían los muros cargados con los polvorientos libros encuadernados en piel, la mesa de roble gigante con raspones y rayones de los doctores que tomaron notas durante décadas. Me acerqué a la ventana y me senté en la repisa ancha, para mirar a través de la Fifth Avenue hacia el parque. Hubiera levantado un poco la ventana para que entrara aire fresco pero no estaba segura de que estuviera permitido, así que me conformé con la vista mientras buscaba en mi mente más recuerdos del hogar de niños. Era frustrante. Sabía que estaban en alguna parte de mi cerebro, pero no podía materializarlos.

Las publicaciones que solicité deben de haber estado en el fondo de los estantes; veinte minutos pasaron hasta que Débora volvió, haciendo equilibrio con los volúmenes que tenía en sus brazos. Cuando se inclinó para colocarlos sobre la mesa, no pude evitar notar la manera en que sus pechos cayeron hacia adelante, estirando su prenda.

—Hágame saber si necesita algo más —dijo. Me sonrojé, a la vez que esperaba que no me hubiera atrapado mirándola. Después de agradecerle, me dispuse a la tarea, entusiasmada con la posibilidad de atraer el pasado hacia el presente. Quería guardar el artículo de la doctora Solomon para el final, así que comencé con el estudio de tosferina del doctor Hess. De aquel montón, agarré el pesado volumen de revistas científicas encuadernadas y lo abrí a la mitad.

Si esperaba encontrar alguna descripción al estilo Dickens del Hogar de Niños Judíos en esas páginas, pronto noté que me decepcionaría. Las oraciones no tenían emoción: descripciones clínicas de diseños experimentales, recomendaciones objetivas con base en los resultados. El doctor Alfred Hess usaba el término «material» para referirse a los niños de su estudio, como si fuéramos conejillos de Indias o ratas. El artículo señalaba que los huérfanos éramos particularmente buen material para la investigación médica, y no solo porque no había padres con quienes reñir por el consentimiento.

Desde un punto de vista comparativo, también es probable que sea una ventaja que estos niños institucionalizados pertenezcan al mismo estrato social y que, en general, hayan sido criados durante un tiempo considerable dentro de los mismos muros, siguiendo la misma rutina, incluidos alimentos similares y una vida al aire libre semejante. Estas son las condiciones en las que se insiste al considerar el curso del contagio experimental entre los animales de laboratorio, pero que rara vez puede controlarse en un estudio del ser humano.

Recordé la manera en que me molestaba que me mantuvieran en una cuna; ahora parecía que debía agradecer que no nos hubieran encerrado en jaulas. Aun así, a medida que continuaba leyendo, noté que su estudio sobre la tosferina consistía en apenas una observación prolongada. Cien días, para ser exacta. Los registros en el apéndice me parecieron fríos: la manera en que los niños fueron numerados y fraccionados en vez de ser llamados por nombre, pero ¿no era esa la manera en que siempre se escribieron los artículos médicos? Aparte de someterlos a meses de aburrimiento, no podía ver de qué manera los niños que él había estudiado salían perdiendo. No obstante, la elección de sus palabras disgustaban: «estos niños institucionalizados», como si fuéramos una casta o raza diferente. Dudaba que hubiera comparado a sus propios hijos con animales de laboratorio. Me alegró pensar que Mildred Solomon estuviera presente para mitigar la insensibilidad del doctor Hess con el tacto de una mujer.

Ya estaba ansiosa por deshacerme del doctor Hess. Pasé las hojas con rapidez por todo *El escorbuto. Pasado y presente* hasta el índice, con la idea de ir hasta las páginas donde se menciona a la doctora Solomon. A medio camino, mis manos se quedaron inmóviles, el libro se abrió en una fotografía en blanco y negro. Estaba recortada para mostrar la boca de un pequeño. Solo eso, no el rostro de un niño o una niña, solo la boca completamente abierta, con el lente de la cámara centrado en una úlcera sangrante. Paralizada, miraba la fotografía. Era como si esa foto hubiera salido de los recuerdos guardados en una caja de zapatos que ahora caía desde el estante más alto de mi mente y se derramaba sobre la mesa frente a mí.

Me temblaban los dedos. Olvidé respirar. Recordé.

Yo no era uno de ellos, de los niños del estudio de escorbuto, pero desde mi cuna observaba la manera en que se iban consumiendo las articulaciones inflamadas, las úlceras migrando de los labios a los brazos y a las piernas. Una de las enfermeras encargadas de supervisar sus comidas comenzó a llorar un día, mientras servía con una cuchara alguna clase de papilla en la boca de un niño magullado demasiado débil como para pararse, a la vez que en la cuna contigua instaban a otro niño a terminar su jugo de naranja.

—Ya casi termina —la incitaba otra enfermera—. Todos volverán a tomar jugo de naranja en unos días, verás lo pronto que desaparecen las ulceraciones.

—¿Por qué los hace sufrir? El doctor Hess ya puede ver lo que ocurre cuando los niños no reciben nada cítrico. ¿Por qué continúa todavía?

—Es lo que están tratando de aprender de todo esto: cuánto se necesita, cuánto es mucho. Es para el bien de todos los niños.

—No para este —dijo la enfermera, mientras acariciaba la mejilla hundida del niño que estaba alimentando.

Cerré mis ojos con fuerza para hacer desaparecer la escena de mi mente. Para la tosferina, él simplemente había confinado a los niños y observaba el progreso de la enfermedad: no era como que se les negara una cura que existía. Pero, ¿con el escorbuto? ¿Sería cierto que, en realidad, generó la enfermedad solo para evaluar diferentes tratamientos? Volví a hojear el libro, mientras captaba algunos pasajes que describían tratamientos experimentales que había probado: dio de comer a los niños glándulas tiroideas deshidratadas; mezcló sangre de alguna manera con cítrico y la inyectó de vuelta al niño. Cuando me ubicaron en el hogar de niños, ¿sabía alguien lo que estaba pasando ahí? Por supuesto que lo sabían. Debían saberlo. Aquí está el libro para probarlo.

Al darme cuenta de que estaría ahí todo el día si leía todo, busqué el índice, ansiosa por descubrir el grado en el que la doctora Solomon se había involucrado en eso. Me dio alivio ver que la habían reconocido por los rayos X, nada más. Miré algunas de las radiografías reproducidas en el libro, imágenes escalofriantes de los cuerpos de los niños recortadas por el cuello y la cintura, con una nota que decía: «rosario costal característico», un rasgo que yo no podía ver, que hasta comencé a dudar que existiera. La doctora Solomon había mencionado que todos los niños eran radiografiados, que era rutinario. No era como si fuera su experimento. Pensé en lo que Gloria había dicho, debe de haber sido difícil para ella ser doctora en aquellos días; hasta en la actualidad casi todos los médicos eran hombres. Supongo que

Mildred Solomon tenía que hacer lo que le solicitaban. Era una residente de todas formas, ¿no fue eso lo que había dicho? No podría haber interferido con los experimentos del doctor Hess aunque lo hubiera querido hacer.

Cerré el libro sobre el escorbuto y lo empujé hacia un costado. No quería creer que Mildred Solomon había participado en el trabajo que el doctor Hess estaba haciendo, pero allí estaba el artículo que escribieron juntos: «Los índices de la digestión en los niños. Una encuesta radiográfica». Describía el objetivo del estudio: el uso del bario para radiografiar el tracto digestivo, junto con registros y gráficos hechos a mano que dibujaban los diversos parámetros y exposiciones. Las conclusiones parecían bastante simples: el tiempo, en minutos y horas, que le tomaba al bario recorrer los intestinos del niño. No estaba segura de la razón por la que esa información era necesaria, pero de nuevo parecía que la función de la doctora Solomon estaba limitada a la radiología. El doctor Hess era el que estaba obsesionado con la nutrición infantil.

Luego di vuelta a la página y vi una foto de una de las radiografías. Sentí que caía sobre el espaldar de la silla; de hecho, me agarré del borde de la mesa. La había visto antes. El cuerpo de un niño desde los hombros hasta la cadera, con el bario como un garabato brillante en todo el intestino. Pero, ¿cómo pude haberla visto? La siguiente página mostraba una cabeza girada a un lado, con la radiografía en la que resplandecía lo blanco donde la sustancia cubría la lengua y el esófago.

Reconocí el sabor antes de darme cuenta de la manera en que lo había conocido. Ya sea que la imagen fuera o no mía: eso parecía demasiado irreal, recordaba haber bebido los batidos de tiza arenosa en mi boca. Recordé la ocasión en que me negué a tomarlo y aquel tubo que empujaron por mi garganta. Pero, ¿quién me había hecho esas cosas? Las impresiones y sensaciones eran tan vagas que vacilé en llamarlas recuerdos. Hubo una enfermera con manos grandes, agrietadas y rojas. Ella debe haber sido la que me forzó a tomarlo aquel día. No la doctora Solomon. Mildred Solomon solo había hecho los rayos X, pero a esos no los podía recordar. Al leer todo el artículo, descubrí la razón.

«Se administraba cloroformo para inmovilizar el material durante la exposición». Con razón los tratamientos estaban poco claros en mi memoria, como las luces traseras de un auto en la niebla. Había visto usar cloroformo en la enfermería del orfanato: la enfermera Dreyer conservaba algo en caso de que tuviera que darle puntadas a un niño inquieto por el dolor. Podía imaginarme a la doctora Solomon suspendiendo sobre mi rostro la máscara con el gotero. Amarrada a la mesa, habría estado inconsciente mientras ella posicionaba el tubo de Coolidge y realizaba la exposición.

¿No eran suficientes las correas? Podía recordarlas ahora, esas hebillas arriba y debajo de mis brazos y mis piernas. No podía entender la razón por la que la doctora Solomon también nos quería dormidos con cloroformo. ¿Se le hacía más fácil si pensaba que éramos un material que no se podía mover o hablar? Quizá solo era nuestro forcejeo lo que ella no quería ver. Pensé en los ratones con cáncer, en la manera en que deben de chillar y retorcerse cuando los médicos afeitan su pelaje para embadurnar el alquitrán sobre la desnuda piel rosada.

Aun así, no había sido su idea. Ella era solo la coautora. Esos experimentos eran del trabajo del doctor Hess. Fue Mildred Solomon quien cuidó de mí. El artículo de ella era el que me preocupaba, esperaba que esa nota me contara acerca de lo que me habían tratado. Es posible que haya tenido amigdalitis: parecía probable que fuera eso lo que había estado mal en mí. Era usual en los niños que habían tenido sarampión o tos convulsiva que desarrollasen amigdalitis. ¿Tuve sarampión? La mayoría de los niños lo había tenido en aquellos días. En la precipitación confusa de las imágenes que

pasaban por mi mente, pocos detalles sobresalieron firmes y verda-
deros: la sonrisa de la doctora Solomon; la manera en que decía que
yo era buena y valiente; la forma en que me miraba, como si pudiera
ver directo a mi alma. Pensé en todo lo que Mildred Solomon había
abandonado para ser doctora. Quizá nosotros, en efecto, reemplaza-
mos a los niños que nunca tuvo: ¿qué otro motivo habría tenido para
buscar una residencia en un orfanato? Sabe Dios que todos estábamos hambrientos por una madre.

Con una respiración serena, abrí el artículo escrito solo por
Mildred Solomon. Los párrafos iniciales describían el contexto del
estudio. Escribió que la amigdalotomía, aunque común, conllevaba
riesgos de infección. Algunos niños reaccionaban de manera negativa
a la anestesia, mientras que otros se angustiaban si el procedimiento
se realizaba con anestesia local. Se refirió a casos famosos en los que
los rayos X eran utilizados para encoger tumores. Eso hizo que pareciera lógica la idea de intentar tratar la amigdalitis con los rayos X.
No podía saber en aquel momento lo que nos causaría. Ahora, estaba
segura de que eso es lo que pasó: cuando tuve amigdalitis, la doctora
Solomon trató de curarme con esa técnica innovadora, no invasiva.

Salvo que, según continué leyendo, supe que eso no fue así en
absoluto.

Se eligió el material expresamente por la salud y energía de las
amígdalas existentes para excluir la posibilidad de infección que
comprometiera los resultados. Por cada sujeto apuntado para
el estudio, el ángulo de los rayos y el número de los filtros se
mantenían iguales para aislar los resultados de este experimento
inicial en la duración óptima de la exposición. De los ocho sujetos
apuntados, se dio a cada uno un incremento calculado en la
exposición (ver el registro en el apéndice). Los párrafos siguientes
describirán en detalle estos cálculos y serán de especial interés

para los radiólogos, como también lo serán las ilustraciones del
posicionamiento del material (ver figuras 1 a 3) y del ángulo del
tubo de Coolidge. La extirpación quirúrgica de las amígdalas al
finalizar el estudio produjo resultados prometedores y señalan
sin equivocación la necesidad de continuar con los experimentos.
En resumen, mis conclusiones fueron por lo tanto: de aquellos
sujetos que recibieron la menor cantidad de exposición, las
amígdalas reflejaron un deterioro inadecuado como para
reemplazar la intervención quirúrgica. De aquellos sujetos a la
mediana exposición, según la opinión del cirujano, las amígdalas
estaban deterioradas lo suficiente como para descartar la
extirpación. De los sujetos sometidos a la exposición extrema,
sin embargo, las quemaduras asociadas con la penetración de
los rayos causaron irritación y la posibilidad de que surgieran
cicatrices en los puntos de entrada. Aun cuando todo el material
desarrolló alopecia como resultado de la exposición, es mi opinión
que la condición se resolverá por sí sola para la mayoría de los
sujetos. En futuras repeticiones de este experimento, sugiero
enfáticamente comenzar con niños más pequeños de modo que se
pueda lograr un periodo de seguimiento más sostenido dentro de
las condiciones controladas de la institución. Por desgracia, estos
sujetos fueron transferidos del Hogar de Niños Judíos al finalizar
el experimento y, en consecuencia, no estuvieron disponibles para
más observación.

Empujé mi silla hacia atrás. El pulso de mi cuello palpitaba y el
rabillo de mi ojo temblaba. Las paredes de la sala de lectura se estrechaban sobre mí, polvorientas y sofocantes. Tenía que salir de allí.
Con las piernas temblorosas, bajé las escaleras hasta la cafetería. El
líquido amargo inundó mi boca mientras la cafeína concentraba mis
pensamientos.

Mildred Solomon no era mejor que el doctor Hess. Nos había usado como ratas de laboratorio, sin otro motivo más que por curiosidad médica. Pero era más que eso, ¿cierto? ¿No me había dicho que este artículo le aseguró su posición en la radiología, que nunca tuvo que volver a trabajar con niños otra vez? No solo no estaba tratando de curarnos: nos estaba utilizando para hacerse de su reputación. Me sentí como una de esas muchachas de las que se lee en ocasiones en las revistas baratas, de esas que drogan en las fiestas y despiertan, con la mente en blanco y el cuerpo profanado.

Se había enfriado mi café. Volví a la sala de lectura donde encontré a la bibliotecaria arreglando las publicaciones.

—Aún no terminé con eso —dije, reclamando los volúmenes.

—Lo lamento. Como no la vi más, supuse que se había ido. —Debora se inclinó para devolverlas a la mesa. Lo admito, esta vez fijé la vista. Supongo que necesitaba distraerme de alguna manera: hasta imaginé que ella me devolvía la mirada, aunque no funcionó. Apenas estuve a solas con el artículo de la doctora Solomon, volví a leerlo; con cada línea que leía más me enfadaba y más me indignaba. Sin embargo, esta vez examiné el registro en el apéndice. Mostraba las exposiciones acumuladas de rayos X por cada niño del experimento. Por supuesto, no llevábamos nombres: solo éramos huérfanos, «niños institucionalizados», prescindibles, descartables, números en un gráfico. De repente algo cobró sentido para mí, el número que tenía bordado en mi cuello. ¿Cuál era? Recordaba los círculos sin fin que recorría con la puntita de mi dedo, siguiendo las puntadas alrededor y hacia atrás, una y otra vez. Al recorrer el registro con mi dedo, encontré el número 8 y seguí su línea.

Allí estaba yo, entre los de mayor exposición.

Sentí como si hubiera estado enjaulada en esa sala de lectura por meses. Al mirar por la ventana, vi las copas verdes de los árboles y un cielo despejado. Me sentía desesperada por estar afuera, a pesar de lo sofocante que sería el calor del mediodía, pero había un artículo más que le había pedido a la bibliotecaria que me buscara. Acerqué el volumen, pensando que sería mejor que terminara con lo que había comenzado. Ciertamente, jamás volvería ahí otra vez. Era ese estudio, publicado solo un par de años atrás. Revisé la bibliografía: citaba al artículo sobre las amígdalas de Mildred Solomon, pero no podía imaginar por qué ese doctor Feldman hacía la referencia. Con una mano desganada levanté la cubierta. Recientemente cosidas a la encuadernación, las páginas del libro *Oncología moderna* resistían. Tuve que pararme y hacer fuerza con mis brazos para mantener las páginas abiertas. Leí por encima el artículo hasta que mis ojos captaron una oración: «Para las mujeres que fueron expuestas a la radiación excesiva siendo niñas, los índices de malignidad se incrementan notablemente, con tumores que se vuelven evidentes cuando alcanzan los cuarenta».

Mis pensamientos volaron hasta el otro lado del mundo, hasta ese pescador japonés del Lucky Dragon. Imaginé la ceniza radioactiva espolvoreándose sobre él desde lejos a kilómetros y kilómetros de distancia, la manera en que se sacudió el polvo misterioso de sus mangas y continuó cargando sus redes. Solo que fue más tarde, en la seguridad de la orilla, que empezó la muerte. Con un presentimiento profundo, comencé a leer el artículo del doctor Feldman desde el principio.

Cuando terminé, estaba hecha pedazos. Debía calmarme antes de dejar la Academia de Medicina. Débora no andaba por ahí, así que levanté la tapa del mostrador y atravesé las estanterías, para poder entrar al baño. Al mirarme en el espejo sobre el lavamanos, levanté mi mentón para dejar a la vista la parte inferior de mi mandíbula. Siempre asumí que eran marcas de nacimiento, aquellas dos manchas brillantes en la piel, redondas como monedas. Ahora las reconozco como el rastro desdibujado de una quemadura de rayos X. Continuaba viendo ese registro, como si fuera una diapositiva que proyectaba ante mis ojos la línea de la número 8 que se elevaba en ángulo.

Encogí el hombro de la axila que había estado sintiendo dolorida. Una olcada de ansiedad se apoderó de mí cuando todo comenzó a encajar. Tenía que revisar de inmediato, para asegurarme de que estaba imaginando cosas. Ahí mismo, en el baño del personal de la biblioteca de la Academia de Medicina, empecé a desabrocharme la blusa. Acababa de alcanzar la parte trasera de mi sostén para desengancharlo cuando escuché un golpe ligero en la puerta.

—¿Se encuentra bien? —preguntó Débora—. ¿Necesita algo?

Logré responder que estaba bien. Preocupada de que la cerradura cediera y me viera con la blusa abierta, a tientas me abroché los botones. Salpiqué con agua fría mis mejillas, las sequé con una toalla de papel, revisé para ver que mis rasgos estuvieran restablecidos. Mis cejas, al menos, no se habían corrido. Abrí la puerta para encontrarla ahí parada. No retrocedió, ahí se mantuvo, bloqueándome el paso.

—¿Has estado llorando? —Me tocó el rostro con un gesto de afecto, sus dedos delinearon mi mandíbula. Me contempló con una mirada segura, tan franca, que supe que me había atrapado mirándola antes; comprendí entonces que había sabido todo el tiempo lo que eso significaba. Estaba tan acostumbrada a simular ser algo que no era, que me sorprendió que me viera por lo que era. En ese momento vulnerable, ese inesperado reconocimiento me atrajo hacia ella. Apenas supe lo que estaba haciendo, la distancia leve que había entre nosotras se acortaba.

No era de las que comenzaban las cosas, pero apenas Débora reclinó mi cabeza, me apoyé en ella, deslizando mi pierna entre sus rodillas, llenando mi mano con el peso de su seno. Sus labios eran más suaves de lo que esperaba, su beso vacilante al principio, se hizo más intenso cuando le abrí mi boca. No sabía quién era en ese momento.

Alguien más impulsiva y temeraria había tomado mi lugar. Podía decir que le gustaba esta persona, le gustaba mucho.

El sonido de esa campanilla estúpida sobre el mostrador trajo consigo la realidad de un estudiante de medicina impaciente que acechaba del otro lado de la pared. Retrocedió de manera abrupta, con su boca lúcida por mi saliva.

—Solo iré a ver lo que quiere. —Al revisar su reloj, advirtió—: La otra bibliotecaria llegará en cualquier momento. —Débora recorrió mi brazo con su mano, reacia a irse—. Espera aquí, te daré mi número. Para más tarde.

Esperé, por un minuto, mientras trataba de convencerme de que no habría daño alguno en ello. Luego la imaginé a ella, en Miami, adormecida en el sol sobre una silla playera, con un libro abierto sobre sus muslos. Ella era con quien yo quería estar, no una bibliotecaria marimacho. Me sentía tan sola con ella lejos. Odiaba dormir sola, despertar sola, regresar a casa a un apartamento vacío. Extrañaba esos momentos cuando hacía a un lado la mesa del centro y me balanceaba en sus brazos al sonido de la radio. La manera en que frotaba el dorso de su mano contra la mía, como por accidente, mientras caminábamos por la calle. La manera en que tomaba mi mano en la oscuridad de la sala de cine, con los dedos entrelazados bajo los abrigos sobre nuestros regazos.

Me preocupaba pensar a cuánto más me hubiera animado, involucrada en el momento, si esa campanilla no hubiera sonado. No podía arriesgarme a esperar, ni siquiera para explicar por qué tenía que irme. Encontré otra manera de salir de entre las estanterías, bajé por una escalera trasera hasta la planta baja, localicé una puerta a la calle. Al salir, me azotó el calor. Me faltaba el aire y me goteaba el sudor, me apuré hacia el subterráneo, preocupada porque Débora viniera corriendo detrás de mí, a tirar de mi manga, esperando que fuera alguien que no era.

Capítulo siete

OCHO NIÑOS AMONTONADOS EN EL TAXI: CINCO EN LA PARTE trasera, dos más al frente entre el conductor y una enfermera del Hogar de Niños Judíos, y Rachel, la más pequeña, en su regazo.

—¿Sabe la doctora Solomon que nos estamos marchando? —preguntó Rachel cuando el taxi se alejaba de la acera.

La enfermera baja la vista para mirarla y responde:

—El experimento de la doctora Solomon terminó. Ya casi tienes seis años: algunos de los otros ya tienen seis, así que los transfieren a todos juntos.

Esa mañana, a Rachel la sorprendió estar vestida con ropa de calle. Cuando a ella y a los otros niños los retiraron del pabellón de escorbuto, Rachel había vuelto la mirada hacia el ala del hospital que se alejaba, con la esperanza de que la doctora Solomon viniera a despedirse.

—¿Está segura de que ella ya no me necesita?

—Te lo dije, ya terminó contigo. Terminó con todos ustedes.

Al cruzar el puente con sus pequeñas torres de piedra, Rachel entrecerró los ojos ante el brillo del sol. No había estado afuera durante meses, ninguno lo había estado. La exposición a la luz solar era una variable que a la doctora Solomon le gustaba controlar.

Al fin el taxi salió de Amsterdam Avenue. Un edificio de ladrillos grande como un castillo parecía doblar la esquina con ellos, el ala sur se extendía desde la mitad de la cuadra, ventana tras ventana tras ventana. La valla de hierro forjado se elevaba a medida que la calle se perdía en Broadway. Cuando se detuvieron, la base de roca de la valla estaba al nivel del techo del taxi, y Rachel tenía que inclinar su cabeza para ver los extremos puntiagudos de las barras de hierro.

—Espéreme aquí —dijo la enfermera al conductor—. No tardaré mucho.

Paró a Rachel en la calzada, bajó a los otros dos, luego abrió la puerta trasera y arreó fuera del coche al resto de los niños también.

—Ahora, vengan conmigo y manténganse juntos. —La enfermera los condujo por unos escalones de piedra hacia una verja de hierro. Esta se abrió con el sonido solitario de las bisagras.

Ingresaron a un lugar enorme y vacío. Sin césped ni árboles. Sin hamacas ni pelotas ni bates desparramados. Solo grava y sol y, en el otro extremo lejano, la valla otra vez con una verja igual que daba a la siguiente calle. Las piernas de Rachel deseaban correr a través del espacio abierto, para conocer el tiempo que le tomaba llegar hasta aquella valla.

—Vengan conmigo a la recepción. —Rachel giró hacia el edificio grande, luego sintió una mano en su hombro—. No, por este camino. —La enfermera señaló hacia una estructura cercana voluminosa y baja. Cuando entraban, Rachel escuchó un timbre que venía desde el otro lado del patio de grava, estridente como una alarma contra incendios.

Los niños se acurrucaron en un vestíbulo pequeño. La enfermera habló con una mujer que dijo:

—Espere aquí, iré a buscar a la señora Berger.

Rachel tiró de la falda de la enfermera.

—¿Dónde estamos?

—Esta es la casa de recepción. Tendrán que vivir aquí por un tiempo antes de ingresar al Hogar de Huérfanos Judíos.

Hogar de Huérfanos Judíos. Las palabras resonaron en la memoria de Rachel. Le recordaron el sueño en el que tenía un hermano con cabello moreno y ojos claros que le había enseñado el alfabeto. Pero si estaba despierta y este lugar era real, quizá el sueño también lo era. De pronto Rachel estaba segura de que, en efecto, tenía realmente un hermano. Quizá este era su hogar. Buscó a alguien para preguntar cuando otra mujer entró al vestíbulo contoneándose.

—¡Ah, los chiquitines!

—¿Señora Berger? Soy del Hogar de Niños Judíos.

—Sí, por supuesto, el señor Grossman me dijo que la esperara. —Fannie Berger parecía hecha de óvalos, con los círculos en su pecho y la redondez de sus caderas separados por un cinturón delgado que rodeaba la cintura de su vestido. Hace un par de años, viuda y empobrecida, había venido a entregar a su hijo al Hogar de Huérfanos Judíos. Por un milagro, el señor Grossman, el supervisor general, estaba realizando entrevistas para un puesto, ese mismo día. Aun cuando firmaba la entrega de su hijo al hogar, el señor Grossman contrató a Fannie Berger como la celadora de la casa de recepción. A pesar de compartir la misma dirección, su muchacho vivía en el castillo mientras que ella estaba confinada a la recepción, el tiempo juntos estaba limitado a los minutos robados después de la escuela y a las visitas de los domingos por la tarde. Fannie Berger quedó ahí para prodigar el afecto de madre frustrada a todos los que tenía a su cuidado.

La señora Berger se arrodilló y abrió unos brazos, con la piel que colgaba como una hamaca blanda desde la axila hasta el codo.

—Niños, vengan aquí, bienvenidos. —De algún modo, los reunió a todos en el círculo de su abrazo. Cuando se incorporó, cada uno de los ocho aún sostenía algún pedazo de ella, sus dedos distribuidos entre cuatro de ellos, un quinto apretaba su muñeca, el resto con un puñado de su falda cada uno—. Me encargo yo desde ahora.

—¿Y sus registros?

—Puede dejarlos con Mable, muchas gracias. —Fannie inspeccionó a los niños que se aferraban a ella—. ¿Todos completamente calvos? —Rachel levantó la vista. Como a los otros, le habían dado un gorro tejido para que usara, a pesar de que el día estaba cálido. Alzó la mano y se lo quitó. Un escalofrío pasó por su cuero cabelludo, un poquito húmedo con sudor, y Rachel tiritó. Fannie miró con atención su rostro—. ¿Incluso las cejas?

—Sí, es lo que los rayos X le hicieron eso. Pero la doctora Solomon piensa que el cabello podría crecer otra vez. En algunos de ellos, al menos.

—Pobrecitos —se lamentó Fannie, sacudiendo su cabeza—. Bueno, mis cachorros, al menos ahora no tengo que afeitarles las cabezas, ¿cierto? —Era la tarea que más le molestaba. Y estos ocho, que venían del hogar de niños, serían más fáciles en todo sentido también: en apariencia, ni siquiera tendrían que extirparles las amígdalas. Los transferidos a menudo iban directo al castillo, pero este grupo requería cuarentena en la recepción para ver cuál se recuperaría de la alopecia, si es que alguno lo hacía. El señor Grossman ya había decidido poner en un hogar adoptivo a los niños cuyo cabello no comenzaba a crecer. Se burlaban de todos los nuevos ingresantes al hogar por su cabeza calva, pero un niño calvo para siempre sería fastidiado sin piedad.

Fannie Berger llevó a los niños al segundo piso de la casa de recepción.

—Aquí es donde dormirán las niñas —señaló, al pararse frente a un dormitorio acogedor.

Rachel vio una docena de camas de metal y una pared con lavamanos en una habitación que estaba iluminada por las ventanas abiertas y era cómoda por la brisa que pasaba por ellas.

—Los niños están justo cruzando el vestíbulo. El baño está aquí. Y por este lado... —Fannie caminaba con torpeza con los ocho niños sujetándose de ella, pero aun así no se los sacudió—. Por aquí está nuestro comedor. Vengan, siéntense, ya casi es hora del almuerzo. ¿Alguien tiene que ir al baño primero? —Algunos de los niños tenían que ir, así que dejó al resto sentado en la banca de una mesa larga. Rachel, en el extremo final, estaba más cerca de la ventana. Daba hacia el espacio abierto de grava, que ahora estaba lleno de niños, el sonido de sus voces se elevaban con el aire polvoriento. Rachel los observaba correr, brincar, gritar. Parecía que había cientos de ellos. Ciento «uno» y ciento «uno».

Quizá uno de esos muchachos era su hermano.

Cuando Fannie regresó, Rachel le preguntó:

—Señora Berger, ¿Vive Sam aquí?

—Hay muchos niños aquí con ese nombre —dijo Fannie, con la intención de conseguir el almuerzo listo y servido. Mable estaba en la cocina ahora, llenando jarras con agua, vertiendo ciruelas en compota en los tazones, haciendo sándwiches con lo que había quedado de la cena de la noche anterior.

—Mi hermano, Sam. Cuando fui al hogar de niños, él fue a otro lugar. ¿Está él aquí?

—¿Cuál es tu nombre otra vez, querida?

—Rachel. Rachel Rabinowitz.

—¿Sam Rabinowitz? —Fannie se detuvo y la observó. No podía ver rastro del muchacho que ella conocía por ese nombre—. ¿Cuántos años tiene tu hermano, cachorrita?

Rachel no sabía qué contestar. La última vez que había dicho su edad, aún tenía cuatro, su hermano, seis.

—Nadie me dijo si cumplí años. ¿Cuándo es mi cumpleaños?

—No te preocupes, querida, lo averiguaré. Ahora come.

Los niños nuevos se unieron para el almuerzo a aquellos que ya estaban en la recepción. Rachel comparó los que habían venido con ella con los otros niños y niñas que se amontonaban alrededor de la mesa. Habían afeitado sus cabezas recientemente por los piojos, así que todos estaban calvos en cierto grado, desde los cueros cabelludos lisos hasta el cabello incipiente transparente y hasta el crecimiento más denso que incitaba a tocarlo con la palma de la mano. Eso la hizo sentir en casa.

Fannie se aseguró de que cada niño tuviera la misma porción de los platos y de las fuentes en la mesa. Mable había servido los vasos con agua hasta la mitad; Fannie los llenó y hasta los rellenó. No creía en la política del hogar de restringir el agua. Tenía el propósito de evitar que mojaran la cama, pero ella sabía que eso no funcionaba. La ansiedad, la soledad, el miedo: esos eran los motivos por los que los niños se despertaban con las mantas húmedas.

Después del almuerzo, se suponía que los niños nuevos se unían a los otros en la planta baja en el salón de clases, pero Fannie sabía que el día de la transferencia era agotador, en especial para los más pequeñitos. Los llevó a los dormitorios, asignó las camas y dijo que descansaran. Cuando volvió a verlos después de su propio almuerzo, que comía con Mable en la cocina de la casa de recepción, estaban todos dormidos.

Fannie consiguió sus expedientes y abrió el de Rabinowitz, Rachel. Leyó un resumen del informe de la policía y sacudió su cabeza.

—Pobre querida —murmuró—. Ver algo así.

Leyó la letanía de enfermedades que contrajo en el hogar de niños: sarampión, conjuntivitis, tosferina. No había mucho detalle sobre los rayos X, solo una nota: «Registrada por la doctora Solomon como material de investigación médica». Luego Fannie vio lo que estaba buscando: «Hermano, Samuel Rabinowitz, asignado al Hogar de Huérfanos Judíos».

—Entonces es Sam, el amigo de Vic.

Como todos los otros niños, Sam había pasado por la recepción. Fannie no lo hubiera recordado tan claro si no fuera porque pronto se había hecho amigo de su propio hijo. Una vez que terminó su cuarentena, se había unido a Vic y a todos los otros muchachos de seis y siete años de edad en el dormitorio M1. Vic lo había llevado a su círculo de amigos, ahorrándole gran parte de la incertidumbre que sufren los ingresantes nuevos. A cambio, Sam levantaba rápido sus puños en defensa de Vic.

Fannie sacudía su cabeza, mientras pensaba en Sam y su temperamento. Una cosa era defenderse: en particular los varones, tenían que demostrar que eran fuertes, pero Sam aún no había aprendido a aceptar la autoridad de los supervisores. Fannie veía a menudo que sus mejillas traían las manchas rojas de las bofetadas.

—Al menos ahora tendrá a alguien de su propia familia —dijo Fannie en voz alta al cerrar el expediente, y esperaba que la presencia de su hermana calmara al muchacho.

Fannie despertó de la siesta a los niños nuevos y los envió a la planta baja con Mable para que los revisara el dentista, pero retuvo a Rachel.

—Tu hermano, Sam, vive aquí. Después de la escuela viene para acá con mi muchacho, Víctor. —Fannie levantó su reloj desde donde lo tenía abrochado en su pecho—. Estarán aquí después de las tres. Eso es dentro de una hora. Cuando regreses del dentista, tu hermano, Sam, estará aquí para verte.

Era como que le contaran que tendría un circo de regalo de cumpleaños: imposible de creer pero maravilloso de imaginar. Los recuerdos explotaron en la mente de Rachel, como la vez que un fotógrafo tomó fotografías de los niños en el pabellón de escorbuto: un estallido, un fogonazo y el olor a quemado. Una mesa en la cocina. Unos pocillos de té y un frasco de mermelada. Pilas de botones. Un rayo de sol a lo largo del piso de linóleo decorado. La barba incipiente de un hombre contra su mejilla. Rachel repasó todas las imágenes en busca de una de su hermano, pero no pudo recordar su cara. Esto la preocupó más que el rasqueteo de la herramienta del dentista y el sabor a sangre en su boca.

Mientras Rachel esperaba a que los otros niños terminaran con el dentista, miraba a su alrededor la sala de examen. Había un gráfico en la pared con letras del alfabeto. Se acercó para ver las letras pequeñitas al pie. Al lado del gráfico había un espejo. Al principio pensó que era la fotografía de alguien más, pero la imagen se movía cuando ella lo hacía. Clavó los ojos por un rato largo antes de aceptar que la cosa lisa, pálida que se reflejaba allí era ella misma. Rachel sabía que era igual que los otros niños que habían recibido rayos X, había sentido su cuero cabelludo sin cabello con su propia mano, pero no había cambiado la imagen de sí misma que traía en su conciencia. Recordaba que se miraba en el espejo pequeño que colgaba sobre el lavamanos donde papá se afeitaba y que su cabello largo enmarcaba los ojos oscuros. Rachel se preocupó al no poder recordar el modo en que se veía Sam; ahora, la preocupaba que él no pudiera reconocerla.

Luego del dentista, Mable condujo a Rachel escaleras arriba hasta el comedor. Con una mano en su hombro, empujó a la niña a través de la entrada.

—Aquí está, Fannie.

Dos muchachos estaban sentados uno al lado del otro en una banca larga. Fannie estaba parada, acababa de servirles los tazones de leche y un sándwich a cada uno. Ambos muchachos la miraron; uno, con ojos azules brillantes; el otro, con ojos grises feroces como nubes de tormenta. Los ojos atormentados la escrutaron, demorándose un rato en su calvicie, luego se alejaron. Los ojos azules brillantes la miraron directo a ella, se elevaron en el rabillo con una sonrisa. Rachel caminaba con lentitud a lo largo de la pared, acercándose de a poco, tratando de decidir cuál de los muchachos era su hermano.

—Hola, Rachel —dijo el muchacho de ojos azules brillantes. Ella se estremeció ante el sonido de su voz. Corrió y lo rodeó con sus bracitos, apretándolo con fuerza.

—¡Ah, Sam, qué fuerza tiene! —dijo el muchacho de ojos azules. Rachel miró a la señora Berger, confundida.

Con la mano sobre el hombro del otro muchacho, Fannie dice:

—Este es tu hermano, Sam.

Dos años en el orfanato habían oscurecido la luminosidad del rostro que Rachel recordaba. Ahora Sam sostenía la mirada fija de su hermana pequeña, con su mandíbula tensa, como si le hiciera daño verla. Vic quitó los brazos de Rachel y la entregó a su hermano. Ella bajó del banco deslizándose y abrazó con fuerza a Sam.

—Ven, Vic —dijo Fannie. Su hijo la siguió a la cocina. La puerta se balanceó después de ellos, en vaivén, una y otra vez.

Sam alzó su mano para acariciar a la niña acurrucada contra él, pero no soportaba tocarle la cabeza desnuda. La señora Berger le había explicado la manera en que su hermana perdió el cabello por los tratamientos con rayos X, pero se recriminó verla tan calva y tan pálida, como un pichón caído en la acera. A diferencia de Rachel, recordaba a la perfección el último día que estuvieron juntos. En el momento que hizo la promesa de ir por ella, sabía que no podía cumplirla. Cuando las semanas, luego los meses, pasaron sin que nadie los reuniera, se preocupó por ella, al saber que nadie podía calmarla de la manera en que él lo hacía. Aun cuando aprendía a negociar las reglas del hogar, sus noches se veían perturbadas por los sueños de su madre; los días, consumidos por el enojo hacia su padre. El lazo que lo unía a su hermana lo irritaba al punto de resentir la constante quemadura.

Sam tuvo que armarse de todo su valor para colocar sus brazos alrededor de Rachel y atraerla hacia su regazo. Se preparó para el llanto de la niña, pero jamás llegó, solo el rasguño mientras se aferraba a sus brazos.

—Todo está bien, Rachel. Te cuidaré de ahora en adelante.

No quería que fuera otra promesa vacía. Arrugó el entrecejo, a la vez que pensaba en la manera de protegerla cuando estuviera en el hogar del lado de las niñas, en una clase diferente en la escuela, en otra mesa en el comedor. La imaginó en el patio de juego, a merced de mil niños que, sabía, olfateaban la debilidad como los tiburones percibían la sangre. A medida que los niños ascendían en rango de residentes a monitores y luego a celadores, cada ascenso intensificaba el maltrato pues obtenían la autoridad para subyugar a los otros a lo mismo que ellos habían soportado alguna vez. Apretó los puños al imaginar a su hermana en el centro de la ronda.

Sam besó la cabeza de Rachel, avergonzado por la manera en que sus labios hicieron una mueca por su calva pegajosa. La retiró de su regazo, la sostuvo a la distancia de sus brazos, la miró a los ojos.

—Me aseguraré de que nadie te haga daño otra vez. —Era una promesa que no dejaba espacio para la delicadeza.

Rachel asintió, pero algo en su tono de voz la asustó.

—¿Quién va a hacerme daño? —preguntó, con el labio inferior temblando.

—Nadie, Rachel, no empieces ahora. Toma, cómete el sándwich de Vic. —Rachel mordió el pan blando cubierto de puré—. Escucha, la señora Berger es la más buena en todo este lugar. Y Vic y yo, pasamos por acá todos los días de vuelta de la escuela. No podemos quedarnos mucho tiempo, solo un timbre. Y cuando suena el timbre para estudiar, tenemos que volver al castillo o el monitor nos castigará. —Sam acabó su leche—. Pasaré mañana después de la escuela, ¿está bien?

—¿Te vas? —susurró Rachel.

—Tengo que irme, pero escucha, en la escuela ya nos enseñaron a leer y a escribir. Vic y yo, te enseñaremos todo lo que aprendimos del segundo grado hasta ahora. La escuela ya casi termina, así que ¡eso es mucho! —Lo gratificaba ver la sonrisa de su hermana.

Vic estaba en la entrada. No necesitaban que Fannie viera en su reloj para que supieran que era hora de partir. Como todos los niños en el Hogar de Huérfanos Judíos, sus cuerpos contaban los intervalos entre los timbrazos con sus latidos. El timbre para levantarse. El timbre para vestirse. El timbre para desayunar. El timbre para ir a la escuela. El timbre para almorzar. El timbre para ir a la escuela de nuevo, luego el timbre para salir al patio. El timbre para estudiar. El timbre para cenar. El timbre para ir al club. El timbre para asearse. El último timbre.

—Adiós, Rachel. Te veo mañana, ma —dijo Vic, mientras aceptaba un beso rápido de su madre.

Los muchachos salieron corriendo. Cuando desaparecieron, Rachel se apresuró hasta la ventana, para treparse a la repisa. Miró hacia el patio, casi vacío ya. Sam y Vic aparecieron allá abajo, corriendo por la grava hacia la parte trasera del castillo, donde las escaleras de incendio zigzagueaban cruzando el edificio como las agujetas de un zapato. Llegaron justo cuando Rachel escuchó el sonido del timbre. Un muchacho mayor estaba parado en la puerta, con los brazos cruzados sobre el pecho. A la vez que Vic y Sam alcanzaban el picaporte, un brazo del muchacho salió volando. Abofeteó a cada uno en el rostro. Vic se cubrió la mejilla con la mano y, con la cabeza baja, entró al edificio. Sam sostuvo su mentón en alto, miró fijo al muchacho, luego siguió a su amigo. A pesar de que el sonido de las bofetadas no llegó hasta la ventana, Rachel se cubrió los oídos con las manos.

Esa noche, Rachel gimoteaba en su cama. La señora Berger entró al dormitorio, con la trenza suelta y arrastrando la parte trasera de su camisón. Se sentó al borde de su cama, con la pequeñita acurrucada alrededor del calor de su cuerpo.

—Duerme ahora, cachorrita —murmuró Fannie Berger, acariciando la espalda de Rachel hasta que se durmió.

LA VIDA EN la casa de recepción entró en un ritmo reconfortante. Las comidas se tomaban en el comedor, con Fannie Berger cacareando por las magras porciones que enviaban de la enorme cocina del castillo. Mable llevaba a los niños de la recepción afuera a jugar, pero solo cuando los niños del hogar estaban en la escuela y el patio estaba vacío. En las tardes, un celador que estaba tomando clases en la facultad venía a darles clases a los niños mayores para que no se atrasaran de grado. En el salón de clases, Rachel se acercaba con sigilo mientras leían en voz alta o recitaban las tablas de multiplicar, atraída por el sonido del aprendizaje. La mayoría de los días, Sam y Vic pasaban al regresar de la escuela. Rachel se sentaba al lado de Sam mientras él comía lo que la señora Berger había logrado apartar para los muchachos. Entre ellos practicaban el alfabeto y los números hasta que Rachel pudo escribir las letras desde la «A» hasta la «Z» y los números hasta el mil.

Durante las horas de visita los domingos, Vic y Sam pasaban toda la tarde en la recepción. Los muchachos tomaban libros de los estantes del salón de clases y le mostraban a Rachel la manera de combinar las letras para formar palabras. Vic siempre tuvo una sonrisa para Rachel, a ella le gustaba cuando sus ojos azules brillantes la miraban. Deseaba apretujar a Sam, pero la manera en que la miraba hacía que le temiera un poquito, así que se conformaba con el abrazo al final de cada visita.

Después de un mes, no había evidencia de que alguno de los niños del experimento de la doctora Solomon estuviera recuperándose de la alopecia. Uno a uno, desparecieron de la recepción, para ser ubicados en hogares adoptivos. Pero Rachel acababa de reunirse con su hermano y Fannie se oponía a separarlos. Sin embargo, encontrar un hogar adoptivo para ambos niños, uno de ellos un varón desobediente de ocho años, sería casi imposible. Fannie sabía que había mucho del hogar que Sam odiaba, pero era como un hermano para Vic ahora y no quería verlo irse.

—Permítale quedarse —sugirió la señora Berger al director—. Puede pasar el resto del verano en la recepción e ingresar al hogar después del día del trabajador. Si su cabello no crece para entonces, quizá el consejo pueda comprarle una peluca. —El señor Grossman no era un hombre que hacía excepciones, pero era difícil encontrar celadores dispuestos a trabajar por el salario que pagaba el orfanato. Para mantener a Fannie Berger contenta, lo consintió.

El verano se instaló en Manhattan. En receso escolar y con las ventanas abiertas, las voces de los niños se elevaban desde el patio de grava como el resplandor del calor. Si no estaban practicando con la banda de música o muy involucrados en un juego de béisbol, Sam y Vic pasaban gran parte del día en la recepción. Sam se sentía más cómodo alrededor de Rachel. Sonreía cuando ella le mostraba la manera en que podía leer las palabras sin ayuda, y cuando ella lo incitaba con sus manos a jugar con la cuerda, él accedía —siempre y cuando no hubiera ningún muchacho viéndolo—. Una tarde domini-cal a finales de julio, la señora Berger llevó a los dos niños y a Rachel a un picnic en Riverside Park. Cuando la niña imitó a Vic al llamarla «ma», Fannie no la corrigió.

Sam y Vic estaban en su turno del campamento de verano cuando una niña nueva fue admitida en la recepción. Rachel, que seguía a la señora Berger como un patito, vio cuando la trajeron.

—Esta es Amelia —dijo la señora de la agencia, con su mano en el hombro de la niña—. Acaba de perder a sus padres en el accidente del transbordador en East River. Todos sus parientes están en alguna parte de Austria. —La mano de la señora se movió desde el hombro de Amelia hacia su cabello—. ¡Qué pena será perder esto! ¿Cierto? Creo que casi nunca se lo cortaron. —Los densos tirabuzones de la niña caían como cascada sobre su espalda, formando pequeños remo-linos alrededor de las sienes. Era rojo intenso; Rachel podía ver las franjas que brillaban en dorado y granate donde le daba luz.

—¡Qué belleza! —dijo Fannie, al levantar el mentón delicado de la niña.

El rostro de Amelia era un óvalo refinado, con ojos color ámbar rodeados con pestañas que aleteaban. La mirada de Rachel siguió la mano desde el mentón de Amelia hasta el rostro, enternecido, de la señora Berger. Rachel percibió que el flujo del afecto de Fannie se había trasladado a esta nueva niña con rostro bonito y cabello hermoso. La señora Berger jamás le había dicho que era una belleza: siempre había sido «mi pobre cachorrita». Se dio cuenta de que era lástima, no amor, lo que la señora Berger sentía por ella. De pronto comprendió la razón por la que Sam desviaba los ojos cuando la miraba. Comparada con esta niña nueva, Rachel era fea, estaba dañada, era incapaz de inspirar amor.

Los pulmones de Rachel se tensaron tanto que no podía respirar. Su labio inferior temblaba. Miró, impotente, la manera en que su mano, controlada por un impulso propio, alcanzó el cabello de Amelia. Al tomarlo, la mano tiró, con fuerza. Amelia gritó.

—¡Rachel, me avergüenzas! —La señora Berger dio una palmada en los dedos de Rachel—. Ve al salón de juegos, ahora.

Rachel se alejó lentamente. Se quedó triste en el salón de juegos, frotándose el dorso de la mano. Sin embargo, no importaba. Para la cena, ya habrían barrido del piso el hermoso cabello de Amelia, su cuero cabelludo se revelaría pálido después de la afeitada que la señora Berger le daba justo en ese momento. La imagen de una escoba empujando ese cabello rojo por todo el piso hizo sonreír a Rachel. Tomó su rompecabezas favorito de un estante. Cuando llamaron a los niños a cenar, ya lo había resuelto dos veces.

En la cena, Amelia estaba vestida con la misma ropa institucional como el resto de los niños. La habían desnudado y restregado, habían examinado sus dientes y programado una amigdalotomía. Pero el cabello de Amelia permanecía, exuberante y resplandeciente, entre los niños cuyas cabezas habían afeitado recientemente.

—Simplemente no pude hacerlo —le explicó Fannie a Mable—. ¡Un cabello tan hermoso! Llamé a la oficina del señor Grossman y dije que no podía cortar el cabello de esta niña. Juré que había revisado la cabeza en busca de piojos, no encontré ni una liendre. Entonces pedí por favor, que no me obligara a hacerlo. Ambos padres muertos en ese accidente horrible, y de una buena familia, pero ningún pariente en Estados Unidos para que se la llevara. Ya basta, le dije, ¿el cabello también? No.

Mable sacudió su cabeza.

—Te saliste con la tuya, Fannie.

Miró a Amelia sirviéndose una cucharada de sopa al otro lado de la mesa.

—A veces tienes que ser persona, Mable.

—A veces «tú» lo eres —murmuró Mable.

Esa noche en el dormitorio de la niña, Rachel escuchó a Amelia llorando, lo que la puso contenta. Entonces, la señora Berger entró a la habitación y acomodó su peso en el borde de la cama de Amelia.

—Está bien, mi bella niña, no llores. —Amelia rodeó con sus brazos la cintura de la mujer y sollozó. Fannie pasó sus manos sobre el cabello de la niña hasta que estuvo en calma y respiraba tranquila. Rachel observó, resentida. Hasta la luz azul de la luna buscaba las hebras rubíes en el cabello de Amelia. Rachel cubrió su calva con la delgada manta de verano y apretó sus manos, para simular que no estaba sola.

En la mañana del día del trabajador, Fannie Berger estaba furiosa. El señor Grossman había decidido que todos los niños de la recepción que tenían al menos dos semanas de cuarentena y la autorización del médico se irían al castillo ese día, a fin de estar listos para empezar la escuela al día siguiente. Fannie salió aprisa para hacerlos empacar y prepararlos.

—Rachel, ¿dónde se ha metido tu peluca? —Fannie se había puesto tan contenta de regalársela, pero la niña rehusaba usar esa cosa. Odiaba la manera en que el cabello moreno y áspero brotaba de esa gorra irritante, la manera en que le hacía picar la piel y sudar por detrás de las orejas. Una y otra vez se la quitaba y la escondía detrás de los estantes de la sala de juegos o en los armarios de la cocina. Al final, Fannie la encontró bajo un radiador, polvorienta y enmarañada.

—Estoy cansada de ponerte esto de vuelta en la cabeza. —Fannie sacudió la peluca contra su muslo para sacarle el polvo—. ¿Quieres ir al hogar viéndote como un huevo hervido? De acuerdo. Pero espera a salir de la recepción antes de perderla otra vez.

Hundió la cosa revuelta en la mano de Rachel. Amelia, más atrás en la fila, se mofó.

—Ahora, niños, ¿estamos listos? ¿Todas sus maletas están rotuladas? —Fannie inspeccionó la fila, cuatro niñas y media docena de niños, con una pequeña maleta de cartón que contenía un cambio de ropa al lado de cada uno—. Voy a llevarlos a la hora de jugar y dejaré las niñas con la señorita Stember, pues irán todas al F1. Niños, después de que deje a las niñas en el patio, los llevaré con sus celadores. Las maletas estarán debajo de sus camas para cuando suban a los dormitorios.

—¿Cómo llegarán allí? —preguntó Rachel.

—Basta de preguntas. Solo hagan lo que los monitores digan. Ahora, ¿estamos listos? Síganme, niños. —Rachel se mantuvo atrás, para meter la peluca en la maleta escrita con letras del alfabeto que deletreaban su nombre. Alcanzó el final de la fila. Aun sin la peluca, Rachel no sobresalía tanto del resto del grupo con las cabezas afeitadas hacía poco tiempo. Aunque, comparada con Amelia, no podía sacudirse la idea de que, en efecto, se parecía a un huevo hervido. Se mantenía lo más alejada posible del cabello exuberante.

Los niños siguieron a Fannie escaleras abajo y a través de la puerta hacia el patio de grava donde habían jugado con anterioridad solo cuando nadie más estaba afuera. Ahora, la superficie entera estaba plagada de niños y el aire estaba espeso por el polvo que levantaban sus pisadas. El Hogar de Huérfanos Judíos estaba hasta el tope, y parecía que cada uno de los mil residentes estaba jugando afuera.

Fannie condujo a los niños a través del patio hacia la única mujer adulta a la vista. La señorita Stember estaba recostada contra una pared de ladrillo a la sombra de los escalones de una escalera de incendios, sus zapatos deslucidos y polvorientos sobresalían de debajo del ruedo de su arrugado vestido de lino. Los niños más pequeños la conocían como: «Ma», aunque Fannie sabía que Millie Stember tenía solo veintidós años.

—¿Estas son las niñas nuevas para el F1, entonces? —la señorita Stember entrecerró los ojos cuando se alejó de la pared y quedó bajo el sol.

—Amelia, Sarah, Tess y esa es Rachel. —Fannie señaló a cada una con un gesto.

—¡Mi Dios, qué niña tan encantadora! —La señorita Stember levantó un montón de los bucles de Amelia y le dio a Fannie una mirada inquisidora—. ¿Sin calva para ella?

—Conseguí el permiso de señor Grossman para dejarlo así. No pude cortar un cabello tan hermoso.

—Y ¿aquella es la de los niños irradiados? Pensé que todos iban a hogares adoptivos. —Millie Stember bajó la mirada hacia la parte superior de la cabeza de Rachel.

—El resto se fue, pero ella tiene un hermano aquí, Sam, el amigo de mi muchacho Vic. ¿Lo recuerdas del año pasado?

—¡Por supuesto! No puedo creer que ya se trasladan al M2. Llevaré a las niñas con su monitora. Pueden jugar hasta el timbre para el almuerzo.

—Gracias, Millie, tengo que encontrar tres celadores diferentes para los niños. Serán buenas niñas, ¿cierto, cachorritas? Ahora, niños, síganme. —La señora Berger giró y cruzó el patio.

—Vengan, niñas —dijo la señorita Stember. Se hicieron camino a través de la superficie de grava, en ocasiones las chocaban los niños que se perseguían entre ellos. Se acercaron a una niña con una maraña salvaje de rulos negros cortados de manera tosca a lo largo de su nuca.

—Naomi, eres la monitora nueva del F1, ¿cierto?

—¡Por supuesto!, desde el día en que me mudé al piso del F2 —dijo la niña. Naomi tenía solo ocho años, pero era alta para su edad. Su blusa y su falda eran las mismas que cualquier otro uniforme en el patio, pero pequeños detalles la hacían única: el cuello levantado, un botón desprendido, un cinto abrochado sobre la blusa suelta.

—Estas son algunas de las niñas nuevas de la recepción para el F1. ¿Puedes asegurarte de que vengan para el timbre del almuerzo y que encuentren sus lugares?

—Seguro, ma, puedes dejarlas conmigo. —Naomi examinó al grupo mientras la señorita Stember se retiraba a su pedacito de sombra. Rachel esperaba los elogios para el cabello de Amelia que parecían seguir después de cada presentación. En cambio, Naomi, dijo—: ¿Quién de ustedes es la hermana de Sam?

—Soy yo —dijo Rachel.

—Muy bien, niñas, vayan y corran un rato. —Amelia tomó las manos de Tess y de Sarah y saltaron por la grava—. Tú quédate conmigo, Rachel. —Naomi dejó caer una mano sobre el hombro de la niña. Se sentía pesada y cálida—. Sam y Vic pasaron por aquí, me pidieron que te cuidase. ¿Eres una alborotadora o algo así? —Naomi bajó la boca, simulando estar seria, pero sus ojos sonrientes le decían a Rachel que estaba bromeando.

—No causaré problemas.

—Bueno, espero que causes algunos si no, creeré que no eres hermana de Sam. —Levantó la mano hacia la calva de Rachel con el mismo gesto que hubiera usado para desordenar el cabello de un niño. Rachel se encogió, luego más tranquila se incorporó al percibir su intención—. Ven, atrápala. —Naomi sacó una especie de pelota de su bolsillo, hecha de periódicos aplastados envueltos en una roca y atados con una cuerda. La lanzó hacia Rachel, que trastabilló hacia atrás para atraparla. La pelota iba y venía, formando un arco en el espacio entre ellas.

A lo largo del patio de juego, la voz de un celador, aguda y penetrante, gritó dos palabras largas, una vocal se extendía hasta interrumpirse:

—Todo-o-o-o-o-o-o-o-o-o-o-o-os quieto-o-o-o-o-o-o-o-o-o-os.

Mientras el sonido se transportaba, los monitores repetían el grito de «todos quietos». A medida que las palabras interminables entraban girando a los tímpanos, parecían tener un efecto mágico en cada oyente, congelando sus músculos. Naomi metió la pelota improvisada en su bolsillo y mantuvo sus manos allí. Solo con el movimiento de sus ojos y sus labios, de inmediato susurró:

—No te muevas —Rachel obedeció.

Nadie le dijo a Amelia lo que debía hacer cuando escuchó el grito de todos quietos. Por encima del bullicio de los niños jugando, apenas distinguió las palabras. Aún estaba brincando, el sonido de la grava raspaba debajo de sus zapatos audibles de repente, cuando una niña mayor se acercó y la abofeteó en el rostro. Los ojos de Amelia derramaban lágrimas al tiempo que una marca roja florecía en su mejilla. Justo entonces, un timbre sonó, para romper el hechizo. Todos los niños giraron, se movían como un cardumen hacia el castillo y formaban un embudo a través de las puertas.

Rachel se quedó cerca de Naomi, manteniéndola a la vista a medida que el caudal de niños la arrastraba bajando una escalera y hasta el comedor. Era un espacio amplio, el techo estaba sostenido con columnas de hierro punteadas con remaches. El sol se filtraba a través de unas ventanas pequeñas en la parte superior de las paredes. Un laberinto de mesas y bancas largas de algún modo acomodaba a todos los niños que habían poblado el patio de juegos. Rachel siguió a Naomi hasta una mesa y trepó a la banca. Se suponía que las comidas se ingerían en silencio, pero el sonido del murmullo colectivo le brindaba al salón el rumor de la costa. Los monitores tomaban primero el alimento de las bandejas, luego las hacían pasar alrededor de sus mesas. Muchos niños devoraban de inmediato cualquier porción que llegaba a sus platos, con la esperanza de tener una segunda vuelta.

Rachel comía lentamente. Estaba extasiada con el pan de centeno, blando por dentro con una corteza tierna, por lo que dejó descuidadas la tarta de verduras y la compota de duraznos. La niña a la izquierda de Rachel hundió su tenedor y llenó su boca con los duraznos, hasta que Naomi la vio, la alcanzó a través de la mesa y le dio un fuerte pellizco en el brazo. Rachel se empujó el resto del pan en su mejilla y de inmediato se comió lo que quedaba en el plato.

Mil niños se sentaron, se sirvieron, se alimentaron y terminaron, en media hora. Aún en silencio salvo por el siseo de los susurros, las mesas se desocuparon de a dos por vez de un modo que todos parecían conocer desde siempre. Los grupos de niños y niñas, liderados por sus monitores, salieron en fila del comedor. Rachel vio que pasarían al lado de Sam, que estaba sentado con Vic en la mesa M2. Delante de ella, vio que Sam dejó caer su rodaja de pan de centeno en el bolsillo de Naomi. Rachel no lo había visto desde que volvió del campamento y quería saludarlo. Estiró la mano para hacerlo, pero él se echó para atrás y se alejó de un giro, mientras que dejaba sus deditos rozándole los hombros.

Rachel siguió a su grupo dos tramos de escaleras arriba, por un corredor amplio, y al dormitorio F1. Las ventanas enormes estaban abiertas en ambos lados, atrayendo el aire tibio de septiembre tanto como era posible. La mayoría de las niñas se alinearon en los lavamanos y en los baños, pero Naomi apartó a Rachel, a Amelia y a las otras dos niñas nuevas a un lado.

—Les mostraré sus camas —dijo, con palabras atenuadas por el pan en su boca.

Cien camas de hierro se extendían a lo largo de los lados y por el medio del dormitorio. Cada una estaba hecha de manera idéntica a la siguiente, con una manta de algodón tendida con cuidado, una almohada en el centro, una toalla sobre el pie de la cama. Bajo cada cama estaba una maleta de cartón. Al caminar a lo largo de las hileras, se detuvieron delante de una cama sin toalla.

—Parece que esta es tuya —dijo Naomi a Tess—. Allí está tu maleta. Toma una toalla nueva cuando vayas al baño, luego vuelve a colgarla aquí. La usarás por una semana, luego todas van a la lavandería y reciben otra. La ropa interior va a la lavandería todos los días, las blusas dos veces a la semana, las faldas una vez. Avísenme cuando las cosas comiencen a quedarles demasiado pequeñas, así le digo a la celadora que necesitan otro talle. Lo mismo va para los zapatos. En el invierno cada una recibe un saco y medias. ¿Todas escucharon? —Naomi se dirigió a las tres niñas que esperaban detrás de ella. Ellas asintieron—. De acuerdo, siéntate aquí un minuto.

Tess quedó sentada sola mientras Naomi condujo a Amelia, luego a Sarah y finalmente a Rachel a sus lugares. Rachel se sentó por un minuto en la cama que Naomi le señaló.

—Si no mojas la cama por la noche, podrás conservar el colchón —contó Naomi, mientras estuvo sentada a su lado balanceando las piernas—. Sin embargo, si te haces pipí, se lo llevarán y solo pondrán algunas mantas dobladas sobre los tirantes. No mojas la cama, ¿cierto? —Rachel sacudió la cabeza para decir que no—. Bien. Una cosa menos por la que no te molestarán. Dime, ¿no traías una peluca?

—La tengo pero la odio. La puse en mi maleta.

—¿Segura que no quieres usarla? —Naomi pateó la caja bajo la cama con su talón.

—Me pica y es fea. La señora Berger dice que parezco un huevo hervido sin ella, pero no la soporto.

—¿Un huevo hervido? —Naomi rio, luego miró pensativa la calva de Rachel—. Se asegurarán de llamarte de alguna manera. Podría ser peor. Escucha, si alguien te molesta con algo más que solo los sobrenombres, me lo dices. Sam me dijo que te cuidara especialmente. —Rachel pensó en la rodaja de pan en el bolsillo de Naomi.

Sonó un timbre. Naomi pegó un salto.

—Vamos, aún tienen que lavarse.

Rachel se puso de pie, luego miró a su alrededor.

—¿Cómo puedo saber cuál es mi cama?

—Lo sabrás bastante pronto. Por ahora, mira, estás en la hilera del medio, mirando al oeste, ¿ves por dónde entra el sol? Así que solo cuenta.

Se apuraron para ir al baño, Naomi hizo un gesto a las otras niñas nuevas para que la siguieran. Rachel tocó la esquina de cada cama que pasaban. Diecinueve. Se lo repitió cuando se detuvo frente a uno de los lavamanos, sobre el cual había un estante largo con vasos, cada uno etiquetado con un nombre y un cepillo de dientes.

Rachel escuchó el baño drenarse y se dio vuelta. Había una hilera de retretes descubiertos, en algunos había niñas sentadas, otros tenían la tapa arriba. Una niña terminó; cuando se puso de pie, la ropa interior desapareció bajo su falda, el asiento ascendió y el retrete drenó de manera automática. La siguiente niña bajó el asiento, luego se sentó. Rachel tomó su turno y cuando terminó, se dio cuenta de que si no se ponía de pie lo bastante rápido, la bisagra del asiento casi la empujaba. Tomó una toalla del carro de la lavandería, se aseó, luego volvió corriendo al dormitorio, contando hasta diecinueve, para colgarla al pie de su cama. Después de correr a toda prisa para alcanzar a la última de las niñas, siguió a Naomi fuera del dormitorio.

—Tendrás que ser más rápida que eso una vez que empieces la escuela mañana —le susurró Naomi—. Solo tienes una hora para venir al almuerzo, asearte en el dormitorio y volver a tu salón de clases. Pero hoy es feriado, así que ahora vas a sentarte en la escalera de emergencias y vas a ver practicar la banda de música.

—¿No te quedas?

—¡Soy escolta! Tengo que irme. —Naomi se apuró a bajar por el corredor atestado. Luego se volteó y le gritó—: ¡Te veo más tarde, Huevo!

Rachel quedó atónita por la traición. Vio a Amelia, con la marca roja desdibujándose de su mejilla, sonreír socarrona y susurrar algo a las niñas cerca de ella. Cuando Rachel se acercó, Amelia dijo:

—No te caigas de la escalera de emergencias y te rompas el cuello, quiero decir, ¡tú, Huevo! —Lideró el coro de risitas de las niñas. Rachel juró odiarla siempre.

La tarde fue larga y calurosa. La banda de música se movía en hileras a través del patio polvoriento. Luego sonó el timbre para estudiar y las niñas del F1 volvieron arrastrando los pies al dormitorio para una hora de serenidad. Rachel se adormeció en su cama, con la cabeza pesada por el sol y el calor. El timbre para cenar la sacudió de su sueño. El estómago de Rachel gruñía a medida que llegaban a la mesa las bandejas con rodajas delgadas de carne, tazones con zanahorias y hogazas de pan. Esta vez, se metió en la boca todo lo que había en su plato tan rápido como pudo, a la vez que casi tragaba la carne antes de masticarla. Para el postre había compota de ciruelas. Rachel abrazó el tazón, así podía llevárselos a la boca con lentitud en una cucharada, para saborear su dulzura.

Después de que se comieron toda la cena, los niños se dispersaron, los mayores se iban a la biblioteca o a la reunión del club, los más jóvenes iban de vuelta a sus dormitorios. Para el grupo de Rachel, el timbre que seguía a la cena significaba prepararse para ir a la cama, a pesar de que el sol estaba aún arriba. Rachel se paró en la fila para la inspección, después de haberse aseado las manos, el rostro, cepillado los dientes y puesto el camisón. Las monitoras, a pesar de tener solo ocho o nueve años, merodeaban las hileras de las niñas más pequeñas como sargentos de instrucción, inspeccionando las manos estiradas para ver la limpieza en las uñas. Naomi se detuvo frente a Rachel.

—¡Muéstrame los dientes! —demandó, y Rachel mostró sus dientes con una sonrisa exagerada.

—¡Ahora párate en un pie! —Rachel hizo lo que le pidió, balanceándose apenas.

—Está bien, Huevo, baja el pie. —Naomi le guiñó un ojo.

Rachel recordó lo que Naomi le había dicho, que se asegurarían de llamarla de alguna manera. «Huevo» no era tan malo. Aunque las niñas al final de la hilera se reían, Rachel levantó el mentón y devolvió el guiño a Naomi. Sonó un timbre.

—¡Se apagan las luces, mejor se apuran!

Las niñas, liberadas de la inspección, corrieron a toda prisa para encontrar sus camas. Después de la tranquila rutina de la casa de recepción, su primer día en el castillo había sido tan estimulante que se agotaron. A pesar de los resoplidos, los murmullos y la tos de cien niñas, Rachel se durmió pronto.

El día siguiente, Rachel se despertó incluso antes del timbre para levantarse, con un torbellino de pensamientos en su cabeza sobre la escuela. La empujaban y empujaba para abrirse paso, se aseó, se vistió y fue un relámpago para tomar el desayuno. El frente de la escuela primaria daba a Broadway a la vuelta de la esquina, pero la parte trasera daba al castillo. Mientras que los niños del barrio de Harlem sostenían las manos de sus padres para franquear las aceras y cruzar las calles, Rachel y los otros del hogar solo cruzaban el patio, un ejército con la fuerza de quinientos huérfanos. Rachel estaba tan entusiasmada por ir a la escuela finalmente, que brincó a lo largo de todo el patio de grava.

Nadie le había recordado a Rachel que usara la peluca. En el salón de clases, se dio cuenta de su error y temía que se mofaran de ella. Pero las rivalidades y las alianzas tan cruciales en el orfanato se olvidaban cuando los niños salían al mundo: inclusive a esa porción del mundo a la distancia del lanzamiento de una piedra. La defensa mutua era el único juramento de cada niño del hogar. La primera vez que un niño se rio de la cabeza calva de Rachel, se encontró con el pellizco, enérgico, de cada niño del hogar que cruzaba en el pasillo, incluida Amelia. Las maestras, también, favorecían a los niños del hogar, al saber que podían confiar en que terminaran la tarea y mostraran respeto. Todas las libretas de calificaciones se enviaban al señor Grossman, que asumía la responsabilidad de cualquier disciplina que fuera necesaria.

Sam ya le había enseñado a Rachel todo lo que el primer grado tenía que ofrecer, pero ella no se aburría aprendiendo las lecciones otra vez. Al mirar a su alrededor, en el salón siempre había algo que veía interesante, a sus manos le encantaban los materiales de la escuela. Los bancos de madera arañados. Las páginas desgastadas de los libros. La tiza y la pizarra para aprender a escribir que se reemplazaban en los grados superiores con papel, tinta y lapicera.

Durante los siguientes seis años, Rachel apenas dejaría alguna vez las dos manzanas que componían tanto la escuela primaria como el hogar. Hasta la transición a la escuela secundaria ocurriría entre esos límites, Rachel era una más en el rebaño de niños del hogar que caminaban en fila por Amsterdam Avenue hasta la escuela más cercana. Solo en el bachillerato comenzarían a dispersarse, con la tarifa del tranvía pagada por el hogar, los huérfanos adolescentes se desperdigaban por la ciudad para continuar varios cursos: secretariado, industria, preparación para entrar a la universidad, enfermería. Rachel permanecería en el dormitorio F1 hasta que cumplió ocho años, luego se mudaría al F2, F3, F4, F5, cada dormitorio era idéntico al otro, celadoras diferentes, pero las monitoras eran las mismas, siempre niñas mandonas dos años mayor.

Día a día, semana a semana, temporada a temporada, la rutina del Hogar de Huérfanos Judíos seguía el ritmo estricto que sonaba a través del edificio. Timbre para levantarse. Timbre para vestirse. Timbre para desayunar. Timbre para ir a la escuela. Timbre para almorzar. Timbre para ir a la escuela otra vez, luego el timbre para jugar. Timbre para estudiar. Timbre para cenar. Timbre para ir al club. Timbre para asearse. Último timbre. Los sábados iban a la sinagoga, dirigida por el señor Grossman, luego la banda de música o el béisbol. Los domingos tenían las horas de visita, las que Rachel pasaba en la recepción con Sam y Vic. En el verano, cada niño tenía el turno tan esperado en el campamento mientras que aquellos en la ciudad se amontonaban en las escaleras de emergencia para ver películas al aire libre proyectadas sobre un lado del castillo. Cada otoño traía el comienzo de un nuevo año escolar. En el invierno, en ocasiones una ventisca con nieve los mantenía adentro. En la primavera, tenían la cena de Pascuas y el baile para celebrar Purim.

Así pues, pudieron transcurrir los años.

Capítulo ocho

ME ALEJÉ DEPRISA DE LA BIBLIOTECA MÉDICA, CON MI MEMO-ria aún fragmentada por los artículos que había leído y mi corazón todavía acelerado por besar a la bibliotecaria. Al bajar corriendo al subterráneo, vacilé. El último lugar a donde quería ir era a nuestro apartamento vacío. Ahora, no estaba preparada para hacer frente a ese dolor sospechoso en mi pecho, aun así debía distraer mi mente que corría alocada con situaciones fatales. Decidí quedarme en la línea Lexington hasta Grand Central, donde transbordé al Broadway, atraída de vuelta hacia el lugar que no había llamado hogar en décadas.

Al salir del subterráneo, el calor se elevaba a cada paso. Cuando comencé a recorrer la cuadra en pendiente, levanté mi cabeza y miré alrededor. Los edificios de apartamentos del otro lado de la calle parecían desconocidos. ¿Cuántos años habían pasado, me pregunté, desde la última vez que vine al Hogar de Huérfanos Judíos?

El muro de piedra se erigía por encima de mi cabeza. Había una grieta en donde los escalones conducían al patio. Quise llegar hasta la verja, con la esperanza de que se abriera de par en par, pero mi mano tanteó al aire. La verja ya no estaba. Solo quedaban las bisagras de hierro, incrustadas en la piedra caliza, una reliquia de tiempos pasados cuando nos encerraban por las noches. Esas bisagras me causaron una sensación extraña, como que las había visto en algún otro lugar.

Miré a lo largo del patio de grava. Caluroso y vacío, parecía demasiado pequeño para haber contenido alguna vez a cientos de nosotros levantando polvo mientras correteábamos. Contemplé el castillo. Desde atrás se veía tan sólido e intimidante como siempre. Sin embargo, en lugar de las voces de los niños, bajaba flotando del edificio el ruido de una construcción. Traté de acercarme, para ver lo que causaba ese revuelo, pero habían estirado una valla entre el patio y el resto de la instalación. Al voltear hacia la casa de recepción, vi que ya no estaba, la habían desmantelado, la base era una pila de ladrillos y de tuberías y de aquello que se pudo rescatar.

Al examinar el castillo con más cuidado, noté que los ornamentos de hierro faltaban del borde del techo, las canaletas del edificio colgaban sueltas, las escaleras de emergencia habían sido desprendidas. Me di cuenta con sorpresa de que lo estaban derrumbando. Sabía que habían desocupado el hogar antes de la guerra, que habían transferido a los huérfanos restantes a otras instituciones o los habían enviado a hogares adoptivos a través de la agencia. No obstante, siempre pensé que el castillo permanecería de pie eternamente.

Salí de vuelta por el vacío en el muro hacia la acera y caminé hasta Amsterdam Avenue. Al rodear la esquina, me detuvo de repente lo que vi. El techo del ático había sido derribado, lo que dejó un hueco enorme donde solía vislumbrarse la torre del reloj. Las ventanas estaban rotas, con los fragmentos de cristal reflejando la luz del sol en ángulos locos. Las puertas dobles de roble habían sido arrancadas. Solo permanecía la fachada de ladrillo, como un edificio bombardeado. El ruido que había escuchado provenía de una multitud de hombres trabajando sobre la estructura, dejando caer los pedazos de acero, lanzando ladrillos, pisando los cristales rotos. Me detuve ante la verja faltante del frente, cautivada por la destrucción, hasta que un trabajador me vio parada allí. Vino hacia mí, con el cabello cubierto de polvo, mientras aprovechaba la pausa para encender un cigarrillo en el camino.

—Oiga, señora, no puede andar por aquí, vamos a poner en funcionamiento la bola otra vez, apenas quitemos del camino algo del material rescatable. —Señaló a la bola de demolición que colgaba en silencio de una grúa.

No me moví.

Él exhaló una honda chupada, en apariencia sin ningún apuro en particular por regresar con su cuadrilla. El hombre me analizó curioso.

—Señora, ¿está bien?

—¿Cuándo ocurrió esto?

—¿Esto? Hemos estado trabajando en esto cerca de un año ya. Esta cosa está construida como una fortaleza. La tiramos abajo para construir un parque, pero quién sabe cuánto más nos tomará. Están transportando la mayoría de los escombros hacia Battery para usarlo como relleno, pero hay algunos materiales rescatables ahí, ¿sabe? El cobre no es lo que era durante la guerra, pero aún vale la pena quitar las canaletas y las tuberías para chatarra. Y yo, bueno, no puedo resistirme a algunos de los ornamentos. Están estas balaustradas en mármol blanco, una roca hermosa. Son muy putas... discúlpeme, señora, de trasladar, y solo puedo conservar lo que puedo sacar antes de que comiencen con la bola otra vez. Así que... —Inhaló una última fumada y pisó la colilla humeante—. Debo volver allá, mejor es que retroceda.

—¿Puedo mirar? —Mis ojos miraban al cielo en donde solía estar el frente del reloj—. Viví aquí, en los años veinte. Este era mi hogar.

—No me diga. Cuando comencé el trabajo, el lugar estaba vacío, solo había un anciano enojado que andaba por allí solo. Trató de echarnos cuando vinimos por primera vez a revisar el edificio para hacer una oferta. Sabía que el ejército lo había usado de cuartel por un tiempo. Pero sí, una vez que entramos, vimos todos esos retretes, quiero decir, nunca había visto tantos retretes en mi vida y las hileras de lavamanos y ¡esas cocinas! El anciano, él nos contó todo sobre este lugar, dijo que había sido el cuidador desde que era un orfanato. —El hombre me miró fijamente—. Así que, ¿es usted huérfana, entonces?

La pregunta sonó extraña dicha en tiempo presente. Solía pensar que «huérfana» era algo que había sido de niña y desde entonces algo superado. Sin embargo, se me ocurrió que así era la manera en que me había sentido exactamente todo el verano.

—Supongo que cualquiera que está solo en el mundo es un huérfano —dije.

Sonó un silbato.

—Van a comenzar con la bola. Mejor vaya enfrente si quiere ver. —Se alejó aprisa.

Crucé Amsterdam hasta el cantero central de la avenida. El sol era aplastante; me refugié debajo de un árbol de ginkgo que daba sombra a un banco que miraba al castillo. Hubo un estruendo y una fumarada cuando la grúa volvió a la vida. El olor a diésel invadió el aire a través de la calle. La bola comenzó a mecerse como el reloj de un hipnotizador, golpeaba al edificio como si pidiera permiso para entrar. Cada golpe generaba una cascada de ladrillos y polvo, exponía acero y fragmentos de madera. La bola se alejó, pero el castillo apenas parecía reducirse. Estaba sentada en la sombra mientras el viento traía partículas del orfanato a mis pulmones. Sentí como si estuviera viviendo en dos periodos simultáneos, imágenes del pasado se proyectaban en mi visión del presente. Allí estaba el castillo que caía, ladrillo a ladrillo. Y allí estaba yo, en mi primer día en la recepción, colgada de la falda de la señora Berger. O allí, en el dormitorio, contando las hileras para encontrar mi cama. O allí, en el patio, atrapando una pelota.

Mientras veía al castillo cediendo sus ladrillos a la bola de demolición, pensé en dónde había visto esas bisagras antes. Al menos, lo que me recordaban. Fue en una pequeña galería en Village, una exhibición de fotografías tomadas en Europa antes de la guerra. No podía acordarme del nombre del fotógrafo, pero recordé estar de pie, fascinada, en frente de una foto en particular. En blanco y negro, ampliada, en primer plano. Enormes bisagras en muros de piedra, un brillo plateado en la impresión donde el sol tocó el metal. La etiqueta al lado del cuadro decía: «GUETO JUDÍO, VENECIA, ITALIA». Las verjas de hierro que alguna vez habían rechinado al cerrarse cada noche ya no estaban desde la época de Napoleón, pero las bisagras estaban incrustadas demasiado profundo como para extraerlas. Las bisagras fueron todo lo que necesitó el fotógrafo para evocar la situación acuciante de los judíos de Venecia, encerrados desde el atardecer hasta el amanecer. Justo como estábamos nosotros en el hogar.

¿No fue Pieter Stuyvesant quien dijo al primer cargamento de judíos que podía quedarse en New Amsterdam, solo si cuidaban de los suyos y no pedían nada? Así que eso hicimos, cuidar de los nuestros. Cuando nos adoctrinaban con la ilustre historia del Hogar de Huérfanos Judíos, siempre nos dijeron lo afortunados que éramos al crecer allí. ¿No capeamos el temporal de nieve de 1888? ¿No nos mantuvimos tibios con nuestra reserva de carbón y nos alimentamos con los hornos de nuestra propia panadería? Y mientras los niños de toda la ciudad sucumbían al cólera a comienzos del siglo, ¿no salimos ilesos, con el agua de la ciudad filtrada antes de que llegara a nuestros labios? Después la Gran Guerra, la gente caía enferma por la gripe de a decenas de miles, pero en el hogar ni un solo niño murió. No obstante, sin importar lo impresionante que sea, nuestro hogar era una clase de gueto, el rechinar del metal cuando se cerraban las verjas era el mismo sonido tanto en Manhattan como en Venecia.

Una vez, mientras tomaba clases de enfermería, fui a ayudar a vacunar a los niños en un orfanato estatal. Las condiciones eran tan sombrías que me enfermaron. No me había dado cuenta, antes, de las ventajas que nuestros benefactores adinerados nos habían comprado: dientes derechos, atención sanitaria, ropas lavadas, educación asegurada, estómagos llenos. Pero, ¿significaba eso que tenían el derecho de experimentar con nosotros, como lo había hecho la doctora Solomon? Supongo que parecía justo: el uso de nuestros cuerpos a cambio de cuidarlos. Toda mi vida pensé que el veneno de esos rayos X era el precio que había pagado para curarme de alguna enfermedad. Ahora que supe la verdad, parecía que lo que había costado mi niñez lo había tomado prestado de unos usureros, los intereses se acumularon a lo largo de las décadas y la cuenta total era quizá demasiado cara para pagar.

La sombra estaba retirándose con el sol. No podía sentarme en ese banco para siempre. Con un suspiro pesado, me resigné a volver a casa. Crucé la Amsterdam, le devolví el saludo al capataz, rodeé la esquina. A medida que seguía por la calle pendiente abajo hacia la línea Broadway, evalué por última vez el castillo. Puertas faltantes, cristales rotos, canaletas colgando. El cielo donde debería haber un reloj. El patio vacío. Las bisagras sin verja.

DURANTE EL LARGO recorrido del tren hasta casa, logré persuadirme de la idea de que era inevitable caer muerta por un cáncer producto de la radiación. El artículo del doctor Feldman había hecho que mi imaginación sacara conclusiones. Era enfermera, ¡por todos los cielos! Lo que necesitaba era una opinión médica, no las suposiciones enardecidas de una mente confundida. Había visto en las notas del autor que el doctor Feldman atendía en Manhattan, así que la primera cosa que hice, después de tomar el correo y entrar al apartamento, fue buscar el número del doctor Feldman en la guía telefónica.

—Permítame ver qué puedo hacer por usted. —El tono de la mujer al teléfono, recuerdo de la superioridad lacónica de Gloria, me llevó a asumir que era la enfermera del doctor Feldman, no solo su recepcionista. Escuché el roce de las páginas dando vuelta—. Las primeras citas son en septiembre.

Mi actitud casual se desmoronó.

—Quizá no pueda esperar hasta el mes próximo.

—Puedo darle los nombres de algunos otros oncólogos que quizá puedan verla antes.

—Tiene que ser el doctor Feldman. Acabo de leer su artículo, ¿sobre las consecuencias a largo plazo de la exposición a los rayos X durante la infancia? —Esta enfermera debía darse cuenta de que no era una paciente ordinaria.

—Sí, estoy familiarizada con su trabajo. —No estaba dispuesta a ceder; tenía que ofrecerle algo más personal.

—En el artículo, él cita un estudio experimental hecho por la doctora Solomon en el Hogar de Niños Judíos. —Hice una pausa para causar dramatismo, si esto no la convencía, temía que jamás conseguiría la cita—. Yo era uno de los huérfanos de ese estudio. Pensé que el doctor Feldman estaría interesado en evaluarme tan pronto como sea posible. Por su trabajo.

El silencio en la línea duró lo suficiente como para que la enfermera autoritaria decidiera que, de hecho, mi caso despertaría el interés de su empleador.

—Está en cirugía mañana temprano y tiene citas el resto del día, pero hubo una cancelación para el día siguiente. ¿Puede estar aquí a las diez en punto?

—Tengo libre ese día, así que está bien. Allí estaré.

—La esperamos entonces.

Se escuchó el clic del auricular cuando la enfermera del doctor Feldman colgó. Mantuve el teléfono en mi mano, lista para llamar a Florida. Estaba desesperada por escuchar su voz, no importaban los costos, pero debía tranquilizarme primero. Quería contarle sobre Mildred Solomon, pero eso me llevaría al hogar de niños y a los experimentos, la biblioteca médica y al artículo del doctor Feldman. Vacilé, mientras sumaba todos los minutos que llevaría contarle toda la historia. ¿Quizá podía acortarla, detenerme en la parte en que la doctora Solomon llega al quinto?

No me había dado cuenta de que la línea aún estaba libre hasta que la operadora habló, para preguntar si deseaba hacer otra llamada. Decidí no contarle nada de nada, solo reconfortarme con su voz en mi oído. Pedí por la larga distancia, dije el número en Miami y lo escuché sonar. Nadie respondió. Afuera, al lado de la piscina de nuevo o ¿quizá en la playa? Me la imaginé juntando conchas marinas de la arena, ajena a mi necesidad. No estoy segura cuánto tiempo permanecí ahí antes de rendirme y colgar el auricular.

Era mejor así. No quería preocuparla con mis especulaciones alocadas: mejor esperar hasta después de la cita, cuando tuviera algo definitivo que decir. Tomé las sobras de la ensalada de atún, mientras me recordaba que debía pasar por la tienda de comestibles. Sentada a la mesa de la cocina, revisé el correo: una factura de la compañía de teléfono de Nueva York, un resumen de cuenta de su banco, un folleto del negocio de muebles al final de la cuadra y una invitación dirigida a mí de parte del señor y la señora Berger de Teaneck, Nueva Jersey. Cuando rompí el sobre para abrirlo, vi que el hijo de Vic, Larry, iba a tener su bar mitzvá. Después de tres niñas, no es sorpresa que lo convirtieran en una gran ocasión. Deben estar invitando a todos los que conocieron alguna vez como para que llegaran hasta mi nombre en su libreta de direcciones: desde que la madre de Vic murió, habíamos intercambiado tarjetas para *Rosh Hashanah*, pero nada más.

Estaba devolviendo la invitación al sobre cuando vi que Vic había garabateado algo en la tarjeta de confirmación de asistencia. «Espero

que puedas venir, ya es demasiado malo que Sam no pueda hacerlo».
Nada sobre ella. Si hubiera estado casada, por supuesto que mi esposo habría sido incluido. Vic sabía con quién vivía, inclusive si no tenía
idea de lo que eso significaba realmente. Era lo mismo en el trabajo.
Las otras enfermeras me tenían lástima por estar sola, una anciana
soltera, una solterona. Me disgustaba no poder corregirlas. La sala
hacía eco con las conversaciones interminables sobre los esposos o
los novios mientras me tragaba mis palabras, incapaz de decir: «Sé la
manera en que se sienten, nosotras también tuvimos una pelea anoche» o «Estoy muy entusiasmada por llegar a casa, es nuestro aniver-
sario». Ellas parloteaban y se quejaban mientras yo fingía interés y no
compartía nada. Cuando las veía encontrarse con sus hombres en la
calle, con los labios sobresalientes para recibir un beso en frente de
todo el mundo, las odiaba a todas un poquito. Podría haberme odia-
do, también, si no tuviera a alguien propio en casa a quien regresar.

Quizá Vic sabía o, al menos, sospechaba; su exclusión era una
censura intencional. La idea me amargó. Enviaría un cheque excu-
sándome —en realidad es todo lo que quieren—. Me libraría de sufrir
toda esa celebración, la amiga soltera sentada con parejas casadas y
sus hijos bulliciosos, la única diferente en la mesa.

Instalé un ventilador frente al sofá y encendí el televisor, con la
esperanza de que una novela me ayudara a pasar el tiempo. El programa era insoportable, todas esposas confabuladoras y esposos infieles. Comencé a cabecear. Estaba muy cansada: cansada de recordar,
de sentirme traicionada, de estar temerosa. Del calor. De la soledad.
No sorprende que actuara como un personaje de ficción y besara a
esa bibliotecaria. Era una mujer ahogándome y dando manotazos a
cualquier cosa que me mantuviera la cabeza sobre el agua. Durante
todo el tiempo que la boca de Débora estuvo en la mía, pude olvi-
darme de la doctora Solomon y de lo que me había hecho. Ahora eso
invadía cada pensamiento. Me imaginaba en la sala de rayos X, con

mi cuerpecito amarrado a aquella mesa y la radiación penetrando mis células.

Era absurdo ir a la cama tan temprano, pero solo quería que este día terminara. Decidí tomar una ducha antes de ponerme mi pijama. De pie desnuda frente al espejo del baño, ya no podía evadirme. Levanté el brazo por sobre la cabeza y sentí esa punzada. Había estado evitándola todo el verano, prefiriendo el otro brazo o manteniendo el codo abajo cuando me echaba el desodorante. Con los dedos temblorosos, seguí la línea del músculo hacia abajo desde la axila y a través de mi pecho.

Solo un acto deliberado de ignorancia hubiera impedido que una enfermera diagnosticara una condición tan evidente. ¿Cómo pude haber estado tan ciega? Debe haber crecido en secreto durante meses, hasta años. Pero jamás haberlo sentido antes: el tumor, comprimido entre mis dedos, era grande como una bellota; me parecía que se había manifestado de un día para el otro, traído a la existencia por la llegada de la doctora Solomon al quinto.

Tomé una píldora para dormir y pasar las horas hasta la mañana. Al meterme a la cama, traté de no obsesionarme con eso, escondí las manos debajo de las caderas para evitar palparme. Las mujeres tienen bultos todo el tiempo —tumores benignos, quistes líquidos—. Tenía mi cita; era mejor ponerlo fuera de mi mente hasta que el doctor Feldman pudiera dar su veredicto.

Había demasiada luz en la habitación. Saqué una máscara para dormir de mi mesa de noche y la coloqué sobre mis ojos. Mejor. Con suerte, la próxima cosa que vería sería la mañana y así podía dirigirme al Hogar de Ancianos Judíos. Imaginé mis pacientes, lo indefensos que estaban, la manera en que contaban conmigo para mantenerse aseados y seguros, para quitarles el dolor. ¿Cómo se sentiría uno de ellos: cómo se sentiría Mildred Solomon, si la tratara como un animal de laboratorio en lugar de una persona? Tenía mucho que responder.

Me pregunté qué diría cuando la confrontara con lo que sus experimentos me habían hecho. Tendría que disculparse; lamentarse, al menos, por no saber entonces el daño que los rayos X podían hacer. Pensaron que el radio sería la cura, no la causa, del cáncer. Pero una vez que viera la manera en que me había dañado, ¿qué opción tendría sino la de arrepentirse?

Imaginaba nuestra conversación hasta que recordé que, con su dosis prescrita de morfina, estaría muy poco lúcida para entender, mucho menos para hablar. Aún tenía esa botellita en el bolsillo con la morfina que no le coloqué. Tendría que reducírsela más si quería estimularle la conciencia. Nunca antes de ayer había dejado de cumplir con una prescripción: aunque supiera que un doctor estaba equivocado, siempre seguía las órdenes. La idea de jugar con la dosis de Mildred Solomon me dio un sentimiento secreto de poder. En vez de contar ovejas, me dormí pensando en cómo ajustar su dosis para conseguir de ella lo que quería. Ese sería mi pequeño experimento.

Capítulo nueve

LA NOCHE PREVIA AL BAILE DE PURIM, TODAS LAS NIÑAS EN EL F5 se lavaron su cabello, a excepción de Rachel, por supuesto. No importaba que tuvieran que sentarse hasta tarde en el dormitorio con poca calefacción mientras se secaban o dormir con rizadores que pinchaban sus cabezas. Faltaban treinta minutos antes del último timbre y las monitoras las apuraban. Desnudas bajo el vapor de las duchas, la posibilidad de bailar con los muchachos llevaba a las adolescentes a examinarse unas a otras con miradas competitivas. Estas cien niñas habían estado duchándose juntas y usando los retretes una frente a la otra desde hace mucho más de lo que podían recordar. Se veían cambiar, se sentían cambiar. Sabían cuando la otra recibía la visita mensual, veían cuando a la otra le brotaba el vello entre las piernas, envidiaban a aquellas que adquirían la figura de las mujeres, ya a los catorce o a los quince.

Sin embargo, Rachel parecía que apenas había madurado: los pezones aún planos, las caderas delgadas, la piel suave como cera. A diferencia de Amelia, cuya belleza se había intensificado de la niña de rostro oval a la adolescente de pechos redondeados. Se había convertido en una reina entre las niñas del F5 y aceptaba de manera casual los tributos de su círculo de amigos: mensajes entregados por los muchachos, porciones extra de postre, respuestas para las tareas, cintas para el cabello. Ahora legendario por su longitud, el cabello de Amelia era más seductor trenzado y abrochado en un remolino romántico. La mayoría de las niñas tenían su cabello corto estilo *bob*, pues el barbero del hogar incentivaba el estilo sencillo con las páginas de las revistas envueltas en celofán y pegadas en su pared. Pero Amelia lo rechazaba y, en cambio, visitaba cada tantos meses a la señora Berger para que apenas lo recortase.

Rachel, con su calva y sus ojos saltones, tenía su categoría propia. No es que no tuviera amigos; había cierta compañía entre los que no encajaban, alianzas por ahí y por allá que se fragmentaban en pequeños subgrupos en las esquinas del patio. Le habían arrojado varios insultos a lo largo de los años: momia, marciana; pero solo había prendido: «Huevo», que de repetirlo tan a menudo ya no le dolía desde hacía tiempo. Debido a que Rachel no se esforzaba por ningún premio, nadie sentía celos de sus calificaciones excelentes. Mientras que otras niñas aprendían a coser o a tocar el violín, Rachel pasaba el tiempo de las reuniones en el club, en la biblioteca del hogar, absorta en las páginas de un libro. Sus favoritos eran las biografías de exploradores valientes; no tenía paciencia para la ficción.

Las conexiones de Rachel con Sam y Vic, dos de los muchachos más populares del hogar, le consiguieron algo de dignidad. Vic, inteligente y extrovertido, se involucraba en todas las actividades y estaba apoyado por el acceso de su madre al supervisor general. Sam había crecido atractivo y alto, con sus ojos atormentados amenazantes para los muchachos e irresistibles para las muchachas, estrella aclamada del equipo de béisbol, listo para levantar sus puños ante el menor desafío.

Naomi se había mantenido como su aliada. A pesar de que Rachel jamás podría estar a su altura: la autoridad de los monitores dependía del prestigio entre sus pares, Naomi continuó protegiéndola, interviniendo con una bofetada si alguien la empujaba en las escaleras o le arrojaba un puñado de grava en el patio. Rachel entendía que la protección de Naomi estaba financiada por los tributos de Sam, las rodajas de pan fueron reemplazadas a través de los años con monedas y revistas hurtadas; pero al no exigirle nada a la propia Rachel, Naomi parecía más una defensora que una mercenaria.

En el hogar, todos hacían algo o nadie lo hacía, así que Rachel también se duchó aquella noche previa al baile de Purim. Cerca de ella había una novedad: una niña nueva para el F5, que acababa de llegar de la recepción aquella mañana, con la herida reciente de la pérdida de sus padres. La cabeza rapada de la niña y las mejillas marcadas de hoyos ya atraían los insultos. Al principio, había pensado que Rachel era nueva también y se paró a su lado en la línea de las duchas. Más de cerca, el lustre uniforme de la calva de Rachel mostraba que su cabello sencillamente no había sido cortado. Cuando Rachel colgó su toalla y se ubicó bajo la ducha, la niña nueva se emocionó al darse cuenta de que había encontrado algo más valioso que alguien en su misma condición: alguien en peores condiciones que ella misma.

—¿Eres alguna clase de pez? ¿Tienes escamas en vez de piel? —Miró a su alrededor en la ducha para evaluar la reacción de las demás. Una pocas risitas; hacía tiempo que el cuerpo de Rachel no era el centro de atención. Aun así, vacilaron en unirse.

Fue Amelia quien retomó el hilo.

—Ella no es un pez, es un «Huevo», como el huevo de una lagartija. Cuando incube, saldrá reptando de debajo de una roca. —Las risitas se volvieron carcajadas. Amelia se acercó a Rachel, con el cabello húmedo fluyendo por su elegante espalda—. Ojalá no esperes conseguir invitación para bailar mañana. Ningún muchacho va a interesarse en ti.

Rachel no podía esconder el rubor que coloreaba su cuello y sus mejillas. La niña nueva, deseosa de ser aceptada por Amelia, tomó partido.

—¡Ningún muchacho querría bailar con un bicho raro y calvo!

La monitora que vigilaba las duchas llamó a Naomi. Ella ignoró a la niña nueva y tomó a Amelia del brazo, para sacarla de debajo de la ducha.

—¡Ve a secarte!

—Aun no terminé —dijo Amelia. Naomi la abofeteó en el rostro. Las amigas de Amelia bajaron sus cabezas ante su desgracia. La niña nueva se alejó de manera furtiva antes de que ella, también, pudiera recibir un golpe.

—¡Terminas cuando yo lo digo! —Naomi le entregó una toalla a Amelia y la empujó a la salida. Sus amigas se apuraron a seguirla, para rodearla con sus abrazos de consuelo. Rachel se mantuvo de espaldas a la conmoción, agradecida y avergonzada.

—¡Terminen ya, niñas! —gritó la monitora de la ducha—. ¡Un minuto más!

Se apresuraron a escurrirse el jabón de sus cabellos. La monitora giró el grifo y el crepitar beligerante de las duchas se convirtió en un goteo solitario. Las niñas tomaron sus toallas y desfilaron de regreso a sus dormitorios, con la monitora detrás.

Rachel, envuelta en una toalla, salió al final. También, Naomi se quedó atrás. Posó una mano en el hombro de Rachel y le dijo de manera discreta:

—No escuches a esa bruja. Yo creo que eres en realidad bonita. Siempre lo has sido. —Rachel dejó caer su mirada al sentir que una clase diferente de rubor trepaba por su rostro. Esperó a que Naomi quitara la mano de su hombro antes de alejarse.

En la cama, Rachel se secó rápido y se vistió con el camisón. La monitora de las duchas pasaba empujando el carro de la lavandería por todo el dormitorio. Cuando Rachel le alcanzó la toalla, la monitora se inclinó y le susurró:

—Me cuidaría de Naomi, si fuera tú. No es una muchacha normal. ¿Sabes de qué hablo? No es natural. —Rachel se veía confundida—.

No digas que nadie te lo advirtió. —La monitora tomó la toalla, la tiró en el carro y continuó hacia el final de la hilera.

Rachel se acurrucó sobre el colchón y se echó la manta por encima de su cabeza. Había escuchado esa acusación antes pero no estaba segura de lo que significaba. La había escuchado sobre muchachas, cuyas amistades cercanas eran intensas y dramáticas, pero Rachel ni siquiera estaba segura si Naomi era su amiga o solo su protectora. La manera en que jamás parecía temer a nadie no era normal, no en el orfanato. Lo amable que era con Rachel podría parecer poco natural a cualquiera que no supiera que Sam pagaba por eso. Pero no pagaba a Naomi para que le dijera a Rachel que era bonita, ¿cierto?

Cuando Naomi hacía su ronda antes del último timbre, para mandar callar a las niñas, se detuvo cerca de la cama de Rachel.

—Buenas noches, Huevo —susurró. Rachel, que simulaba dormir, no respondió.

EL DÍA SIGUIENTE estaba impregnado de entusiasmo por el baile de Purim. A los niños demasiado jóvenes para asistir los animaban los celos; aquellos de doce años para arriba estuvieron inquietos durante el día en la escuela, con sus mentes en la noche que se aproximaba. Cenaron en menos tiempo del acostumbrado y todos salieron aprisa del comedor, así podían hacer las preparaciones para el baile: se movieron las mesas, se apilaron los bancos, se colgaron adornos.

En el dormitorio, las niñas del F5 pasaron la hora cepillándose sus cabellos, intercambiando cintas, compartiendo labiales de contrabando y haciendo lo que pudieran para hacer especial su vestimenta. Rachel se puso un vestido y medias limpias, luego sacó la maleta de cartón de debajo de la cama y evaluó la peluca.

—¿Por qué no la usas? —preguntó Tess, a quien Rachel contaba entre sus amigas.

—Me pica la cabeza y, además, no la he cepillado en años.

—Pruébatela, déjame verla.

De mala gana Rachel se colocó la peluca. Estaba ajustada, porque apenas la usaba y no había recibido otra desde el F3.

—Te ves maravillosa, Rachel —dijo Tess—. Ven, permíteme cepillarla por ti. —Se sentó en la cama detrás de Rachel y comenzó a pasar su cepillo a través del cabello de la peluca, pero lo hizo con tanta fuerza que se le movió—. ¡Perdón! Es mejor que la sostengas. —Rachel clavo sus dedos sobre las sienes y mantuvo la peluca en su lugar. Tess la cepilló hasta que el cabello oscuro brilló.

—¿Cierto que se ve fantástica? —Tess le preguntó a Sophie, cuya cama estaba al lado de la de Rachel.

—Déjame probar —dijo Sophie. Tess le cedió el cepillo—. Toma, átale esto alrededor. —Hizo aparecer una cinta y la ató alrededor de la cabeza de Rachel, con un moño anudado en su coronilla. Las niñas evaluaron su trabajo.

—¡Qué lástima que no tengas cejas! —dijo Tess.

—No importará con las máscaras —dijo Sophie—. Nadie te reconocerá, Rachel.

Cuando más tarde aquella noche las niñas del F5 ingresaron al comedor, este estaba transformado. El espacio, sin mesas ni bancas, parecía extenderse interminable. Una serie de luces eléctricas de colores rodeaban las columnas y hacían de guirnaldas entre las vigas. Las bandejas apilaban galletitas *hamantaschen* sabor a mantequilla, con jugo de frutas carbonatado que hacía burbujear el ponche de los tazones.

En la entrada, los miembros del comité de baile entregaban las máscaras: bandas de telas de color decoradas con plumas y lentejuelas, con agujeros alargados recortados para los ojos. Las muchachas y los muchachos aceptaban las máscaras, se las colocaban alrededor del rostro y se las ataban detrás de sus cabezas. Todos con el cabello cortado por el mismo barbero, todos morenos y con ropas semejantes, las máscaras sencillas fueron asombrosamente efectivas para confundir las identidades. Incluso los amigos no se reconocían entre ellos hasta que se acercaban. Disfrutaban la emoción del anonimato, la oportunidad de imaginarse por esa noche como algo diferente de un huérfano.

Al frente del salón, se instaló un escenario para los miembros de la banda que habían ensayado las piezas de baile. Cuando el supervisor general subió al escenario, el director de la banda dio una señal al trompetista, que interpretó un floreo para llamar la atención de todos.

—Bienvenidos al Baile Anual de Purim —dijo el señor Grossman—. Invito al comité a acercarse para hacer algunos anuncios.

Cinco muchachos se hicieron paso para llegar al escenario, Vic se adelantó para hablar por ellos. Su máscara colgaba sin atar sobre su hombro y todas las muchachas supieron quién era. Considerado por mucho el más atractivo de dieciséis años en el M6, Vic había sido mencionado en la columna de chismes del boletín del hogar por su apego amoroso con una de las muchachas del F6, pero eso no impedía que las otras muchachas tuvieran la esperanza de bailar con él. Sam había ayudado con los arreglos, pero como no estaba en el comité, permaneció abajo, con su espalda contra la pared.

—De parte del comité de baile, ¡bienvenidos! —Vic esperó a que se disipara la ronda de aplausos—. Vamos a pasar una gran noche. ¿Les gusta la decoración? —Más aplausos y algunos silbidos—. Nuestro personal de la cocina está trabajando hasta tarde para mantenernos abastecidos con ponche y pastelería, así que mostremos nuestro aprecio. —Otra ronda de aplausos—. Y un agradecimiento especial a los miembros de la banda que estuvieron ensayando un repertorio amplio de canciones, y sí, ¡habrá un charlestón! —Palmas, silbidos y golpes de pies—. Ahora bien, hay algunas reglas, y si todos las respetamos, tendremos mucha diversión y haremos que todo el trabajo que ha hecho nuestro comité valga la pena. Nadie se marcha del comedor, salvo para usar los baños. Los celadores cuidarán tanto el baño de los varones como el de las niñas, así que nada de asuntos raros. —Una ola de risas nerviosas—. Todos los otros corredores están fuera de los limites. El baile continuará hasta el último timbre. Cuando lo escuchen, F4 y M4 saldrán primero, seguidos de F5, M5 y F6. Y recuerden, los niños más pequeños están durmiendo, ¡así que hagan silencio! Los muchachos del M6 se quedarán para ayudar a bajar la decoración y colocar de vuelta en su lugar las mesas y las bancas para el desayuno.

—Gracias, Víctor —dijo el señor Grossman—. Y gracias, miembros del comité de baile, por la ardua tarea de planificar este evento. —Una oleada final de aplausos, mientras los muchachos bajaban del escenario. El director de la banda levantó su mano, contó rápido cuatro tiempos y comenzó el baile.

Con su peluca puesta y la máscara alrededor de su rostro, Rachel se sentía transformada. Dio vueltas con las amigas por un rato, luego creyó reconocer a Sam por la mandíbula apretada y la postura de los hombros. A medida que se acercaba, sus ojos grises sobresalieron a través de los agujeros de la máscara.

—¿No vas a bailar conmigo? —preguntó ella.

Al escuchar la voz de su hermana, su ceño se relajó.

—Rachel, ¿en realidad eres tú? Vic, aquí está Rachel. ¿Puedes creerlo?

—Si alguien me hubiera contado que podías verte más bonita que de costumbre, no lo hubiera creído si no lo veía por mí mismo —dijo Vic—. Más vale que vuelvas y bailes conmigo, Rachel.

Sam sacó a Rachel a bailar justo cuando la banda comenzaba a tocar un vals rápido. Ninguno de los dos sabía cómo bailar, así que solo se sostuvieron de las manos, giraron y rieron. Rachel disfrutaba ver la sonrisa de Sam de cerca —usualmente, estaba así de contento cuando el equipo de béisbol del hogar ganaba un partido—.Cuando el baile terminó, Rachel estaba agitada. Cuando la banda comenzó un tango, Vic apareció y puso su mano sobre el hombro de Sam.

—¿Puedo interrumpir? —preguntó, mientras imitaba a una estrella de cine.

—Claro, por supuesto. —Sam entregó la mano de Rachel a Vic e inclinó su cabeza.

—Señora, ¿puede concederme esta pieza?

—Con gusto, señor. —Rachel hizo una reverencia. Vic levantó la mano de ella hasta su hombro y ubicó su otra mano en la cintura de la muchacha, con los dedos presionando en la parte baja de la espalda. Los miembros del comité de baile le habían pedido a Millie Stember que les diera lecciones, y Vic condujo a Rachel por todo el salón con pasos mesurados. Cuando la hizo girar en remolino, ella vio alrededor para ver quién estaba mirando. Amelia, con su cabello imposible de enmascarar, tenía los ojos sobre ellos. Vic continuaba dándole vueltas a Rachel, así que solo captó imágenes pasajeras de Amelia susurrando a un muchacho alto y señalando en su dirección. Sabía que las otras niñas debían estar mirándola, también. Rachel sonrió, mientras imaginaba su envidia. Cuando finalizó la pieza musical, el rostro de Rachel estaba ruborizado, con los ojos oscuros brillando a través de la máscara.

—Eres una bailarina excelente, Rachel —dijo Vic. Al inclinarse, plantó un beso en su mejilla. De repente incómoda, Rachel se tambaleó un poquito y soltó su mano.

—¡Te veo después! —Vic se dirigió hacia la mesa de refrescos. Rachel se sintió perdida por un momento hasta que Tess y Sophie la rodearon.

—¡Te besó, lo vimos! —Rachel estaba por decir que era solo porque Vic era amigo de Sam, que era como un hermano para ella, pero se tragó las palabras. Las dejó creer que le gustaba a Vic, mientras disfrutaba, por primera vez, de su admiración y envidia.

Por fin, la banda comenzó el charlestón.

—¡Bailemos! —chillaron las niñas. Formaron una línea, sacudieron sus piernas y se mecieron hacia adelante y hacia atrás por todo el salón haciéndose camino. Cuanto más se movían, más rápido latían los corazones en sus pechos. La sonrisa de Rachel levantaba sus mejillas al punto de que podía sentir la tela de la máscara ajustada alrededor de su rostro. Después, las niñas se amontonaron en la mesa de los refrescos, engullendo ponche y limpiando las migas de sus mentones.

Cuando la banda se tomó un descanso, muchas de las niñas fueron al baño, incluso el grupo pequeño de Rachel. El sonido estridente de sus conversaciones y las risas reverberaban en los azulejos de las paredes. Mientras competían por el espejo, se quitaron las máscaras para refrescarse el rostro.

—¡Toma, Rachel! —Tess pasó un labial por la boca de Rachel, repasando la pasta roja con su dedo—. ¡Mira! —Le tomó un momento antes de descubrir su reflexión en el espejo. Así que esto es lo que se siente ser bonita, pensó Rachel.

Ansiosa por volver a bailar, instó a sus amigas para que se apuraran. Quería ver la sonrisa de su hermano, esperaba que Vic volviera a bailar con ella. Impaciente, se ató la máscara alrededor de su rostro y dejó atrás a las otras niñas. Apuró los pasos en dirección al comedor.

—¡Allí estás! —Una voz proveniente del corredor lateral que conducía a la panadería la sorprendió.

—¿Yo? —preguntó. Un muchacho alto salió de la oscuridad. No usaba una máscara. Rachel reconoció a Marc Grossman, el hijo del supervisor general. La tomó por el brazo, aferrándose del codo.

—Ven conmigo. —La llevó hasta el final del corredor.

Rachel estaba tan acostumbrada a aceptar la autoridad de los adolescentes apenas mayores que ella, tan entrenada para formar fila o quedarse quieta o moverse rápido, que su cuerpo siguió obedientemente aun cuando su cerebro estallaba con preguntas. Quería preguntar qué pasaba, si había hecho algo malo, si Sam quizá la necesitaba, pero la habían abofeteado bastante a menudo por interrumpir que se tragó las palabras. Más allá de la panadería, una puerta que daba al exterior estaba escondida en una hornacina oscura. Rachel se echó para atrás, temerosa ahora de que Marc estuviera planeando llevarla afuera. No había peor problema en el que se pudiera meter un niño del hogar que salir solo. Pero no trató de abrir la puerta. En cambio, la empujó allí con tanta fuerza que de repente Rachel estaba aturdida.

Marc acercó su rostro al de Rachel. Vio la manera en que sus cejas se encontraban en un abanico sobre el puente de su nariz.

—Allá en el baile, algunos de los muchachos estaban diciendo que no podías ser el Huevo, no con todo ese cabello bonito, pero una de las niñas me contó que eras tú, así que hice una apuesta con los muchachos para probarlo.

Así que este era a quien Amelia había estado susurrando. Rachel pensó en la mano cálida de Naomi sobre su hombro cuando le dijo: «Yo creo que eres en realidad bonita». Rachel ahora supo que debió ser una mentira. Cerró con fuerza los ojos y bajó la cabeza. Esperó a que Marc le sacara de un tirón la peluca y se burlara. En cambio, él apoyó el peso de su antebrazo sobre su clavícula y deslizó su mano libre bajando por las costillas de Rachel hasta su cadera. Sus huesos se retrajeron al tacto.

—Para ganar la apuesta, no puedo sacarte la peluca ni la máscara. —Empujó una rodilla entre sus muslos. Un cosquilleo se esparció por Rachel. La hizo sentir enferma—. Pero escuché que tu cabeza no es el único lugar pelón, ¿es cierto, Huevo? ¿Eres calva en todas partes? —Marc metió la mano por debajo del vestido, serpenteó a través de las ligas que sostenían las medias y dio un tirón a la ropa interior. Rachel se atragantó con la saliva que se le acumuló en la boca.

Ahora trató de alejarlo, pero él solo seguía recostado sobre ella, derrotándola en peso y altura. Los dedos de Marc frotaban y sondeaban hasta que Rachel sintió un dolor que la aterró tanto que gritó.

—¡Oye, nada de asuntos raros! —La voz de Millie Stember hizo eco a lo largo del corredor.

Marc se alejó y metió sus manos en los bolsillos. Las rodillas temblorosas de Rachel se doblaron.

—Aquí no hay asuntos raros —dijo Marc, al caminar de manera casual hacia la luz y pasar a un lado de la celadora.

Millie corrió hasta ella y bajó la máscara de un tirón hasta el cuello de la niña, dejándola con la peluca torcida.

—¡Rachel, tú no! —La sorpresa en la voz de Millie hizo que Rachel se preguntara si no era bastante bonita hasta para esto—. Vamos, cariño, te llevaré a ver a la enfermera. ¿Puedes caminar?

Colocó su brazo alrededor de la cintura de Rachel y la levantó. A Rachel le parecía que aún podía sentir la mano de Marc entre sus piernas. Unas pocas niñas se habían reunido en el otro extremo iluminado del pasillo. Al ver quién era la que emergía de la oscuridad, una de ellas corrió a buscar a Naomi.

Rachel se aferró a su antigua celadora.

—¿Te tocó? —susurró Millie. Rachel asintió, aunque tenía la sensación de que le estaba preguntando por algo más de lo que sabía.

Naomi apareció.

—¿Qué pasó? ¿Se desmayó o algo?

—Marc Grossman —comenzó a decir Millie, luego se contuvo—. No importa, Naomi, Rachel estará bien, solo vuelve al baile. Por si acaso hazle saber al hermano que estará en la enfermería.

Millie Stember guio a Rachel por tres tramos de escaleras y a lo largo de un pasillo silencioso. Parecía que Rachel no podía recuperar el aliento; para cuando llegaron a la enfermería, estaba pálida y desvanecida. Millie llamó a la enfermera residente del hogar, Gladys Dreyer. Entró desde el apartamento de al lado, con los rizadores en el cabello, limpiándose la crema que tenía en el rostro.

—¿Qué pasó?

—Marc Grossman la tocó.

—¿Qué tanto?

—No sé, pero está tan agitada, que presumo lo peor.

La enfermera Dreyer condujo a Rachel a una cama y se sentó al lado, cerca. Su perfume dulce, una extravagancia inusual en el hogar, contrajo las fosas nasales de Rachel. La enfermera tomó ambas manos de Rachel.

—Escúchame, querida —dijo Gladys—. Es muy importante que me cuentes con exactitud lo que él hizo. ¿Entiendes?

Rachel comenzó a estremecerse, los temblores se disipaban a través de la punta de sus dedos. Temblando, miró a la enfermera. Como si escuchara las palabras de alguien más, dijo:

—Me empujó contra la pared. Puso su mano debajo de mi vestido. Me... tocó.

—¿Eso es todo?

Rachel pestañeó.

—Dolió. Grité y la señorita Stember escuchó.

—Y ¿estás segura de que fue solo su mano debajo de tu vestido? ¿No abrió sus pantalones?

Ahora Rachel se dio cuenta de lo que le preguntaban, de aquello peor que pudo haberle pasado. Sintió náuseas.

—Estoy segura.

—Bueno, gracias a Dios por eso. —Gladys Dreyer se dirigió a Millie—. Me encargaré de cuidarla desde ahora, puedes irte. Parece que estará bien.

Millie se puso de pie para marcharse.

—¿Le has hecho la prueba de sífilis ya?

—El señor Grossman no lo permitirá, a pesar de que mandé a tres muchachas al hospital para el tratamiento con Salvarsán que dicen que fue él.

Millie Stember sacudió su cabeza en desaprobación.

—Por suerte llegué en el momento justo, Rachel. Prométeme que te mantendrás lejos de los corredores oscuros de ahora en adelante.

Rachel trató de decir que no había querido ir hasta el final del corredor, pero Millie ya no estaba. La enfermera la llevó al baño contiguo y comenzó a llenar una bañadera de agua caliente. De un gabinete superior, tomó una lata de sales de baño de aroma dulce y las esparció por encima del vapor que ascendía.

—Remójate todo lo que quieras, Rachel. Haré que duermas aquí esta noche. —Después de que dejó un camisón doblado sobre una banqueta, cerró la puerta.

Rachel desató la máscara manchada de lágrimas de alrededor de su cuello. Al mirarla, se sintió tonta por haber creído en algún momento que era hermosa. Una vez que su ropa y la peluca tan odiada quedaron desechadas en el piso, se metió en la bañadera. Al principio percibió una punzada donde Marc la había tocado, pero pronto pasó. Rachel cerró los ojos y se hundió hasta que el agua le llenó los oídos, para tratar de olvidar. No escuchó el alboroto cuando Art Bernstein, el celador del M6, irrumpió en la enfermería.

—Enfermera Dreyer, la requieren en el apartamento del supervisor general. Han golpeado mucho a Marc Grossman. Creo que su nariz está quebrada.

—Ya era hora. —Gladys se ató una pañoleta sobre los ruleros antes de tomar su maletín—. De acuerdo, vamos.

Cuando Rachel emergió de la bañera, la enfermería estaba en silencio. Encontró una cama vacía y se acurrucó bajo la manta. Una vez que entrelazó sus manos, se rindió al sueño.

Naomi apareció temprano la mañana siguiente con una muda de ropa. Mientras colgaba un brazo sobre los hombros de Rachel, le preguntó cómo se sentía.

Rachel le restó importancia.

—Bien, creo. Apenas... —Vaciló, en busca de las palabras. Se sintió extrañamente desconectada de lo que había sucedido en el corredor—. No fue tan malo como podría haber sido. ¿Qué le contaste a Sam?

—Le dije que Marc Grossman te tocó y que estabas yendo a la enfermería. Desapareció del baile justo después de eso. Me imaginé que venía a verte.

La enfermera Dreyer colocó una bandeja sobre el regazo de Rachel e insistió que se comiera el pan de centeno con manteca y tomara algo de té antes de irse. Rachel logró tomar el té pero el pan se sentía espeso y seco en su boca. Empujó el plato hacia Naomi, que se lo comió como un favor. Gladys, al ver las migas, asintió con satisfacción.

—Pienso que estarás bien, Rachel. Puedes irte ya.

Naomi condujo a Rachel a la sinagoga para el servicio matutino del Sabbat. Mientras bajaba por las escaleras, Rachel se sintió mareada. Sostuvo la mano de Naomi hasta que llegaron a la planta baja. Allí, se unieron a las filas de los niños que venían del desayuno y cruzaban las puertas de la sinagoga. Rachel se deslizó en un banco al lado de las otras niñas del F5. Ubicó a Amelia en el otro extremo de la hilera y alejó la mirada. Naomi fue al frente con el F6. Sam y Vic también estaban en el frente del lado de los varones; Rachel podía ver la parte de atrás de sus cabezas. Deseaba poder decirle a Sam que estaba bien. Que no tenía que defenderla. Que no le había fallado.

Hubo algunas palabras de apertura, un himno, anuncios. Luego el señor Grossman subió al escenario. Sus predecesores habían sido rabinos, así que era tradición en el hogar que el supervisor general diera el sermón. Pero Lionel Grossman fue capacitado en el trabajo social, no en los estudios religiosos. Él utilizaba estas ocasiones para divagar en sus discursos sobre las virtudes del esfuerzo y de la importancia de obedecer las normas. Los niños se instalaron, con los ojos mirando al techo.

—Hoy voy a hablarles de la violencia. —Hubo un estremecimiento inusual en su voz—. No se puede tolerar la violencia en nuestro
hogar. Aquí, vivimos como hermanos y hermanas. Aquí, vivimos en
una institución dedicada a la salud, a la educación, a su futuro como
ciudadanos estadounidenses productivos. No podemos dejar que la
violencia estropee esto. Cuando la violencia estalla entre nosotros,
debe enfrentarse de manera muy clara. Debe hacerse un ejemplo de
aquellos que mancillan nuestro hogar.

Rachel pensó que estaba hablando de lo que Marc le había hecho
o de las cosas peores que les había hecho a otras muchachas. Se preguntaba si el supervisor general iba a sacrificar a su propio hijo, como
Abraham en el Antiguo Testamento.

—Samuel Rabinowitz y Víctor Berger, preséntense. —Todos los
sonidos desaparecieron cuando mil niños respiraron y contuvieron el
mismo aliento. Sam y Vic salieron al pasillo—. Vengan aquí arriba,
muchachos.

Rachel comenzó a temblar a medida que subían al escenario.
Podía ver que los nudillos de Sam estaban heridos, como si hubiera
atrapado una bola arrastrándose sobre la grava. Vic miró hacia atrás
sobre su hombro a su celador, Bernstein, que lo estimuló con un gesto. Sam dio la cara a la audiencia, con su espalda rígida.

—Estos muchachos trajeron la violencia a nuestro hogar
—declaró el señor Grossman, con su voz estridente—. Ellos agre-
dieron a mi hijo. —El hombre adulto se paró frente a los muchachos adolescentes. Puso rígida la mano abierta. Con rapidez,
abofeteó cada mejilla tan fuerte que sus cabezas rebotaron. Los
mil niños resoplaron.

El señor Grossman señaló hacia un lugar al final de la hilera del
frente. Rachel no podía ver a Marc sentado ahí. Lo imaginaba con los
ojos morados y la nariz vendada.

—¡Discúlpense con él!

Los ojos de Vic siguieron la línea del brazo tembloroso del señor Grossman.

—Lo lamento —dijo. Su voz fue clara, pero Rachel vio que hizo una mueca con su labio.

Todos los ojos se volvieron a Sam. Permaneció en silencio, con su mejilla ardiendo. Clavó su mirada en el señor Grossman, con la boca cerrada.

El brazo extendido se retrajo y se abalanzó hacia adelante. Esta bofetada derribó a Sam de su postura desafiante. Se tambaleó, luego se incorporó. Un susurro comenzó a escucharse entre los niños congregados, a medida que se escurría un hilo de sangre de la nariz de Sam.

—¡Discúlpate!

Vic permaneció al lado de su amigo. Rachel sabía que compartían el mismo pensamiento. «Solo di las palabras. No significan nada. Sálvate». Pero Sam no hablaba. Rachel acumulaba culpa y vergüenza. Se imaginó corriendo hacia el escenario y lanzándose en frente de su hermano. Sus músculos se tensaron pero su cuerpo no se movía.

El rostro del señor Grossman se puso rojo como el de Sam. Extendió por tercera vez el brazo, esta vez sus dedos se doblaron en un puño. Bernstein saltó desde su asiento. En dos zancadas, se puso a un lado del supervisor general, atrapándole el puño en el medio de su trayectoria.

—Aquí no, señor Grossman. —La voz baja de Bernstein apenas llegaba hasta la hilera de Rachel—. No frente a los más pequeños. —Hizo un gesto hacia la parte trasera de la sinagoga. El señor. Grossman siguió la mirada del celador hasta los niños de seis y siete años en las hileras más alejadas. Incluso a esa distancia, podía ver el miedo en sus ojos.

El señor Grossman bajó el brazo.

—Trataré contigo más tarde —gruñó a Sam, luego retrocedió—. Llévatelos, entonces. —Bernstein condujo a Vic y a Sam fuera del escenario. Todos los ojos seguían a los muchachos a medida que caminaban por el pasillo largo hasta el final. El señor Grossman se aclaró la garganta—. Ahora permítanme hablarles de la hermandad —comenzó.

Rachel se hubiera puesto de pie de un salto y seguido a su hermano fuera de la sinagoga, si no fuera por la mirada que le disparó Naomi. Más problemas, eso es todo lo que causaría. Cerró sus ojos y puso en blanco su mente, mientras bloqueaba sus oídos para no escuchar las palabras derramadas desde el escenario. Cada minuto que pasaba se sentía como una hora.

Al final, Rachel percibió que las niñas a su alrededor se levantaban de los bancos. Guiadas por sus monitores, salieron en fila de la sinagoga; arrastrando sus pies, con un único sonido. Una vez en el vestíbulo, sus voces, libres, hicieron eco en las escaleras de mármol a medida que relataban lo que habían presenciado. Un celador gritó: «Todos quietos». Por primera vez, en la historia del hogar ignoraron las palabras, ningún monitor deseó imponer el orden con una bofetada.

Naomi alcanzó a Rachel.

—Bernstein ha debido llevar a Sam con la enfermera Dreyer, seguro. Vamos.

Desandaron sus pasos de la mañana. Encontraron a Sam en la enfermería con una bolsa de hielo haciendo equilibrio sobre el puente de su nariz. Bernstein aún estaba ahí, y Vic también, en una silla a un lado de la cama. Rachel se sentó a los pies de su hermano y apoyó la cabeza sobre sus rodillas.

—¡Ay!, Sammy, no debiste haber ido detrás de Marc, no por mí.

Sam levantó la bolsa de hielo y la miró con furia, con sangre seca hecha costra sobre su boca.

—¿Siquiera sabes lo que se supone que haga un hermano por su hermana? —La enfermera Dreyer lo empujó contra la almohada y le arregló el hielo. Con sus ojos cerrados, Sam dijo—: Solo me quedo aquí por ti, pero ¿qué sentido tiene? No puedo protegerte. Naomi hace mejor trabajo que yo. Bien podría huir.

Rachel se incorporó.

—No, Sam, en realidad no me dejarías aquí sola, ¿cierto?

—Mira a tu alrededor, Rachel. No estás sola. Además, ¿qué importa que esté o no aquí? No creo que pueda aguantar más esto.

Rachel recordó la bofetada que había visto tantos años atrás desde la ventana de la recepción. Se preguntó cuántas había soportado Sam entre aquel día y este.

—Vamos, todos ustedes —dijo Gladys Dreyer, con su perfume que flotaba por el aire por encima de sus cabezas—. Hay mucha gente aquí. Bernstein, quédate. La señora Berger va a venir para hablar contigo y Sam. Todos los demás, váyanse ahora. Sam estará bien.

Vic dejó caer su mano con un gesto alentador sobre el hombro de su amigo.

—Estarás como nuevo, Sam. No les permitas que te desalienten. Dile a mi Ma que estoy bien, ¿quieres?

Sam asintió, luego miró a su hermana.

—Ve entonces. Ya escuchaste a la enfermera Dreyer, yo estaré bien. —Rachel vio cierta distancia en los ojos de su hermano que la hicieron estremecer, como si la estuviera mirando a través de una cortina de hielo. Se inclinó para abrazarlo, pero la detuvo—. No lo hagas —dijo. Rachel comenzó a acumular lágrimas—. No te preocupes, quiero decir. Te veré mañana, en la recepción, cuando visitemos a la señora Berger, ¿está bien?

Rachel asintió.

—Está bien, Sam. —Siguió a Naomi y a Vic afuera de la enfermería. Bernstein quedó atrás, conspirando con la enfermera Dreyer.

Si no hubiera estado tan preocupada por su hermano, a Rachel le habrían importado los susurros y los dedos apuntándola que la siguieron durante todo ese largo sábado. Justo antes del último timbre,

Naomi llevó a Rachel a un lado del dormitorio F5 y le contó que había escuchado de Millie Stember que a Marc Grossman iban a enviarlo a una escuela militar en Albany. Rachel estaba contenta de escuchar eso, a pesar de que la única consecuencia de lo que ocurrió en el corredor oscuro que le importaba ahora era Sam. Apenas pudo dormir, con su ansiedad que alternaba entre la amenaza de su hermano de escapar a lo demás que podría hacerle el señor Grossman.

Cuando Rachel fue a la recepción la tarde siguiente, la señora Berger y Vic estaban allí, pero no su hermano. Fannie Berger envolvió a Rachel en sus brazos pulposos.

—Se fue, cachorrita. Aun con Marc lejos en la escuela, aquí ya no era seguro para él. —Rachel apenas escuchaba mientras la señora Berger explicaba sobre el dinero que habían juntado ella y Bernstein para llenar los bolsillos de Sam con billetes arrugados, antes de escabullirse por una puerta sin llave y de escalar el muro como pudo.

Rachel se apartó de la señora Berger.

—Pero, ¿qué le ocurrirá? ¿A dónde irá? ¿Lo traerá la policía de vuelta si lo atrapa?

—Es casi un adulto, puede cuidarse por sí mismo —dijo Fannie—. Abandonó la ciudad, eso es todo lo que sé, pero adonde sea que haya ido, estoy segura de que está bien. —Vic miró a su madre, con una pregunta dibujada en sus cejas, pero ella respondió negativamente con un gesto de su cabeza.

—Un muchacho recio como Sam estará bien viajando por ahí —dijo Vic—. Quiso que te dijera lo mucho que te ama. —Y le dio un beso en la frente a Rachel. Ella le dio la espalda, avergonzada por el rubor que coloreó sus mejillas.

Recordó cuando la señora de la agencia se la llevó lejos de Sam, y su promesa de venir por ella. Sabía que no era su culpa que no cumpliera con esa promesa. Era tan pequeño como los niños del M1, algunos tan pequeños que se podía apoyar el codo sobre sus cabezas.

Entonces Sam no pudo evitarlo, pero ahora tenía dieciséis, no seis, y esta vez la había dejado a propósito. Se sintió tan abandonada como aquel primer día en el hogar de niños. Del millar de niños que había en el castillo, de los millones de personas en la ciudad, ahora ninguno pertenecía a ella.

A la distancia, sonó un timbre. Se abrieron de golpe las puertas de todo el patio y los niños lo inundaron. Rachel sentía sus gritos golpear contra el cristal como pájaros tontos. Se despidió y dejó la recepción. Mientras sorteaba el gentío en el patio, el polvo se acumulaba en sus ojos. No tenía pestañas con que sacudírselo.

Capítulo diez

LAS PÍLDORAS PARA DORMIR SURTIERON EFECTO. LO SIGUIENTE que supe fue que la alarma me estaba sacando de la cama. Tuve que tomarme una cafetera de café fuerte (solo, porque me había quedado sin leche) para aclarar la niebla en mi cabeza. Estaba tan ansiosa de confrontar a la doctora Solomon que llegué al Hogar de Ancianos Judíos aun más temprano de lo usual. Lo tenía todo pensado: aplicarle la dosis a Mildred Solomon primero, pero apenas un poco, en la ronda de las ocho en punto; luego dejarla para el final al mediodía. A esa hora estaría saliendo de la confusión de la morfina. La necesitaba lúcida. Tenía tanto que responder.

Me había cambiado y estaba por fichar la entrada cuando noté el calendario. ¡Maldita sea! Gloria me había agendado para mañana. ¿Cuándo había ocurrido eso? Siempre tenemos uno o dos días libres entre los turnos largos. Hablando de Roma, como diría Flo. O pensando en ella, en todo caso.

—Buen día, Rachel. Temprano y alegre como siempre.

—Gloria, no entiendo el cronograma. Debería tener libre mañana. —El retraso potencial de mi cita con el doctor Feldman me hizo entrar en pánico. Me esforzaba mucho por contener mis miedos a raya; la calma fingida no duraría otro día.

—Hablamos de eso hace una semana. La otra enfermera en jefe solicitó si yo podía cambiar el turno con ella, y te pregunté si tú lo harías también, así tendría conmigo a alguien en quien podría depender ese día. ¿No recuerdas?

Lo recordé. La semana pasada no tenía motivos para no acordar al cambio de turnos; este verano, cada día era tan largo y solitario como el siguiente.

El entrecejo de Gloria se arrugó sobre sus anteojos de ojos de gato.

—Estaba esperando a que confirmara sus planes, así que no lo anoté en el calendario hasta que me fui el otro día. Lo lamento, Rachel, pero no veo la manera de cambiarlo ahora. Ya intercambié a todas las demás. Y mira, tendrás tres días libres seguidos después. Podrías pasar algo de tiempo en la playa, tomar sol.

—Pero tengo una cita para mañana… —Me alejé de Gloria, temerosa de estar a punto de llorar. Sentí su mano en mi hombro.

—¿Pasa algo malo, Rachel? ¿Deseas contarme algo?

—Estoy bien, Gloria. Reprogramaré mi cita, es todo.

—Me da gusto escucharlo. Sabes cuánto confío en ti. —Su casillero metálico repicaba mientras sacaba la cofia y se la abrochaba sobre su rodete—. Enviaré a Flo mientras estés aquí.

Flo. Le preguntaría a ella, le rogaría si fuera necesario. En lugar de seguir a Gloria, me demoré en la sala de enfermeras hasta que Flo entró.

—Dicen que al que madruga Dios lo ayuda, pero en realidad, Rachel, nos estás haciendo ver mal a las demás.

—Jamás podrías verte mal, Flo. —La seguí hasta la ventana—. Tomaré uno, si me ofreces. —Se sorprendió pero sacó un Chesterfield del paquete y me lo alcanzó, hasta lo encendió por mí. En efecto, el humo se sentía bien, la tibieza en mi garganta moderaba el caluroso aire de verano. Después de unas cuantas fumadas me sentí con más calma—. Flo, odio pedírtelo, pero Gloria cambió mis turnos después de que yo tomara una cita para mañana. Me preguntaba, ¿hay alguna posibilidad de que pudieras intercambiar conmigo? ¿Venir mañana por la mañana, luego te cubriré en la noche? —Me puse nerviosa. ¿Cuánta pena tendría que causarle para que estuviera de acuerdo? Nada podría ser más lamentable que la verdad. Y me preparé para revelarla.

—Seguro, puedo hacerlo. Andaré muerta del cansancio, pero aprovecharé cualquier excusa para estar fuera de casa. —Exhaló un círculo de humo, no sabía que podía hacer eso—. Mi suegra está de visita. Piensa que soy perezosa, que duermo todo el día, a pesar de que trabajo por las noches. Golpea las ollas por aquí y por allá en la cocina haciéndoles a mis hijos lo que ella denomina una «cena de verdad». Te lo hubiera pedido, pero ¿quién quiere intercambiar el día por la noche? —Apagó la colilla contra la repisa, la tiró por la ventana—. ¿Qué clase de cita?

—¡Ah!, tiene que ver con mi cabello. —Fue estúpido decir eso, pero no lo pensé mucho—. Suena tonto, lo sé, pero tuve que esperar siglos para conseguirla.

—Como dije, cualquier excusa para estar fuera de casa mientras ella está aquí. Agradece que no tienes que soportar una suegra. —Me tomó la mano—. ¡Ay!, Rachel, lo lamento. Soy una idiota, no me escuches.

Supongo que recordaba que había crecido sin madre. O ¿fue que se sintió mal por restregarme que yo no estuviera casada? Lo que sea que fuere, lo ignoré.

—No te preocupes, Flo. No puedo decirte cuánto aprecio esto.

Fiché su salida y mi entrada, luego fui a contarle a Gloria sobre el cambio.

—¿Flo? ¿La enfermera de la noche? —Dijo con un gesto de enfado—. Hay una razón por la que te quiero a ti, Rachel. No simularé mi decepción.

Nunca antes había defraudado a Gloria; me sorprendió lo mucho que me dolió su desaprobación. Salí a toda prisa para preparar el carro de la ronda matutina.

—¿CREES QUE PUEDES conseguir que Mildred Solomon tome algo de caldo otra vez? —Gloria revisaba las bandejas del almuerzo, mientras las distribuía entre la otra enfermera y yo—. No ha comido desde que la alimentaste la última vez. Dejé una nota en su registro para el doctor, preguntando si su dosis podría disminuirse, así sería capaz de comer algo. Mira lo que respondió. —Me mostró el registro. El médico había respondido a la solicitud que Gloria había escrito meticulosamente con un garabato apenas descifrable: «Comience a alimentarla por sonda si no puede tragar». Ambas resoplamos al mismo tiempo, con el sonido universal de las enfermeras que saben más que los médicos que dieron las órdenes que seguimos—. Ve lo que puedes hacer. —Gloria me entregó la bandeja con el caldo para Mildred Solomon con su próxima jeringa de morfina. Jamás hubiera sugerido directamente que redujera su dosis, pero estuvo implícita la posibilidad.

Si Gloria lo hubiera sabido. El frasquito que traía en mi bolsillo ya contenía la mitad de la dosis de las ocho en punto de la doctora Solomon. Era un riesgo disminuirla tanto, pero cuando la vi en la cama llegó a mí, como una ola, todo lo que me había hecho. Deseaba sacudirla, asfixiarla, abofetear su mejilla hundida. Negarle algo de morfina parecía una alternativa contenida. Estaría adolorida, lo sabía, pero justificar la idea de que tendría lo que se merecía se apoderó de mí. Cuando dejé su habitación después de la ronda matutina, había cerrado su puerta para atenuar cualquier lamento que pudiera escaparse de su garganta marchita, cuando la morfina comenzara a perder su efecto.

Al entrar con la bandeja, vi los brazos y las piernas de Mildred Solomon con espasmos debajo de las sábanas, como un niño que jugaba a hacer ángeles en la nieve. El cáncer óseo genera dolor en las partes más recónditas del cuerpo; ninguna posición de las extremidades aliviaría el ardor y las punzadas. Me miró cuando entré a la habitación, con la mirada adormilada pero con la expresión alerta.

—¡Llegas tarde con mi medicación! Dame la dosis, rápido. —Su voz arañó mis recuerdos, como el de las uñas sobre una pizarra. Descansaba sobre la almohada, presintiendo el alivio que vendría—. Sé buena niña y apúrate, ¿podrías?

—Quiero que coma algo primero. ¿Puede hacer eso por mí?

—¿Qué importa que coma? ¿No puedes ver que estoy sufriendo?

Me senté en la silla de la visita, con la bandeja sobre mis rodillas.

—El doctor ordenó la sonda si no toma algún alimento. —Sabía que eso la exasperaría—.

—¡Maldito engreído! —dijo, mientras trataba de incorporarse en la cama. Di vueltas a la manivela para levantar el colchón; se quejaba, a medida que se doblaban sus caderas—. Terminemos con esto entonces.

Abrió su boca, fue como un eco de aquella fotografía del niño en el estudio de escorbuto. Serví el caldo con una cuchara en sus labios arrugados. Se atragantaba cada vez que engullía con dificultad. Sin embargo, determinada a superar al doctor, consumió todo el caldo que le ofrecí hasta que dejó caer su cabeza, exhausta.

—Ahí tienes, lo tomé todo. Dile eso al doctor. Una sonda, por supuesto. ¿Sabes lo incómoda que son esas cosas? Es inhumano.

—Claro que lo sé. —Era ella, ¿no?, la que me había empujado ese tubo por mi garganta. No fue una enfermera anónima, sino la propia doctora Solomon. Ahora la recuerdo, su corbatín se bamboleaba sobre mi rostro mientras ella sostenía el embudo.

Respiraba con jadeos cortos. Hizo un gesto hacia la jeringa.

—Es hora. No demasiado, pero algo, necesito algo. Necesito algo ahora.

En lugar de alcanzar la jeringa, dije:

—En un minuto. Quiero que hagas algo primero.

Ella entrecerró los ojos con desconfianza.

—¿Ahora qué?

No respondí. Sostuve su mirada mientras me desabrochaba el uniforme hasta la cintura y sacudía mis hombros para sacar mis brazos de la tela blanca, rígida. Busqué atrás, desprendí mi sostén y lo retiré de mi cuerpo. Miré mis pechos, pálidos y en punta, con los pezones rosados aún pequeños como los de una niña. Levanté la mano de la doctora Solomon, los dedos como la garra de un ave, y los ubiqué debajo de mi seno derecho, a la vez que lo levantaba.

—Quiero que sientas esto.

No tenía fuerzas para retirar la mano.

—¿Luego obtendré mi medicación?

—Pronto, pronto tendrás tu dosis. —Hundí más sus dedos—. Ahora, siente.

Al principio, los dedos estaban rígidos, distantes. Luego la mano que había sido entrenada como una herramienta de diagnosis comenzó a moverse por su propia voluntad. Exploraba mi seno, como si buscara una moneda perdida en el fondo de un bolsillo. Hice una mueca ante la presión del tejido dolorido. En un pliegue, sus dedos encontraron una forma, la rodearon, evaluaron su medida y su peso. La doctora Solomon parecía haberse olvidado de su dolor mientras ejercía su profesión.

—¡Ahí está! —Entusiasmada, como una ardilla que encontró una bellota enterrada. Luego, el dolor se impuso y su sonrisa se transformó en un mohín. A medida que su codo se hundía más en el colchón, aún más me inclinaba sobre su cama. Finalmente, dejó caer su mano.

—No entiendo. ¿Por qué querías que encuentre tu tumor?

—Porque —dije, con nuestros rostros cercanos—. Porque tú lo pusiste ahí. —Esperaba que negara rotundamente la acusación, que devastara su mente por lo que podría haber hecho para merecer esto, que se impactara al confrontar las consecuencias de sus acciones.

—No seas ridícula. ¿A qué te refieres con que puse tu tumor ahí? —La voz de la doctora Solomon estaba tensa del dolor—. Dijiste que obtendría mi medicación. Lo prometiste.

Con las manos temblorosas, enganché mi sostén y me abroché el uniforme, me acomodé el cuello y la cofia. No lo entendía, no aún. Tendría que estimular sus recuerdos, formular las preguntas que su artículo médico había dejado sin responder. Cuando los recompusiera, estaba segura de que se avergonzaría de la manera en que nos trató, arrepentida por la manera en que me usó. Me preguntaba si me pediría perdón. ¿Sería yo capaz de dárselo?

—¿Recuerda el experimento que hizo en el Hogar de Niños Judíos, que tenía como objetivo irradiar con rayos X las amígdalas de los niños?

—Por supuesto que sí, no estoy senil. Solo es esa maldita morfina, no puedo pensar bien, él prescribe demasiado. —La doctora Solomon cerró los ojos. Parecía buscar algo. ¿Finalmente me estaba recordando?

—Me dio a conocer, ese estudio. Nadie había usado rayos X en las amígdalas antes. —Me miró con avidez—. Conocí a Marie Curie por eso, cuando recorrió Nueva York. ¿Sabías eso? Me dio la mano, esa misma mano cuyas quemaduras le dieron la idea de que el radio podía utilizarse en la medicina. Me felicitó. ¡A mí! Me agradeció, también, por mi pequeña donación para el financiamiento de sus estudios radiológicos. Era indignante saber que la mujer que descubrió el radio no podía financiar ninguno de sus proyectos de investigación. —Contemplaba el techo, su sufrimiento repelido por el placer de recordar.

—Casi no conseguí esa residencia en el hogar de niños. Seguro, estaban empezando a permitir mujeres en la escuela de medicina, solo las suficientes para cerrar otros lugares como la Facultad de Medicina para Mujeres, pero no éramos precisamente deseadas, puedo decirte eso. Me hicieron vivir en la casa del decano, donde su esposa podía vigilarme. Era eso o compartir la habitación con las estudiantes de enfermería. —Hablaba rápido ahora, como si las palabras estuvieran superando el dolor—. El Hogar de Niños Judíos tenía una de las mejores salas de rayos X de la ciudad, todos los radiólogos querían esa residencia. El doctor Hess me dio el segundo lugar solo porque la esposa del decano hizo que su esposo lo presionara. Ella abogó por mí en su propia estúpida manera, pensó que el segundo lugar satisfaría mi vanidad, pero ¿por qué desearía el segundo lugar cuando merecía el primero? Entonces, el idiota que habían clasificado por delante de mí dejó caer un frasquito de radio. ¿Puedes creer esa incompetencia? Estábamos en el laboratorio de la facultad de medicina, nos pasábamos esa cosa pequeñita, el décimo de un gramo que no obstante valía miles, hasta que él la balanceó ligeramente y permitió que se cayera en el lavamanos. Recuerdo su rostro estúpido mientras la miraba desaparecer por el drenaje. Tuvo que conseguir un plomero para fundir las uniones de las tuberías y recobrarla. Cuando el doctor Hess se enteró de eso, rechazó la solicitud del idiota. Bueno, todos los demás ya habían aceptado sus residencias. Mi única posibilidad era un puesto en una clínica de rayos X desactualizada en el medio de la nada. Nebraska, creo que era, o quizá Wyoming. La había demorado tanto como podía. Fui la mejor de mi clase, debería haber podido elegir la residencia. Así era para mí, me mataba para ser la primera, solo para estar en una posición en la que me beneficiaría la estupidez de los otros.

Me sorprendió todo el rato que habló; no debió de haber tenido una audiencia atenta por un buen tiempo. Sin embargo, estaba confundida por su historia. ¿Buscaba mi compasión? Sabía lo que era ser excluida, marginada, denegado el reconocimiento que todos los demás disfrutaban, sin importar que no se lo merecieran. Pero yo no era como ella, me lo recordé. Ella me había explotado cuando debía haberme cuidado. ¿Qué importó que tuviera que pasar dificultades? Había tenido todo el poder sobre nosotros, y ahora conozco el modo en que lo había utilizado.

Una punzada de dolor le dio un tirón en la boca a Mildred Solomon.

—¿Por qué quieres saber sobre mi estudio de las amígdalas?

—Porque yo fui su material —dije, observando su reacción.

La doctora Solomon pestañeó, confundida. Fijó los ojos en mí, como si tratara de concentrarse en letras demasiado pequeñas para leer.

—¿Eras uno de mis sujetos?

Asentí, mientras imaginaba por un momento que la doctora Solomon me reconocía: a su niña buena, valiente. Levantó su mano hasta mi rostro. Incliné mi cabeza hacia su palma arqueada. No me había dado cuenta de cuánto anhelaba ese gesto de ternura hasta que estaba sucediendo. No había sido su culpa después de todo. Había querido ser amable con nosotros, tratarnos como a sus propios hijos, pero tenía que demostrar lo que valía. El mundo era tan injusto, no se le permitía demostrar afecto. No entonces. No hasta ahora. Reposé mi mejilla en su mano.

Pero no, no era una caricia. La doctora Solomon flexionó mi cabeza hacia atrás para exponer la parte inferior de mi mentón. Con la uña de su dedo pulgar hizo un círculo alrededor de las cicatrices allí, siguiendo el rastro de las monedas que formaban la piel lustrosa. Luego colocó sus dedos contra mis cejas dibujadas y borró el lápiz. Finalmente, alcanzó la línea de nacimiento del cabello y empujó a lo largo de la ceja. Mi peluca se corrió. Sacó la mano con sorpresa. No era ternura lo que vi en su rostro, ni siquiera arrepentimiento. ¿Miedo, quizá? No, ni siquiera eso.

—¿Así que la alopecia jamás se resolvió? Tenía curiosidad por eso, siempre pretendí hacer un seguimiento. ¿Qué número eras?

Acomodé mi peluca.

—Ocho —dije. Esperaba que sucediera en cualquier momento ya: la doctora Solomon pediría perdón. Por todo lo que me había hecho, por las consecuencias de toda una vida, Mildred Solomon iba a buscar su expiación. Mis ojos estaban puestos en el rostro de la anciana, ávida por las palabras que quería escuchar.

La doctora Solomon entrecerró los ojos, como si mirara al pasado.

—Número ocho. Claro que te recuerdo. —Cerró los ojos, con los párpados estirados y tensos—. Eras una cosita tan pegajosa.

Aquellas palabras me dolieron como una bofetada. Ella colapsó contra la almohada, su respiración era corta y rápida. El dolor estaba poniéndose peor, podía verlo. Bien, pensé. La maldita se lo merecía.

Pensé que había perdido la continuidad de su pensamiento hasta que dijo:

—¿Con exactitud, cómo es que es mi culpa, lo del tumor?

—Por los rayos X a los que me expusiste. Todos esos rayos X, sin ninguna razón. —Quería escupir las palabras, afiladas como uñas, pero sonaron como el balido de una oveja—.

—Tenía mis razones. Y eran buenas, también. ¿No leíste mi artículo?

—Sí, lo hice. Leí que pensaste que nos estabas salvando de la cirugía. Pero nos usaste, me usaste. Ni siquiera teníamos amigdalitis. Estábamos perfectamente saludables. Quizá tenías tus razones, pero ¿al menos no lamentas cómo resultaron esos experimentos con rayos X? ¿Por lo que nos hiciste, lo que me hiciste? Primero mi cabello y, ahora, esto. —Sujeté mi seno—. ¿Qué va a quedar de mí después de esto?

—Es lamentable para ti, Número Ocho, claro, pero si los investigadores abandonaran los experimentos porque los preocupan las consecuencias, aún estaríamos muriendo de viruela.

—¿Por qué me llama Número Ocho? Me llamo Rachel, Rachel Rabinowitz. Ni siquiera sabía eso, ¿cierto?

Por encima del mohín del dolor, el rostro de la doctora Solomon se llenó de enojo.

—El doctor Hess me dijo que jamás usara sus nombres. Solo números, dijo, ellos son solo números. ¿De qué otra manera puede un investigador mantener su objetividad, en especial trabajando con niños? ¿No crees que fue difícil mantener mi compostura, con esas malditas enfermeras rompiendo en llanto todo el tiempo cada vez que me daba vuelta? Era todo lo que podía hacer para conseguir que me respetaran. Siempre cuestionaban mis métodos, como si fuéramos iguales. —Echó un resoplido de manera burlona—. Enfermeras. Quisiera verlas hacer una disección a un cadáver.

Estaba jadeando, casi hiperventilada —pronto comenzaría a temblar por la abstinencia—. Tomé la jeringa, ahora ansiosa por callarla. Inserté con delicadeza la aguja en la intravenosa y hundí el émbolo hasta que su respiración, aún superficial, se estabilizó. No quería hablar con ella otra vez, hoy no. Aun así, retiré la jeringa justo a la mitad de la dosis prescrita, eché el resto en el frasquito en mi bolsillo. Estará dolorida pronto de nuevo, pero ¿y qué? Será gratificante, en la ronda de las cuatro en punto, ver a Mildred Solomon sufrir. Le daría una dosis completa entonces, la dejaría calmada para la enfermera de la noche.

Gloria observó el tazón de caldo vacío, la jeringa de la morfina vacía.

—Buen trabajo, Rachel. Ves por qué te quería a ti en el turno conmigo. Ve y toma la pausa para tu almuerzo.

Camino a la cafetería del personal, me di cuenta de la suerte que tuve de haber hecho el intercambio con Flo. Solo había otra enfermera en el turno de la noche y ningún supervisor. Mañana por la noche, tendría a la doctora Solomon para mí sola. Ella estaría a mi merced.

Capítulo once

E L DÍA DESPUÉS DE QUE SAM HUYÓ, RACHEL NO PODÍA SALIR de la cama a la hora del timbre para levantarse. Naomi vino a darle impulso justo cuando sonó el timbre para desayunar.

—Será mejor que te levantes y te apures. La otra monitora le dará a todo el dormitorio un castigo si nos haces demorar.

Rachel se sentó, le dolían las rodillas, el cuello y la espalda. La desbordaban las lágrimas mientras susurraba:

—No puedo hacerlo.

—De acuerdo entonces. —Naomi se apresuró a salir, pero volvió rápido—. Envié a las demás abajo, te voy a llevar a la enfermería.

Gladys Dreyer no parecía sorprendida al ver a Rachel de vuelta tan pronto.

—Es muy probable que sea una reacción tardía. Tuviste una experiencia muy perturbadora. Te mantendré aquí por un par de días, así puedes descansar. Diremos que es mononucleosis si alguien pregunta. Rachel, agradecida, se dejó caer en la cama que le ofreció la enfermera Dreyer.

Naomi salió aprisa y pronto volvió corriendo con un libro de la biblioteca.

—Creí que te gustaría este —dijo jadeando, mientras sostenía el volumen sobre la expedición de Scott al Polo Sur.

Rachel lo había leído antes pero lo aceptó con gratitud, al saber que Naomi se había retrasado para la escuela por ella. Esperaba que fuera el último gesto de amabilidad de Naomi, ahora que ya no estaban Sam y sus sobornos.

Era un lujo del que jamás se había escuchado en el Hogar de Huérfanos Judíos: un día entero en cama leyendo. La enfermera Dreyer trajo el almuerzo en una bandeja. Rachel tuvo la ocurrencia de que esa era la manera en que vivían los niños con sus familias. Los niños con dormitorios silenciosos en apartamentos donde al tiempo lo medía el sonido suave del tictac de un reloj en vez del chirriar de los timbres. Los niños con padres que venían a casa del trabajo para preguntar qué habían aprendido en la escuela ese día. Los niños cuyas madres los mantenían en casa cuando se sentían demasiado frágiles para enfrentar al mundo.

Después de la escuela, Naomi estaba de vuelta, esta vez con la tarea de Rachel.

—Tu maestra dice que te repongas pronto y yo también. —Naomi apretó la mano de Rachel antes de salir apurada. Miró el cuaderno y la tarea de matemáticas en su regazo complacida, y a la vez confundida porque continuaban las atenciones de Naomi.

El doctor del Hospital Monte Sinaí que atendía al orfanato observó la fatiga de Rachel pero dudaba que fuera mononucleosis porque no tenía dolor de garganta ni fiebre. Gladys Dreyer lo persuadió.

—Podría ser contagiosa, a pesar de no tener los síntomas —argumentó—. Solo le permitirán permanecer con su diagnóstico. Quería darle unos días, después de lo que ha padecido... —Llevó aparte al doctor y habló con él con una voz demasiado baja para que Rachel no escuchara. Él escuchó, asintió, aclaró su garganta.

—Mejor mantenerla alejada de los otros niños, por si acaso —coincidió.

Así que Rachel pasó la semana haraganeando en la cama, leyendo libros y haciendo la tarea que Naomi le traía y haciéndose a la idea de que Sam se había ido para siempre. Con Marc Grossman lejos en el norte, era el abandono de Sam la carga que más le pesaba. Se preguntaba si la idea de su huida la deprimía más que el hecho de su ausencia. Aparte de las tardes en la recepción, había pasado muy poquito tiempo con su hermano a lo largo de los nueve años pasados. Estaban en dormitorios separados y en grados diferentes, jamás en los mismos clubes después de la escuela ni en la misma mesa durante las comidas, en lados opuestos del lago durante los campamentos de verano. Su vida en el hogar apenas cambiaría sin Sam ahí. Ya no intentaría localizarlo por el comedor o en el patio, eso era todo; ya no lo buscaría cuando el equipo de béisbol estuviera jugando; ya no trataría de captar su atención cuando se cruzaban, en silencio, por los corredores amplios del castillo.

—¿Cuándo vas a volver al dormitorio, Rachel? —le preguntó Naomi el viernes cuando le dejó la tarea—. No es divertido allá sin ti.

Rachel sonrió, mientras se atrevía a creer que Naomi pudo haber sido una verdadera amiga todo ese tiempo.

—La enfermera Dreyer piensa que ya descansé bastante, dice que debería volver el domingo.

—¡Qué bueno! Entonces no te perderás la carne al horno. —Naomi se acomodó en el borde de la angosta cama de Rachel—. ¿Te preguntaste alguna vez por qué la cena del domingo es la mejor comida de la semana? Quiero decir, en realidad debería ser la del viernes en la noche si lo piensas, ¿cierto? Pero es la del domingo porque es cuando los miembros del consejo de la administración se reúnen. Ya sabes, esos hombres con traje que nos observan mientras comemos. Les gusta ver a dónde está yendo su dinero. —El guiño que le dejó Naomi al irse hizo sonreír a Rachel por primera vez desde el baile de Purim.

Sin embargo, el sábado por la noche uno de los muchachos en la enfermería que había estado con fiebre tuvo un colapso. Rachel se despertó de un sueño inquietante para encontrar a Gladys Dreyer examinando al muchacho que tenía una expresión de pánico.

—¿Puedes levantar una pierna, Benny? Solo levántala, ¿No? Entonces el pie, ¿puedes mover el pie? ¿Estás tratando realmente? El rostro afiebrado del muchacho se arrugaba con el esfuerzo, pero la pierna permanecía inerte.

Gladys fue hasta su escritorio y marcó la extensión interna del apartamento del supervisor general.

—Señor Grossman, necesitaremos al doctor del Monte Sinaí aquí a primera hora de la mañana. —Su voz se redujo a un susurro, como si decir la palabra con más fuerza hiciera más probable convertirla en realidad—. Creo que es polio. Sí, por supuesto, procedimientos de aislamiento de inmediato.

En su camino de vuelta a atender al muchacho, Gladys vio a Rachel sentada en la cama, aprovechando la luz inusual para leer un libro.

—Me temo que quizá estés con nosotros por un tiempo más, Rachel. Te confesaré algo porque sé que puedo contar contigo y no atemorizarás a los más pequeños. Quizá estemos lidiando con un caso de polio. Entraremos en aislamiento, nadie entra ni sale de la enfermería hasta que estemos seguros de que ninguno de nosotros está contagiado.

Cuando el doctor examinó a Benny el siguiente día, no estaba tan convencido como la enfermera Dreyer. Había demasiada histeria por la polio, pensó, y muchos de los casos que vio eran bebés. Aun así, ordenó que el muchacho fuera mudado a la habitación privada de la enfermería mientras enviaba a analizar una muestra al Instituto Rockefeller. Coincidió en que los procedimientos de aislamiento deberían seguirse hasta que llegaran los resultados. En la reunión de esa

tarde, el señor Grossman informó a los miembros del consejo acerca
de la situación, les aseguró que el aislamiento sería total: se echó llave
a las puertas de ambos lados al final del pasillo de la enfermería para
evitar los contactos accidentales, se utilizaría un montaplatos para
entregar los alimentos y las provisiones. La abundancia de medidas
de precaución permitió a los miembros del consejo irse a sus hogares
con sus propias familias, mientras se felicitaban una vez más porque
el Hogar de Huérfanos Judíos era la mejor institución para el cuidado
de niños en el país, y quizá en el mundo.

La fiebre de Benny cedió, aunque su pierna persistía débil en
extremo. El análisis resultó positivo para poliomielitis, lo que sig-
nificó que la enfermería permaneció en aislamiento durante seis
semanas completas: el resto de marzo, todo abril y hasta mayo. Y
así Rachel quedó atrapada, junto con una Gladys Dreyer desanima-
da y la docena de niños que resultaron estar en la enfermería en ese
momento.

Algunos de ellos estaban en condiciones graves: una niña en peligro de desarrollar neumonía, un muchacho con bronquitis, una rodilla con puntos que se arriesgaba al contagio, un brazo quebrado que
requería elevación. No obstante, muchos pronto se recuperaron de las
torceduras, los cortes, los raspones, la tos, los dolores y los chichones
que los habían enviado a la enfermería en primer lugar. Rachel era la
mayor y ni siquiera estaba enferma, así que la enfermera Dreyer la
reclutó como su auxiliar. Le enseñó la manera de limpiar el pus de
unos puntos infectados, preparar una pasta de mostaza para la bronquitis, revisar la fiebre y tomar el pulso.

Solo la enfermera Dreyer atendía a Benny, mientras seguía con
tesón el protocolo de desinfección establecido por el médico tratante.
No obstante, entre las visitas al muchacho, Gladys hojeaba la páginas
de la revista *Look* y tomaba unos sorbos de té en su apartamento,
mientras Rachel circulaba entre los niños. Durante la noche, si uno

de ellos llamaba, Gladys se quedaba en la cama, esperando escuchar a Rachel levantarse en vez de ella.

—No sé cómo hubiera sobrevivido al aislamiento sin ti, Rachel —dijo un día durante el almuerzo en la acogedora cocina—. Has demostrado un interés real en la enfermería. ¿Has pensado en convertirte en enfermera? Podrías comenzar un curso en el otoño. Me alegraría recomendarte con el comité de becas.

Rachel no había pensado en lo que venía después del hogar, pero le gustó la idea. La enfermera Dreyer le prestó una antigua edición de la revista *Essentials of Medicine*, la que leyó muy entusiasmada. Aunque no la entendió por completo, disfrutó de las páginas repletas de términos de anatomía y descripciones de diagnósticos, ilustradas con dibujos sencillos de diversos sistemas y órganos. Estudió el glosario letra por letra, desde «absceso» hasta «xantina». En la cama por las noches, deslizaba su dedo por una columna del índice y elegía una enfermedad para leer: fiebre biliar, neumonía migratoria o atípica, uncinaria, paperas, parálisis, tifoidea. Las veintiséis páginas del bacilo tuberculoso la pusieron a dormir por una semana.

Además de las provisiones, las comidas diarias y las pilas de libros de la biblioteca para mantener a los niños ocupados, el montaplatos entregaba un conjunto considerable de tareas para Rachel, que incluía todos los textos y lecciones. Escondida entre las páginas de los poemas de Tennyson, Rachel encontró una nota de Naomi.

«Hola, Rachel. ¡Lamento que estés atrapada en aislamiento! Me preocupó que me detuvieran, también, por visitarte en la enfermería. No obstante, podría haber sido divertido si ambas hubiéramos estado ahí ¡juntas! Según me dicen casi que administras el lugar. ¿Sabías que la enfermera Dreyer tenía un novio? De hecho se presentó preguntando por ella, pero cuando escuchó la palabra polio, no vas a creer que salió

disparado de aquí. Dudo que alguna vez vuelva a verlo a ese.
Hasta Amelia te envía saludos, pero creo que solo lo hace para
restregarte que estás atrapada allí. Aunque todos esperan que
no te contagies, eso es seguro. Aún estoy esperando para saber
si conseguiré un puesto de celadora, entonces podré vivir aquí
mientras asisto a la Universidad para Docentes en Columbia.
Eso es lo que Bernstein está haciendo. No a la Universidad
para Docentes, por supuesto, está yendo a la ciudad para ser
abogado. Ojalá el comité de becas financiara a las muchachas
para eso. Sería buena para argumentar casos, ¿no te parece?
Pero profesora es mejor que secretaria, eso es seguro y, de todas
maneras, solo pueden ir muchachos a la ciudad. Te cuento
que todas las muchachas del F6 están tratando de atraer
la atención de Bernstein. Amelia casi que tropieza con ella
misma cada vez que él pasa, pero ella no es de su tipo. Sin
embargo, sería un buen partido, ¿no te parece? Te escribiré
más después, ¡cuídate! Tu amiga, Naomi».

Rachel nunca antes había tenido una confidente, por lo que el
vínculo la sedujo. Naomi se dirigió a ella como a una igual de una
manera que jamás hubiera podido en el dormitorio F5. Esa noche,
leyó de nuevo la nota. Naomi escribió sobre Bernstein con tal admiración que Rachel se preguntó si ella estaba entre esas muchachas que
trataban de atraer su atención. La idea de ellos dos juntos parecía tan
natural que se preguntó por qué la ponía celosa.

El periodo de aislamiento finalizó en mayo. Benny quedó con una
cojera leve: suficiente para alejarlo del equipo de béisbol, pero no tan
grave como para atraer la atención. Gracias a las precauciones de la
enfermera Dreyer, los análisis confirmaron que ninguno de los niños
había contraído polio. Pero Gladys había llegado a depender tanto de

Rachel, que le solicitó al señor Grossman que le permitiera permanecer como asistente hasta el final del verano. Lo considerarían como una pasantía, ella arguyó, para fortalecer su caso ante el comité de becas. El señor Grossman asintió, siempre y cuando Rachel completara su tarea escolar y pasara sus exámenes. Rachel se había acostumbrado a la autonomía de la enfermería y recibió con agrado la idea de quedarse todo el verano en vez de ir al campamento. El hábito de visitar a la señora Berger y a Vic había decaído con la partida de Sam, y fue reemplazado, ahora que el aislamiento había terminado, por las tardes de domingo con Naomi en el apartamento de la enfermera Dreyer. Rachel había llegado a creer que su amistad no tenía nada que ver con los sobornos de Sam.

En agosto, en el cumpleaños número quince de Rachel, Gladys hizo traer rebanadas de torta y compota de duraznos a la enfermería para la ocasión, y Naomi le entregó como obsequio una tarjeta hecha de papel de cartulina decorada con imágenes recortadas de una revista. Naomi apenas pudo esperar a terminar de cantar el feliz cumpleaños cuando exclamó las buenas noticias.

—¡Están viendo a la nueva celadora del F1! Ma Stember finalmente se va, para casarse, ¿pueden creerlo? Hasta me mudo a la habitación de la celadora.

—¡Felicitaciones, Naomi!

—Escucha, voy a ir a Coney Island para visitar a mi tía y a mi tío el domingo próximo, para contarles que conseguí el empleo de celadora. ¿Por qué no vienes conmigo?

—¡Qué bonita idea! —dijo Gladys—. Recupera algo de color en tus mejillas. —Rachel levantó una mano vacilante hacia su calva—. Te prestaré mi sombrero *cloche*, te la cubrirá toda.

Gladys se puso de pie y sacó el sombrero, una posesión nueva y preciada, de su caja redonda y lo colocó en la cabeza de Rachel. Sentía que la forma de campana cubría su calva, al seguir la curva con gracia desde la ceja hasta la nuca. Las mujeres sofisticadas estaban usando su cabello tan corto, que esos sombreros revelaban poco menos que un flequillo sobre un cuello desnudo. En Rachel, el estilo quedaba perfecto.

—Quedas como salida de una revista —dijo Naomi—. Ven a mirar.

Se pusieron frente a un espejo. Rachel apenas se reconocía. Su transformación era tan sorprendente que Naomi y Gladys se quedaron sin palabras.

—¿Seguro que no te molesta? —preguntó Rachel, al encontrarse con los ojos de la enfermera Dreyer en el espejo.

—Por supuesto, querida. Sé que lo cuidarás.

—Y todo el mundo usa gorros de baño en la playa —dijo Naomi.

—De acuerdo, entonces. Iré contigo.

La sonrisa de Rachel la hizo ver aún más bonita. La imagen la sobresaltó, por lo que se alejó del espejo.

El recorrido en tren subterráneo hasta Coney Island fue el más largo que había hecho Rachel alguna vez. Durante el camino, Naomi le contó sobre su tío Jacob. Era el hermano mayor de su padre; los dos habían seguido el camino juntos desde Cracovia hasta Nueva York. El padre de Naomi era el aprendiz de Jacob, pero Jacob estaba muy ocupado estableciendo su carpintería para encontrarse una esposa, entonces el hermano menor se casó primero. Todos vivían juntos en un apartamento sobre el taller.

—Yo acostumbraba barrer la viruta. Recuerdo que tenía una colección de las más bonitas.

—¿Recuerdas a tu madre? —preguntó Rachel.

Naomi se encogió de hombros.

—Recuerdo la manera en que me sentía cuando estaba con ella y sé cómo se veía, pero no sé si eso proviene de mi memoria o de las fotografías que hay en la casa de mi tío. Tenía solo seis cuando murieron de gripe. —Naomi terminó su historia, contándole a Rachel que quedó sin nadie más que su tío—. El tío Jacob era un hombre soltero entonces, y mi padre murió justo cuando se había comprometido con un gran pedido para un carrusel. No tuvo más opción que llevarme al hogar. Me dijo que me divertiría más, con tantos niños con quienes jugar. —Naomi y Rachel sentadas una a un lado de la otra quedaron en silencio. Ninguna tenía que decir que cualquier niño elegiría una familia propia, sin importar lo devastada que esté, por sobre los rigores y la rutina del hogar.

En la estación de Stillwell Avenue, las familias y las parejas emergían hacia el paseo marítimo. Naomi tomó a Rachel del codo y la dirigió hacia la Mermaid Avenue, las aceras calientes se vaciaban a medida que se alejaban de las playas y las distracciones.

—Allí está.

Naomi señaló a un edificio de ladrillo que parecía un establo. Rachel no entendía cómo eso podía ser el hogar de alguien, pero Naomi la condujo hacia una escalera exterior a una puerta en el segundo piso pintada de azul brillante.

Un hombre con barba y manos verrugosas atendió a su llamado.

—Naomi, querida, entra. —Se abrazaron y se besaron.

—Tío Jacob, esta es mi amiga Rachel, del hogar.

Rachel, también, recibió un beso, los bigotes de Jacob le hicieron cosquillas en la mejilla.

—¡Bienvenidas! ¡Estelle, llegaron! —avisó por sobre su hombro.

Retrocedió para acomodar a Rachel en la sala de estar de un apartamento ordenado. Podía verse más allá una pequeña cocina de la que emergió Estelle para unírseles.

—Naomi, querida, ¿cómo estás?

Estelle, cuyo cabello estaba arreglado en trenzas sobre su cabeza, compartía con Jacob el acento polaco. A Rachel le parecía que eran de otro siglo. El mobiliario del apartamento: las mesas, las sillas, la

cómoda alta con cajones, estaban todas talladas de manera extrava-
gante y pintadas muy llamativas. En lugar de radiadores, había una
cocina a leña con una chimenea negra. Las paredes estaban decoradas
con fotos enmarcadas de templos y castillos. Rachel pensó que estaban dibujadas para que parecieran de encaje, pero cuando se acercó a
los cuadros, vio que las imágenes estaban hechas de papel recortado
para mostrar cada detalle del borde almenado de los techos y las ventanas con reparticiones de plomo.

—¿Te gusta? —le preguntó Estelle, al pararse a un lado de
Rachel—. Esa la hice yo, pero por aquí está la que hizo Jacob.

La llevó hasta un cuadro más grande. Dentro de los límites del
marco se desplegaba una ciudad entera: árboles de papel recortado
y una calle de adoquines, caballos de papel tirando de un carruaje,
casas pequeñas con humo de papel que salía de las chimeneas y sobre
una colina más allá del pueblo un templo de papel con un domo.

—Jamás había visto algo como esto —dijo Rachel.

—Este lo hizo allá, en el Imperio Ruso, antes de venir a Estados
Unidos. Ahora no tiene tiempo para cortar el papel, solo para los
caballos, siempre los caballos. Yo ya no corto papel, tampoco. Ahora
estoy pintando caballos. Te los mostraremos después de que comamos. Ven ahora; Naomi, Jacob, vengan a sentarse.

Acercaron las sillas a la mesa, ya puesta para el almuerzo con platos decorados, para comer su pan negro con cebollas en conserva y
rodajas de lengua ahumada. Las noticias de Naomi sobre el puesto de
celadora suscitaron felicitaciones afectuosas de su tío y de su esposa.
Jacob era bastante más mayor que Estelle, pero Rachel podía ver el
cariño que se tenían entre ellos y a Naomi. Eso hizo que Rachel pensara en esas tardes dominicales en la recepción, cuando ella, Vic y Sam
se reunían en la cocina con la señora Berger. Un recuerdo aún más profundo se agitó, la imagen de una mesa servida con pocillos, un frasco
de mermelada y una mujer con los ojos como botones negros sirviendo

el té. Luego llegó la imagen que Rachel trataba de evitar por medio del olvido, intentando no recordar un tiempo anterior al hogar: un charco rojo que se extendía y los nacientes botones blancos. Se estremeció.

—¿Alguien caminó sobre tu tumba? —preguntó Jacob.

Rachel palideció. Era como si estuviera leyendo su alma. Naomi vio su expresión.

—Siempre dice eso cuando alguien tirita como acabas de hacerlo tú. Es una superstición antigua. No digas esas cosas, tío Jacob —Naomi lo reprendió con un golpecito de su servilleta.

—Así que, Naomi, tenemos noticias para ti —dijo Estelle, sonriéndole a Jacob.

Naomi se iluminó.

—¿Van a hacerme tía finalmente?

Una mirada de pesar se cruzó entre ellos y Naomi se sonrojó, a la vez que se disculpó. Jacob tomó la mano de Estelle. Con tristeza, dijo:

—Esa es una bendición que quizá no sea para nosotros. Cuando Estelle bajó del barco, pensábamos que la casa ya estaría atestada de bebés. De lo contrario, te hubiéramos sacado del hogar para que vivieras con nosotros. Esperé demasiado, creo, para enviar por mi bella Estelle.

—No atraigas el mal de ojo a nuestros problemas, Jacob —susurró Estelle y se dio vuelta hacia Naomi—. La noticia es que tenemos algo para ti. —Estelle se levantó de la mesa, abrió un cajón pequeño de la cómoda alta y sacó un sobre—. Para tu graduación y para ayudar con la universidad.

Naomi abrió el sobre. Había billetes de cinco y de diez dólares, suavecitos de lo gastados que estaban pero limpios y planchados.

—¿Cincuenta dólares? Tío Jacob, tía Estelle, ¡es demasiado!

Pero insistieron, y Rachel pudo ver que ese presente era tanto una inversión en el futuro de su sobrina como una disculpa por su pasado.

Naomi aceptó finalmente, agradecida. Hasta con la habitación y la comida incluidas en su puesto como celadora, sería un esfuerzo para ella pagar la colegiatura con sus ingresos insignificantes. Había estado por presentarse ante el comité de becas para suplicar por su caso.

—Ahora puedo entrar a la oficina del tesorero después del día del trabajador y pagar por todas las clases en efectivo, como una Rockefeller —dijo.

Eso complació a su tía y a su tío, y terminaron su almuerzo en medio de una conversación alegre. Mientras Estelle retiró los platos, Jacob le mostró a Naomi una manera de esconder el dinero bajo la plantilla de su zapato.

—¿Quieren ver el taller antes de irse a la playa? —preguntó Jacob.

Rachel pensó que irían por afuera, pero las condujo a través del dormitorio y afuera por otra puerta hacia un balcón interior que daba hacia un espacio con forma de caverna. El aroma a pino y aguarrás se elevaba hasta las vigas del techo. Allá abajo, Rachel vio los bloques de madera, las mesas de trabajo cubiertas de herramientas, los frascos de pintura que se alineaban en la pared sobre los estantes y los caballos de carrusel por todos lados. Caballos con los orificios nasales ensanchados, con los ojos en blanco y los cascos golpeando el aire. Caballos dóciles con labios delicados y lomos anchos. Caballos elegantes con las crines trenzadas y los dientes relucientes.

—Debido al carrusel de Coney Island, todo lo que me piden es caballos —explicó Jacob—. ¡No es que me queje!

Sobre la pared más lejana arriba de las puertas del gran taller había algo diferente: un león tallado con una melena majestuosa y con los ojos misteriosos de un espíritu guardián. Jacob vio a Rachel contemplándolo.

—¡Ah!, ese fue mi examen, para demostrar que terminé de ser aprendiz. ¡Hubieras visto al padre de Naomi quejándose! Primero lo cargamos en un carro hasta la estación de trenes. Luego nos sentamos con él en el vagón de las maletas todo el camino hasta Bremen. Cuando lo estamos cargando por la pasarela del barco, mi hermano protesta: «¿Para qué tenemos que llevar un león de un templo todo el camino hasta Estados Unidos?». «Cuando termines con tu aprendizaje, lo entenderás», respondí. Jacob hizo una pausa para suspirar. Se habían ocupado tan pronto en Estados Unidos, que nunca se tomó el tiempo de someter a su hermano al mismo entrenamiento agotador que él soportó. Se sacó el remordimiento de la cabeza.

—¡Ese no es el primero! No, ese león es el tercero que tallé. Al primero, mi maestro en Cracovia lo rechazó. Un león así no merece ser guardián de la Torá, dice. El segundo, tampoco es tan bueno. Así que tallo hasta que la sangre de mis dedos impregna la madera. Entonces, con este, mi maestro me dice en idish: *«dos iz gute»*. Lo colgué en la pared de nuestro taller, así no olvidamos de dónde venimos.

Rachel estaba absorta con la historia. No tenía idea de dónde era su gente. Europa, supuso, pero ¿qué imperio, país o pueblo? Si sus padres habían nacido en Nueva York, ella y Sam seguro habrían sido reclamados por unos abuelos, a menos que estuvieran muertos, también. Envidiaba a Naomi por su vínculo familiar. La mayoría de los niños del hogar tenían algunos parientes que los visitaban la tarde del domingo, trayéndoles caramelos y monedas. Muchos, como Vic, hasta tenían uno de los padres vivos; la señora Berger no era la única madre viuda que trabajaba en el orfanato. Algunas veces a Rachel le parecía que el hogar era como una gran biblioteca, donde ingresaban a los niños los parientes incapaces de cuidarlos, y que luego retiraban cuando su suerte cambiaba. Hacía tiempo que concluyó que su padre debía estar muerto o hubiera encontrado la manera de recuperarlos a ella y a Sam, también.

Naomi conservaba un traje de baño de sus tíos y Estelle le prestó a Rachel el suyo, mientras le decía que Naomi podía devolvérselo en la próxima visita. Era la tarde en la que las muchachas se dirigieron hacia el paseo marítimo. Más adelante, la rueda de la fortuna giraba lentamente y la montaña rusa Cyclone se elevaba con lentitud sobre sus rieles. Pasaron de largo los entretenimientos y siguieron hacia el agua. Compartieron una casilla rentada para cambiarse, guardaron los zapatos y los vestidos de verano en el bolso de esterilla que Naomi llevaba y se pusieron los trajes tejidos, un poco pasados de moda pero aún exponían los brazos y las piernas. Naomi ayudó a Rachel a colocarse un gorro de baño en su cabeza. Abrieron las cortinas de la casilla y el sol cegó a Rachel mientras caminaba sobre la arena cálida. Le agradaba la manera en que se movía bajo sus pies desnudos. Las muchachas pasaron algún tiempo tomando sol antes de meterse al agua. En el océano agitado, se mantuvieron cerca de la orilla, saltando las olas que se acercaban y saboreando el agua salada.

La tarde adoptó un carácter de ensueño. Con el sol del verano sobre sus cabezas, el tiempo se detuvo. Los viajes desde la arena hasta el mar y de vuelta se medían no por las manecillas de un reloj sino por la evaporación del agua en los trajes de baño. El régimen de timbres fue reemplazado en el oído interno de Rachel por el sonido del oleaje haciendo burbujas en la playa y por el silbido y la caída en picada de la montaña rusa.

Se quedaron hasta que la luz sesgada del sol les contó una historia de atardeceres. En la oscuridad cerrada de la casilla rentada, sus caderas chocaron cuando se inclinaron para quitarse los trajes de baño húmedos de las piernas saladas. Al ponerse de pie, sus ojos se encontraron. Por primera vez en años —quizá una eternidad—, Rachel se sintió flotar por la dicha. En agradecimiento por ese día, besó a su amiga en los labios. Naomi se quedó tan inmóvil y seria, que Rachel se preguntó si había hecho algo malo. Luego Naomi puso una mano en su cintura y le devolvió el beso, con los pliegues de los labios muy apretados. El momento se extendió más allá del de la amistad, hasta a un territorio desconocido que Rachel no podía identificar. El sonido del oleaje y de los niños en la playa desaparecía mientras la percepción de Rachel exageraba cada temblor en sus labios, cada cambio en la presión. La punta de la lengua de Naomi tocó la suya, lo que estimuló un impacto eléctrico. Sin quererlo, se alejó, sintiendo aún el hormigueo en sus labios.

Una alegría vertiginosa bullía entre ellas, mientras llenaban la casilla oscura con sus risas y disipaban la tensión. Terminaron de vestirse, cuando Rachel cubrió su cabeza con el sombrero *cloche*. Naomi se aseguró de que el dinero aún estuviera seguro en su zapato. De regreso a la estación, se detuvieron por un helado italiano, que les dejó la lengua roja. En el largo recorrido de vuelta al hogar, se sentaron con los brazos entrelazados y se adormecieron. Cuando Rachel relamía sus labios, saboreaba sal marina y jarabe de cereza.

Manhattan se sentía atestada de personas y sucia después de la vastedad de la playa. Bajo la sombra de la torre del reloj, abrieron con esfuerzo las puertas pesadas de roble del hogar. Naomi se volteó para decirle algo a Rachel, pero sonó un timbre. Ambas se quedaron atónitas al darse cuenta de que no sabían cuál era. Luego vieron a los niños salir del comedor.

—¡El timbre para ir al club ya! Estoy retrasada. Tengo que irme. —Naomi se fue de prisa a cumplir con sus obligaciones, mientras que Rachel subió a la enfermería.

—Casi que no te reconozco, Rachel. Tus mejillas están definitivamente radiantes. Y ese sombrero te hace ver tan normal. —Gladys se detuvo—. Quiero decir que se ve tan natural en ti.

Con poco entusiasmo, Rachel entregó el sombrero a la enfermera Dreyer, después de dejar expuesta su calva. La advertencia de la monitora sobre Naomi se hizo presente. «No es una muchacha normal… no es natural». Rachel tiritó, como si alguien hubiera caminado sobre su tumba.

CUANDO EL VERANO llegaba a su fin, la enfermera Dreyer tenía que dejar ir a Rachel finalmente. El sábado anterior al día del trabajador, Rachel se preparó para reunirse con las muchachas del dormitorio F5, aunque aún no había quedado establecido si se mudaría esa noche o la próxima. El martes empezaría el curso de enfermería, gracias al apoyo del comité de becas.

—No sé qué haré sin ti, Rachel —dijo Gladys. Estaba pasando el rato mirando sus revistas mientras Rachel recolectaba las bandejas del almuerzo—. Haz sido de mucha ayuda. —Sonó un timbre, que incitó a Gladys a levantarse de la mesa—. Supongo que no te importaría ir a la oficina por una última vez. Aún tengo los rizadores en mi cabello.

—Por supuesto que no —dijo Rachel. Tomó la escalera de atrás de la enfermería hasta la planta baja y siguió el corredor extenso pasando por la sinagoga, la biblioteca, la sala de la banda de música. La puerta de la sala del club estaba abierta de par en par. Rachel vio a Vic adentro. Naomi le contó que había comenzado un club nuevo, la Sociedad de la Serpiente Azul. Rachel había escuchado que estaban planeando una fiesta para el próximo *Rosh Hashanah*. Vic la vio pasar y se apresuró hasta el corredor.

—¡Rachel, no te he visto en meses! ¿Cómo estás? Te ves como si hubieras tomado algo de sol. ¿Estuviste en el campamento?

—No, estuve aquí todo el verano, como asistente en la enfermería. Pero Naomi me llevó hasta Coney Island el domingo pasado. —Rachel sintió que sus mejillas enrojecían—. Me temo que me expuse demasiado al sol.

—No, te ves adorable —Vic sonrió y Rachel notó de nuevo lo azules que eran sus ojos.

Continuaron conversando. Ocurrió entre los timbrazos y el corredor estaba en silencio. Rachel le contó sobre su vuelta al dormitorio y sobre el curso de enfermería. Vic se había graduado, pero seguiría allí, también. Iba a estar como celador en el M2 y en el primer año en el City College.

—¿Qué sabes de Sam? —preguntó Vic.

Rachel miró al piso.

—Nada. No sé en dónde está o si está bien.

Vic parecía confundido por un momento. Abrió la boca como para hablar, luego la cerró, luego la abrió otra vez.

—¿Qué pasa?

—No, nada, es que... estoy seguro de que está a salvo, Rachel, estoy seguro de que está bien. Sam sabe cuidarse.

Sonó un timbre. La puerta de la sala del club se abrió y los miembros de la Sociedad de la Serpiente Azul salieron al corredor, abriéndose paso entre ellos.

—Bueno, tengo que irme. ¿Por qué no vienes mañana a la recepción conmigo a visitar a mi madre? No te ha visto desde hace rato y pregunta por ti todo el tiempo.

—Seguro, mañana, te encuentro allí. ¿En el timbre para estudiar?

—El timbre para estudiar, sí. De acuerdo, te veo entonces, Rachel. —Vic levantó los brazos para hacer alguna clase de gesto, parecía inseguro de qué hacer. Terminó ubicando sus manos sobre los hombros de Rachel y atrayéndola hacia él. Besó su mejilla—. Cuídate —susurró.

Rachel se hizo camino a través del corredor, ahora atestado de niños. La zona de la mejilla que Vic había besado se sentía cálida, así que se puso la punta de sus dedos ahí para aferrarse a ese sentimiento. Sonrió para sí, mientras pensaba que era lo más natural del mundo.

Al entrar a la oficina, saludó a la secretaria del señor Grossman, que no pensó nada antes de entregarle a Rachel la pila pequeña de correo para la enfermería. En su recorrido de vuelta, organizó las cartas en sus manos. Una, dirigida a la enfermera Dreyer, tenía el matasellos de Colorado. Con curiosidad, Rachel, giró el sobre para ver quién lo había enviado. En el reverso no tenía escrita una dirección de retorno, pero el sobre estaba impreso con el nombre de una empresa, con la tinta absorbida por el papel reciclado de tela: «Rabinowitz Dry Goods, Leadville, Colorado».

Una frialdad recorrió a Rachel, como una nevada. No podía ser una coincidencia, pensó. La carta debe tener algo que ver con ella. Apresuró sus pasos, ansiosa por preguntarle a la enfermera Dreyer sobre eso, pero no. Se detuvo. No importaba el nombre que estaba escrito en el frente, si tenía que ver con ella tenía el derecho de abrirla. Pudo pensar en un único lugar donde podría estar sola para leerla.

Rachel subió tres tramos de escaleras, luego se deslizó por detrás de una puerta pequeña, secreta, del reloj de la torre. La oscuridad la encegueció al principio, pero a medida que sus ojos se adaptaban, pudo distinguir la escalera pronunciada de metal, como una salida de emergencia, que conducía hacia un descanso. Más allá, una escalera de madera se extendía hasta una plataforma polvorienta. Subió y se acomodó bajo la luz tenue que se filtraba a través de la esfera del reloj.

Otra vez examinó el sobre, las preguntas rebotaban en su mente. «Rabinowitz Dry Goods». ¿No había estado su padre en el negocio de las prendas? ¿Era lo mismo que mercancía textil? «Leadville, Colorado». ¿Podría estar vivo aún su papá? Quizá se había ido a Colorado después del accidente que mató a su madre. Rachel siempre había creído que había sido la voz estridente de su vecina gritando «asesino», lo que impulsó a su padre a huir. ¿Era posible que la mandara a buscar, ahora, después de todos estos años? O quizá Sam lo había localizado. El corazón de Rachel latía muy rápido. La carta debe ser de Sam. Estaba dirigida a la enfermera Dreyer porque Sam descubrió de algún modo que se estaba quedando en la enfermería. Quizá por eso Vic parecía tan confundido cuando le dijo que no había sabido de él. Quizá Sam les había escrito a ambos, pero Vic ya había recibido su carta.

La frialdad que había invadido a Rachel cuando vio el sobre por primera vez se disolvió ante este nuevo razonamiento. Sonrió, al imaginarse viendo a Vic el domingo y pudiendo contarle que Sam le había escrito, también; que había recibido la carta el mismo día que hablaron. Posó los dedos en su mejilla otra vez, luego rompió el sobre y extrajo la carta. En el interior había dos pedazos de papel, uno doblado dentro del otro.

> *Querida enfermera Dreyer: Por favor, entréguele la otra carta en este sobre a Rachel. Supe por Vic que se está quedando en la enfermería. Gracias otra vez por toda su ayuda después de lo que ocurrió con el señor Grossman. Sé que no debería haber perseguido a Marc de esa manera pero usted sabe que lo que hizo estuvo mal y se lo veía venir. Atentamente. Sam Rabinowitz.*

En su regazo se encontraba la segunda carta, aún plegada. Estaba segura ahora que sería una invitación de su hermano para unírsele en Colorado. Para unirse a él y a papá. Con los dedos temblorosos, desplegó la carta.

> *Querida Rachel: Vic dice que has estado en la enfermería aprendiendo para ser enfermera. Serás buena en eso. Te escribo para informarte que estoy a salvo y que no debes preocuparte por mí. No puedo contarte dónde estoy porque no quiero que Grossman me encuentre, pero solo ten presente que estoy bien; cuídate y pórtate bien en la escuela. Con amor. Sam.*

Rachel volvió a leerla una y otra vez, en busca de más significado entre líneas. Al fin, tuvo que reconocer la verdad. Sam no la quería, ni siquiera quería que supiera dónde estaba. Había estado escribiéndole a Vic antes siquiera que a ella. Un relámpago de enojo sacudió sus manos. Destrozó las dos cartas en pequeños cuadrados y los arrojó por el hueco de la torre del reloj. Remolinearon como copos de nieve y quedaron sobre el piso polvoriento. No había nada más que Rachel pudiera hacer sino soltarse a llorar. La sombra de las manos del reloj se movía con lentitud a través del rostro de Rachel hasta que, inevitablemente, un timbre distante sonó.

Rachel estaba limpiándose los ojos cuando un pensamiento floreció en su mente, tan brillante y tan grácil que repelió la tristeza y secó sus lágrimas. Sam siempre estaba haciendo lo que pensaba que era lo mejor para ella, desde pagar por la protección de Naomi hasta darle una paliza a Marc Grossman. Es como aquella vez que prometió regresar por mí si era buena con la señora de la agencia, solo para que no llorara. Quizá su carta, también, era el esfuerzo de hacer lo que pensaba que era lo mejor para ella: evitar que se preocupase, dejar que terminara la escuela, permitirle al hogar que la cuidase.

Pero Sam estaba equivocado. Lo estuvo con lo de Marc Grossman; la huida de Sam hirió a Rachel más que lo que Marc le había hecho. Se equivocó con Naomi, también; ella hubiera defendido a Rachel, hubiera sido su amiga, incluso sin los sobornos de Sam. Y ahora también estaba equivocado. El hogar, el curso de enfermería, ¿qué importaba todo eso cuando ella podría estar con su hermano y, quizá también, con su padre?

Sam no sabía lo que era mejor para ella. Solo ella sabía eso. Todos esos años ella estuvo haciendo lo que le decían. Quizá eso es todo lo que conocía, pero no era lo que quería, ya no. Su labio inferior sobresalió pues algo se estremeció en ella, nacido del mismo impulso de terquedad que hace tiempo la conducía al berrinche.

Aún tenía el sobre. Mientras deslizaba un dedo por las palabras «Rabinowitz Dry Goods», tomó la decisión. Iría a Leadville, a unirse a su hermano, a reunirse con su padre. De algún modo, haría su propio camino, le demostraría a Sam que podía cuidarse sola, que no tenía que protegerla más. Estaba lejos y el boleto del tren sería caro. No estaba segura de cuánto dinero costaría, pero con una claridad espantosa, sabía dónde podía conseguirlo.

LA SOMBRA DE la mano del reloj hizo un círculo completo alrededor de la esfera antes de que Rachel bajara por los peldaños de madera y por la escalera de metal, y cerrara la puerta secreta detrás de ella. El corredor estaba atestado con los niños acudiendo a la cena. Se hizo camino contra la corriente para entregar el resto del correo a la enfermera Dreyer. El ruido de las voces de los niños perturbaba sus pensamientos. Por primera vez, desde que ingresó al hogar, Rachel llenó sus pulmones y gritó:

—¡Todos quietos!

El bullicio cesó de inmediato. Con una exhalación extensa, miró por encima de las cabezas de los niños inmovilizados. Naomi, su nueva celadora, estaba al fondo del grupo del F1, dos veces más alta que aquellas a su cargo. Miró a Rachel, confundida y preocupada. Rachel bajó su cabeza y se apresuró hasta la enfermería. Después de que pasó a su lado, escuchó a Naomi exclamar:

—¡De acuerdo sigan, niñas! —Ellas cobraron vida, como un corazón detenido vuelto a latir gracias a una descarga eléctrica.

En la enfermería, el doctor había llegado para atender el brazo roto de un muchacho, así que la demora de Rachel no se notó. Cuando el muchacho ya estaba descansando, con la muñeca en un yeso húmedo, Gladys Dreyer guardó la gasa y el yeso.

—Deseaba ir a ver la película —dijo—, pero necesitará algo de vigilancia. La empresa Warner Brothers envió una nueva de Rin Tin Tin.

—Vaya, enfermera Dreyer, estaré con él hasta que baje al dormitorio para dormir.

—Así que ¿decidiste volver al dormitorio esta noche? Eso es bueno, Rachel. Vuelve a la rutina antes de que comience la escuela. Muchísimas gracias por quedarte.

—¿Qué hace una noche más? —Rachel vaciló—. ¿Puedo preguntarle algo?

—Por supuesto, querida.

—¿Todos tenemos una cuenta? —Sabía que cada vez que un niño ganaba un premio, como un dólar por mejor ensayo o cincuenta centavos por un discurso sobresaliente, nunca recibía el dinero, sino que le decían que sería agregado a su cuenta.

—La mayoría, sí.

—¿Hay alguna manera de saber cuánto dinero hay en ella? Y ¿cómo lo conseguimos?

—La secretaria del señor Grossman conserva los registros. Creo que todo el dinero está depositado en el banco. No lo conservan en efectivo, de eso estoy segura. Cuando seas bastante adulta para dejar el hogar, cerrarán tu cuenta y te darán lo que haya en ella. Pero tendrás que preguntar en la oficina para saber lo que hay. —Gladys miró a Rachel, con curiosidad y escepticismo—. ¿Has ganado muchos premios?

Decepcionada, Rachel negó con un gesto de su cabeza, deseando cambiar de tema.

—No, solo me lo preguntaba, eso es todo. —No esperaba una respuesta diferente, pero sentía que le debía preguntar a Naomi al menos.

Después de que la enfermera se marchó, Rachel le leyó al muchacho con el brazo roto hasta que se quedó dormido. Una vez que cerró el libro, con discreción arrastró la maleta de cartón de debajo de la cama que había llegado a pensar que era suya. Empacó las pocas cosas que había reunido para ella en la enfermería desde que había aceptado alojarse allí: una muda de ropa, un camisón, un cepillo de dientes, la tarjeta de cumpleaños, una chaqueta. Del cajón del escritorio sacó una tijera grande, con mangos negros que acababan en puntas relucientes. Recogió y guardó el libro *Essentials of Medicine* cuando sus ojos tropezaron con el sombrero *cloche* de la enfermera Dreyer que estaba colgado en un gancho cerca de la puerta. Al saber que, para mañana, ese pequeño hurto sería olvidado, tomó el sombrero y lo metió en su maleta.

La película aún continuaba cuando Rachel se hacía camino a través de los corredores vacíos. La luz intermitente jugaba contra las ventanas al pasar. Se detuvo a ver correr a Rin Tin Tin, la proyección enorme del perro sobre el muro exterior del castillo, a través de la cresta de una colina distante. Una oleada de aplausos estalló al comenzar los créditos y los niños comenzaron a moverse de sus lugares en las escaleras de incendios. Rachel se apresuró hasta el dormitorio de la celadora del F1. Entró y encendió la luz. Le preocupó que Naomi estuviera usando el par de zapatos que buscaba, pero no, allí estaban, bajo la pequeña cómoda.

Rachel apoyó su maleta y se arrodilló en el piso. Alargó la mano para tomar el zapato, lo extrajo y desprendió la plantilla. Cincuenta dólares. Con suerte, eso será suficiente. Se dijo que Naomi aún podía encargarse de la colegiatura con lo que ganaba si el comité de becas la apoyaba. Y si resultaba ser más de lo que Rachel necesitaba, podía enviarle el resto de vuelta. Tomó los billetes y los metió en su maleta. Estaba por marcharse cuando el picaporte giró. Rachel se paralizó.

Naomi entró a la pequeña habitación.

—Rachel, ¿qué estás haciendo aquí?

Atrapada, Rachel debió haber entrado en pánico. Sin embargo, se sintió curiosamente calmada. Quizá ya no necesitara más la ayuda del hogar.

—Me mudo de vuelta al F5 esta noche —mintió. Estudió a Naomi para ver si le creería, pero todo lo que notó fue lo hermosa que era su amiga. La visita en Coney Island hizo que brotaran las pecas de la nariz y las mejillas de Naomi. Siempre había usado su cabello recortado, pero ahora que estaba de moda su corte *bob* la hacía ver moderna. Rachel lamentó, por milésima vez, la desnudez de su calva.

—Lo imaginé pero, quiero decir, ¿por qué estás aquí, en mi habitación?

Rachel se descubrió incapaz de hilar la historia elaborada que había ensayado en su cabeza. Algo acerca de la manera en que Naomi la miraba le dio una nueva idea. En un impulso, dejó caer su maleta y se adelantó, pateando con astucia el zapato, con la plantilla que surgía en bucle como la lengua de una serpiente, de vuelta bajo la cómoda. Extendió sus brazos, tomó el rostro de Naomi con ambas manos y acercó la boca de la muchacha hasta que sus labios se apretaron.

La habitación estaba en silencio, el sonido de cientos de pies moviéndose a lo largo del corredor se atenuaba con la puerta cerrada. Como el beso se prolongaba, sus labios se relajaron, luego se abrieron. Las lenguas se tocaron, de nuevo una descarga eléctrica atravesó a Rachel. Las piernas comenzaron a doblárseles, Naomi atrajo a Rachel hacia su estrecha cama.

Rachel había pensado que un beso sería suficiente para distraer a Naomi del robo, como el beso en la casilla de la playa. Ahora, otro tema se impuso. El apuro se escurrió al tenderse una al lado de la otra. Los brazos alrededor de la otra, las bocas juntas, parecía no haber final a las maneras en que dos muchachas podían besarse. Besitos rápidos sobre la nariz y el mentón. La puntita de la lengua recorriendo los labios abiertos. Besos suaves en el cuello. El beso del aliento húmedo en una oreja. Los labios juntos presionados, las bocas abiertas, inhalando la exhalación de la otra hasta que dejaron sus pulmones sin oxígeno.

Debería haber sido suficiente, más que suficiente. Naomi se apartó, al pensar en el timbre de la mañana y en el día que le esperaba. Pero Rachel estaba desinhibida de los pensamientos de la mañana, su secreto la hacía osada. Preguntó:

—¿Qué más hacemos?

—Esto —susurró Naomi, mientras desabrochaba el vestido de Rachel.

—Muéstrame.

—¿Estás segura?

—Muéstrame.

Naomi dejó expuesto el pecho con la puntita rosada de Rachel. Mientras cubría el otro, aún vestido, con su mano, Naomi tomó el pezón con su boca. Rachel sintió que algo dentro de ella cobraba vida, como una semilla rígida madurando. Arqueó su espalda y envolvió su mano alrededor del cuello de Naomi. Esta le quitó el vestido de Rachel de sus hombros y le lamió el otro pecho. La semilla comenzó a brotar, con las raíces germinando. Rachel elevó sus caderas y Naomi se movió. La tela se estiró tensa al presionar su muslo entre las piernas de Rachel. La semilla se abrió. Una luz comenzó a brillar en los ojos cerrados de Rachel. Si la miraba, se escapaba, pero si se permitía mirarla de reojo, se volvía más brillante, púrpura y dorada. El brote intentaba alcanzar la luz, deseoso, creciente. Estaban próximas, las nuevas hojas brillantes del brote y la luz centelleaban. Estaban cerca.

Se encontraron. Rachel jadeaba y temblaba. Naomi se apretó contra ella, urgida, luego enterró su boca sobre el cuello de Rachel y acalló un gemido. Juntas quedaron en silencio, la mejilla de Naomi descansaba en la clavícula de Rachel. Con su mano aún sobre el cuello de Naomi, Rachel flotaba con la luz que se perdía en la oscuridad acogedora.

Rachel no sabía cuánto tiempo se entretuvo en esa oscuridad antes de que la lámpara resplandeciente en el escritorio de Naomi la hizo volver en sí.

—Tengo que llegar al dormitorio. —Se sentó, después de empujar a Naomi a un lado, y reacomodó su vestido. Naomi le susurró al oído:

—Siempre pensé que eras tan bella, así como eres, tan tierna y bella.

Rachel casi se permitió creerlo. Luego pensó en el dinero y la tijera en su maleta. Se desprendió de Naomi y se paró, más bruscamente de lo que pretendía.

—Tengo que irme.

Naomi se sentó en la cama.

—Está bien, Rachel. Todo está bien.

—Lo sé —dijo Rachel. Sobre el escritorio vio el reloj de Naomi; eran pasadas las dos—. Es que es muy tarde. Quizá sea mejor que vuelva a la enfermería después de todo.

Naomi intentó alcanzarla, pero Rachel, al saber que no se lo merecía, la dejó con la mano extendida. Tomó su maleta y caminó hacia el corredor oscuro, con solo una franja de resplandor a lo largo del piso estrechándose a medida que cerraba la puerta detrás de ella.

Rachel se movía en silencio a través del orfanato dormido hasta que encontró la entrada a su antiguo dormitorio. Después de apoyar la maleta y quitarse los zapatos, extrajo la tijera antes de entrar deslizándose. Las hileras de las camas se prolongaban a lo lejos, con los montículos pálidos a la luz de la luna azul. De pronto Rachel no estaba segura. Después de todos esos meses, no recordaba dónde dormía cada una. Respiró lento. Solo tenía que gatear hacia el final de cada hilera hasta que distinguiera a la muchacha que buscaba. Aferrada a la tijera, atravesó con sigilo el dormitorio. Durante la calidez del verano, las muchachas dormían al descubierto con mantas livianas hasta por debajo de sus hombros. No se agitaron; años de dormir juntas las habían habituado a los ruidos de la noche de las muchachas soñando, roncando o arrastrando sus pies hasta el baño.

Fue en la siguiente hilera de camas que Rachel encontró a Amelia durmiendo sobre su costado, su cabello trenzado serpenteaba a través de la almohada. Amelia, que siempre fue tan hermosa. Amelia, que arruinó todo. Rachel sintió náuseas ante el recuerdo de la mano de Marc Grossman. Sujetó la tijera. Al asomarse por encima, posicionó la trenza roja entre las hojas brillantes. Era sorprendente la manera en que esa cosa que crecía en Amelia estaba tan muerta que podía cortarse a solo un par de centímetros y medio de su cuero cabelludo sin que se despertara. La trenza cayó en la mano de Rachel. La envolvió con sus dedos, mientras la arrastraba por el piso al salir del dormitorio.

En el corredor, Rachel volvió a ponerse los zapatos y abrió la maleta. Allí, ubicó la tijera y la trenza de Amelia. Había planeado dejarla en el piso para burlarse de la muchacha, pero por algún motivo su mano se resistía a soltarla. Sacó de la maleta el sombrero *cloche* y se lo puso antes de descender a la planta baja. Después de cruzar el comedor, Rachel se armó de coraje para caminar hasta el final del corredor oscuro. Se escondió en las sombras cerca de la puerta que el panadero dejaba abierta cuando venía para comenzar a hacer el pan del día. Al momento del timbre para levantarse, ya se habría apagado.

Capítulo doce

EN LA RONDA DE LAS CUATRO EN PUNTO, CUANDO ENCONTRÉ A LA doctora Solomon terriblemente adolorida, disfruté verla retorcerse y contorsionarse. Me molestaba que la morfina le diera paz, luego lamenté que no hubiera suficiente en la jeringa para liquidarla. Los sentimientos vengativos me aterraban. ¿Quién era? ¿En qué me estaba convirtiendo? Primero esa bibliotecaria y ahora esto. Ya inestable por pasar el verano caluroso sola, la llegada de Mildred Solomon me había desequilibrado. Todo el día había estado reprimiendo mi ansiedad por la cita al día siguiente con el doctor Feldman. Continuaba diciéndome que mantuviera la calma hasta que saliera del trabajo, que podía desmoronarme una vez que hablara con ella por teléfono a Florida, sabiendo que sus palabras podían consolarme.

Me apresuré a casa, desesperada por llegar y cerrar la puerta de nuestro apartamento, por escuchar su voz, por saber que no estaba sola. Dejé que sonara el teléfono una y otra vez pero aún no había respuesta. Eran las ocho de la noche, ¿dónde podía estar? Comencé a entrar en pánico, la ansiedad se aprovechaba de mis temores antiguos de ser abandonada. Era como si se hubiera soltado desde el fin del mundo y me hubiera dejado atrás, de la misma manera en que Sam me abandonó, una y otra vez.

Parecía recurrente en mi vida: ¿cuándo había visto por última vez a mi hermano? Al menos tenía algo con qué recordarlo. Fui a mi dormitorio, agarré la manija de cuero de un lado del antiguo baúl de viaje al pie de mi cama y lo incorporé sobre uno de sus extremos. Al aflojar las abrazaderas, lo abrí como a un libro por su lomo. Detrás de la cortina donde colgaban vestidos alguna vez, ahora almacenaba cobertores con naftalina entre los pliegues. En el otro lado, cada cajón que alguna vez contenía guantes y medias ahora estaba dedicado a la correspondencia de una persona diferente. Había cartas de estímulo del doctor y la señora Abrams mientras estaba en la escuela de enfermería, tarjetas de las festividades anuales, su obituario recortado del Denver Post. De Simón había guardado las notas infantiles que maduraron con los años hasta que, al final, su madre descorazonada me había enviado por correo su retrato militar junto con las esculturas talladas, que yo le había enviado cada año para su cumpleaños, diciéndome en su carta que él hubiera deseado que las tuviera. Estaba el cajón de Mary, que preservaba como un museo. En otro, mi colección de talones de boletos de cine, recuerdos raídos de nuestras salidas nocturnas a lo largo de los años. Deseosa de recuerdos, busqué entre los boletos, para leer algunos títulos de películas que había garabateado en el reverso del talón: La costilla de Adán, Tuyo es mi corazón, Jezabel, Desesperación; pero cada destello de la memoria únicamente me hacía sentir más sola. Cerré ese cajón.

De rodillas ante el baúl abierto, tiré del cajón de Sam y esparcí el contenido por todo el piso. Revolví el par de docenas de postales que Sam había enviado desde el oeste, las fotografías a color de cañones y montañas, todas con un matasellos diferente. Al contarlas, promediaban dos al año. Jamás le había gustado escribir mucho. Luego la última postal, de aquella granja de manzanas en el Estado de Washington. No había firmado con su nombre, solo garabateó: «Llego a

Nueva York, a la estación Pensilvania, el viernes». Eso y la fecha: «8 de diciembre de 1941». Me quedé viviendo un rato en el recuerdo.

Siempre que llega el siete de diciembre y la gente recuerda ese día nefasto, en todo lo que puedo pensar es en la voz de mi hermano que escucho por primera vez después de una docena de años. Acababa de salir de mi turno en el hospital donde solía trabajar. Todo el día, las radios habían sintonizado las noticias de último momento sobre los ataques. Las enfermeras entendimos que una declaración de guerra nos afectaría, también. Ellos nos estarían necesitando, y para muchas muchachas con las que trabajaba, el Cuerpo de Enfermería de la Armada se convirtió en la oportunidad, y el desafío, de toda una vida. Durante los años de la guerra, mantuve contacto con algunas de ellas. Envidiaba sus aventuras, sus pruebas, sus propósitos —algunas hasta consiguieron cargos y beneficios— y hubo momentos en que lamenté no haberme ofrecido como voluntaria. Parecía egoísta y mezquino haber permitido que mis preocupaciones por una peluca me impidieran ingeniármelas en un hospital de campo, pero así fue; y no solo eso. Me preocupaba lo que podría hacer, en quién podría convertirme si estaba lejos de ella demasiado tiempo.

Un grupo de nosotras estábamos cerca de la puerta de salida del hospital cuando la telefonista gritó por todo el vestíbulo: «Enfermera Rabinowitz, tiene una llamada de larga distancia. De un hombre», agregó, una provocación que hizo chillar a las enfermeras a mi alrededor, sus especulaciones fueron finalmente respondidas. Las líneas telefónicas estaban irremediablemente congestionadas ese día, pero de alguna manera Sam había cautivado a la operadora de la empresa Bell para que lo comunicara. No lo había escuchado, ni visto, desde Leadville. Y ahora Sam estaba llamando para contarme que venía a Nueva York para alistarse. «Muchos de los muchachos del hogar ya están en el ejército», dijo, con su voz diferida por la distancia. «Puedes estar más que segura de que el resto de ellos se formarán en la fila para ofrecerse de voluntarios». Tenía razón sobre eso; la guerra ocurrió a tiempo para los huérfanos. El ejército era otro lugar para que los muchachos fueran donde los alimentarían, les darían vestimenta y les dirían qué hacer. Pero Sam era demasiado grande para todo eso, ¿cierto? «No tengo treinta aún y, en todo caso, creo que tendré una oportunidad mejor de ver la acción si me uno a una unidad de Nueva York». Podía escuchar, por el entusiasmo en su voz, que estaba listo para pelear.

Las otras enfermeras se habían arremolinado en el vestíbulo, mientras esperaban escuchar mis noticias. Decepcionadas porque solo era mi hermano, salieron pavoneándose, ansiosas por prepararse para sus citas con hombres jóvenes que pronto serían soldados. Caminé a casa rápido por Washington Square, tan entusiasmada porque Sam estaría de vuelta que apenas noté el frío.

Unos días después, estaba en la nave central de la estación Pensilvania y mientras observaba el tablero para el arribo del tren de Sam, los copos de nieve que caían sobre el techo me hacían sentir como dentro de una esfera de cristal. Por un momento entré en pánico, cuando me pregunté si lo reconocería entre el gentío frenético. Para explorar el mar de rostros, me paré en un banco, sin importarme lo desesperada que me veía. Cuando lo ubiqué, me cuestioné cómo podía haber dudado alguna vez de que no lo conocería. De diecisiete o de veintinueve, su rostro aún encajaba en los contornos de mi memoria. Más tarde me dijo que, al mirar hacia arriba, lo confundió ver a una mujer joven y bonita de cabello rojo llamándolo con la voz de su hermana. Luego nuestros ojos se encontraron, y lo que vimos en el otro nos llevó hasta aquellas mañanas bajo la mesa de la cocina, cuando despertábamos tomados de la mano.

Aparté las postales y saqué sus cartas del ejército. Sam había ido a alistarse de inmediato, pero el ejército se estaba demorando demasiado para organizar las nuevas unidades, así que se unió a la Guardia

Nacional en el norte del estado, pues consideraba que una vez que se movilizaran, su edad no sería un obstáculo. No es que los ejercicios y el entrenamiento no fueran difíciles —tenían un sargento que los hacía correr hasta que vomitaban—. Es solo que todo resurgió en él: las normas, las órdenes, la disciplina. Todos durmiendo, bañándose y comiendo juntos. «Es como que el hogar fue la preparación básica para entrar en el ejército», garabateó. Sabía que todo el entrenamiento era importante y se distinguió en eso, pero lo exasperaba estar acuartelado. Era el verano de 1943 cuando finalmente su unidad fue reclutada para pisar suelo europeo. «Será mejor que no ganemos esta guerra antes de que yo tenga mi oportunidad de pelear».

No debía preocuparse. El conflicto se prolongó de una manera que nadie había esperado. Los soldados volvían a casa, no transportados por la victoria sino por las camillas. Los veteranos heridos comenzaron a aparecer en mi hospital. Era como en la enfermería, nuevamente, salvo que los muchachos eran mayores, sus narices ensangrentadas y rodillas raspadas ahora eran heridas de metralla o extremidades cercenadas. Y esos eran los afortunados. Traté de no pensar en los hombres que quedaron atrás, muertos en algún campo de batalla o demasiado heridos para sobrevivir el viaje de vuelta a casa. Una vez que estuvo en el extranjero, Sam escribía cuando podía, cada página manchada contenía las pocas oraciones necesarias para asegurarme de que estaba a salvo, no había palabras para lo que realmente estaba viendo. A pesar de su certeza, cada larga espera entre carta y carta me tentaban a imaginarlo entre los muertos.

Después de la victoria en Europa, me preocupaba que a Sam pudieran enviarlo al Pacífico, pero hubo suficiente desastre que limpiar en Alemania y en Austria como para mantenerlo fuera de aquello hasta que todo había terminado. Cuando la división de Sam se embarcó de vuelta en el año 1946, fue asignado a un cuartel del ejército sobre la Amsterdam Avenue, donde estaban alojando soldados en un gran edificio antiguo que parecía un castillo. Pensé que, después de la guerra, Sam se radicaría en Nueva York, lo que nos daría la oportunidad de convertirnos en familia otra vez. Sin embargo, resultó que tenía que volver a irse.

Pasó un tiempo desde que una de las cartas de Sam había llegado desde Israel. Las conservé todas en orden cronológico. Las primeras, que tenían la estampilla de Palestina, habían sido entregadas de inmediato. Luego ocurrió el vacío que detuvo mi corazón, meses y meses en 1948, cuando nada llegaba y todas las noticias eran terribles: lucha, bombardeos, estados de sitios. El primer sobre con una estampilla en hebreo me hizo caer de rodillas del alivio. Aun después de que el servicio postal volviera a ser confiable, la correspondencia de Sam era irregular. En las ocasiones excepcionales en que un sobre azul de correspondencia aérea llegaba, posponía el momento hasta que lo abría, recorriendo con mis dedos el papel que se sentía más árido que el desierto. Al cortar los bordes, inhalaba el aroma capturado adentro, mientras imaginaba los huertos de naranjos y las palmeras. El papel plegado se sentía arenoso; algunas veces encontraba granos de arena en los pliegues. Ahora Sam tenía tanto que contar que completaba cada espacio disponible con sus garabatos. Se me hacía difícil seguir su conversación sobre las luchas y la política, pero se deleitaba con sus descripciones del país: la belleza exigua de las colinas áridas, el cielo nocturno en el desierto, la expansión centelleante del Mar de Galilea. Cuando relató sobre su dificultad para aprender hebreo, le escribí de vuelta diciendo, en tono de broma, que debería haber prestado más atención en el hogar cuando estudiaba para su bar mitzvá. «No se trata de religión», respondió. «Es la manera en que hablamos nuestro idioma, el único idioma que incluso ha sido solo nuestro».

Después de los Acuerdos de Armisticio, abandonó el ejército permanente y se unió a un kibutz, se convirtió en uno de sus líderes por la manera en que hablaba de eso, aunque afirmaba que ninguna

persona estaba a cargo. En vez de peleas y negociaciones, sus cartas estaban dedicadas a los esquemas de irrigación y planificación de
viviendas. Entonces, llegó una carta que me sorprendió, a pesar de
que debería haberlo esperado tarde o temprano. Sam iba a casarse.
Había conocido a su esposa, Judith, en el kibutz. Era una joven refu-
giada que había pasado la guerra escondida en un sótano solo para
asomarse a una Europa purgada de nuestra gente. Escribí con mis
felicitaciones y envié como presente para los recién casados una caja
repleta de paquetes de semillas, variedades de tomate y pepinos que
prosperan en el calor.

Un año más tarde, en lugar de una carta azul de correspondencia
aérea, recibí una pequeña caja de cartón. En ella, estaba cuidadosamente sellado un rollo de película dentro de su envase con cinta
aislante negra. Lo hice revelar en la tienda de fotografías. Parecía que
el rollo había estado en la cámara fotográfica por un tiempo largo: las
fotografías contaban la historia de un año entero. De nuevo aquella
noche abrí el sobre con las fotografías y las distribuí sobre el piso
frente al baúl abierto, mientras repasaba con los dedos los bordes fes-
toneados.

Allí estaba Sam, bastante sonriente, con los ojos grises entrecerrados por el sol. La mujer hermosa con una sombra de pecas por
toda la nariz debe haber sido Judith. En una imagen estaban al lado
de un agua azul en lo que parecía ser ropa interior, aunque supongo
que eran trajes de baño. En la próxima, tenían bufandas alrededor del
cuello y palas en sus manos, señalando con orgullo hacia una hilera de
retoños. En otra foto, Judith usaba un vestido estampado y sostenía
algunas flores silvestres mientras que Sam, en su uniforme, estaba
parado de frente a ella. La fotografía de la boda. Cada vez que la miro,
me punza el ojo. ¿Por qué no estuve ahí? Que no tuviera dinero o
tiempo para el viaje parecía una excusa mediocre, incluso si hubieran
pensado en invitarme.

Revolví las fotografías con jardines, cercas y residencias de bloques de hormigón sin gente, destacando en cada cuadro el orgullo de
Sam. Luego la fotografía de Judith parada de costado para mostrar
su embarazo. Él no había escrito que lo estaba: esa fotografía había
sido la primera señal. Las últimas fotos del rollo eran de un bebé. No
podía saber si tenía una sobrina o un sobrino hasta que vi al bebé
llorando en los brazos de Sam, con el rabino que se preparaba para la
ceremonia de circuncisión.

Metí las fotos de vuelta en el sobre y me entregué a un buen
llanto, tendida sobre la alfombra, con mis brazos plegados haciendo de almohada. Dios sabe que necesitaba dejar salir las lágrimas,
esa fotografía de mi sobrino las hacía brotar cada vez. ¿De qué me
servía tener una familia finalmente si estaba alejada medio mundo?
Algunas veces pensaba que Sam era cruel a propósito, mostrando a la
distancia al único niño en el mundo que podía haber llenado ese lugar
en mi corazón. Di por hecho que el bebé se llamaba como nuestro
padre, imaginaba a mi sobrino como Harold o Hershel o Hillel, hasta
que unos pocos días después recibí una carta, con fecha anterior a la
del envío del rollo. «Es un verdadero israelita», escribió Sam, «nacido
judío en un estado judío. Lo llamamos Ayal». Estuve sorprendida hasta que las palabras de Sam resonaron en mi memoria: «Nuestro padre
nos abandonó, Rachel. No le debemos nada». Al parecer, ni siquiera
el recuerdo de un nombre.

Sin lágrimas ya, puse todo de vuelta en el cajón, lo deslicé a su
lugar, cerré el baúl. Con necesidad de tomar aire, salí al balcón. El
cielo no podía estar más oscuro a la vez que el paseo marítimo; las
atracciones estaban aún iluminadas. El aire caluroso transportaba las carnavalescas notas musicales del carrusel. ¡Quién sabe qué
estaba sucediendo en la playa o en esos lugares en penumbra bajo el
paseo marítimo! Hombres que se encontraban en secreto, mujeres
que se entregaban a sus amantes, muchachos como el horrible Marc

Grossman intentando arruinar a alguna pobre muchacha. Las trayectorias de vidas enteras se ponían en movimiento, como las bolas de billar por toda la mesa.

Solía pensar que fue el accidente terrible que mató a mi madre e hizo huir lejos a mi padre lo que había determinado el curso de mi vida. Sin embargo, ahora veo que fue la doctora Solomon quien hizo el tiro inicial. Si no me hubiera usado para el experimento, habría arribado al Hogar de Huérfanos Judíos completa e intacta, lo bastante bonita para que Sam no se hubiera avergonzado de mirarme. Si hubiera sido una niña normal, a Marc Grossman no lo habrían incitado a herirme, Sam no hubiera tenido que salir en mi defensa y el señor Grossman no le hubiera dado la paliza que lo forzó a huir. Sin todo el enojo que cargaba, Sam no podría haberse ido a la guerra siquiera y, aunque así fue, tampoco se hubiera sentido obligado a pelear por Israel. Habría conocido a otra muchacha y tenido otros niños. Yo hubiera tenido sobrinas y sobrinos que crecieran aquí donde pudiera conocerlos, construir castillos de arena con ellos en la playa, jugar a las cuerdas con ellos cuando los cuidara, los bañaría con el amor que les hubiera dado a mis propios hijos.

Ahora podía ver que no tenía remedio. Mi mente jamás pararía de correr por esas pistas alocadas. Tomé unas píldoras para dormir y me rendí en mi cama vacía. De nuevo palpé en busca de la bellota en mi seno, sin perder la esperanza de que el doctor Feldman me examinaría y encontraría que las células eran benignas, que me aseguraría que eran solo quistes. Ahora que entendí cómo mi destino dependió de Mildred Solomon, parecía que no solo mi vida quedaría en suspenso, sino también la de ella.

Capítulo trece

RACHEL VEÍA EL CIELO ACLARARSE POR LAS VENTANAS ELEVADAS de la estación Pensilvania. Pensó que estaría nerviosa, aterrada inclusive, estar sola afuera. Pero durante su espera solitaria por el subterráneo, la enormidad de lo que estaba haciendo avasalló su ansiedad. Al caminar entre las columnas de piedra caliza de la estación e ingresar al vestíbulo de espera abovedado, sintió que dejaba atrás su identidad como huérfana del hogar. Escribió una nueva historia en la que ella era una estudiante de enfermería que iba a Colorado a unirse a su familia en Leadville. Para practicar, le contó esa historia al vendedor de boletos cuando abrió su ventanilla.

—¿Colorado? —La miró de arriba abajo, ponderando el sombrero en forma de campana, el vestido sencillo, la maleta de cartón. Definitivamente, no en primera clase. Echó un resoplido de desdén—. Bueno, el Pennsylvania Rail te llevará hasta Chicago, pero desde allí tendrás que comprar un boleto a Denver en otra línea. Prueba con Burlington y Quincy, están fuera de la terminal. Una vez que llegues a Denver, preguntarás por Leadville, tendrás al menos un tren que transporta correspondencia. El Broadway Limited y el Pennsylvania Limited, son trenes de primera clase, te llevan hasta Chicago en menos de veinticuatro horas. ¿Tienes dinero para eso?

—Tengo cincuenta dólares para todo el viaje —pensaba que era
una fortuna, pero el vendedor de boletos frunció el ceño.

—Con eso no llegarás a Chicago en un Limited. —Como experimentado conocedor de extraños, trató de calcular la edad de la
muchacha, pero algo sobre su rostro lo desconcertó. Miró por encima
de su hombro: nadie más en la fila aún. Su termo de café, aún caliente, le hizo sentir generoso—. Déjame ver qué consigo. —Revisó las
tablas de tarifas, los horarios y las listas de pasajeros.

—Bien, puedo ubicarte en el Western Express. Es local, clase económica, parte al mediodía y llega a Chicago mañana en la noche.
Debería quedarte suficiente para el boleto a Burlington. Ahora bien,
¿alguna vez anduviste en tren? —Rachel negó con la cabeza. ¡Las
cejas!, se dio cuenta. No tenía, ni pestañas tampoco. ¿Por qué sería?
Se inclinó a través de la ventanilla de la boletería—. Esto es lo que
harás. No hay comedor ni nada en este tren. En todos los andenes
habrá alguien vendiendo sándwiches, pero seguro te cobrarán mucho.
Sal de aquí ahora y consigue algo de alimento para llevar contigo,
suficiente para todo el viaje. Hay agua para beber a bordo, así que no
te preocupes por eso. Luego cuando subas, le mencionas al guarda
que yo dije que te ubique cerca de una familia agradable. No querría a
ninguna de mis hermanas cerca de un hombre extraño toda la noche.

Ya cuando el vendedor consiguió su boleto, un par de personas
estaban esperando detrás de Rachel. Ella agradeció rápido.

—Cuídate —le dijo él, luego levantó su cabeza—. ¡Siguiente!

Rachel caminó por Eighth Avenue hasta que encontró una tienda
de alimentos. Compró panecillos, peras, un trozo de queso, cacahua-
tes en una bolsa de papel, algunos caramelos de menta. De vuelta
a la estación compró un pretzel para el desayuno en un puesto de
periódicos. No la preocupaba que alguien del hogar notara que se
había ido. Vic y la señora Berger podrían preguntarse en qué andaría
cuando no apareciera en la recepción durante la hora de visita, pero

como era contra las reglas para los niños del hogar mezclarse con los nuevos ingresantes durante la cuarentena, ¿qué podrían decir? Y mañana sería el día del trabajo; incluso si alguien la extrañara, con toda la conmoción de la banda de música tocando en el desfile este año y los celadores a las corridas arreando a los niños por Broadway para verla, no habría tiempo para informar una fuga. Probablemente sería ya martes cuando al fin notaran su ausencia. Hasta entonces, la enfermera Dreyer pensaría que Rachel estaba en el dormitorio F5 y Naomi asumiría que se había ido de vuelta a la enfermería.

Un cosquilleo recorrió todo el cuerpo de Rachel ante el recuerdo de lo que había hecho con Naomi. No lo sintió extraño ni malo. Lo había sentido como lo más natural del mundo. Luego la vergüenza de haberle robado a su amiga transformó el cosquilleo en náusea. Lo que sea que hicieron, no siguió los patrones de nada de lo que a Rachel le habían enseñado en la escuela o había leído en un libro. Pensó en las muchachas que se amontonaron a su alrededor en el baile de Purim después de que Vic la besara, con sus felicitaciones emocionadas. Eso era lo que se suponía que deseaban las muchachas: casarse con muchachos, ser madres. No besarse entre ellas. Rachel sacudió el recuerdo de Naomi de su mente.

En el vestíbulo de la estación, Rachel revisaba la pizarra y el reloj, cuando notó que ya era la hora de partida del Western Express. Al instalarse en uno de los asientos de roble, bostezó. Escondió la maleta bajo sus pies, se acomodó en una esquina del asiento y miró hacia el vendedor de boletos. Él la vio por sobre el hombro de un cliente que estaba atendiendo y le hizo un guiño. Complacida porque estaría vigilada, Rachel se adormeció, acunada por el bullicio creciente de la estación.

Resultó que no era necesario decirle nada al guarda. Cuando vio que estaba sola, la ubicó en un compartimento con un grupo de mujeres, maestras que volvían al último momento posible a Fort Wayne

después de pasar el verano en Long Island. El tren arrancó y salió de
Manhattan meciéndose, bajo el Hudson, cruzando New Jersey y a
través de Pensilvania. Pueblos, praderas, bosques, pasturas, granjas
y arroyos se desplazaban por la ventana como una película en movimiento, solo que a colores. Las maestras invitaron a Rachel a unirse
a su juego de cartas, pero dijo que no, gracias, prefería el paisaje. En
la prolongada luz del atardecer de verano, Rachel observó el espectáculo fílmico de la ventana hasta que la oscuridad opacó la pantalla.
Enfrentada con su reflexión en el cristal oscuro, se deleitó con la idea
de que nadie en el mundo sabía dónde estaba. La libertad era embria-
gadora, como vivir en secreto.

Somnolientas por el bamboleo del tren, las mujeres estiraron
finalmente las piernas a lo largo del espacio entre los asientos enfren-
tados, encajando sus pies entre las caderas de las otras. El día siguiente, el Western Express hizo sus paradas a través de Ohio e Indiana
hasta que las maestras bajaron en tropel en Fort Wayne. Cuando el
tren estacionó en la terminal de Chicago, Rachel ya había dejado de
medir las horas que pasaban con los timbres que estarían sonando en
el hogar. El guarda le había dicho que había un vagón clase económica
en el Overland Express a Denver, así que subió las escaleras desde el
andén hasta el entrepiso, impaciente por conseguir un boleto.

Rachel apenas había asimilado el techo con forma de barril y las
columnas de piedra cuando dos muchachos venían persiguiéndose
entre ellos por toda la estación. El más pequeño corría a toda prisa
para mantenerse adelante, a la vez que resbalaba por el piso de mármol y se movía de un lado a otro alrededor de una estatua. El mayor
capturó por la chaqueta al pequeño, que al girar para zafarse, fue a
dar contra una columna, justo frente a Rachel, y su cabeza rebotó por
la fuerza del golpe. La sangre comenzó a escurrirse por la nariz del
muchacho. Soltó tal grito que hizo que el más grande se escabulle-
ra. Rachel lo recogió en su regazo y se acomodó en un banco, con la

cabeza inclinada hacia atrás sobre el pliegue de su brazo. Apretó el puente de su nariz con una mano mientras intentaba sacar su pañuelo con la otra.

—Bueno, bueno, no es tan malo como parece —murmuró mientras el muchacho tosía y lloraba—. ¿Era tu hermano el que te perseguía?

El muchacho levantó su mirada y asintió con la cabeza, las lágrimas se mezclaban con sangre que salpicaban todo su rostro y se acumulaban en su oreja. Rachel limpió su mejilla, luego mantuvo el pañuelo bajo su nariz.

—Solo respira por tu boca, parará en un minuto. Relájate, ahora, relájate. Está todo bien —dijo, emulando el tono tranquilizante de la enfermera Dreyer.

—Mi hermano está persiguiéndome siempre. Lo odio —lloriqueó el muchacho. Su aliento olía a hierro.

—¿Puedes imaginarte si tuvieras cien hermanos, cuántas narices ensangrentadas sumarían?

Él frunció el ceño.

—Nadie tiene cien hermanos.

Rachel levantó el pañuelo. El sangrado se había detenido, pero mantenía la presión sobre el puente de la nariz.

—Yo tenía mil hermanos y hermanas.

Sus cejas se elevaron.

—¿En serio?

Rachel revisó para ver si la sangre aún fluía. No lo hacía.

—¿Y tú? ¿Es ese tu único hermano?

El niño cubría su regazo, con la cabeza pesada sobre su brazo.

—No, también, tengo un hermano bebé y una hermana. Pero jamás perseguiré a mi hermanito como Henry me persigue a mí.

—Por supuesto que no lo harás. ¿Cómo te llamas?

—Simón. ¿Y tú?

—Rachel.

A Henry lo traía arrastrando hacia ellos un hombre imponente con un sombrero de copa y un traje de etiqueta.

—¡Padre, Henry me perseguía! —Simón trató de sentarse, pero Rachel lo contuvo.

—Tienes que mantener tu cabeza para atrás por un rato más o tu nariz volverá a sangrar.

—Sí, Simón, haz lo que dice la señorita. —El hombre repasó con la mirada a la joven mujer que sostenía con cuidado a su hijo—. ¿Es usted enfermera, señorita?

Rachel asintió con la cabeza, la mentira que les contara al vendedor de boletos y a las maestras sonaba más cierta cada vez que la volvía a decir.

—Estudiante de enfermería. Estaba haciendo mi pasantía en un orfanato en Nueva York. Ahora voy a Colorado a cuidar a mi padre. Se fue al oeste el año pasado para curarse, pero mi madre escribió que se ha puesto peor y me necesita allí.

—Ciertamente ha cuidado bien a Simón. ¿Qué tienes que decirle a tu hermano, Henry?

—Lo lamento, Simón.

—Ahora vuelve con tu madre. —El muchacho se alejó caminando y echó a correr cuando su padre ya no lo miraba. El hombre se sentó en el banco al lado de Rachel y ubicó su mano sobre la frente de Simón—. ¿Mejor, hijo? ¿Listo para tratar de sentarte?

—¡Ah!, aún no, es mejor no apurar estas cosas —dijo ella.

—¡Rachel tiene mil hermanos y hermanas, padre!

—¿Es cierto eso, señorita?

—En el orfanato, les gustaba que los niños pensaran que entre ellos eran hermanos. Tomé el hábito de verlos a todos como mis hermanos y hermanas menores. —Sonrió, al agradarle la manera en que eso sonaba.

—Y ¿va a Denver?

—Leadville, en realidad, pero Denver primero. Esperaba poder tomar el Overland Express. —Miró a su alrededor, ansiosa—. ¿Sabe cuándo sale?

—Estaba programado para las ocho en punto. Lo hubiera perdido, pero ha habido un retraso, algún problema con la carga de los caballos. Se suponía que debía despedir a mi familia antes de asistir a una función esta noche, pero no podía irme y dejar a mi esposa para que vigilara a estos rufianes ella sola. ¿Me permitiría presentarle a la señora Cohen?

—Me temo que debería ordenar mi boleto. —Rachel sentó a Simón con gentileza.

—Yo lo llevaré —dijo su padre, al levantar al muchacho.

—¡No soy un bebé, puedo caminar, padre!

—Muy bien. —Colocó a Simón sobre sus pies y extendió una mano a Rachel. Ella se puso de pie.

—Hablaré con el vendedor de boletos para asegurarnos de que haya un lugar para usted. Sé que mi esposa deseará agradecerle personalmente.

Encontraron a la madre de Simón en un banco rodeada de equipaje, un bebé en un brazo y una pequeñita durmiendo, a través de su regazo. Una chaqueta de satín púrpura hacía el esfuerzo por contener el rollo de gordura alrededor de su cintura. El sombrero de plumas posado sobre su cabeza parecía una gaviota flotando sobre los restos de un naufragio.

—¡Vaya, Simón! Solo mírate el cuello. ¡Ves lo que has hecho, Henry! —A su lado, Henry agachaba la mirada.

—Althea, esta es la señorita… —El hombre la miró.

—Rabinowitz, Rachel Rabinowitz. Encantada de conocerla, señora Cohen.

—El placer es mío, querida —dijo Althea, mientras le ofrecía de manera distraída una mano flácida—. David, ¿cuándo podemos abordar? Tengo que acomodarlos en el vagón antes de que me hagan enojar.

—Rachel es estudiante de enfermería, querida. Cuidó la nariz sangrante de Simón hace un momento. Va a Denver, para ver a sus padres.

Althea alzó la mirada hacia su esposo y levantó una ceja, como si se hubieran transmitido una idea.

—¿De veras? ¿Tienes ya tu boleto?

—No, tengo que ordenarlo.

—Escucha, querida, sé que esto es repentino, pero ¿considerarías viajar conmigo? La niñera de los chicos quedó enferma y el doctor Cohen no le permitirá viajar, pero no veo de qué manera pueda arreglármelas sola.

—¡Sí, ven con nosotros, Rachel! Nos divertiremos mucho en el tren —suplicó Simón.

—Gracias, señora Cohen, estaré feliz de viajar con ustedes si puedo ser de ayuda. —Simón aplaudió; Rachel lo interrumpió—. Pero, ¿van en clase económica también?

Althea soltó una risa.

—¡Oh!, querida, no, vamos en el coche Pullman, pero vendrás con nosotros, por favor. Puedes usar el boleto de la niñera. No puedo expresarte el consuelo que será tenerte conmigo. —Como si todo hubiera sido acordado, Althea le entregó el bebé a Rachel, luego movió a la niña dormida de su regazo. Se puso de pie y alisó su falda, con guantes en sus manos—. Solo mira estas arrugas —murmuró para sí.

Anunciaron su tren. El doctor escoltó a su familia y a Rachel hasta el final del andén y hasta dentro de su compartimento, donde se despidieron. Poco después de que el tren partiera de Chicago, un camarero llegó a su compartimento para dejar su equipaje y a presentarse.

—Señora Cohen, me llamo Ralph Morrison. —Su voz era grave, con un acento sureño—. Estoy aquí para hacer su viaje lo más placentero posible. El comedor ha reservado la cena, yo estaré preparando las camas mientras ustedes disfrutan de la comida. Si necesitan cualquier cosa, solo llámenme. —Se aclaró la garganta—. Ahora bien, pueden decirme camarero o Ralph, pero como recientemente me han hecho abuelo, me temo que estoy bastante viejo para responder al llamado de: «muchacho».

Ralph Morrison hizo una pausa para evaluar la reacción a su exposición, la que expresó con una sonrisa medida a cada pasajero, como invitándolos a entretenerse con la novedad de tratar a una persona de color con respeto. Althea estaba demasiado distraída con los niños como para prestarle mucha atención, pero Rachel no entendía la razón de que alguien llamara muchacho al hombre alto con cabello corto y salpicado de blanco.

La cena fue extraordinaria, filetes gruesos en platos de porcelana china, utensilios de plata que relucían sobre el mantel de lino. Rachel cortó la carne para la niña pequeña, pero Simón insistió en forcejear con el cuchillo él mismo. Al retornar del vagón del comedor, Rachel pensó que Ralph Morrison debía ser un mago para haber transformado aquel compartimento fastuoso, de asientos tapizados y cortinas en la ventana, en un dormitorio con cuatro camas hechas con sábanas almidonadas y almohadas suaves. Se turnaron para desvestirse en el baño pequeñito, completo con lavamanos y retrete. A pesar del grifo pulido y el espejo biselado, Rachel vio cuando tiró de la cadena que sus desechos se vaciaban a las vías del tren que corrían debajo de ellos, al igual que el que tenía el de clase económica desde Nueva York.

Fue la mejor noche que Rachel podía recordar. No importaba que el tren parara dos veces para subir cargamentos, ni que el acoplamiento de los vagones la sacudiera de su sueño. El encantamiento de la vigilia le permitió deleitarse con la noche. Los muchachos tenían las literas superiores; la señora Cohen había llevado a la bebé a su cama y dejado a la pequeña niña, Mae, a dormir en los brazos de Rachel, su cabecita descansaba ligeramente sobre su codo. Rachel envolvió con sus brazos la cálida respiración de la niña y se entregó al movimiento oscilatorio del tren que las mecía para dormir cuando dejaron atrás Illinois e Iowa.

TEMPRANO EN LA mañana, mientras el tren estaba parado en la estación de Omaha, Althea tocó el timbre para que el camarero trajera café y panecillos. Rachel temía que la señora Cohen hiciera algún comentario sobre su cabeza calva antes de que pudiera colocarse el sombrero *cloche*, pero Althea o tenía bastante tacto como para decir algo o estaba muy distraída para notarla.

—Tan solo mira ese cielo —murmuró Althea—. Eso es lo que más extraño, ese gran cielo del oeste.

Mientras disfrutaban el desayuno en la quietud porque los niños dormían, Althea susurraba la historia de su familia: la manera en que su padre, el doctor Abrams, había venido a Colorado para abrir el Hospital para Judíos con Tuberculosis, y había conocido a su madre, la hija de los pioneros que habían vivido en Colorado desde la época de la fiebre del oro. Althea conoció a su esposo cuando vino desde Chicago a hacer su residencia en el hospital; se casaron en el Templo Emanuel antes de que el doctor Cohen los mudara de vuelta a Chicago para establecer su propio consultorio. Rachel la escuchaba con satisfacción mientras terminaba su café, al tiempo que se preguntaba lo que sería saber tanto de su propio pasado. Althea tocó el timbre para que trajeran más panecillos y leche fría al despertar cuando los niños comenzaron a moverse.

—¿Sabe qué pasó con los caballos anoche, señor camarero? —preguntó Henry, mientras se sentaba en la cama de su madre y se llevaba un panecillo a la boca.

—Es señor Morrison, Henry —lo corrigió Rachel. Ralph Morrison le dio una mirada, luego al muchacho.

—¿Qué te parece si me llamas Ralph y yo te llamaré Henry? ¿De acuerdo? Y por supuesto que sé lo que pasó con esos caballos. Mi buen amigo vio todo con sus propios ojos. —Se arrodilló en la entrada del compartimento. Henry y Simón se acercaron—. Un silbato sonó en el patio de carga del tren, y uno de los sementales preciados del señor Guggenheim se espantó en el mismo momento en que subía por la rampa del vagón de carga. Cuando retrocedió, los cascos traseros se resbalaron fuera de la rampa y cayó a las vías. Justo entonces, el vagón de cola se acoplaba con la parte trasera del tren y chocó contra el vagón de los caballos. Ese semental quedó atrapado debajo del tren.

Ralph miró a la señora Cohen, en busca de su aprobación para continuar con la historia grotesca. Su propina —de hecho, su carrera como camarero del Pullman— dependía de no ofender a nadie jamás. Pero cualquier cosa que entretuviera a sus muchachos estaba bien para Althea.

—Siga contando —dijo.

—Bien, el relincho de ese caballo era como para partir cristales, y todos los caballos del vagón comenzaron a levantarse en dos patas y a relinchar. Fue un pandemónium. El adiestrador del señor Guggenheim armó un escándalo con el guarda. El maquinista movió el tren hacia atrás para retirarlo de encima del caballo y tuvieron que matar a la pobre criatura. No solo eso, sino que luego tuvieron que encadenar al caballo para arrastrarlo fuera de las vías.

—¡Ojalá hubiera podido verlo! —dijo Henry.

—¿Cómo se llamaba el caballo? —preguntó Simón.

—Ya, esa es una muy buena pregunta, jovencito, pero no conozco la respuesta. —Ralph Morrison tomó la cafetera para renovar el café—. El almuerzo se servirá entre las doce y media y las dos. ¿Le gustaría la primera o la segunda ronda, señora Cohen?

—La primera, por favor, los niños estarán con hambre de nuevo.

A medida que el tren se mecía por toda Nebraska, Rachel llevó a los niños al vagón de observación. Agitó su mano para alejar el humo a cigarro cuando se apretujaron contra la ventana, la pradera vasta se extendía bajo un cielo azul enorme, los muchachos buscaban en vano los búfalos. Después del almuerzo, Althea trató de cansar a los muchachos permitiéndoles correr a lo largo del corredor, ante el sufrimiento silencioso de los camareros, mientras que Rachel se quedó en el compartimento con Mae y el bebé, ambos durmiendo una siesta. Sentada junto a la ventana, observaba los cables colgantes del telégrafo subir y bajar como olas entre los postes de pino. Se preguntó qué mensajes estarían pulsando a través de esos cables, raya punto raya.

Eran casi las diez en punto aquella noche cuando el Western Express estacionó en la terminal de Denver. Rachel tenía su maleta de cartón lista. Esperaba despedirse de la señora Cohen y de los niños en su compartimento, pero Simón se había dormido y había que estimularlo a pararse, Henry estaba de mal humor y Althea pidió a Rachel que llevara a Mae, a la vez ella cargaba al bebé. Mientras brindaba su mano a la señora Cohen para bajar al andén, Ralph Morrison se veía satisfecho, aunque no impresionado, por la propina que apretó en su mano. Metió el dinero en su bolsillo, junto a la suma generosa que había conseguido, con un guiño de complicidad, de un banquero que viajaba con su amante.

Rachel siguió a la familia fuera del tren y por la rampa hasta la estación, con los deditos sudorosos de Mae en una mano y su maleta en la otra. Henry corría adelante, Simón lo seguía y la señora Cohen se apresuraba detrás de ellos, con las plumas de su sombrero flotando por encima de la muchedumbre. En la estación, la señora Cohen abrazó a un hombre que Rachel supuso era su padre, el doctor Abrams; los muchachos rebotaban a su alrededor mientras él le hacía monerías al bebé. Antes de que Rachel pudiera acercarse lo suficiente para entregarle a Mae a su madre, el grupo se había movido hacia las puertas arqueadas. Rachel miraba por encima de su hombro a la ventanilla de la boletería: unos pocos hombres se habían reunido ahí, al igual que los mozos que emergían de las vías con los carros del equipaje; pero antes de poder detener a la señora Cohen, la familia ya estaba afuera. Rachel se apresuró a alcanzarla, mientras llevaba a rastras a Mae, para casi verlos amontonarse en un sedán negro. En el momento que llega a la puerta del auto, Althea, ya instalada en el frente con el bebé en su regazo, dice a los muchachos que hagan lugar para Rachel y Mae. Henry se estiró y tomó su maleta. Al levantar a Mae en su regazo, Rachel se dejó arrastrar por la situación en el automóvil.

Desembocaron en una casa magnífica, al estilo Reina Ana con alerones pronunciados, era de los padres de Althea. A Rachel le pareció que las torrecillas de tejas se asemejaban a una casa de muñecas comparadas con la torre del reloj del castillo. Los niños corrieron hasta su abuela: hasta la pequeña Mae dio pasitos vacilantes por el sendero de ladrillo, pero Rachel se rezagó. El doctor Adams apareció detrás de ella, cargando uno de los bolsos de Althea y la maleta de cartón.

—¿Llevarías estos? —dijo—. Voy a volver por el resto del equipaje ahora.

—Perdone, señor, pero tengo que seguir hasta Leadville. ¿Quizá pueda llevarme con usted de vuelta a la estación?

—El tren del correo hasta Leadville no parte hasta la mañana. Me temo que no hay más trenes esta noche.

El doctor Abrams llamó a su esposa que estaba en el pórtico. Después de una consulta rápida, volvió a subir al sedán y se alejó a toda máquina. La señora Abrams habló con Rachel.

—Ya está resuelto. Te quedarás con nosotros esta noche. Ahora ven y entra, querida.

Rachel se sentó con los muchachos mientras Althea y su madre subieron las escaleras para acostar a Mae y al bebé. Ya cuando volvían, Simón y Henry estaban asintiendo con sus cabezas.

—Yo los llevaré, Althea, si quieres esperar a tu padre —dijo la señora Abrams.

—Estoy demasiado exhausta para conversar, madre. Dejaré a los muchachos en su habitación y me acostaré en mi antigua cama. Te veré en el desayuno.

Al mismo tiempo que Althea y los muchachos subían por las escaleras, se abrió la puerta del frente y entró el doctor Abrams con el equipaje. Le tomó dos viajes cargar con todo desde el automóvil y hasta escaleras arriba. Cuando terminó, se dejó caer en una silla y se quitó los anteojos redondos con montura metálica para limpiarse la frente con un pañuelo. La señora Abrams le sirvió un vaso con té helado, con unos brazos fuertes que manejaban la jarra pesada de cristal como si fuera liviana.

—Verifiqué el tren del correo a Leadville. Parte a las nueve, pero no llegarás hasta la tarde, hace todas la paradas a lo largo del camino. ¿Quizá pueda arreglar que alguien te lleve en automóvil?

—Yo podría hacerlo, Charles. Un viaje de excursión a Leadville sería una buena diversión para los niños.

—No, gracias, doctor Abrams, señora Abrams, no me importará pasar tiempo en el tren. —No parecían creerle—. He estado tan ocupada ayudando a la señora Cohen con los niños que no he tenido tiempo de prepararme. Mi padre, verán ustedes, está muy enfermo.

—Como desee. El paisaje será magnífico al menos, en especial los alrededores de Breckenridge —dijo el doctor Abrams—. Y ahora le doy las buenas noches.

—Iré enseguida, Charles, voy a ubicar a Rachel en la habitación Ivy.

La señora Abrams llevó a Rachel escaleras arriba, pasaron las habitaciones donde dormían Althea y los niños, hasta una escalera estrecha. Rachel la siguió hasta una habitación acogedora en el ático, donde encontró una cama recién hecha, una pequeña cómoda y un lavamanos con grifos para agua fría y caliente. La luz eléctrica resaltaba las vides verdes y los jilgueros del papel tapiz.

—Pretendía ubicar a la niñera aquí. Espero que no te moleste, Rachel.

A Rachel no le importó en lo más mínimo. Oculta en la torre circular, con la vista de Colfax Avenue dividida por los pequeños cristales de una ventana con reparticiones de plomo, la habitación Ivy la hacía sentir como una princesa en la torre. Después de cerrar la cortina, se quitó el sombrero y la ropa, y se higienizó de pies a cabeza con un paño cálido y enjabonado. Abrió la maleta para sacar su camisón. Rachel se había olvidado de la trenza. Al atrapar la luz, el cabello de Amelia ardió airado de una manera acusadora.

EL DOCTOR ABRAMS dejó a Rachel en la terminal de trenes la mañana siguiente. Al comprar el boleto del tren del correo, agradeció haber viajado desde Chicago con los Cohen: lo que le quedaba del dinero de Naomi no podría haber cubierto el viaje entero. Pero en el tren lento en el que viajó la mayor parte del día, Rachel no se preocupó sobre lo que haría si Sam no estaba en Leadville, después de todo. En cambio, imaginó su rostro esgrimiendo una sonrisa amplia en cuanto ella apareciera. Estaría impresionado de que hubiera hecho todo sin ayuda, aliviado de saber que ya no era su trabajo preocuparse por ella.

Y ¿este Rabinowitz que era dueño de una mercería? Cuanto más pensaba sobre eso Rachel, más se convencía de que debía ser su padre. Pensó en Simón en la casa en Colfax Avenue, a salvo rodeado de su madre, sus hermanos y su hermana, sus abuelos. Y en Chicago su padre y otro par de abuelos y primos, quizá, tías y tíos. Hasta Naomi tenía su tío Jacob y su tía Estelle, y Vic tenía su madre, también. ¿No merecía ella tener un padre al menos?

La máquina traqueteó por barrancos y a lo largo de cauces de arroyos arriba en las Montañas Rocosas, parando a menudo para dejar

bolsas del correo y a subir pasajeros. Por fin, el guarda anunció Leadville. Rachel bajó del tren sobre un andén de madera. El cielo del ano-
checer, brillante aún, era opresivamente azul. Unos pocos hombres
toscos que habían bajado del tren con ella se dispersaron pronto. Preguntó al hombre que recibía el correo si sabía dónde podía encontrar
Rabinowitz Dry Goods.

—Claro, está al lado del Tabor. Solo vaya por la calle Harrison, lo
ubicará a la izquierda, no puede perderse.

Rachel caminó a lo largo de la acera elevada, subiendo y bajando
en cada cruce, con el lodo de las calles sin pavimentar que se amontonaba en sus zapatos. Se le aceleró la respiración y su corazón sonaba
embotado después de solo un par de cuadras. La preocupó que estuviera enfermándose, hasta que recordó que el doctor Abrams le había
contado sobre la altura. Descansó un momento, mientras miraba los
alrededores de Leadville. Solo algunas personas estaban afuera: hombres con ropa de trabajo, mujeres en vestidos sencillos, y el tránsito
era un automóvil que sobrepasaba a un coche tirado por un caballo.
El pueblo entero consistía en una ruta y las pocas calles lodosas que
la cruzaban. Más allá no había nada: no había puentes ni el borde de
los techos o farolas. Althea Cohen había hablado sobre las Montañas
Rocosas tan vastas y extensas, pero para Rachel, Leadville parecía
una isla solitaria ensombrecida por los picos nevados. Su aislamiento
era tan opresivo como la cercanía del cielo. Se preguntó cómo había
terminado su padre aquí, cómo lo había encontrado Sam. Al respirar
tan hondo como pudo, levantó la maleta de cartón y continuó.

Casi se pasa antes de darse cuenta de las letras T-A-B-O-R ane-
xadas a la fachada de un edificio enorme. No esperaba que «el Tabor»
fuera un teatro. Rachel miró a su alrededor, para explorar las puertas de entrada. Allí estaba, Rabinowitz Dry Goods, pintado sobre el
ladrillo, desteñido y descascarándose. Espió a través de la vidriera,
abarrotada de mercancía polvorienta, y vio un mostrador largo que se

extendía a lo largo del salón. Una hilera de hornos enlozados recorría toda la isla central, que estaba bloqueada por barriles de clavos y una pila de carretillas. Las paredes estaban oscurecidas por estantes repletos de ollas, hachas, sartenes y rollos de tela.

Rachel abrió la puerta de un tirón. Una campanilla tintineó al abrirse.

—¡Voy enseguida! —anunció la voz de un hombre. A través del laberinto de artículos, vio una figura que emergía desde el fondo de la tienda. El cabello blanco rodeaba su cabeza, descendía hasta sus mejillas y cruzaba su labio superior. Debajo de sus cejas abultadas, entrecerraba los ojos detrás de unos anteojos redondos. Era más anciano, por supuesto, pero había algo muy familiar acerca de la forma de su mentón, el límite de su nariz, la caída de sus hombros. A medida que se acercaba, Rachel regresó en el tiempo. Tenía cuatro años y un hombre con esa nariz, ese mentón, la levantaba en esos hombros, la besaba en la mejilla, le decía que era su pequeña monita. Dejó caer su maleta. Salió corriendo y en dos pasos lo alcanzó, con sus brazos alrededor del cuello.

—¡Papá! —toda la ansiedad del largo viaje se liberó con la precipitación de las lágrimas de una niña.

Capítulo catorce

LA ENFERMERA DEL DOCTOR FELDMAN SE LLAMABA BETTY, LO LEÍ en el gafete que usaba abrochado a su uniforme. Por la voz severa al teléfono, esperaba que fuera alguien de la edad de Gloria, pero era más joven de lo que aparentaba y con más estilo, también, con las uñas hechas por una manicura y el cabello con fijador para mantenerlo en su lugar. Aun así, la manera enérgica de tomar mi información no dejó dudas de quién tenía el control. Después de haber comenzado mi registro, me condujo a una habitación para el examen y me dijo que me desvistiera.

—Quítese la ropa interior, luego póngase esto.

Después que me cambié, me ató la bata de algodón detrás de mi espalda, al atraer cada pequeño moño a salvo en su lugar. Pensé que sería una mujer reconfortante para tener como madre. Elegante y fiable, quizá un poquito intimidante. Flo era tan amable como podía, pero me dolía ver la manera en que sus hijos la desgastaban.

Cuando volví de entregar una muestra de orina, Betty me hizo sentar en la mesa de examen mientras que tomaba mi presión y mi pulso. Me sorprendió verla preparar un equipo de extracción sin que le dieran una orden.

—Siempre quiere una extracción de sangre de los nuevos pacientes —dijo, mientras respondía a mi pregunta sin que se la formulara.

Al envolver el tubo de goma en el brazo superior y dar unas palmaditas en la parte interna de mi codo para estimular una vena, me pregunté cuánto le pagarían. Sería bonito trabajar en el consultorio de un doctor: horas fijas, un buen salario, sin turnos rotativos o sin el trabajo pesado de levantar a los pacientes. ¿Por qué jamás había buscado un trabajo como este?

—¡Ah!, escucho que ya viene el doctor Feldman —dijo Betty. La puerta del consultorio adjunto se abrió de repente.

—Y ¿a quién tenemos aquí?

Abrí la boca para presentarme cuando me di cuenta de que el doctor Feldman no me lo había preguntado a mí, ni siquiera estaba mirándome, en cambio extendía la mano para tomar el registro que Betty sostenía para él. Se acomodó unos anteojos gruesos sobre una nariz tan bíblica que no pude evitar pensar en él como un rabino.

—Llámeme si me necesita —le dijo Betty, mientras giraba para retirarse. La mirada que intercambiaron fue tan íntima, como si supieran todo del otro, que me recordó el motivo por el que yo prefería el entorno más impersonal de un hospital o el Hogar de Ancianos Judíos.

—Entonces, ¿qué la trae por aquí hoy, señorita Rabinowitz?

Frente a él, me cohibí. No tenía problemas con contarle todo a Betty: el hogar de niños, el experimento con rayos X, el artículo del doctor Feldman en la biblioteca. ¿No estaba todo ya en el registro o solo había pretendido leerlo? Muda, toqué mi seno.

—Sí, bien, la enfermera me cuenta que usted ha encontrado un nódulo. Empecemos por ahí, ¿le parece? —El doctor Feldman se ubicó al lado de la mesa con su rostro a mis espaldas y desató la bata. Me moví para acostarme, pero él me detuvo—. Solo ubique su mano sobre su cabeza.

Así lo hice, sintiéndome como una niña jugando a Simón dice, mientras que los dedos regordetes, amarillentos por la nicotina, recorrían mi seno. Me avergonzó ver mi pezón endurecerse, tanto por el aire frío del acondicionador de aire como por sus dedos punzando y apretando, pero él no parecía darse cuenta. Después de magullar de arriba abajo un lado de mi pecho y axila, me hizo cambiar de mano, olvidándose de levantar la bata de vuelta sobre mi hombro y dejándome desnuda hasta la cintura. Acompañaba su examen con sonidos cavernosos desde el fondo de su garganta.

—Muy bien. Puede vestirse ya. —Llamó a Betty de salida, mientras encendía un cigarrillo incluso antes de que se cerrara la puerta. Cuando estuve presentable, ella me condujo a su consultorio. Apestaba a humo. Sobre su escritorio a un lado del cenicero de cristal desbordado presumía un paquete azul de cigarrillos franceses. El acondicionador de aire ruidoso aun con la ventana cerrada parecía solo hacer circular el olor enfermizo.

—Señorita Rabinowitz —dijo desde atrás de la fortaleza de su escritorio—. Debo ver los resultados de su muestra de sangre, pero mi examen de su seno, junto con los tratamientos con rayos X que mi enfermera me cuenta que usted recibió de niña…

—No eran tratamientos —lo interrumpí, a la vez que ambos nos sorprendíamos por mi vehemencia—. Fue un experimento. Hicieron experimentos conmigo, no fue un tratamiento.

—Sea como sea, he notado una correlación estadística significativa entre la exposición excesiva a la radiación durante la infancia y el cáncer más tarde en la vida. Ahora, perdone por preguntar, pero ¿alguna vez dio a luz o amamantó?

—No, por supuesto que no. —Soné remilgada, de nuevo, solamente dije —: No.

—¿Ha experimentado menstruaciones normales? ¿Está menopáusica?

—No comencé hasta que tuve dieciséis y jamás he sido exactamente regular.

—Ya veo. ¿Existe alguna posibilidad de quedar embarazada?

—Ninguna.

—Bien, veremos qué nos dice el examen de orina. Como le decía, según mi examen, diría que es bastante afortunada. El tumor es distintivo con bordes delimitados. Aunque quizá sea de crecimiento rápido, lo hemos descubierto a tiempo para calificarla para una cirugía. Si estuviera demasiado avanzado, verá usted, no es aconsejable cortar a través del área del cáncer.

Atravesó la habitación y dio un golpecito a un interruptor. Un reflector se encendió e iluminó el afiche laminado de una mujer sobre la pared. Tomó un lápiz de cera de su bolsillo y comenzó a escribir sobre él. Podía ver las manchas de las demostraciones anteriores.

—Comienzo con una extirpación del tumor, que se examina en busca de células cancerígenas. Si los resultados son negativos, termino el procedimiento y hago lo que puedo para reparar el tejido del seno restante. Si los resultados son positivos, como supongo que serán, procedo directamente con una mastectomía del seno entero y los nódulos linfáticos adyacentes. A diferencia de algunos de mis colegas, no encuentro aconsejable extraer el músculo pectoral, pero como una medida profiláctica, recomendaría quitar el otro seno también. Para una mujer con sus antecedentes que jamás ha quedado embarazada o ha amamantado a un bebé, sería una elección sabia.

Las líneas punteadas que hizo entrecruzaban el pecho de la mujer como si estuviera planificando una maniobra militar en terreno ondulante. Quería cubrir mis pechos con mis manos, para consolarlos y reconfortarlos. Sin embargo, me aferré a los antebrazos de la silla. Odiaba la manera en que seguía mencionando los bebés, como si esto no hubiera ocurrido de haber sido una mujer normal.

—Y, por supuesto, realizaré la castración. —Su lápiz descendió hasta debajo de la cintura, para golpetear en el abdomen inferior en donde se esconden los ovarios. De espaldas hacia mí, no vio la palidez de mi rostro.

—La ovariectomía es un procedimiento estándar para todos los cánceres mamarios, aunque por lo general prefiero concretar la castración con radiación. Obviamente, eso no es recomendable en su caso. Tampoco lo sería el tratamiento con rayos X después de la cirugía, otra razón para ser agresivo mientras la tengo en la mesa de operaciones. Quitarlos a ambos y terminar con esto de una vez.

Hizo una pausa y consideró a su paciente bidimensional. Con su voz dirigida más a ella que a mí, dijo:

—La operación es deformante, pero al menos en su caso no hay un esposo a quien considerar.

Apagó la luz y tomó asiento detrás de su escritorio. Alcanzó el paquete de cigarrillos, encendió uno para él, luego los inclinó en mi dirección. Estuve tentada pero decliné; no quería que viera que me temblaban bastante las manos.

—Esta no es una cura, ¿entiende? En mi experiencia con esta enfermedad, hasta la mastectomía más radical apenas retarda la reaparición. Pero ese retardo puede ser significativo. Dos, cinco años. Tengo un paciente que sobrevivió ocho años desde la operación. El comienzo repentino de la menopausia debido a la castración puede ser desagradable, pero caminaremos por ese puente cuando lleguemos allí, ¿le parece?

No pude armar una respuesta. Mi reserva molestó al doctor Feldman.

—¿Hay alguien a quien quiera que le hable? —preguntó cuando vacilé en aprobar sus planes quirúrgicos. Levanté la punta de mi lengua hacia el paladar para pronunciar el nombre de ella, pero se quedó ahí, sin decirlo.

—Nadie, ¿entonces?

Me fastidió que pensara que era una vieja solterona.

—No vivo sola —dije, en mi defensa. El doctor Feldman miró confuso—. Tengo una amiga, mi compañera de apartamento.

—Me refería a parientes —dijo—. Habitualmente discuto estos asuntos con el esposo.

Si solo hubiera podido contarle las veces que la llamé esposo, pero solo cuando ponía ese tono de maestra y me instruía en la manera en que debía hacerse algo. Ella era demasiado emotiva usualmente como para ser el esposo, y a pesar de que jamás me atribuí ese papel, no era una gran esposa tampoco. Ella hacía las compras y cocinaba la cena, pero solo porque yo no tenía remedio en la cocina y no tenía paciencia para ir a la tienda. Yo hacía la contabilidad, pero ella era la que podía usar una herramienta para arreglar un goteo en el grifo. Es cierto, en el dormitorio ella tomaba la iniciativa, pero era lo que hacíamos allí lo que nos descalificaba de esas categorías en primer lugar. Para algunas de nuestras amigas era obvio quién era la machona y quién la esposa, pero si hubiéramos podido casarnos, me preguntaba, ¿quién de nosotras hubiera sido qué? Ahora mismo, sé qué hubiera elegido: yo, disuelta en lágrimas de esposa; ella, el esposo fuerte que consuela.

Parecía que mi entrevista con el doctor Feldman llegaba a su fin.

—Permítame llamar a mi enfermera —dijo, al presionar un timbre en su escritorio—. Betty le conseguirá un turno en mi calendario quirúrgico y programará una cita preoperatoria. Me gustaría que nos apresuremos.

Dicho eso, se paró y extendió su mano. Me puse de pie e imité su gesto. Sus dedos amarillentos se cerraron flácidos sobre los míos. Por su examen, había esperado un apretón más firme. En medio del aturdimiento, seguí a Betty fuera de la habitación.

—Es enfermera, ¿cierto?

—Sí.

—Eso facilitará mucho más las cosas. Algunas de estas mujeres, en realidad no entienden lo que está pasando y, por supuesto, recae en mí sostenerles la mano. Dicen que los doctores son los peores pacientes, luego deberían decir que las enfermeras son las mejores.

Se sentó en su escritorio, para hojear a través de las páginas de la agenda de citas del doctor Feldman, luego escribió algunas fechas y horarios en una ficha que me entregó.

—Tendrá que volver al consultorio el día anterior a la cirugía para que repasemos el procedimiento, y le tomaré los signos vitales nuevamente.

Miré la ficha en mi mano.

—¿La semana que viene?

—El doctor Feldman tenía un espacio en el calendario quirúrgico y enfatizó que era importante hacerla de inmediato. En lo que al cáncer concierne, cuanto más pronto mejor. —Betty debe haber notado mi creciente ansiedad—. ¿Hay alguien que pueda venir con usted?

—Mi compañera de apartamento. Está de viaje, pero puedo llamarla para que vuelva. —Ella vendría, ¿cierto? Todo lo que tenía que hacer era contarle lo que estaba pasando, si pudiera ubicarla al teléfono alguna vez. Imaginé el itinerario en mi mente: el tren nocturno salía de Miami cada mañana, para dejarla en Nueva York al día siguiente. Si llamara esta noche, ella podría estar aquí pasado mañana.

—Quise decir un pariente, querida. Solo permiten familia directa en el hospital.

—No tengo familia. —Me aterrorizó la idea de que podrían confinarla a la sala de espera, prohibirle que estuviese a mi lado. Sin pensar dije:

—Soy huérfana, ¿lo recuerda? No es mi culpa que no tenga a nadie más.

Betty ubicó su mano en mi antebrazo, con un apretón firme. «Firme», esa es la palabra que me evocó.

—¿Qué tal si anoto que ella es su hermana? De esa manera podrá visitarla, ¿de acuerdo? —Tráigala con usted la semana que viene, ¿le parece?

La semana que viene. Aún no entendía por qué todo tenía que suceder tan rápido. Solo habían pasado tres días desde que Mildred Solomon había llegado al quinto. ¿Cómo había conseguido arruinarme toda la vida tanto en tan poco tiempo?

Betty me acompañó a la salida.

—El doctor Feldman es el mejor, señorita Rabinowitz. Es afortunada que pudiera hacerle un espacio.

Lo que menos sentía que tenía en ese momento era suerte y sabía quién era la culpable. Podía imaginármela, marchita y temblorosa, impenitente. Había planeado ir a casa, descansar un poco antes de encarar el turno de la noche, pero la idea de una siesta era absurda cuando todo en lo que podía pensar era confrontar a Mildred Solomon. Tendría que lamentarlo cuando le contara lo que el doctor Feldman tenía planeado para mí, y todo gracias a ella. ¿Y si no lo lamentaba? Bueno entonces, tenía el resto del día y toda la noche para hacérselo lamentar.

DE VUELTA A la acera fulgurante por el calor, sentí que el frío del acondicionador de aire del consultorio del doctor Feldman se aferraba a mi piel. El subterráneo no era práctico desde ahí, así que decidí caminar a través de Central Park. Una diagonal sinuosa a lo largo de los senderos sombreados me llevaría, al final, hasta el Hogar de Ancianos Judíos. Gloria se contentaría al verme y, de seguro, a Flo no le importaría irse a la casa a mitad del día. Pasé por una caseta telefónica y resistí la urgencia de marcar larga distancia ahí en la calle. Decidí que la llamaría en la mañana, cuando llegara a casa del turno nocturno. Aún tendría tiempo de arribar antes de que el doctor Feldman pasara el cuchillo por todo lo que amaba de mí.

Mientras caminaba, el sol de agosto me quitó el frío y lo reemplazó con una membrana viscosa de sudor. El parque estaba más fresco, pero no mucho. La gente se apartaba a lugares sombreados, para evitar las extensiones de césped y los paseos abiertos. Busqué escuchar el parloteo de las ardillas en los árboles o el arrullo de las palomas por las migas de pan, pero todo lo que podía escuchar era el tic tac de mis tacos sobre el sendero de asfalto. Hubo un tramo, alrededor de Harlem Meer, donde parecía que era la única persona que se movía bajo el cielo indiferente.

Si no fuera por la ficha de la cita en mi bolsillo, pensaría que soñé todo. Hace tres días estaba bien: solitaria, claro, pero eso hubiera terminado para finales de agosto. Había insistido en esperar para celebrar mi cumpleaños hasta que volviera, una cena en nuestro restaurante favorito en Village con unos de nuestros pocos viejos amigos. ¡Cómo deseo ahora que jamás nos hubiéramos mudado! ¿Quién me visitará durante los largos días de recuperación? ¿Molly Lippman? La idea me hizo temblar, como si alguien hubiera caminado sobre mi tumba.

¿Dónde ubicaría mi tumba? ¿Qué cementerio nos vendería lotes contiguos y qué podíamos tallar en mi lápida? Todo lo que fui —todo lo que fuimos— se olvidaría, ningún tallado de «amada» o «amorosa» para dar testimonio de que había sido más que una solterona. Mi nombre no estaba en su pensión; el de ella no estaba en mi testamento. Tendría que fingir ser mi hermana solo para visitarme en el hospital. Construida sobre el pilar intangible de nuestros sentimientos, la vida que habíamos creado juntas parecía una invención de nuestra imaginación que se desvanecía en polvo de hadas ante algo real, y mortal, como el cáncer.

Cuando llegué al Hogar de Ancianos Judíos estaba desolada por la ansiedad y el miedo. Tomé las escaleras para tranquilizarme, mientras preveía el refugio de la sala de enfermeras.

Allí estaba Flo.

—¿Qué estás haciendo acá ya? Estaba a punto de bajar a la cafetería por el almuerzo.

—Terminé antes de lo que esperaba.

Me dio una mirada.

—No veo la diferencia.

Por un segundo temí que pudiera leer el cáncer en mi rostro hasta que recordé que le había dicho que tenía una cita en la peluquería.

—¡Ah!, bueno, no me gusta cambiarlo tanto. Escúchame, Flo, gracias por haber hecho el cambio conmigo, pero ya que estoy aquí, ¿por qué no te vas temprano a casa? Déjame cubrir el resto del día. Estaré acá hasta mañana de todas maneras.

—Seguro, si es eso lo que quieres. El turno diurno ya me agotó. Verás, en las noches puedes sentarte tranquila, a darle vueltas a tus propios pensamientos. —Se sentó en el borde de la ventana y encendió un cigarrillo—. Fúmate uno conmigo. Quizá me paguen la pausa del almuerzo también. Comeré cuando llegue a casa. Mi suegra está horneando un *kugel* [un plato judío de fideos con huevos y quesos], ¿puedes creerlo, con este calor?

Tomé el cigarrillo que me ofreció y me senté a su lado.

—¿Qué piensas de nuestra nueva paciente?

—Ningún problema en absoluto, no con toda la morfina que tiene encima. Apenas logré que tomara un tazón de caldo.

—¿Dijo algo? —pregunté, preocupada por lo que la doctora Solomon podría haber revelado de mí.

—Solo que debería avisar que quería postre de chocolate para la cena. Fue divertida la manera en que lo dijo: «A la ocho, dile que quiero postre de chocolate». Me hizo pensar que había tenido un derrame.

La doctora Solomon no había tenido un derrame. Se refería a mi número. Juré que, para la mañana, sabría mi nombre.

—Como sea —dijo Flo—, dudo que dure mucho. Es probable que haya otro paciente en la cama del señor Mendelsohn la próxima vez que venga. —Exhaló en actitud contemplativa—. Solía sentarme con él. Parecía que nunca dormía. A veces hablábamos toda la noche. Hace un par de semanas me estaba contando sobre la visita de su nieto, me mostró la tarjeta que había recibido en agradecimiento por ayudar al muchacho a estudiar para su bar mitzvá. Dije algo así como que era esa la razón por la que Dios lo había salvado del campo de concentración. El señor Mendelsohn quedó tan silencioso, que lo único que podías escuchar era la sibilancia de sus pulmones. Me pregunté ¿«cómo» sobrevivió?, apenas escuché que lo dije en voz alta, pero en fin, lo hice. Era plena medianoche. Lucía estaba en la enfermería, probablemente muy bien dormida, el piso entero estaba bastante oscuro y tranquilo. Él dijo: «¿Estás segura de que quieres saberlo, Fegelah?». Siempre me llamó por mi nombre judío. Como sea, dije que sí, y luego me contó la historia más extraña.

—¿Cuál era? —Tenía curiosidad, también; siempre me había interesado la supervivencia—. Cuéntame.

—Contó que toda su vida había tenido esa afección en la que los colores se vinculan con las emociones. Como la primera vez que vio a su esposa, ella usaba un vestido del color de los narcisos, tan dorado y brillante, dijo, que se enamoró de ella aun antes de conocer su nombre. Así es que, explicó, el amarillo era el amor, el verde era la paz, un sentimiento de calma y el marrón era la tristeza, como cuando su pequeño perro murió. Contó que el gris era la ansiedad, así que antes de un examen de la escuela todo parecía cubierto por una bruma deprimente. El blanco y el negro no significaban nada en especial para él, pero el azul, dijo, el azul era la esperanza plena; entonces si veía el cielo azul de camino a la escuela, sentía el optimismo de que pasaría los exámenes. Dijo que toda su vida sufrió de eso, como si las partes de él que deberían haber estado separadas estuvieran unidas.

—Una vez leí sobre eso —comenté—. O sobre algo similar. Los griegos tenían un nombre para eso, ¿cierto?, para cuando la gente mezcla los sonidos con los colores.

—Sinestesia. Lo investigué. —Flo miraba al cielo, al parecer muy lejos—. Supongo que era algo como eso o quizá estaba todo en su mente. Sin embargo, el señor Mendelsohn pensaba que era real, pero yo no sabía por qué estaba contándome eso cuando había preguntado cómo sobrevivió al campo de concentración. Temía que fuera a contarme que lo apartaron para hacer experimentos con él, pero en cambio dijo: «Mi esposa murió en 1936, por eso envié lejos a los niños. Debería haberme ido con ellos, pero tenía un negocio que administrar, ganancias que proteger. Cuando nos arrearon a los guetos, tenía mucho dinero para los sobornos y el mercado negro, así que me fue mejor que a otros. Más adelante, en los trenes, nos amontonaban tanto que una persona apenas podía respirar, pero mi rostro estaba contra un lado del vagón y había una hendidura entre las tablas, así que tuve aire fresco todo el camino. Algunos solamente nos desmayábamos por la pestilencia y la posición. Recién cuando nos descargaron en el campo de concentración me di cuenta de que el hombre parado a mi lado por los últimos dos días había estado muerto todo el tiempo». ¿Puedes imaginarte eso, Rachel?

Lo negué con mi cabeza. Era demasiado horrible para considerarlo.

—Contó que cuando los bajaron, todos estaban exhaustos, hambrientos y mugrientos. Dijo: «Sin pensarlo, íbamos a donde nos señalaban, derecha o izquierda, como ratas en un laberinto. Deben haber pensado que podían hacerme trabajar en algo porque me enviaron a las barracas de los trabajadores. Todo era gris o marrón, así era como debía ser. Sufrimiento, ansiedad, desesperación: si el lodo aún no era marrón, se hubiera vuelto de ese color en mis ojos. Las semanas pasaron, luego los meses, pero cada día logré sobrevivir. Empujé a otros a un lado para poner en mi boca cualquier comida que hubiese. Mantuve mi cabeza baja e hice mi trabajo. Esperaba zozobrar a cada hora, pero de alguna manera permanecí sobre mis pies. Nos hacían salir todas las mañanas a formar fila y a contarnos. Hasta los muertos debían contarse. Algunos días la furgoneta mortuoria no pasaba, entonces teníamos que llevar y traer arrastrando los cuerpos para que tomaran su lugar en la fila».

El cigarrillo de Flo se había consumido hasta los dedos. Así que se sacudió las cenizas de su mano.

—Dijo que un día finalmente colapsó, lejos en un campo mientras buscaba algo, papas quizá. Contó que trató de caer con el rostro hacia abajo, para enterrarse en el miedo y la desesperación, pero por accidente cayó de espaldas. Apretó fuerte los ojos, contento de que fuera el final. Sus hijos estaban seguros en Estados Unidos y su esposa no había vivido para ver ese horror, así que ya se sentía más bendecido que muchos. Fue suficiente. Dijo: «Estaba acabado. Pero entonces una mosca posó en mi rostro y sin pensarlo parpadeé para ahuyentarla. En ese segundo que se abrieron mis ojos, entró el azul más brillante que jamás había visto. Por encima del campo de concentración, los guardias y los hornos estaba el cielo, sin una nube, el sol estaba tan lejos al oeste que no tuve que entrecerrar los ojos. El azul llenaba mi visión, mientras que bloqueaba todo lo demás. Traté de cerrar mis ojos porque era obsceno tener tal sentimiento en aquel lugar. Pero no podía hacer nada. Estaba sobre mi espalda en aquel campo olvidado por Dios, mi cuerpo encogido a nada, deseando que la muerte se apiadase de mí, y aun así mi corazón estaba lleno de esperanza. No me permitiría morir aquel azul. Dos semanas más tarde, el campo de concentración fue liberado. ¿Quieres saber cómo sobreviví, Fegelah? Así fue. No había Dios en ese lugar, ni razón ni piedad. Solo el cielo».

Estábamos sentadas juntas, Flo secaba sus ojos con un pañuelo.

—¿Alguna vez en tu vida habías escuchado tal historia, Rachel?

No, jamás. En silencio, fumamos otro cigarrillo, cada una tratando de no pensar en lo que nos recordaba el humo.

—¿Ves aquellas nubes? —dijo después de un rato, mientras arrojaba por la ventana la colilla humeante—. Se está armando un cúmulo. Viene tormenta.

—Espero que interrumpa esta ola de calor, estoy completamente escurrida.

Nos pusimos de pie. Flo tomó mis dos manos en las suyas y me acercó a ella. Olía a tabaco, a jabón y a alcohol para frotar.

—¿Está todo bien contigo, cariño? He querido preguntarte.

Por un momento, imaginé lo que sería no contenerme más, pero si comenzaba a soltar todo: Mildred Solomon, los rayos X, mi tumor, ¿cómo podía parar antes de decir abruptamente lo sola que estaba, y por qué? Evité la mirada de Flo.

—No estoy durmiendo bien, eso es todo.

—¿Estás segura? —no me dejaba ir.

—Estoy bien, de verdad. Solo cansada del calor. Ve a casa.

—Bueno, no me lo tienes que decir dos veces. —Fue hasta su casillero. Solo le tomó un minuto arrojar el uniforme sucio en el carro de la lavandería y ponerse el vestido con unos bamboleos.

—¿Me subes el cierre?

Lo hice. Después de descolgar su bolso del gancho, cerró el casillero de metal.

—Marca mi salida, ¿quieres? Y ten una buena noche.

—Trataré.

Me coloqué el uniforme y fui a asearme. El espejo sobre el lavamanos me mostraba un rostro de mediana edad con un peinado pasado de moda. ¿Cómo habían llegado los cuarenta años y ya se habían ido? En mi último cumpleaños me había deprimido pensar en lo anciana que estaba volviéndome, pero ahora esos años parecen demasiado pocos. ¡Qué patético sería si mi próximo cumpleaños resultara ser el último! Me eché agua en el rostro para expulsar ese pensamiento.

Al introducir la mano en mi bolso, busqué a tientas el frasquito. La morfina se agitó al envolverlo en un pañuelo y hundirlo en el bolsillo del uniforme. Era notable, la manera en que un cosa tan pequeña tenía tanto poder sobre el dolor. Todo a mi alrededor se derrumbaba, pero me daba un propósito saber que sobre eso —sobre el dolor de Mildred Solomon—, yo era la que tenía el control.

Gloria levantó una ceja al aproximarme a la enfermería.

—Dije a Flo que cubriría el resto del día —comenté—. Terminé más temprano de lo que esperaba con lo que tenía que hacer y no le veía sentido ir todo el camino a casa solo para dar la vuelta y volver otra vez.

—Será una noche larga para ti, pero no puedo decir que lamento que esa Florence se vaya. Siempre escapándose hacia la sala de enfermeras. Y sus registros son descuidados.

Pensé en Flo y sonreí.

—¿Me adelanto y preparo los medicamentos?

—No es necesario. Acabo de terminar con la ronda del mediodía. No confié en que Florence terminara a tiempo. Puedes hacer la de las cuatro en punto.

Perdí mi oportunidad con la doctora Solomon; tendría que esperar toda la tarde antes de que pudiera comenzar a deshabituarla de la morfina. No estaría coherente hasta el comienzo del turno de la noche. Me convencí para tener paciencia. Habría mucho tiempo para sacarle una disculpa.

Capítulo quince

BUENO, BUENO —DIJO EL HOMBRE, MIENTRAS ACARICIABA
la espalda de Rachel. Sacó un pañuelo y lo puso en
su mano. Rachel dio un paso hacia atrás y se sonó la
nariz. El pañuelo olía a polvillo pero estaba rígido y
nuevo, como si recién lo hubiera sacado de entre los artículos.

—Por casualidad, ¿eres Rachel?

—¡Papá, me recuerdas! —Rachel sentía que estaba en la escena
de reencuentro de una película, con los actores extasiados y sus son-
risas exageradas.

—No tan rápido. No soy tu papá. Tu papá, Harry, es mi hermano.
Yo soy tu tío. Y no te hubiera conocido, de no ser por tu hermano que
apareció aquí de la nada durante la primavera y habló de su hermana,
por eso deduje que esa debías ser tú.

Rachel pestañeó. Como la cinta de la película atrapada en el pro-
yector, la magia del momento se derretía.

—¿Mi tío?

—Así es, el tío Max. Tu hermano está arriba en la Silver Queen
con Saúl; ese es mi hijo, tu primo. —Max sacó un reloj de su bolsillo
y lo abrió—. Estarán de vuelta en cualquier momento. Recién estaba

poniendo la cena en la mesa para ellos. Ven al fondo. —Levantó la maleta de Rachel y se alejó por el pasillo.

El repentino cambio en las emociones dejó a Rachel aturdida. Por un momento había pensado que estaba en los brazos de su padre. Ahora resultó que tenía un tío y un primo: una familia de la que jamás había escuchado antes. Como si atravesara por una resaca, siguió a Max por la tienda hasta una entrada donde colgaba una cortina. Más allá, había una pequeña cocina: un fregadero, un refrigerador, un aparador Hoosier. En la esquina, una cacerola con estofado que se calentaba sobre una cocina de hierro. Había tres platos puestos sobre la mesa, con una hogaza de pan y una jarra de té helado en el centro.

—Siéntate. —Max haló una silla para Rachel, luego se sentó al otro lado—. ¿Tienes hambre?

Rachel negó con la cabeza. Aunque había pasado un largo rato desde el desayuno con los Cohen, no estaba de ánimo para comer. Su mente era un revoltijo de preguntas; así que formuló la primera que salió a la superficie.

—¿Qué es una Silver Queen?

Max se rio.

—«La» Silver Queen. Es una mina, la más famosa en Leadville. Cuando Sam apareció, Saúl ya estaba trabajando en la Silver Queen, así que le consiguió un empleo a tu hermano ahí, también. Se habla en el pueblo que cerrarán las operaciones por el invierno. No es que no puedan trabajarla en cualquier temporada del año. Una vez que estás allá abajo el clima no importa. El mercado de la plata ha quebrado; eso es lo que pasa.

Rachel sintió alivio cuando Max dejó de hablar para servirse algo de té. Era demasiado para asimilar. Hizo un gesto con la jarra.

—¿Con sed?

—Sí, por favor.

—Aquí tienes. —Max llenó un vaso y lo empujó hacia ella—. ¿Mejor?

—Sí, gracias, tío Max —dijo, con la intención de ensayar la frase.

De nada, dijo Max, con un gesto de la mano.

—¿Por qué pensaste que yo era Harry?

—Sam me escribió desde aquí, para informarme que estaba a salvo. No me contó de ti ni de Saúl. Pero cuando leí Rabinowitz Dry Goods en el sobre, pensé que quizá era nuestro padre. —Rachel dejó caer su cabeza—. Todos los días en el tren, esperaba que lo fuera.

Max no podía creerlo.

—¿Esperabas que tu padre estuviera aquí? ¿Después de lo que les hizo a ustedes en su niñez? —Antes de que Rachel pudiera responder, Max tenía otra pregunta que le molestaba más—. ¿De dónde conseguiste dinero para el tren desde Nueva York? ¿Te lo envió Sam?

Rachel alzó la mirada. Por encima de la cabeza, una lámpara eléctrica se balanceaba en una cuerda que colgaba del techo. Había pensado sobre la pregunta, a la espera de que Sam preguntara. No podía admitir el robo, pero ahora que sabía lo que costaba un boleto, él nunca creería que vino con esa cantidad de dinero honestamente. Había planeado contar que conoció a los Cohen en Nueva York y llegado hasta Denver con ellos, pero era una historia que no había ensayado aún. Le tomó tanto contestar que Max tomó su silencio como una afirmación.

—Eso pensé. —Lustró los anteojos con el borde de su camisa y luego se los colocó de vuelta sobre la nariz, lo que hizo aumentar los ojos llorosos—. Bien entonces, déjame mirarte. Quítate el sombrero.

Rachel se paralizó. Llevaba puesto ese sombrero *cloche* sobre cada minuto desde que se había escapado del hogar.

—Ya, no seas tímida. Sam me contó todo sobre tu cabello. Por alguna afección médica, ¿cierto? No te preocupes por eso. Solo quiero ver a mi única sobrina.

Rachel se quitó el sombrero y lo ubicó sobre su regazo. Max la evaluó como a un artículo del inventario que trataba de tasar.

—No está tan mal. Escuché que las mujeres jasídicas se afeitan la cabeza cuando se casan, para hacerse feas para cualquiera, salvo para sus esposos.

Rachel bajó su rostro y arqueó los hombros. «Fea». La palabra resonaba en sus oídos, mientras anulaba el tintineo de la campanilla.

—Esos son los muchachos —dijo Max—. ¡Cierren con llave!

—¡Ya lo hicimos!

Rachel reconoció la voz de Sam. Se puso de pie tan rápido que el sombrero rodó por el piso. Estiró la mano para alcanzarlo, entonces escuchó varias pisadas que se acercaban. Se irguió, no deseaba estar agachada cuando Sam la viera por primera vez. La cortina se abrió. Su hermano se detuvo en la entrada de la cocina tan de repente que su primo tropezó con él por detrás, lo que provocó un empujón hasta la mesa y el sacudón de la jarra.

—¿Rachel? ¿Qué demonios haces aquí?

Sam se veía más alto, más viejo, aunque solo hacía seis meses desde que había huido. Al pensar en la última vez que lo vio, todos los hechos del baile de Purim se apresuraron en la mente de Rachel. La amargura amordazó su boca y tembló su labio inferior. Un sonido semejante al de la mala nota de una trompeta escapó de su garganta al sentir que sus rodillas se debilitaban. Sam avanzó y la envolvió con sus brazos. Rachel sintió la arenilla del polvo de plata en su piel.

—Ahora no, Rachel, no.

—Llegó antes de lo que esperabas, ¿cierto? —dijo Max.

Sam lo miró, tan confundido por las palabras de su tío como por el enojo en su voz.

—Vamos, hijo. Demos una vuelta alrededor de la manzana, dejemos a estos dos con su reencuentro.

Después de que el tintineo de la puerta les aseguró que estaban solos, Sam acomodó a Rachel en una silla. Se inclinó para levantar el sombrero y se lo puso en su cabeza.

—¿Mejor ahora? — preguntó.

Ella asintió. Él atrajo una silla cerca a la de ella, así que sus rodillas se tocaron.

—¿Cómo llegaste hasta aquí? Es más, ¿cómo supiste dónde estaba?

Rachel explicó lo del sobre, luego le contó la historia que no había logrado hilar para el tío.

—No tenía un plan cuando escapé, solo fui a la estación Pensilvania para averiguar cuánto costaría el tren cuando conocí una familia amable —comenzó así y terminó diciendo—: La señora Cohen hasta me compró el boleto para el tren del correo hasta Leadville. Pero Max piensa que me enviaste el dinero. No dije que lo hiciste, pero no tuve la oportunidad de contarle que no lo hiciste.

Sam se recostó, mientras asimilaba la historia de su hermana. Al final dijo:

—Bueno, me alegra que llegaras hasta aquí a salvo. Es bueno verte. —Sonrió y le apretó la mano. Su amabilidad extrajo la pregunta que Rachel había estado reprimiendo desde que huyó.

—¿Cómo pudiste dejarme así? —Se acobardó ante la petulancia de su propia voz. ¿Por qué todo sobre este día era lo opuesto a lo que se había imaginado que sería?

—Maldita sea, Rachel, no quería dejarte, tenía que dejar ese lugar. Tenía que irme.

—Pero, ¿por qué no me llevaste contigo?

—No podía llevar a una niña conmigo. La señora Berger miró en nuestro archivo y vio que había una nota de un tío en Colorado que preguntaba qué había sucedido con nosotros, pero era desde hacía años. No sabía si aún estaría aquí, pero no tenía ningún otro lugar mejor a dónde dirigirme. Pusieron algunos dólares en mi bolsillo, claro, pero no era lo suficiente para un boleto de tren. Salté a un tren de carga para Chicago, ahorré el efectivo. No sabía por cuánto tiempo necesitaría que me durara. Resulta que no duró más de dos días.

Sam sacó un paquete de tabaco del bolsillo de su camisa y enrolló un cigarrillo. Sus manos estaban ampolladas, sus uñas con medialunas negras. En el hogar, pensó Rachel, hubiera recibido un castigo por tener las manos así de mugrientas. Encendió un fósforo en la base de su bota. El humo remolineaba alrededor de la lámpara suspendida.

—Me revolcaron en el vagón de cargas antes de llegar a Illinois, me robaron todo. Tuve que pelear para conservar mis zapatos. Cuando llegué a Leadville, había pasado una semana desde que ingerí una comida decente. Te diré que estaba en muy mal estado. —Sam inhaló el cigarrillo. Rachel recordó el lujo del Pullman y se sintió casi tan culpable como haberle robado a Naomi.

—Así que, ¿Max cree que te envié el dinero para que vinieras? Dejemos que siga pensando eso. Eso me lo sacará de encima por un tiempo, así piensa que estoy demasiado arruinado para hacer algún movimiento.

—¿Qué clase de movimiento?

—Estoy ahorrando cada centavo que gano para salir de este lugar antes de que caiga el invierno.

—Pero, ¿a dónde más iríamos? ¿No deberíamos quedarnos aquí, con nuestra familia? —Con la porción posterior de su lengua, Rachel saboreaba mermelada revuelta en un pocillo de té—. Quizá deberíamos tratar de encontrar a papá.

Sam dio un resoplido de desdén.

—¿Por qué demonios querrías encontrarlo?

Rachel comenzaba a pensar que todos los demás sabían algo sobre su padre que ella desconocía. Quería preguntarle a Sam qué era, pero había empezado a hablar otra vez.

—Max ha sido bastante decente, y Saúl es un buen tipo, pero aquí no hay nada para mí. Max dice que el negocio ha andado muy mal desde la caída de la bolsa pasada. Todo su dinero está invertido en mercancía y no se vende nada. Una vez que la Silver Queen despida a los trabajadores del verano, solo seré peso muerto por aquí. Y ahora tengo que cargarte a ti, también.

La puerta tintineó. Max y Saúl caminaron por la tienda, con el paso pesado intencionalmente, y entraron a la cocina. Saúl tomó su lugar en la mesa y Max acercó la olla del estofado. Los muchachos no podían aguantar más el hambre después de un día de trabajo en la mina. Mientras que Sam y Saúl comían de a paladas el estofado, Max persuadió a Rachel de que comiera unos bocados. Los trozos de carne se veían desagradables, pero descubrió que ella, también, estaba hambrienta.

Entre bocados, Saúl llenaba la habitación con su charla sobre Sadie, la muchacha con la que estaba comprometido. No se parecía mucho a su hermano, observó Rachel, pero cuando hablaba, su boca y sus orejas se movían justo de la misma manera. Eso le gustó.

—Sadie se mudó a Colorado Springs con sus padres la primavera pasada, pero todos están regresando en noviembre para la boda. —Miró a su padre, que se ocupaba de lavar los platos en el fregadero—. El padre de Sadie abrió una fábrica, tiene un trabajo esperando por mí y todo. Le dije a papá un millón de veces que debe vender este lugar, venir a Colorado Springs también, pero es muy terco para ceder. No te puedo contar lo contento que me puse cuando Sam apareció y ahora contigo aquí también, Rachel, sé que mi papá tendrá toda la ayuda que necesita. Puedes trabajar en la tienda y Sam puede hacer las entregas.

—Lo tienes todo pensado, ¿cierto, hijo? —dijo Max por encima de su hombro.

Sonaba perfecto para Rachel, pero su hermano arrugó el entrecejo y murmuró en voz baja:

—¿Qué entregas?

Después de la cena, aprovecharon la ocasión de la llegada de Rachel con algunas manos de naipes mientras escuchaban la radio. Había solo dos dormitorios en el segundo piso: el espacio restante era un depósito sin terminar, así que Max sugirió que Rachel durmiera en la cocina, donde podía tener algo de privacidad para asearse en el fregadero después de que todos los hombres se hubieran ido arriba.

—Que es adonde me dirijo ahora mismo —anunció Max—. Vamos, hijo. —Abrió una puerta que Rachel había asumido era una despensa, para revelar una escalera trasera pronunciada—. Tu hermano te conseguirá lo que necesites. Buenas noches, sobrina.

—Buenas noches, tío. Buenas noches, primo. —Esas palabras tan familiares se sentían novedosas en la boca de Rachel.

Sam hurgó en la tienda y volvió cargando una bolsa de dormir y un catre, que acomodó para ella.

—Necesitarás esto —dijo, mientras sacudía el polvo de una manta de acampar—. A la altura en la que estamos, la noche refresca, incluso en verano.

Al acurrucarse bajo la lana que le daba escozor, Rachel se dio cuenta de lo exhausta que estaba.

—Buenas noches, Sam. —Estiró su mano y le dio un apretón.

—Buenas noches, Rachel. —Sam apagó el interruptor de la lámpara colgante y dejó la habitación sumida en la oscuridad.

Después del desayuno, Sam y Saúl partieron hacia la Silver Queen, con sus almuerzos empaquetados dentro de un recipiente pequeño. Rachel limpió todo después de que se fueron, luego caminó por la tienda y le preguntó a su tío qué más podía hacer.

—Necesito un inventario —dijo—. No he tenido muchos pedidos recientemente, solo he reemplazado las cosas que vendo: hilos, jabones y cosas por el estilo. Hace un tiempo que no tengo una idea clara de lo que hay aquí. ¿Crees que puedes hacer eso por mí, Rachel?

Ella dio una mirada a los pasillos atestados y a los estantes arqueados.

—Puedo hacer eso, tío Max. ¿Tienes un libro de contabilidad empezado?

—Por ahí, en algún lugar.

Max fue a buscarlo. Rachel decidió trabajar desde arriba hacia abajo, así por lo menos el polvillo se esparciría hacia el piso y podría barrerlo al final de cada día. Subió a una escalera de mano para comenzar con la pila de artículos revueltos en el estante más alto. Max se apresuró para sostenerla, con una mano sobre su cadera por un rato.

—Aquí tienes —dijo, mientras le alcanzaba el libro polvoriento. Mientras ella hacía el inventario, su tío rondaba por ahí, con sus manos prestas a rodear su cintura cada vez que tenía que subir o bajar de la escalera.

Max podía haber hecho el inventario él mismo en el tiempo que perdía hablando con ella, pero a Rachel no le importaba. Le gustaba encargarse de la existencia, de limpiar los artículos, de cotejar su conteo con los números garabateados en el libro de Max. Jamás había visto la mayoría de las cosas que tenía en la tienda, no sabía para qué eran la mitad de ellas. Cocinar, construir, acampar, cazar, pescar, minar: todas eran actividades extrañas para ella. Sin importar lo desconocidos que eran los artículos en su mano, la complacía clasificarlos, apilarlos y organizarlos.

—Vine al oeste cuando tenía más o menos tu edad, Rachel. ¿Cuántos años tienes? —Ella le contó que acababa de cumplir quince—. Quince, eso es. En mis tiempos, eras un hombre ya a los quince, y muchas muchachas eran madres, también. Harry, tu padre, aún usaba pantalones cortos cuando me arriesgué y vine hasta aquí. Gasté cada centavo que había logrado ahorrar en un pedido de abrigos y los transporté lo más al oeste que pude. Los vendí a cinco veces más de lo que había pagado. Por años iba y venía hasta que establecí el negocio aquí de manera permanente. Me casé con la madre de Saúl, que descanse en paz. —Lustró los anteojos con el borde de su camisa—. Por allá, por los años de 1890, te cuento que Leadville era el lugar ideal.

Cuando Max dijo que era hora de cocinar un estofado, Rachel lo siguió a la cocina, pero no fue de ninguna ayuda allí. En el hogar, le habían servido miles de comidas pero jamás había visto siquiera romper un huevo.

—Bueno, cocinar no es todo lo que una mujer puede hacer —dijo Max, al acariciarle la mano—. Aprendí a arreglármelas desde que la madre de Saúl falleció. Hay otras cosas que puedes hacer por nosotros, ¿cierto, Rachel?

Los muchachos regresaron a casa cuando oscurecía, llenos de polvo de la mina y hambrientos por la cena. Después de la comida, Rachel limpió todo mientras los hombres fumaban y escuchaban la radio, demasiado cansados para un juego de naipes. Luego se hizo de noche, y de nuevo el catre, y el sonido de los pasos de su hermano en el piso de madera por encima de su cabeza.

El siguiente día fue sábado y, aunque los muchachos tenían que trabajar, Max llevó a Rachel a conocer al rabino. De camino a la sinagoga y de vuelta, le mostró el pueblo. No había mucho que asimilar. Cada familia o negocio dignos de un edificio de ladrillos se ubicaban sobre Harrison. Las calles perpendiculares se acababan en una o dos cuadras, las cabañas de madera daban paso a las chozas, las rutas surcadas degeneraban en caminos de tierra que se estrechaban en senderos para mulas hacia las montañas. El domingo escuchamos los hipos del camión de repartos del señor Lesser, el proveedor de Max que venía de Denver. Después de tomarse unos minutos para descargar el camión, los dos hombres se sentaron por una hora en la mesa de la cocina, para compartir las noticias, los sándwiches y los cigarros sin apuro. Por lo que Rachel podía ver, la visita era más bien nostálgica que comercial, el pedido pequeño para Rabinowitz Dry Goods apenas valía el viaje semanal.

DURANTE LAS SEMANAS que siguieron, las mujeres frecuentaban la tienda con más asiduidad ahora que esta jovencita nueva podía alcanzarles con rapidez esas agujas de tejer o esa bobina de cinta Carlisle que Max jamás podía encontrar. Un día Rachel quedó sorprendida al ver a Max arrancar septiembre del calendario de la pared. El mes había pasado con tanta facilidad, la rutina del negocio y la familia la absorbían como si siempre hubiera desempeñado esa función.

Antes de darse cuenta, la boda de Saúl estaba a la vuelta de la esquina.

—Estaré yéndome con Sadie y sus padres después —dijo Saúl una noche durante la cena, echó una mirada a su padre junto a la cocina, luego sonrió con simpatía a Rachel—. Estoy tan contento de que hayas venido. Papá está feliz con tu compañía. ¿Cierto, papá?

—¿Cierto qué? —preguntó Max.

—¿Feliz de tener a alguien que escuche tus historias todo el día?

—Eso es cierto, hijo, eso es cierto. —Max echó una mirada a Rachel tan penetrante que la hizo sonrojar.

Sam, avergonzado por su hermana, se aclaró la garganta.

—Se habla en el pueblo de un gran proyecto, el Ice Palace, para atraer turistas desde Denver. Dicen que pondrá a Leadville de vuelta en el mapa. —Los hombres discutieron el tema, Max fue optimista por los empleos que generaría después de que la mina cerrara por la temporada. Sonaba excitante para Rachel, pero su hermano no estaba convencido—. ¿Quién demonios vendrá hasta aquí en pleno invierno para ver un palacio hecho de hielo?

Esperaban a Sadie y a sus padres un par de días antes de la boda. Max le pidió ayuda a Rachel para limpiar las habitaciones superiores y reacomodar las camas.

—Solo celebran la boda aquí porque es más barato —se quejó Max—. Si la hacían en Colorado Springs, Nathan, ese es el padre de Sadie, hubiera tenido que invitar a la sinagoga completa. Siempre fue un tacaño. Ni siquiera se quedarán en el hotel mientras estén en el pueblo. Así que, pondremos a Nathan aquí conmigo y Saúl. Sadie y su madre, Goldie, pueden compartir la otra habitación. Sam tendrá que dormir en una litera en la cocina contigo. No te importará, Rachel, ¿cierto?

—En absoluto, tío —respondió Rachel sonriendo.

El cortejo nupcial arribó el último día de octubre y Rachel se dejó llevar por los preparativos. Aquella noche, todos se reunieron alrededor de la mesa de la cocina para comer una cena ligera de rodajas de embutidos y botellas de vino de contrabando apartadas desde antes de la Prohibición. Los hombres discutieron sobre las consecuencias de la caída de la bolsa de valores del martes en Nueva York, mientras que las mujeres hablaban de velos y flores. Nathan invitó a un brindis, y Rachel participó, mientras veía el arcoíris en su vaso de vino donde le daba la luz. Ya cuando todos los demás subieron a sus habitaciones, a Rachel le dolía la cabeza y le hacía ruidos el estómago por la falta de costumbre con el alcohol. Se acostó con cuidado mientras Sam se acomodaba otro catre a su lado. En la oscuridad, encendió un cigarrillo y lo fumó como en sueños. El vino lo había puesto nostálgico.

—¿Recuerdas que solíamos dormir en la cocina, debajo de la mesa?

Rachel buscó en sus recuerdos. Recordaba la parte inferior oscura de la mesa, el ruido de una silla arrastrándose, los cordones desatados de alguien.

—Lo recuerdo, Sam.

Apagó el cigarrillo con dos dedos y lo dejó caer al piso. Estiró la mano a través del espacio entre los catres y buscó la mano de su hermana. Sus dedos se entrelazaron. De inmediato Sam comenzó a roncar. Rachel permaneció despierta tanto como pudo, a la vez que disfrutaba los latidos de su corazón.

RACHEL SE DESPERTÓ y encontró vació el catre de su hermano. Supuso que se había ido a trabajar más temprano que de costumbre. La tienda estuvo ocupada ese día con los viejos amigos que pasaban a visitar a Nathan y Goldie. Por la tarde, Sadie y Saúl tenían que ir a la sinagoga. «El rabino quiere hablarnos sobre el matrimonio», le susurró Sadie a Rachel. Max anunció que iría con ellos. Goldie aprovechó para subir a dormir una siesta. Nathan salió a caminar. Sola en la tienda, Rachel deambulaba entre los pasillos, manipulando la mercancía conocida e imaginando su vida aquí con su hermano y su tío después de que su primo se casara y se fuera.

Sam volvió a la casa cubierto de polvo de plata.

—¡Qué bueno por Saúl que renunció ayer, porque lo habrían despedido hoy de todas maneras! —dijo mientras se aseaba en el fregadero de la cocina—. A un montón nos despidieron. Van a cerrar el agujero antes, por ese asunto de la bolsa de valores.

—Estará todo bien, Sam, trabajaremos para el tío Max. O quizá tú puedas trabajar en el Ice Palace.

—¿Crees que quiero quedarme en este basurero? ¡Mira a tu alrededor! Rabinowitz Dry Goods es un chiste. Si Max no fuera el dueño del edificio, estaría en la calle, arruinado. Aquí no hay futuro para mí.

—Pero, Sam, él es nuestra familia. Es hermano de papá. Él quiere cuidarnos.

Sam echó un resoplido.

—A ti, quizá. Se ha encariñado contigo. Pero, ¿a mí? Si no me gano el sustento, solo soy peso muerto aquí. La única razón por la que no me ha molestado por dinero es porque cree que te envié todos mis ahorros. Solo espera a ver lo que suceda cuando le cuente que estoy sin empleo.

—Él no es así. Y de todas maneras, ¿a dónde más iríamos? —agregó con voz suave—: Si solo supiéramos dónde está papá.

El rostro de Sam se desfiguró como si hubiera comido algo podrido.

—¿Por qué sigues sacando ese tema?

Desde que había confundido a Max con su padre, Rachel no había podido sacarse la idea de encontrarlo. Ahora, quería preguntarle a Sam la razón por la que se enojaba tanto cada vez que lo mencionaba. Claro, diría que fue terrible la manera en que los abandonó, pero no fue su culpa, ¿cierto? Él no lo había deseado, Rachel estaba segura de eso. Él temía que la policía jamás creyera que fue un accidente, eso era todo.

Antes de que Rachel pudiera decir algo, la campanilla de la tienda anunció una sucesión de retornos: Saúl y Sadie, seguidos de Max y, unos minutos más tarde, Nathan. El ruido hizo bajar a Goldie también. Al calor de las conversaciones, no hubo más palabras en privado entre Rachel y Sam.

—Vamos de salida al Golden Nugget —anunció Max más tarde—. Voy a despedir a mi hijo con estilo. No has olvidado la habitación del fondo del Nugget, ¿cierto, Nate?

—No he olvidado cuánto odias pagar una ronda, Max.

—No caigan en la cárcel por beber —advirtió Goldie—. Tenemos una boda mañana.

—El alguacil de Leadville jamás ha estado convencido de que hacer cumplir la Prohibición sea exactamente su trabajo —le aseguró Max—. Mejor preocúpate de que el novio sea capaz de mantenerse parado durante la ceremonia.

Rachel observó a su hermano salir apresurado, con tanto sin resolver entre ellos.

—Mamá, ¿qué dices si nosotras vamos a ver el espectáculo en el Tabor? —dijo Sadie—. Todo está listo para mañana.

Goldie se veía melancólica.

—Hace mucho tiempo que no veo ese escenario. Y hoy es una noche de variedades, no como una de esas óperas extranjeras que Baby Jane solía traer para impresionar a los Guggenheim. Por supuesto, vayamos nosotras las muchachas al teatro. Rachel, eso significa que tú vienes también. Será mi regalo.

Afuera, la escarcha ensuciaba las aceras. A pesar del frío, las mujeres no se pusieron abrigos sobre sus vestidos, ya que el teatro estaba al lado. El espectáculo ya había comenzado, pero había muchos asientos disponibles. Goldie, que quería evitar los mineros ruidosos del piso principal, condujo a Sadie y a Rachel hacia arriba, al tercer nivel y a través de una entrada con cortinas. El espacio se precipitó frente a ellas. Rachel estiró la mano para agarrarse de la barandilla y no caerse. Goldie la orientó a lo largo de la hilera del frente, a la vez que la ubicó en un asiento tan inclinado con respecto al escenario que podía ver en los laterales.

El Tabor presumía de ser el teatro más elegante al oeste del Misisipí; ciertamente Rachel jamás había estado en ningún lugar tan grandioso. Que esa elegancia estuviera sobre la misma cuadra que la tienda polvorienta de su tío la asombraba. Las boquillas de gas parpadeaban por todos los niveles e iluminaban el escenario, en el que un mago estaba uniendo y separando unos aros de bronce sólido. Cada vez que balanceaba los aros y tintineaban se escuchaba en la fosa un frenesí de violines. Rachel deseaba preguntar cómo era posible tal cosa, pero Goldie estaba ocupada susurrando que había conocido al viejo Horace Tabor en persona, mucho antes de que el desplome de la plata devastara su fortuna. Sadie respondió con un susurro que una vez Saúl le había entregado mercadería de la tienda a su viuda, Baby Jane, que vivía como una ermitaña en la mina agotada de Tabor, la que sumaba murciélagos con cada invierno largo.

Rachel inclinó su cabeza para ver quién estaba esperando para subir al escenario a continuación. Escondida a medias en la oscuridad

estaba una ostentosa mujer vestida en terciopelo púrpura, cuyo esco-
te brillaba a la luz de la lámpara de gas. Un balanceo final, el aleteo
de unas palomas y una ronda de aplausos marcaron el fin del acto del
mago. Con un gesto dramático se envolvió en su capa y se retiró con
un andar majestuoso. El ardiente reflector pasó rápido por encima del
escenario hacia el lateral opuesto, haciendo retroceder la oscuridad.
La regia mujer salió al escenario mientras el maestro de ceremonias
la anunciaba:

—Desde los más grandes escenarios de Europa donde ha actuado
para la realeza, ¡Madame Hildebrand!

La orquesta empezó a tocar un aria cuando Madame Hildebrand
procedió a cantar como parte del programa cultural. Con la emoción
de sus cejas y sus labios exagerados por el maquillaje, lanzó las notas
de soprano por encima de las cabezas de la audiencia. La mirada de
Rachel seguía a la mujer a medida que se contoneaba por las tablas,
pero no estaba escuchando la canción. Sus ojos devoraban el cabello
de la mujer. Era del mismo granate ardiente que el de la trenza escondida en el fondo de la maleta de cartón de Rachel.

Casi lo había olvidado. Pero allí estaba, el cabello de Amelia sobre
la cabeza de esa mujer. Quizá ella era la verdadera madre de Amelia,
no muerta sino fugada, al igual que el padre de Rachel. La posibilidad
dio vueltas en su mente hasta que el aria terminó y el aplauso despejó las notas del aire. La soprano hizo una reverencia y retrocedió al
lateral desde donde había salido, con el reflector que la seguía. Rachel
se inclinó hacia adelante para verla salir. Oculta en los asientos de la
orquesta por una cortina lateral, la soprano de hombros anchos se
detuvo. Buscaba algo en su cabello: ¿un broche, un adorno? Pero no,
dobló un dedo bajo el frente de su cabello y lo levantó de su cabeza.
El reflector se movió por encima de las tablas para tomar al siguiente
artista justo cuando la soprano se quitó la peluca.

Rachel temblaba de entusiasmo.

—Disculpen, por favor, me siento mareada. —Sadie y Goldie se pusieron de pie para dejarla pasar—. Solo necesito algo de aire fresco.

Rachel bajó corriendo las escaleras hasta el vestíbulo del teatro, miró alrededor en busca de alguna manera de llegar a los camerinos. No había. Salió por el frente y dobló la esquina. Por la parte trasera, un camión estaba estacionado frente a la puerta de ingreso al escenario, listo para que lo cargaran después de la actuación. Rachel se agachó para pasar frente al conductor adormecido. Adentro, podía escuchar las risas atenuadas de la audiencia mientras franqueaba el laberinto de los camerinos. Una mujer que empujaba un perchero del vestuario la orientó cuando Rachel preguntó dónde podría encontrar a Madame Hildebrand. Espió por una puerta apenas abierta. Allí estaba la soprano vestida con una bata, sentada frente a un espejo y retocándose el maquillaje grasoso. El cabello moreno con vetas grises estaba pegado a su cráneo. A su lado, en una cabeza de maniquí para pelucas, estaba el cabello tan parecido al de Amelia.

Los ojos de Rachel se encontraron en el espejo con los de madame.

—No te quedes ahí parada, niña. Entra. —Rachel entró lentamente al camerino—. ¿Qué deseas? ¿Un autógrafo?

—La peluca que estaba usando... —las palabras le secaron la boca.

—¿Qué pasa con ella?

Rachel se quitó el sombrero *cloche* de su cabeza, para permitir que su calva hablara de su deseo.

Madame giró para mirar a Rachel con compasión, sus joyas pesadas se asomaban por debajo de la bata.

—Ven aquí —Rachel se acercó un paso más—. ¿Cuál quieres probarte?

Rachel se dio cuenta de que la peluca rojiza no era la única. Al lado de la que había visto en el escenario estaban dos más: una con una cascada de rizos negros, otra con trenzas doradas tan largas que rodeaban el cuello como el lazo de una horca. Ninguna era áspera ni se veía muerta como la peluca que le habían dado en el hogar.

—Esta haría juego con tu color de piel —dijo madame, con un gesto hacia la del cabello negro—. Uso esa cuando canto *Carmen*.

Pero Rachel dio un paso más hacia la peluca rojiza, para acariciarle un rulo crepitante.

—¿Puedo probarme esta?

Madame sonrió.

—Sí, esta es especial. De alguna manera siempre me pone de humor para escuchar a Mozart. Ven, siéntate. —Se levantó y le ofreció su asiento frente al espejo, que reflejaba el óvalo desnudo de su rostro.

—Aquí tienes —madame acomodó la peluca con delicadeza en la cabeza de Rachel, con las orejas por debajo hasta acomodarla en su lugar—. Te queda floja. Tu cabeza es más pequeña que la mía. La señora Hong hace cada peluca a la medida, para que quepa perfecta. Listo. ¿Qué te parece?

Rachel se sentía abrumada por ver tanto cabello cayendo alrededor de su rostro. Era como si el fantasma de Amelia hubiera venido a tragársela. La recordó susurrándole a Marc Grossman y sintió rabia. Si alguien merecía tener ese cabello, esa era Rachel.

—¿Cómo la sientes?

La peluca estaba un poco floja y el cabello era pesado, pero sobre su calva se sentía suave, sosegada, extrañamente viva.

—Es encantadora. No pica en absoluto. La que me dieron cuando era niña picaba tanto que no podía usarla.

—Funda de lana, probablemente, y a veces usan pelo de la cola de los caballos. Las muchachas de la señora Hong tejen la funda de seda y, por supuesto, utiliza solo cabello humano.

Sin quitar los ojos de su reflexión, Rachel preguntó:

—¿Quién es la señora Hong?

—La mejor fabricante de pelucas que conozco. Consigo todas mis pelucas de la Casa del Cabello de la señora Hong, en Denver.

La mirada de Rachel permanecía sobre la imagen en el espejo. Pasó la mano sobre su cabeza, a la vez que envolvía el cabello alrededor de su cuello.

—¿Cuánto cuesta?

—¡Oh, niña!, nada con lo que pudieras soñar, me temo. Aun yo puedo permitirme solo una al año. —Madame Hildebrand trató de tomar la peluca. Rachel arqueó la espalda, para alejarse un poco.

—¿Y si ya tuviera el cabello? —preguntó.

Cuando le cortó el cabello a Amelia, su única motivación fue la venganza. Jamás había sabido el motivo por el que su puño se había aferrado a la trenza, por el que la había arrastrado por medio continente. Ahora Rachel entendió. La peluca morena que había usado en el baile de Purim la había traicionado con falsas promesas de belleza, pero una peluca hecha del cabello de Amelia haría más que disfrazar su fealdad. Una peluca así elevaría a Rachel al esplendor acorde con ella.

Madame Hildebrand miró los ojos ambiciosos de Rachel en el espejo y se compadeció de ella. Pensó que esa muchacha extraña debía tener algo de cabello envuelto en papel de seda, con las hebras delgadas y aceitosas provenientes de quién sabe qué enfermedad que la había dejado calva. La fiebre escarlata podía causar eso en ocasiones, había escuchado.

—Lo lamento, querida. No puedo imaginar cuánto costaría. Ni siquiera sé dónde tiene su tienda la señora Hong. Es ella quien viene a mi camerino en el Auditorio Municipal cuando estoy en Denver.

La mujer con el perchero del vestuario apareció en la puerta.

—Diez minutos, madame. Tengo su vestuario de gitana.

—Discúlpame, querida, tengo que prepararme para mi próxima aria.

Madame levantó la peluca de la cabeza de Rachel y la ubicó de vuelta en la cabeza de maniquí. La calva de Rachel se sentía desolada. Con resentimiento, se puso el sombrero *cloche*, dio las gracias entre dientes y volvió sobre sus pasos hacia la puerta de salida de los artistas. Permaneció parada en el frío tanto como pudo soportarlo, mientras que con su respiración formaba una bruma en el aire.

Goldie y Sadie estaban en el vestíbulo buscándola cuando Rachel entró. Sadie estaba demasiado nerviosa por el día siguiente como para aguantar otro acto, así que volvieron a la tienda. Estaban arriba arreglando el vestido de boda cuando escucharon a los hombres abajo entrar a tropezones. Al bajar a la cocina, Rachel esperaba la oportunidad de hablar con su hermano, pero Sam cayó rendido en el catre y comenzó a roncar sin siquiera quitarse las botas. Le desató los cordones, tiró de las botas y lo cubrió con una manta.

Antes de deslizarse a gatas bajo sus mantas, Rachel abrió la maleta de cartón y extrajo el cabello de Amelia. Recordó la primera vez que lo había visto, tan abundante y hermoso que hizo que la señora Berger amara a la muchacha a la que pertenecía. La trenza le pertenecía ahora e imaginó que algún día, de alguna manera, haría que la amaran también.

En la boda, Rachel tomó el ramo de Sadie en el momento en que la novia extendía la mano para que Saúl deslizara en su dedo una modesta cinta de oro. Luego rompieron la copa bajo los pies y siguieron los gritos de *mazel tov* mezclados con aplausos. Después de la ceremonia, los judíos reunidos de Leadville permanecieron en la sinagoga, para ofrecerles a los recién casados besos y deslizarles en el apretón de manos unos dólares plegados. Max le contó a Rachel que solía haber tantos que la sinagoga apenas podía contenerlos a todos; ahora, tenían suerte de tener suficientes hombres para el *minian*. Goldie y Nathan invitaron a todos a compartir un pedazo del pastel de bodas. Siempre que una botella fuera abierta por el rabino para propósitos religiosos, todos disfrutaban de un pequeño vaso de vino.

Max se acercó tímidamente a Rachel y la tomó del codo.

—Deseo preguntarte algo. ¿Vendrías por aquí?

La condujo hasta el rincón más alejado de la habitación, donde había dos sillas juntas. Cuando se sentaron, las rodillas de Max chocaron contra las de Rachel. Él se sacó el extremo de su camisa para limpiar sus anteojos.

—¿Qué ocurre, tío? —preguntó Rachel, mientras que con sus ojos seguía el contorno del cabello plateado desde el bigote hasta las patillas y alrededor hasta el otro lado.

—Lo hablé con el rabino ayer y me aconsejó que lo hablara contigo simple y llanamente. —Aclaró su garganta—. Este es el asunto, Rachel. ¿Pensarías alguna vez en mí como algo más que tu tío?

Ella no estaba segura de lo que le estaba preguntando. ¿Deseaba tomar el lugar de su padre, para adoptarla? La expresión en su rostro estimuló a Max a explicarse.

—Sadie y Saúl, se mudan hoy. Mi hijo va a comenzar su propia familia ahora. Y, ¿con qué me quedo, solo en mi tienda? Tu hermano es inquieto. ¿Qué tal si se va a probar suerte en otro lado?

—¿No puede trabajar para ti, haciendo las entregas, como dijo Saúl?

—Apenas tengo suficiente venta como para mantener el cuello fuera del agua. Pero tú, Rachel. Desde que llegaste, ha sido bueno trabajar contigo. La manera en que hablamos cuando haces el inventario. Eso necesito, alguien en la tienda, para ayudar con la existencia. Y las clientas, a ellas les gusta tener una mujer que las atienda. Pero, ¿qué dirán, de una jovencita y un hombre mayor viviendo juntos de esa manera? No puedes dormir en el catre de la cocina todo el invierno. Pero si estuviéramos casados, podríamos permanecer juntos, arriba. Te cuidaría, Rachel, si fuera tu esposo.

El corazón de Rachel se encogió de miedo. Tuvo que tragar, con dificultad, antes de poder hablar.

—Pero eres mi tío. Eres mayor que mi padre.

—No soy tan viejo para ser esposo y padre. —Levantó su mentón. El sol, que atravesaba en sesgo las ventanas de la sinagoga, rebotó en sus anteojos—. Hay muchos hombres mayores que se consiguen una esposa joven. El rabino dice que un hombre mayor es más comprensivo y paciente. En cuanto a que sea tu tío, es verdad, no es muy común por aquí. Pero allá, en la madre patria, eso es lo que sucedía a veces, para mantener la familia junta. Y el rabino dice que bendecirá el matrimonio.

Rachel permaneció en silencio. Max tenía un argumento más que presentar.

—Quizá pronto comencemos una familia juntos. ¿No te gustaría eso, Rachel, tener un bebé todo tuyo?

A Rachel se le estaba revolviendo el estómago, pero su mente funcionaba como un reloj. Era repugnante considerar casarse con su tío, pero la perspectiva de rechazarlo la hizo darse cuenta de lo dependiente que era de ese hombre. Consideró y rechazó cada opción que podía imaginar. Para ganar tiempo, solo dijo:

—Tío Max, no sé qué decir.

—Piénsalo, Rachel. Quizá es una idea nueva para ti, tienes que acostumbrarte a ella. Además, voy a manejar hasta Colorado Springs esta tarde. Decidí darle a Saúl y a Sadie el juego de dormitorio de mi propia boda, así que voy a llevarlo en mi camión. Creí que quizá sería bonito conseguir una cama nueva. ¿Para un nuevo comienzo? —Max cerró la mano sobre su rodilla—. No regresaré esta noche, así que no tienes que responderme hasta mañana.

Rachel pestañeó.

—¿Mañana?

—Podría esperar hasta que tengas dieciséis para casarnos, si lo deseas, así que solo estaríamos comprometidos por ahora. Pero, bueno, no puedo tener a una jovencita viviendo en mi tienda, a menos que tengamos un acuerdo entre nosotros. —Max tomó la mano de Rachel. La atrajo hacia él y presionó su boca sobre sus labios. Por debajo del pelo del bigote, Rachel pudo sentir la dureza de los dientes seguidos por la punta húmeda de la lengua. Un escalofrío la hizo temblar por completo, como si alguien hubiera caminado sobre su tumba. Max se retiró—. Además, ¿adónde más puedes ir?

La voz de Nathan se escuchó por encima del murmullo.

—Es hora de irse a casa.

La palabra sonó falsa en los oídos de Rachel. Rabinowitz Dry Goods solo podía ser su casa si permitía que su tío se convierta en su esposo. Luego tuvo la idea de que Sam jamás lo toleraría. Una vez que se lo contara, se la llevaría lejos. Se irían juntos, quizá a encontrar a papá, a formar una familia verdadera para ellos. Esbozaba una sonrisa mientras seguía a Max fuera de la sinagoga. Rachel pensó en esa escena de película donde atan a una muchacha a las vías del ferrocarril y el tren se acerca. Se entusiasmó con la certeza de que Sam la salvaría.

—Quizá sea lo mejor —dijo Sam aquella noche cuando Rachel le contó sobre la propuesta de Max. Todos los demás se habían ido a Colorado Springs, los recién casados en la parte trasera del sedán de Nathan, con Max siguiéndolos con su dormitorio antiguo atado en su camión. En la cocina, Sam estaba reclinado en su catre, con un cigarrillo encendido entre los labios.

Rachel no podía creer lo que escuchaba.

—Quiere casarse conmigo, ¡nuestro propio tío!

—Dijo que esperaría hasta que tengas dieciséis, ¿no es cierto? —Sam se puso de pie y estiró la mano hasta la parte superior del aparador Hoosier, para bajar una botella pequeña—. El coñac medicinal de Max —tiró del corcho con los dientes y bebió un trago—. No está mal. Nada mal en absoluto. —Se estiró en el catre de nuevo y alternaba inhalaciones con sorbos de licor.

Rachel se sobresaltó.

—Notará que tomaste algo.

—No me importa. Solo finge que no sabes nada de esto, deja que me eche la culpa de todo a mí.

Rachel se sentó a un lado de su hermano en el catre.

—No voy a fingir nada. Tienes que llevarme lejos de aquí, Sam.

—Tu cumpleaños es ¿cuándo?, ¿en nueve meses? Esto podría funcionar para nosotros, Rachel. Sabes que he querido irme de aquí, y he ahorrado mucho, pero no lo suficiente para que ambos vayamos a alguna parte y nos quede algo de sobra para cuando lleguemos allí. Además, deseo tener algunas aventuras, después de todos esos años diciéndome lo que debía hacer, esos malditos timbres sonando cada hora del día. —Sam sacudió la cabeza como si tuviera agua en los oídos—. Me volvieron loco, esos timbres. Pero, ¿a dónde demonios iba a ir si me preocupaba por ti? Ahora que sé que él te cuidará, puedo irme.

—Pero, Sam, ¡es repulsivo! ¡No puedes dejarme aquí, con eso!

—Rachel, no voy a dejar que se case contigo de verdad. Para cuando tengas dieciséis, estaré radicado en alguna parte y enviaré por ti. Lo prometo. —Miró al techo, ya perdido en sus aventuras imaginarias.

Rachel veía quemarse el cigarrillo olvidado en la mano de su hermano. Se suponía que él la salvaría, no que la dejaría atrás con nada más a qué aferrarse que el recuerdo de su palabra.

—También prometiste que me sacarías del hogar de niños.

Sam se puso de pie como un relámpago.

—Solo era un niño, Rachel. No podía hacer nada al respecto. Quieres culpar a alguien, culpa a nuestro maldito padre, al desgraciado, por convertirnos en huérfanos.

—No, Sam, no fue su culpa huir después del accidente de mamá. Solo estaba asustado. —Rachel tomó la mano de su hermano—. No te culpo realmente, sabes eso. No puedes culparlo a él, tampoco.

—¿Que no puedo culparlo? —Sam la empujó a un lado y subió las escaleras corriendo con pasos enfurecidos. Volvió un minuto más tarde con una mochila—. ¿Estás desesperada por encontrar a nuestro padre? ¡Toma! —De un tirón sacó un sobre arrugado y se lo arrojó a Rachel. Mientras ella sacaba un pedazo de papel arruinado y lo alisaba lo suficiente para leer lo que contenía, Sam le dirigió un aluvión de palabras—. Max le escribió a nuestro querido padre cuando yo aparecí aquí. Él está viviendo en California, si quieres ir a buscarlo. La dirección está ahí en el sobre. ¿Quieres saber qué tenía que decirme cuando Max le contó que hui del orfanato y vine hasta aquí por mi cuenta?

Sam arrancó la carta de las manos de Rachel.

—«Querido hijo» —leyó, y las palabras salieron con ira—. «Me alegra escuchar que estás en Leadville. Supe por Max que terminaron en el Hogar de Huérfanos Judíos. Sabía que los cuidarían bien a ti y a tu hermana, mejor de lo que hubiera podido hacerlo yo. Pero ahora Max me cuenta que estás trabajando en la mina. Quizá te sobren unos dólares que puedas enviarme. He estado enfermo últimamente…». —Sam arrojó la carta al piso. Se deslizó hasta debajo del catre. Rachel se apoyó sobre las manos y las rodillas para recuperarla.

—¡Dinero! Eso es lo que quiere de mí, después de todos estos años. Max dice que siempre es así con él. Vino hasta aquí, después que murió mamá. Se quedó por aquí chupándole la sangre hasta que lo corrió. Max me dice: «Haz lo que quieras, pero ya no seguiré tirando dinero en mi hermano».

Rachel estaba leyendo las palabras garabateadas en el papel. La escritura de su propio padre.

—Si está enfermo, Sam, deberíamos ayudarlo. Deberíamos ir con él. —Parecía que las mentiras que les contó a los Cohen y a los Abrams se hacían realidad después de todo.

Sam encendió otro cigarrillo, la llama se reflejó en sus ojos.

—Déjalo morir si está tan enfermo. No voy a enviarle ni un centavo de lo que gané, trabajando bajo tierra. Él nos abandonó, Rachel. No le debemos nada.

Rachel comenzó a objetar, pero Sam la interrumpió.

—Mira, tú haz lo que quieras. ¿No confías en que enviaré por ti? Bien, entonces vuelve al hogar.

Rachel pensó en la plantilla retorcida del zapato de Naomi, en el cabello recortado de Amelia. La vergüenza se apoderó de ella.

—No puedo volver allí, Sam. Permíteme ir contigo, adonde sea que vayas.

Él se negó con un gesto de su cabeza.

—Traté, Rachel, todos esos años, traté de cuidarte. ¿Crees que no hubiera huido hace tiempo si no fuera porque estabas en el hogar? No puedo protegerte más. Jamás pude. Quiero decir, ¡mírate! —Lanzó su mano hacia el sombrero *cloche*. Solo como intento de un gesto, pero se lo quitó de la cabeza de un golpe.

Rachel inspiró, como afligida.

—¡Ah!, Rachel, lo lamento —se inclinó para recogerlo—. No fue mi intención.

Ella tomó el sombrero de sus manos, lo sostuvo en su regazo. Presentía el resplandor de la luz eléctrica en su calva suave. Levantó el mentón y trató de sostener la mirada de Sam, pero él puso su atención en el piso. Ella recordó la manera en que los ojos de Sam se habían deslizado lejos de su rostro, aquel primer día en la recepción, cuando ella confundió a Vic con su hermano. Todos esos años ella había creído que era la culpa que lo había hecho voltear su cabeza. Ahora vio la verdad: él no podía soportar verla.

—Adelántate, Sam. Me quedaré aquí. Quizá vaya a buscar a papá yo sola. O quizá termine casada con tío Max, después de todo. —Para hacerlo sufrir, dijo—: No podría ser peor que Marc Grossman.

Las mejillas de Sam se llenaron de sangre y se le formaron motas en la piel.

—No llegará a eso, Rachel, te lo aseguro.

Esa palabra era tal mentira que Rachel apagó la luz, así no tendría que ver el rostro de su hermano.

Si Rachel durmió en algún momento, no lo supo. Escuchó a Sam la noche, hurtando provisiones de los estantes de la tienda. Al conocer el inventario de memoria, podía adivinar, por la ubicación y la calidad del sonido, lo que se estaba llevando: una talega, una manta, una cantimplora, un cuchillo. Se habría ido por la mañana, de eso estaba segura. Se volteó en su catre, con los oídos cubiertos por su manta. Escuchó un tintineo apagado en algún momento antes del amanecer.

En la mañana, Rachel se sentía extrañamente aturdida al arreglar el libro del inventario para cubrir el robo de su hermano. Deambuló en silencio por el edificio, levantó un pedazo de cinta que se había caído del vestido de Sadie, echó un vistazo a la habitación polvorienta de Max. Por un buen rato, Rachel no podía justificar esa novedad. Luego se dio cuenta —jamás en toda su vida había tenido un lugar completo para ella—. Sentada en la mesa de la cocina, volvió a leer la carta de su padre, luego esparció lo que le quedaba del dinero que le robó a Naomi. Podría ser suficiente para un boleto a Sacramento, pero estaría llegando sin nada en los bolsillos, para encontrar a un hombre que no había visto en una docena de años. Un hombre que estaba enfermo y que necesitaba dinero. Un hombre que había abandonado a sus hijos.

Rachel miró la tienda. Le gustaba trabajar allí, hablar con los clientes y organizar los artículos. Hasta le agradaba Max, pero no como esposo. Quizá se quedaría un tiempo más. Luego pensó en la lengua de Max deslizándose a través de sus dientes, las manos en su cintura cada vez que subía la escalera. Él podría decir que esperaría hasta que cumpliera los dieciséis pero, solos en la tienda, no estaba segura de que podría confiar en su palabra.

En la quietud de la cocina, Rachel se dio cuenta de que extrañaba su hogar. No por su hermano y el padre que apenas podía recordar, sino por los dormitorios, el comedor y el patio de juegos del castillo. Extrañaba a la enfermera Dreyer. Extrañaba a Naomi. El dinero sobre la mesa, la trenza en su maleta: eran un muro entre ella y el lugar que había sido su hogar. Dejó caer la cabeza sobre sus brazos. Incluso si lo quisiera, no podía volver. Tendría que elegir entre las promesas de su hermano, la propuesta de su tío o la posibilidad incierta de su padre.

Escuchó el silbido de un motor. Mientras se limpiaba los ojos con el dorso de la mano, miró hacia afuera por la ventana y reconoció el camión del señor Lesser. Por supuesto, era domingo. Sin embargo, Max no había dejado un pedido. El señor Lesser golpeó a la puerta de la cocina. Rachel metió el dinero y la carta de su padre en el bolsillo, luego fue a abrirle. Al menos podía ofrecerle el almuerzo hasta que Max volviera. Había venido desde tan lejos.

Todo ese camino desde Denver.

Capítulo dieciséis

EL TURNO DE NOCHE DEMOSTRÓ SER TAN FÁCIL COMO FLO LO asegurara —podía entender el motivo de su preferencia—. Por la noche venía al quinto solo otra enfermera. Lucía y yo nos conocíamos por los cambios de turnos y charlábamos sobre los pacientes, hasta que se instaló en la enfermería donde hacía un tejido elaborado de croché, un vestido de bautismo para su nieta, decía. Gloria autorizaba todas las dosis de la noche y cerraba bajo llave la farmacia antes de marcar su salida. Los doctores eran buenos en prescribir sedantes para aquellos pacientes cuyos opiáceos no nos garantizaban ya una noche tranquila. Aparte de administrar los medicamentos y revisar las camas, no esperábamos tener mucho más que hacer hasta el amanecer.

Justo cuando terminaba de organizar el carro para las rondas de las ocho, la tormenta que predijo Flo llegó finalmente. El cielo parpadeaba como un cartel de neón que promocionaba truenos. Las ráfagas de viento entraron por las ventanas abiertas, regando la lluvia sobre las repisas y azotando las puertas. Los truenos resonaban sobre nuestras cabezas. Las lámparas se estremecían. Las bombillas se apagaban y se encendían. Alguien gritó.

Lucía y yo corrimos a cerrar las ventanas en las habitaciones de los pacientes. Nos tropezábamos en el pasillo, marcado con nuestras pisadas húmedas.

—El señor Bogan se cayó al tratar de salir de la cama —dijo Lucía entre jadeos—. ¿Me ayudarías con él?

—Solo permíteme llamar al conserje primero.

Así lo hice, luego levantamos al señor Bogan. Al enredarse en las sábanas, se había deslizado por un lado de la cama, mientras caía gradualmente al piso.

—Gracias a Dios no se quebró la cadera, señor Bogan —dijo Lucía mientras lo acomodábamos de vuelta sobre el colchón.

—Lo lamento, tenía que usar el retrete. No qu-qu-quería ca-ca-ca-ca-causar ningún problema.

Lucía vio que se había defecado.

—No causas ningún problema, querido. Vamos a limpiarte. —Me miró por encima del hombro—. Yo puedo sola, si quieres revisar a los otros.

Me apresuré hasta la próxima habitación. La lluvia ya había formado un charco en el piso. A medida que avanzaba por el pasillo, cerraba las ventanas, calmaba a los pacientes agitados, arreglaba las sábanas, prometía regresar con la medicación. Llegó un conserje negro, timoneando el balde con ruedas con el mango del trapeador. Me siguió hasta el final del pasillo, mientras secaba el piso en cada habitación cuando yo salía.

En la habitación de Mildred Solomon, los gemidos de la anciana se mezclaban con los estruendos de los truenos como el fondo musical de una película de terror. En la ronda de las cuatro en punto, solo le había administrado la mitad de la dosis prescrita y ya le estaba pasando el efecto. Noté que las sábanas se habían humedecido con la lluvia que entró por la ventana. Tendría que cambiárselas y, probablemente, el camisón y el pañal también. Ese pensamiento me hizo estremecer. Pero ahora que

todas las ventanas estaban cerradas, tendría que administrar los medicamentos primero. Al salir, casi choco con el conserje en la entrada.

—Comenzaré por el otro extremo del pasillo después de esta
habitación —dijo.

—Muchas gracias…

Era un hombre joven, parecía amable. Ojalá supiera su nombre,
pero casi no trabajo por las noches, jamás nos habíamos conocido.
Creo que leyó mi expresión porque dijo:

—Me llamo Horace.

—Gracias, Horace.

—De nada, enfermera…

—Rabinowitz.

—De nada, enfermera Rabinowitz.

Horace colocó el trapeador en el balde y comenzó a hacerlo rodar
a través de la puerta cuando pasé a su lado. Se detuvo siguiéndome
con la mirada.

—¿Pasa algo, Horace?

—Si no le importa que lo mencione, enfermera Rabinowitz, y no
quiero decir nada con esto, pero no puedo evitar hacer una observación sobre su cabello. Voy a la escuela de arte, verá usted, durante el
día, y no sé si alguna vez vi ese particular tono rojo.

Los quejidos de Mildred Solomon llegaban hasta el pasillo.

—Lo lamento, tengo que ir por la medicación —me alejé de
Horace al momento que él entraba a la habitación.

El caos de la tormenta me había crispado los nervios; choqué el
carro contra la enfermería, con el consiguiente desorden de los vasos
con las píldoras y las jeringas que rodaron. Me temblaban las manos
mientras reorganizaba los medicamentos. Al quitarme el cabello de
mis ojos, inspeccioné el carro para asegurarme de que nada faltaba. Levanté la mirada y vi a Horace acercándose por el pasillo. Al
haber terminado de trapear la última de las habitaciones en el quinto,

estaba conduciendo su balde hacia el montacargas. En un impulso, abrí un cajón y tomé una tijera.

Dejé el carro y caminé aprisa, mientras desprendía mi cabello al acercarme. Un mechón grueso rodó por mi cuello como la lengua de una lagartija. Alejé el cabello de la nuca, para estirarlo. Con la tijera sostenida justo por encima de mi oreja, ubiqué el cabello entre las hojas y lo corté. El sonido del corte me recordó la primera vez que corté ese cabello, la manera en que la tijera masticó la trenza con bocados codiciosos.

Enrollé el cabello en la palma de mi mano.

—Horace, espere.

Él se detuvo, el balde rodante se quedó inmóvil tan de repente que derramó agua.

—Tenga.

Estiré mi mano. Él tomó lo que le ofrecía. Las hebras rojas crepitaban y se rizaban entre sus dedos morenos.

—No sé qué decirle, enfermera Rabinowitz.

—Es para tus estudios de arte. No te preocupes —le dije, mientras me retiraba—, no es realmente mío.

Horace metió mi extraño presente en el bolsillo delantero de su overol. Busqué el carro y lo empujé a la habitación de un paciente. Los truenos se escuchaban distantes a medida que la tormenta de verano se dirigía al mar.

LA TORMENTA HABÍA perturbado la rutina del turno de la noche. Eran pasadas las nueve cuando todos los pacientes estuvieron secos, arropados y medicados: todos, salvo una.

—Le llevaré esto a la doctora Solomon —le dije a Lucía—. Supongo que estaré un rato con ella. Está cerca del final, creo.

—¡Qué amable de tu parte! Nadie más le dice doctora, ¿sabías? Pero la conocías, ¿cierto? Gloria me contó que te trató cuando eras pequeña. ¿Estuviste enferma?

Contuve el impulso de soltar la verdad de manera abrupta. Sin embargo, solo asentí con la cabeza.

—Fue hace mucho tiempo.

Lucía sugirió que fuera y pasara la noche sentada al lado de la moribunda.

—Llévate la dosis de la medianoche también. Haré el resto de esa ronda yo misma. A esa hora es más que nada revisión de camas, de todas maneras. Si deseas estar con ella, quiero decir.

—Así es, gracias.

Tomé otra jeringa y marqué el registro, con un horario que no había ocurrido aún. Lucía se acomodó con su tejido mientras yo caminaba hacia la habitación de la doctora Solomon. Envolví con mis dedos la ampolleta con la morfina sin usar que llevaba en el bolsillo. Esperaba que no estuviera tan lleno para lo que pensaba dejar, aunque supuse que podía solo escurrir el excedente en el lavamanos. Me pregunté por qué no había hecho eso desde el principio. ¿Para qué creí que lo estaba guardando?

En la habitación de la doctora Solomon, cerré la puerta y me senté a un lado de la cama. La había descuidado desde la tormenta. Cubierta solamente con la sábana húmeda, estaba acurrucada sobre un lado, gimoteando. Examiné a la anciana mientras trataba de evaluar la dimensión de su dolor por cómo se movía su mandíbula cuando apretaba sus dientes y por la manera en que los ojos giraban bajo sus párpados cerrados. Necesitaba la dosis con desesperación, pero primero tenía que asearla y cambiar la ropa de cama.

Enrollé las sábanas hacia la columna de la doctora Solomon. En una posición inclinada, deslicé mis brazos por debajo de su cuello y de sus rodillas y atraje su cuerpo hacia mí, para dejar expuesto el otro lado de la cama. Quité las sábanas húmedas, enfundé unas secas, luego le saqué el camisón y le retiré el pañal sucio. Desnuda, la doctora Solomon parecía un pollito encogido caído de su nido. Los pensamientos violentos se amontonaron en mi mente mientras la limpiaba y la vestía, pero mis manos se movían con la delicadeza de la práctica.

—Así está mejor —murmuró, mientras se ponía cómoda entre las sábanas limpias—. ¿Por qué te demoraste tanto?

Me sobresaltó, al escucharla hablar cuando recién había estado tan lánguida en mis brazos. Debió estar simulando, a la espera de que terminara de cuidarle el cuerpo para revelar que su mente estaba lúcida.

—La tormenta nos mantuvo ocupadas, pero ya estoy aquí. ¿Recuerdas quién soy?

—¿Por qué continúas preguntando esas estupideces? Te lo dije, no estoy senil. Solo es esa morfina maldita. Él prescribe demasiado —se lamió los labios—. Tienes algo para mí, ¿cierto?

—Tengo tu dosis, pero tenemos que hablar primero.

Estaba determinada a llegar a ella esta vez. Le arrancaría las palabras que merecía escuchar: «Me equivoqué, lo lamento, por favor perdóname».

—¿Sobre los rayos X otra vez? Fue hace tanto tiempo. ¿Por qué no me preguntas sobre otra cosa? —enderezó los hombros y extendió el cuello—. Dirigía mi departamento, ¿sabías eso? Fui la primera mujer en la ciudad en ser jefa de radiología. No en un hospital escuela, no, no tenía suficientes publicaciones para eso. Tantos cirujanos querían que leyera sus radiografías que nunca tuve tiempo suficiente para conducir otra investigación. Los años se esfuman. Un día levanté la mirada y habían pasado tres décadas. No planeaba retirarme, ¿puedes verme perdiendo el tiempo alrededor de una mesa de juegos? El cáncer me forzó. Solo tengo sesenta años. Mi profesión debería haber durado diez años más al menos. Tráeme agua.

Me exasperaba escucharla quejándose del cáncer a los sesenta cuando acá estaba yo, veinte años más joven, por ser despedazada a causa de ella. Sostuve el vaso de agua en sus labios mientras sorbía unos tragos, con mis dedos tan tensos que podría haber roto el vaso. Agradecí el enojo, contaba con él para ayudarme a pasar la noche, para justificar lo que tuviera que hacer a fin de conseguir mis disculpas. Una vez que le contara a Mildred Solomon sobre los planes del doctor Feldman conmigo, tendría que pensar en alguien más aparte de sí misma por una vez. Tendría que entregarme lo que me debía.

—¿Trajiste mi postre?

—¿Qué?

—Mi postre de chocolate. Le pedí a la otra enfermera que te dijera que quería postre de chocolate. ¿Lo hizo?

Lo había olvidado y, de todos modos, no era mi trabajo traerle su pedido.

—¡Qué importa el postre! Quiero hablar contigo.

—Luego me darás la dosis, ¿cierto? Bueno, puedo negociar también, lo sabes. Puedes torturarme todo lo que quieras, pero no hablaré a menos que me des mi postre. Hasta un convicto recibe su última comida.

Se cruzó de brazos, aunque podía ver que el peso sobre las costillas le ocasionaba mucho dolor. Apretó los labios en una línea tensa y alejó la mirada, toda la determinación y la tenacidad que había utilizado para hacerse camino en el mundo de los hombres las puso en práctica por esta petición ridícula.

—Es demasiado tarde ya, las cocinas están cerradas —ella giró la cabeza, su mentón se estremecía por el esfuerzo—. ¡Oh, por el amor de Dios!, veré qué puedo hacer.

En la cafetería, encontré a la última trabajadora de la cocina cuando estaba preparando una bandeja de sándwiches envueltos en papel cera para el personal de turno de la noche. Me condujo de vuelta hasta la cocina. En uno de los refrigeradores, había un estante con tazones sobrantes de postre cubiertos con papel para envolturas Saran Wrap.

Tomé el más lleno, con la intención de privar a la doctora Solomon de cualquier otra excusa. Podría morir antes de que yo volviera a trabajar después de tres días libres, un último turno antes de mi cirugía. Eso tenía que pasar esta noche.

—He estado soñando con esto —era exasperante verla llevarse a la boca porciones pequeñitas de postre, a la vez que se relamía tras saborear cada bocado. El brazo se me cansaba de sostenerle el tazón debajo del mentón. Entre cucharadas, lo dejaba reposar sobre su regazo, al igual que mi mano. Con el dorso de mi mano sentí un espasmo del dolor que irradiaban sus huesos.

Aún no había terminado cuando soltó la cuchara sobre la manta.

—Es suficiente —dijo, sin siquiera decir gracias, como si yo fuera una mesera en una cena. Dejó caer su cabeza en la almohada y permitió que sus ojos se cerraran lentamente mientras que su lengua recorría sus labios—. Ese sabor me transporta al pasado. Mi madre solía hacerme postre de chocolate para el desayuno. Cuando tuve varicela, lo único que podía soportar comer era el postre. Hasta después de haberme recuperado, rechazaba cualquier otra cosa en la mañana. La recuerdo parada a un lado de la cocina después de la cena, revolviendo la cacerola con el postre para dejarla en el refrigerador durante la noche. ¿Existe algún aroma más maravilloso que la leche justo antes de que se queme?

—Recuerdo a mi madre encender la cocina en la mañana —dije, luego me detuve. Rememorar con Mildred Solomon no era parte de mi plan—. Escúchame ahora. Tuve una cita con un oncólogo esta mañana —ella no respondió—. Sobre mi tumor, ¿recuerdas que lo palpaste?

—Lo recuerdo. No estoy senil. ¿Pensó que era maligno?

—Me hará la cirugía la semana próxima. Examinará las células mientras esté en la mesa de operaciones. No sabré hasta que despierte cuánto quedará de mí —pensé en mí cuando era niña, amarrada a su mesa, y en la doctora Solomon goteando cloroformo en su máscara. Tomé su mentón en mi mano y la obligué a mirarme —. Es por los rayos X que me diste. Por tu experimento. Tú me hiciste esto. ¿Qué tienes que decir a tu favor?

Su mirada jamás vaciló, aunque sus párpados temblaron y se agitaron.

—Crees que todo es culpa mía. Las mujeres tienen cáncer de mamas todo el tiempo. Así que quizá tengas cáncer, eso es terrible, seguro. Pero, ¿qué hay de mí? Es probable que fuese por exponerme a todos esos rayos X que el cáncer corroe mis huesos. No lamento eso, ¿cómo podría lamentarlo? Es una pérdida de tiempo arrepentirse del pasado. Además, no lo sabes con seguridad.

—Aun si no es cáncer, he vivido toda mi vida dañada —toqué mi peluca—. Dañada por su culpa.

—¿Piensas que quedar calva te arruinó la vida? Y ¡qué si usas una peluca! Así lo hacen los ortodoxos, así lo hace un montón de mujeres. Mírate. Eres una muchacha bonita. Tienes un buen trabajo, una profesión. ¿Eres casada? —hizo una pausa, mientras pensaba—. ¿Fuiste capaz de quedar embarazada, después de los rayos X?

Cada vez que me remordía no haber tenido hijos, pensaba que fue mi propia naturaleza la que me negó la maternidad. Ahora me preguntaba si Mildred Solomon no me había robado eso también.

—No lo sé, jamás traté —dudé, vacilante entre la verdad que se sentía como mentira y la mentira que se sentía como verdad—. ¿Y qué si estoy casada? ¿Qué te importa?

Al instante lo lamenté. Se aferró a mis palabras.

—Entonces tienes algo que yo jamás tuve. Nunca pude casarme y mantener mi profesión. No todas podemos ser Madame Curie, ¿cierto? Sé lo que esos otros doctores solían decir de mí a mis espaldas, algunos de ellos incluso en mi rostro. No tienes idea de lo que tuve que atravesar.

No quería ver nada desde su punto de vista. Enturbiaba mi ira, confundía mi sentido de la justificación. Aun así, mi mente evocó la imagen de la doctora Solomon como una mujer joven con ese corbatín alrededor de su cuello, haciéndose camino entre la multitud de hombres de chaqueta blanca. Sabía demasiado bien qué palabras le habrían dicho.

Me tome del pecho.

—Pero, ¿qué hay de mí? ¿Qué quedará de mí después de esto? ¿No sientes pena por eso?

—Al menos tendrás a alguien que estará contigo cuando mueras. ¿A quién tengo yo?

—Me tienes a mí —traté de parecer siniestra, con el deseo de que la doctora Solomon se diera cuenta de lo indefensa que estaba, por completo en mi poder. En cambio, esas palabras eran la simple declaración de un hecho. De todas las personas en el mundo para tener en su lecho de muerte, solo le quedaba yo.

La boca de Mildred Solomon pendía abierta; jadeaba del dolor.

—Estoy lista para otra dosis —habló como un doctor dando órdenes—. Podemos charlar más tarde, Número Ocho, pero solo si me das algo ahora.

—Te he dicho que me llamo Rachel. Pero no te importa, ¿cierto? Incluso ahora, solo soy un número para ti. Todos los niños en el hogar de huérfanos no eran más que números para ti —pensé en el tatuaje del brazo frágil del señor Mendelsohn—. Solo números, como en los campos de concentración.

Ella se aferró a las sábanas.

—¿Cómo puedes decir algo así? Estabas en un orfanato, no en un campo de concentración. Te cuidaron, te alimentaron, te vistieron. Las obras de caridad judías subvencionan los mejores orfanatos, los mejores hospitales. Hasta este hogar es lo mejor que se puede encontrar para ancianos como yo. No tienes derecho siquiera a mencionar los campos.

Por supuesto que el orfanato no era un campamento de muerte, eso lo sabía, pero no iba a retractarme.

—Viniste a un lugar donde estábamos indefensos, nos asignaste números, nos sometiste a experimentos en el nombre de la ciencia. ¿En qué se diferencia eso de lo que hizo Mengele?

La doctora Solomon se incorporó, el movimiento hizo agonizar los huesos de su cadera. Me apuntó con un dedo titubeante.

—¡No te atrevas a llamarme Mengele! Él fue un sádico, no un científico. Y de todos modos, ¿cómo llegaste al hogar de niños? ¿Te rodearon los nazis y te metieron en un vagón? Por supuesto que no. La agencia solo estaba cuidando de ti, para que no terminaras en las calles. También podrías culpar de todo a lo que sea que mató a tus padres. Mi investigación fue tu oportunidad de devolverle algo a la sociedad, por todo lo que se te daba —se recostó, con las manos curvas sobre las caderas—. Vi los noticiarios, al igual que todos los demás. Lo que hicimos no fue nada comparado con el Holocausto. No sabes lo que estás diciendo.

Pero lo sabía.

—Mi hermano estuvo en una unidad que liberó a uno de los campos. —Agaché la cabeza, mi voz era un susurro—. Me contó que todas esas mujeres con sus cabezas rapadas le recordaban a mí.

Si Mildred Solomon hubiera elegido ese momento para ofrecerme el más pequeño gesto de amabilidad, una caricia tierna, me hubiera disuelto en lágrimas en sus brazos marchitos, le hubiera prodigado calmantes, le hubiera servido postre de chocolate en cada comida. Todo lo que alguna vez había querido de esa mujer, me di cuenta, era la más tenue expresión del amor de una madre. ¿No podía presentirlo?

—¡Es una estupidez! ¡Ahora escúchame, Número Ocho! ¡Asfíxiame o dame algo de morfina, porque si no lo haces voy a gritar asesina cruel!

Derrotada, escurrí morfina en la sonda, solo lo suficiente para callarla. Sus ojos volvieron a hundirse en su cabeza, su boca se relajó en un óvalo holgado. Lo que quedaba de su dosis completó mi frasquito. Me senté en el borde de su cama mientras miraba al dolor aflojar su agarre de los músculos tensos. No duraría mucho. ¿Qué más podía hacer? ¿Qué otras palabras podía emplear, para extraerle a esa mujer siquiera un indicio de remordimiento? ¿Cómo podía negarme eso, después de todo lo que yo le había dado, de todo lo que había tomado de mí? Si no hubiera sido por mí y los otros huérfanos que usó como material, no podría haber dirigido la investigación que la promovió a la posición tan codiciada. Si no tenía remordimientos por la manera en que nos había utilizado, al menos debería estar agradecida. Después de todo, construyó su profesión sobre nuestros cuerpos.

Nadie más que viera esa criatura frágil en aquella cama la hubiera visto por lo que era: obstinada, egoísta, cruel. Se alojó, acurrucada, en una esquina muy pequeña del colchón. ¿Qué hora era de todos modos? El frente del reloj en mi muñeca se veía borroso. No me había dado cuenta de lo cansada que estaba. Sentí que me desplomaba hacia un lado. Mi hombro tocó el colchón, luego, mi cabeza. Levanté mis rodillas, mientras le daba unos empujoncitos a Mildred Solomon para hacerle lugar a mis piernas. Plegué el brazo debajo de mi cabeza y me quedé dormida a sus pies.

Capítulo diecisiete

RACHEL ESTABA PARADA EN EL PÓRTICO DE LA CASA EN COLFAX Avenue, dudando ahora si tocaba el timbre. Venir aquí le pareció muy buena idea en el momento que se le ocurrió. Le había pedido al señor Lesser que la llevase en su camión de repartos, cuando inventó la historia de que se encontraría con Max en Denver. Había puesto un sándwich frente a él mientras ella reunía sus cosas y se servía de la tienda un abrigo de lana y un par de zapatos resistentes, sin siquiera molestarse en cubrir su robo en el libro de la contabilidad. Su tío podría considerarlo la dote de la novia, pensó. La novia que huyó.

Cuando la señora Abrams abrió la puerta, le tomó un momento ponerle un nombre a la joven mujer con el sombrero *cloche* y la maleta de cartón.

—¿Eres tú, Rachel? Entra que hace frío. —La señora Abrams la hizo entrar al vestíbulo. Con preocupación, colocó la palma de su mano en la mejilla de Rachel—. ¿Está todo bien, querida?

Ante aquel contacto cariñoso, Rachel estalló en lágrimas.

—Mis padres están muertos, señora Abrams. Soy huérfana ahora. No sabía a dónde más ir.

La señora Abrams envolvió a Rachel en sus brazos fuertes.

—Pobrecita, querida niña. Lamento tu pérdida.

En seguida, estaban sentadas frente a la hoguera, con unas tazas de café caliente en sus manos. Rachel le contó a la señora Abrams una historia sencilla y muy convincente.

—Cuando llegué a Leadville, papá estaba en su lecho de muerte. Mamá se había agotado y enfermado cuidándolo, y un mes después falleció también. Me dejaron sola con el hermano de mi padre. Por eso mis padres fueron a Leadville cuando papá se enfermó, porque mi tío estaba allí. Después de que mamá murió, pensé que podía quedarme con él y cuidar de la casa, pero ayer me dijo que solo podía quedarme si me casaba con él. No quiero hacerlo, pero apenas tengo dinero, y él dice que no hay lugar a dónde pueda ir —Rachel bajó la mirada—. No sabía con quién hablar sobre esto, hasta que pensé en usted.

La señora Abrams estaba indignada.

—Mi Dios, Rachel, ningún hombre debería acosarte para que te cases con él, menos aún tu propio tío. Las mujeres tenemos derecho al voto, por el amor de Dios, lo hemos tenido en Colorado desde hace décadas ya. Mírame, querida —la señora Abrams tomó el rostro de Rachel entre sus manos—. Eres una persona, Rachel, un ser humano. No tienes que volver a Leadville. Te quedarás aquí, con nosotros, en la habitación Ivy, hasta que decidas lo que sigue para ti.

Era más de lo que Rachel esperaba.

—Prometo que encontraré trabajo y pagaré los gastos.

—Está bien, pensaremos en eso más tarde. El doctor Abrams estará en casa pronto. Ven, ayúdame a poner la mesa.

Durante la cena de carne al horno con zanahorias y *kasha*, la señora Abrams le expuso el apremio de Rachel a su esposo.

—Si Jenny desea que te quedes con nosotros, por supuesto que estoy de acuerdo —dijo—. Me alegra saber que tienes la intención de conseguir trabajo. ¿Sabes que el Hospital para Judíos con Tuberculosis es una obra benéfica? Con el colapso de la bolsa, se prevé que estaremos recibiendo más y más pacientes, en especial con el invierno en camino. Nuestras enfermeras van a necesitar toda la ayuda que puedan conseguir. ¿Por qué no vienes a trabajar para nosotros?

—¡Ah, gracias, doctor Abrams!, eso sería perfecto, entonces puedo pagar mi habitación y la estadía.

—No tienes que pagarnos, Rachel —dijo Jenny Abrams—. Alojarte, esa es nuestra mitzvá. Guarda tu dinero o gástalo de la manera en que decidas. Esperamos que Althea venga durante el verano, quizá para entonces quieras viajar de vuelta al este con su familia. Pero por ahora, tienes un hogar con nosotros.

—Y si trabajas duro —dijo su esposo—, un lugar en el hospital.

Rachel desbordaba de gratitud hasta que una duda le contrajo el estómago.

—Doctor Abrams, no sé qué le habrá contado la señora Cohen, pero no había terminado mis clases de enfermería cuando tuve que venir aquí por mi padre. Solo ayudaba en la enfermería del orfanato, por una pasantía. No tengo diploma.

El doctor Abrams arqueó sus cejas.

—Es posible que Althea haya exagerado tus credenciales, pero no importa. Te haré comenzar como auxiliar, la jefa de enfermeras juzgará tus habilidades en lo que puedas hacer. ¿Fue en Manhattan o en Brooklyn, la pasantía?

—Manhattan.

—Entonces, eso sería el Hogar de Huérfanos Judíos, ¿estoy en lo correcto?

A Rachel la sorprendió que lo conociera; no tenía idea del reconocimiento que el hogar tenía en los círculos de las obras benéficas. Así que asintió sin pensar en las consecuencias.

—Muchas gracias a ambos —amagó con volver a llorar, pero la señora Abrams la detuvo.

—Es suficiente, querida. Eres residente de Colorado ahora. —Como si eso explicara todo. Y de alguna manera, así fue.

Aquella noche en la habitación Ivy, Rachel se entregó al lujo de
la calidez de un edredón. Otra vez Sam la había abandonado y otra
vez ella había logrado hacer su propio camino. Envió un pensamiento
cruel a donde sea que estuviera su hermano en ese momento: acurrucado en la esquina de un gélido vagón de carga o ¿quizá calentándose
las manos en algún campamento de vagabundos? Donde sea que fuera, esperaba que se sintiera miserable.

La señora Abrams acompañó a Rachel al hospital la mañana
siguiente, en el tranvía que pasaba por Colfax Avenue. A través de las
ventanas empañadas, Rachel observaba las mansiones del centro de la
ciudad que poco a poco se volvían más opacas, a medida que pasaban
las cuadras. Finalmente, dieron paso a un desorden de tiendas, pana-
derías y una sinagoga hasta que la ciudad se despejó, llana y vasta.

—Llegamos —anunció la señora Abrams, mientras tiraba de la
cuerda.

Rachel miró alrededor en busca de un gran castillo como el hogar,
pero no lo había. En cambio, comenzaron a caminar por una calle de
tierra con tiendas de campaña grandes erigidas en toda su extensión.
Al final de la calle se encontraba el edificio principal del hospital, sin
campanarios ni torres, solo dos pisos de altura, con un pórtico amplio
en donde se alineaban las camas. En cada cama, un paciente tuberculoso estaba envuelto en una manta gruesa, las bocanadas de aire eran
visibles con el frío.

La señora Abrams notó la mirada fija de Rachel.

—¿Tu padre no tuvo helioterapia? —Rachel negó con la cabeza
ante aquella palabra desconocida—. Con razón, entonces. Es la única
cura fiable para la tuberculosis.

Rachel recordó haber leído en el libro *Essentials of Medicine*, de
la enfermera Dreyer, que el tratamiento para la enfermedad consistía

en el descanso, el alimento nutritivo, aire fresco, la luz del sol y, si era posible, estar libre de preocupaciones. Se preguntó de qué manera alguien con tuberculosis podría estar sin preocupaciones.

La señora Abrams presentó a Rachel con la jefa de enfermeras antes de irse.

—Tengo un millón de cosas por hacer hoy. Te veré en casa para la cena. Recuerdas la parada del tranvía, ¿cierto? —Rachel le aseguró que sí.

Después de una entrevista breve, Rachel recibió un uniforme y la pusieron a trabajar. La alivió el hecho de que la cofia de las enfermeras tuviera forma de capucha, que se ataba detrás de la nuca y que cubría la cabeza por completo. Pasó la mañana ocupándose de las bacinillas y la lejía. A la hora del almuerzo, la reclutaron para llevarles las bandejas a los pacientes. Los alimentos la confundieron hasta que entendió que el Hospital para Judíos con Tuberculosis, a diferencia del hogar, los mantenía *kosher*. Las comidas eran nutritivas y abundantes: ese día tenían leche entera y huevos pasados por agua para el almuerzo; y chuletas de ternera y papas asadas para la cena. Las enfermeras mantenían abrigos colgados en los pasillos para cuando salían a los pórticos a cuidar a los pacientes, cuyos rostros sonrosados se ubicaban mirando al sol de noviembre. Las tiendas de campaña a lo largo de la calle, supo Rachel, también albergaban pacientes, el aire frío y seco se desplegaba como un arma contra la bacteria anidada en sus pulmones.

Rachel cumplió muy feliz las instrucciones de las enfermeras a lo largo de todo el día: hizo las tareas que le encomendaron, tomó un descanso cuando le dijeron, comió los sándwiches y bebió el café cuando se los sirvieron en la cocina del personal. Aunque los niños criados en el Hogar de Huérfanos Judíos se quejaban del régimen institucional, la mayoría de ellos —por el resto de sus vidas— jamás eran tan felices como cuando tenían una rutina que seguir.

Rachel ayudaba a ingresar las camas de ruedas de los pacientes cuando le dijeron que el doctor Abrams deseaba verla en su oficina.

—¡Ah!, Rachel, pasa. La jefa de enfermeras me dice que has estado trabajando duro hoy.

—Sí, me gusta mucho el trabajo. Gracias de nuevo, doctor Abrams.

—Me da gusto escucharlo. Además, telefoneé al Hogar de Huérfanos Judíos hoy y pedí con la enfermería.

Rachel se paralizó, la ansiedad le rebosaba desde las entrañas. El hogar parecía un mundo muy lejano, no se le había ocurrido que una simple llamada telefónica podía unirlos. Se preparó para la mirada de reproche por su traición en el rostro del doctor Abrams. Ella no era más que una huérfana en fuga que se había introducido en su hogar mediante mentiras. Por supuesto que la arrojarían a la calle. Ya estaba planeando qué tan lejos de Denver podía llevarla el poco dinero que tenía.

—Hablé con una tal señorita Gladys Dreyer. Tuvimos una conversación sincera sobre tu situación aquí —el doctor Abrams hizo una pausa; Rachel estaba mareada por no poder respirar—. Brindó una recomendación maravillosa, dijo que fuiste una buena estudiante de enfermería y de que éramos afortunados por tenerte. —Rachel, atónita, balbuceó algo. El doctor Abrams revisó su reloj de bolsillo—. Ve a casa ahora. Por favor, dile a la señora Abrams que llegaré a las siete.

Después que cerró la puerta de la oficina, Rachel sintió un alivio tan intenso que se desplomó en una silla del corredor, mientras que sujetaba su cabeza con cuidado hasta recuperar la compostura. Jamás hubiera esperado que la enfermera Dreyer cubriera sus mentiras. Solo podía significar que Gladys no sabía que fue Rachel quien le robó el dinero a Naomi y le cortó el cabello a Amelia, aunque debe haberse dado cuenta de quién robó su sombrero. ¿La habría perdonado?

Sintió alivio por no haber sido descubierta, pero aquella amabilidad la hizo sentir vergüenza de sí misma. Juró que haría que el engaño de la enfermera Dreyer fuese tan verdadero como fuera posible, aprendiendo todo lo que pudiera sobre enfermería.

Cuando la señora Abrams abrió la puerta y condujo a Rachel al cálido interior de la casa, se sintió culpable de nuevo. Ayudó a poner la mesa cuando, de súbito, arribó el doctor Abrams acompañado de dos internos necesitados de una comida casera. La señora Abrams lo reprendió por no avisarle, pero la cantidad de comida que había preparado le decía a Rachel que estaba acostumbrada a los huéspedes inesperados. Rachel estuvo silenciosa durante la cena —los hombres hablaban de medicina y la señora Abrams se unía a la conversación cuando cambiaba a la política—. Después de ayudar a limpiar, Rachel le pidió permiso al doctor Abrams para llevarse con ella un libro de anatomía de su oficina.

—Toma el de Henry Gray —dijo—. Déjame la nueva edición, pero hay una más vieja que puedes conservar si quieres.

En la habitación Ivy, Rachel estudió minuciosamente las ilustraciones, tan superiores a los bosquejos en el *Essentials* de Emerson, y se estableció un plan de estudios.

Antes de que terminara el mes, Rachel se había adaptado a todo el régimen del hospital. El trabajo era más satisfactorio que asistir en la enfermería, más importante que hacer un inventario. En la casa, Rachel había demostrado no tener remedio hasta en las tareas más sencillas de la cocina, así que se convirtió en su trabajo poner y limpiar la mesa, de modo que la señora Abrams se sentaba con su esposo junto al fuego mientras Rachel lavaba los platos.

Antes que el mes terminara, llamaron a Rachel a la oficina del hospital.

—Firma aquí —dijo la contadora, mientras señalaba un libro contable, y luego le entregó un sobre.

—¿Está todo bien? —preguntó Rachel, al no estar segura de lo que significaba la transacción.

La contadora levantó sus anteojos y revisó el libro de contabilidad.

—Te lo aseguro, está todo ahí. Comenzaste el cuatro de noviembre, ¿cierto? Revísalo si quieres. —Al darse cuenta de que era su paga, Rachel balbuceó que no hacía falta, que estaba segura de que estaba bien. Apenas podía esperar para volver a la habitación Ivy y abrir el sobre. No era mucho: era una muchacha, después de todo, que trabajaba de auxiliar de enfermera para una obra benéfica, pero era la mayor cantidad de dinero que Rachel había obtenido alguna vez de manera honesta. Eso la hizo sentir como si fuera una persona abriéndose su propio camino.

Después de quedarse con suficiente para pagar la tarifa del tranvía, Rachel guardó el dinero en su maleta, a un lado de la trenza de Amelia. Decidió en ese preciso momento que sin importar lo que le tomara, ahorraría lo suficiente para pagarle a Naomi. Se imaginó yendo a la oficina de Western Union con el dinero, billetes recién planchados. ¡Cuánta sorpresa para Naomi al recibir la transferencia! ¡Cuánto perdón para Rachel, para poder volver a casa!

ARRIBÓ UNA PACIENTE nueva que pronto se convirtió en la favorita de Rachel. Mary no era como los inmigrantes pobres que venían de Nueva York para recuperarse gracias a la caridad del hospital. Ella era de Filadelfia, joven y adinerada.

—Lo era, al menos —susurró, con su voz ronca por la tos. Rachel había trasladado su cama con ruedas afuera al pórtico durante el día. Al tiritar, Mary se colocó su estola de visón alrededor del cuello—. Aun antes del colapso de la bolsa, mi padre vivía del crédito, acumulando deudas, mintiendo a los clientes. No lo sabíamos. Estaba en un sanatorio privado en Catskills, muy suntuoso. La semana pasada, mi madre apareció. Me necesitaba en casa por el fin de semana para el funeral de la abuela, les dijo; estaríamos de vuelta el lunes, no había necesidad de saldar la factura, sospechosamente vencida. Iba llorando por lo de mi abuela por la calle hasta que mi madre me dijo que me callara. —Mary hizo una pausa para recuperar el aliento, mientras el aire frío llevaba sangre a sus mejillas pálidas.

Rachel le sirvió de almuerzo a Mary leche cremosa, huevos hervidos y pan con manteca, pero no tenía apetito.

—Sé cómo son en lugares como este, ayúdame a comer esto o me fastidiarán sin fin. Solo toma lo que no he tocado. —Rachel comió uno de los huevos y un pedazo de pan mientras Mary hablaba—. Mi madre me puso en un tren a Denver con mi baúl de viaje como si me fuera hacia Europa. Me entregó una botella de jarabe de codeína, me dijo que me cubriera la boca y que no tosiera o me echarían. Gastó sus últimos dólares en el boleto. —Mary alejó su vaso de leche medio vacío—. Parece que mi padre se había encerrado en su estudio y no había salido durante días. Finalmente, le confesó a mi madre que estaba arruinado. Así que, me embarcó hacia aquí, otro caso para el Hospital para Judíos con Tuberculosis. —Rachel retiró la comida y dejó a Mary dormir una siesta, con la piel envolviéndole el rostro: las pestañas atrapaban un copo de nieve de vez en cuando.

Había días que Mary estaba demasiado débil para hablar y le suplicaba a Rachel que le contara su historia. No había suficiente tiempo mientras trabajaba para prolongar las conversaciones, así que comenzó a visitar a Mary en sus días libres. Era un alivio para Rachel tener a alguien con quien pudiese expresar la verdad sobre sí misma. Mary la estimuló, con el juramento de mantenerla en absoluto secreto.

—Lo juro, me la llevaré a la tumba, Rachel.

—Eso no es gracioso, Mary. Ya verás, estarás bien para la primavera. —Sentada en la cama de Mary, Rachel susurraba para mantener las palabras entre ellas dos. Le contó sobre sus padres y el hogar, sobre la huida de Sam y de cómo encontró a los Cohen en Chicago, sobre

Leadville y Max, sobre el doctor y la señora Abrams amparándola. Mary se solidarizó con Rachel por lo de Sam, se escandalizó al escuchar la propuesta de su tío y coincidió en que no debía ir en busca de su padre. Un día Rachel hasta llegó a contarle sobre el baile de Purim.

—Los hombres son unos animales —dijo Mary, con un rubor en las mejillas que por una vez no provenía del frío—. Siempre me mantuve tan alejada de ellos como pude. No fue fácil, con mi madre organizando fiestas y ostentándome por todas partes como a una debutante, atrayendo a los hijos repugnantes de los nuevos ricos para completar mi agenda de bailes. Casi agradecí cuando los doctores me diagnosticaron. Al menos mantenía a los muchachos alejados. Ahora, cuéntame más sobre Naomi.

Rachel lo hizo: la manera en que Naomi defendía su plato en la cena, la defendía en el dormitorio, la visitaba en la enfermería, abofeteaba a cualquiera que tratara de ponerle sobrenombres peores que Huevo.

—¿Por qué te llamarían así?

Rachel se sorprendió con la pregunta. Con su cabeza oculta por la cofia de enfermera o el sombrero *cloche*, Rachel había olvidado que poca gente se daba cuenta de que era calva. El doctor y la señora Abrams deben haberlo notado, pero eran indiferentes a eso, al saber que había cualquier cantidad de razones médicas por las que alguien podía desarrollar alopecia. Con cierta reticencia le permitió a Mary ver lo que parecía sin su cofia.

—Ocurrió en el hogar de niños, por los rayos X, me dijeron. En realidad, no lo recuerdo.

—Ahora comprendo lo de tus cejas. Supongo que me lo había preguntado. —Mary inclinó su cabeza, como evaluándola—. Es rara, pero bonita en cierto modo.

—Eso es lo que Naomi siempre dijo. —Un rubor inesperado se apoderó de Rachel. Mary lo notó.

—También tenía una amiga, cuando terminé la escuela. Mi amiga singular. No le permitieron verme más después de que contraje la tuberculosis. Solía escribirme, pero su madre leyó una de mis cartas y puso fin a eso. Dijo que nuestra amistad no era natural.

Rachel estaba asombrada. No era posible que la misma acusación que le hacían a Naomi definiera a Mary también. Rachel supuso que quiso decir algo diferente. Con las manos temblorosas, volvió a ponerse la cofia de enfermera y cambió de tema. En busca de algo sobre lo que a Mary le gustara hablar, preguntó sobre la ropa en su baúl de viajes.

—Lo único que me gustaba de esos bailes eran los vestidos, Rachel. Tenía uno de una tienda en Park Avenue, de satén tan suave como la manteca derretida. El baúl está en mi habitación. Llévame adentro y muéstrame mis cosas. Me harán sentir mejor.

Rachel obtuvo el permiso de la jefa de enfermeras, y las muchachas pasaron el resto de la tarde hurgando en el baúl. Mientras Rachel exhibía unos vestidos que eran superiores en calidad y más modernos que cualquiera de los que ella pudiera imaginar comprar o elegir, Mary narraba dónde fueron comprados y cuándo los había usado.

—Elige alguno para ti, Rachel —susurró Mary. Tanta charla estaba irritando sus pulmones. Descartó las objeciones de Rachel con un gesto débil de su mano—. Hazlo por mí, para hacerme feliz.

Rachel eligió el vestido más sencillo con cintura baja en lana verde. Mary insistió en que se lo probara y luego declaró que el resultado fue un éxito.

—Casi pareces una muchacha moderna —dijo antes de rendirse a un acceso de tos. Durante las pocas semanas que siguieron, Rachel aceptó tres vestidos y un par de zapatos cosidos a mano.

La noche después de Navidad, el doctor y la señora Abrams invitaron a Rachel a encender las velas de la *Menorá* con ellos y quedaron estupefactos al descubrir que no podía recitar una simple oración.

El doctor Abrams se lamentó por los partidarios de la asimilación cultural del este, tan ansiosos por ser estadounidenses que se olvidaron de cómo ser judíos. La señora Abrams le dijo a su esposo que no empezara a protestar.

—Tan solo le enseñaremos —dijo, y pronto Rachel hablaba las palabras en hebreo y encendía las velas con el *shamash*.

—El doctor y yo tenemos un presente para ti —dijo la señora Abrams, al entregarle un paquete. Rachel parecía no saber qué hacer con él—. ¿Pasa algo, querida?

—Creo que jamás abrí un presente antes. —Tiró del papel para descubrir una edición nueva de *Essentials of Medicine*.

—Cuando hablé con la señorita Dreyer, me contó que estabas usando esto en la escuela. Pensé que te gustaría tener tu propio ejemplar —dijo el doctor Abrams.

Rachel les agradeció a ambos, con la promesa de memorizarse cada palabra. Sentada con esa pareja amable junto al fuego, con las velas de la *Menorá* consumiéndose, usando el vestido y los zapatos de Mary, con su presente a un costado, una taza de café en sus manos y un plato de pastel en su regazo, Rachel casi podía creer que de verdad había un monarca del universo capaz de realizar milagros.

Una mañana en el desayuno, la señora Abrams dijo:

—El cumpleaños de Simón es en febrero y quiero encontrar algo especial para enviarle. Es tu día libre, ¿por qué no vienes conmigo? Haremos que sea una aventura. —Rachel le había prometido a Mary que la visitaría esa tarde, pero tenía libre la mañana, así que aceptó la invitación de la señora Abrams.

Rachel tomó un dólar de sus ahorros, porque deseaba conseguir un presente para Simón de su parte. Bien abrigadas por el frío, abordaron el tranvía hasta la Sixteenth Street y entraron y salieron de las tiendas a lo largo de la Market Street. La señora Abrams compró una

edición ilustrada del diccionario Webster para su nieto, pero Rachel
quería que su regalo fuera más caprichoso. Al recordar lo fascinado
que quedó por la historia que el camarero les contó en el tren, le
preguntó a la señora Abrams dónde podía comprar la estatuilla de un
caballo o uno tallado en madera.

—Si no le cuentas al doctor Abrams, te llevaré a Hop Alley. Hay
una tienda que vende tallados, todo lo que puedas imaginarte. Com-
pré un juego de ajedrez allí, hace años. Condujo a Rachel más allá del
final de Market Street, luego giró por un callejón que corría detrás de
la Twentieth Street. Era estrecho, con espacio suficiente para que se
enfrentaran las partes traseras de los edificios de ladrillos. Las puertas y las ventanas a lo largo del callejón estaban repletas de carteles
impresos con caracteres chinos y letreros decorados con dragones y
flores. Dos hombres blancos que usaban los sombreros de copa de la
noche anterior salieron a los tropiezos por una puerta y se escabulle-
ron por el callejón, mientras se ocultaban el rostro. La señora Abrams
atrajo más cerca a Rachel.

—Aquí es.

Entraron a una tienda pequeña y atestada con estantes inestables
que apilaban, del piso al techo, tallados en jade, cuarzo y ónix. Rachel
repasó con la mirada los estantes hasta que sus ojos se posaron en un
caballo parado en dos patas, con sus crines cortadas tan delgadas que
la luz brillaba a través de la piedra. Se lo alcanzó al tendero. Él dijo
un precio y Rachel metió la mano en su bolsillo por el dólar, pero la
señora Abrams la detuvo. A pesar de la aparente barrera idiomáti-
ca, el tendero y la esposa del doctor regatearon con gusto, y al final
Rachel pagó menos de la mitad de la suma original.

Las mujeres volvieron sobre sus pasos, pero justo antes de que
doblaran la esquina Rachel divisó, en una ventana, una serie de dibujos de mujeres con el cabello en movimiento: rubio, castaño rojizo,
moreno, negro azabache. Una se parecía tanto a la peluca que se había

probado en el teatro Tabor Opera House, que Rachel se detuvo. Vio una flecha que apuntaba hacia arriba a la escalera de incendios y, pintada sobre la puerta, una escritura en inglés sobre los caracteres chinos: LA CASA DEL CABELLO DE LA SEÑORA HONG. En una ventana del segundo piso, Rachel creyó ver una cabeza calva. Mientras miraba, una mujer pequeña se acercó y ubicó una peluca en la cabeza de maniquí.

—Avanza, Rachel, no queremos demorarnos aquí —dijo la señora Abrams, al ver otro joven nervioso que corría de prisa por el callejón. Rachel la siguió de mala gana, con el corazón que golpeteaba sus costillas.

En la casa en Colfax, Rachel corrió arriba hasta la habitación Ivy. Sacó la maleta de debajo de la cama y la abrió. Al tomar la trenza gruesa del cabello de Amelia, la acarició como a una mascota. Adornó su calva con la trenza e imaginó que ya era una peluca que competía con la de Madame Hildebrand. Después de envolver con cuidado el cabello de Amelia en periódico, tomó el caballo tallado en su bolsillo y lo reemplazó con lo que quedaba del dinero de Naomi, así como también con todo lo que había estado ahorrando para devolverle, casi cada centavo de la paga de tres meses.

—Deséale lo mejor a esa querida muchacha Mary —gritó la señora Abrams cuando Rachel salía por la puerta.

—Lo haré —mintió Rachel.

Ya era pasado el mediodía, pero Hop Alley aún parecía medio dormido. Rachel había escuchado los rumores y se imaginaba los negocios que se encontraban detrás de las ventanas cerradas: salones de opio, salas de apuestas, prostíbulos que atendían a esposos infieles y hombres chinos sin esposas. Rachel subió por la escalera de incendio, sus zapatos se resbalaban sobre el metal alisado. En el descanso del segundo piso, tiró del picaporte de la puerta. Estaba atorada, hasta que se abrió con un pequeño estallido, y Rachel salió contra la barandilla. Por un segundo, creyó que se caería, se imaginó a la señora Abrams leyendo la noticia en el Denver Post sobre una muchacha blanca calva encontrada muerta en Hop Alley.

Pero no se cayó. Al recuperar su equilibrio, entró a la Casa del cabello de la señora Hong. No era una sala de exposición. Rachel entendió la razón por la que la señora Hong siempre iba al camerino de Madame Hildebrand. Las actrices de teatro y la alta sociedad no vendrían a este espacio falto de vida. La pintura del piso de madera se descascaraba y el yeso se había caído de la mampostería, lo que dejaba a la vista parches irregulares de ladrillo. Las bombillas desnudas pendían del cableado como arañas descendiendo y aumentaban la luz tenue que se filtraba a través de las ventanas cubiertas con una película delgada y transparente. Una mesa de trabajo ocupaba el centro de la habitación. A lo largo de las paredes había estantes con cabezas de maniquíes para pelucas etiquetadas con caracteres chinos. Rachel deseaba poder descifrar los nombres de las mujeres a cuyas cabezas representaban.

Una cortina de cuentas de bambú rebotó al abrirse y una niña se detuvo al verla. Llamó a alguien a sus espaldas con sílabas entusiasmadas y en un momento la misma señora Hong apareció. Rachel esperaba una persona más imponente, pero la mujer era pequeña, y su cabello trenzado estaba abrochado alrededor de su cabeza como la ruta en un mapa del tesoro. Usaba una chaqueta negra de corte cuadrado y pantalones rectos —que Rachel asumió solo usaba en el taller—, jamás había visto a una mujer caminando en los alrededores de Denver con tal vestimenta. Rachel pensó que si se hubiera cruzado con ella en la calle con una blusa y una falda, hubiera creído que la señora Hong era cheroqui en vez de china.

La señora Hong envió a la pequeña de vuelta al otro lado de la cortina de bambú. Experta en evaluar con rapidez a una mujer mediante sus prendas y su porte, la señora Hong hizo lo mismo con Rachel.

Notó el dobladillo de un vestido a la moda y los zapatos caros cosidos a mano, pero no podía entender el abrigo de lana pasado de moda. Algo acerca de la muchacha no tenía sentido del todo. El sombrero, sin embargo: la señora Hong entendió al instante lo que escondía el sombrero *cloche*.

—Bienvenida a la Casa del cabello de la señora Hong, pero por favor, este es el lugar donde fabricamos las pelucas. No es un lugar para que venga una dama. Podemos organizar una cita para más tarde si me permite visitar su hogar. —La señora Hong hizo un gesto hacia la puerta.

—No, espere. Madame Hildebrand me contó sobre usted. La conocí en Leadville, en el teatro Tabor. Permitió que me probara una de sus pelucas.

Las cejas negras de la señora Hong se arquearon en puentes estrechos.

—Pero Madame Hildebrand jamás ha estado aquí.

—No, ya lo sé, pero pasé por aquí esta mañana y vi su letrero.

La señora Hong relajó el brazo extendido.

—Madame Hildebrand es una clienta muy exigente. ¿Es usted también cantante?

—No, justo estaba entre la audiencia. La conocí en su camerino. —Rachel estaba demasiado nerviosa para explicar con propiedad. Trató de nuevo—. Traje esto. —Rachel caminó hacia la mesa y ubicó su paquete allí, para desplegar el periódico. En el taller lúgubre, el cabello de Amelia resplandeció y titiló—. Madame Hildebrand dijo que sus pelucas eran caras, pero usted verá, ya tengo el cabello. ¿Cuánto costaría convertirlo en una peluca?

La señora Hong tocó la trenza. El cabello era magnífico. Podía ver por el tono de Rachel que nunca había sido de ella, pero la manera en que lo había adquirido no era asunto suyo. Lo que sabía con certeza es que sería un placer trabajar con ese cabello. Aun así, debía ser lavado y peinado, separado y cosido. Mantendría a las niñas ocupadas durante semanas, sin mencionar la fabricación del molde y del gorro. Sabía el precio que le haría a Madame Hildebrand en circunstancias similares. Dudaba que esa muchacha de Leadville tuviera los medios, pero dijo el precio de todas maneras, como haría cualquier mujer de negocios.

El poco color que había en las mejillas de Rachel desapareció. El precio que la señora Hong mencionó era el doble de lo que ella podía ganar en un año entero. Madame tenía razón; Rachel jamás podría darse el lujo de tener algo tan hermoso. Sin palabras por la decepción, comenzó a envolver la trenza con las manos temblorosas.

La señora Hong interpretó la autenticidad en la reacción de Rachel. Acostumbrada a las contiendas de regateos por todo, desde rollos de tela de seda a canastos de cebollas, la señora Hong esperaba que rebatiera su precio, pero ahora vio que había apuntado demasiado alto y asustó a la muchacha.

—Espere —dijo, al poner su mano sobre la trenza. El cabello volvió a la vida bajo la palma de su mano y se rizaba alrededor de sus dedos. Hizo otra especulación sobre Rachel—. ¿Su padre no quiere pagar la peluca, como regalo para su joven y encantadora hija?

Rachel negó con la cabeza.

—Soy huérfana. Trabajo como auxiliar de enfermera en el Hospital para Judíos con Tuberculosis. Ahorré la mayor parte de tres meses de paga, pero... —la voz de Rachel disminuía a la vez que consideraba la miseria en su bolsillo.

Sin embargo, la señora Hong preguntó:

—¿Cuánto tienes?

Rachel se dio cuenta de que no la estaba rechazando —la señora Hong estaba negociando—. Se reprochó por no regatear a la manera en que la señora Abrams lo había hecho por el caballo tallado. Rachel sacó los billetes de su bolsillo y los puso sobre la mesa de trabajo de la señora Hong. Era todo el dinero que tenía en el mundo.

—¿Y esto es lo que ganaste en tres meses?

—Hay más que eso. Ese es mi salario —Rachel separó el montón; el dinero que había tomado de Naomi aún estaba arrugado por donde lo había plegado para hacerlo encajar en su zapato—. Y estos son mis ahorros.

La señora Hong hizo cálculos. Debido a que la muchacha proveía el cabello, la suma en la mesa cubriría los gastos iniciales para los materiales, pero eran las habilidades y el trabajo, los que hacían tan valiosas sus pelucas. Ahora deseaba transformar la trenza crepitante sobre su mesa en una cabeza con cabellos, mientras se imaginaba la manera de poder reunir más clientes para el negocio al ostentarla, pero también necesitaba obtener alguna ganancia.

—Esto es la mitad de lo que me costará, de mi bolsillo, fabricar la peluca. Tengo un negocio aquí, bocas que alimentar, un alquiler que pagar. No dirijo una obra de caridad.

Rachel trató de recuperar su posición de regateo.

—Puedo entregarle la mayor parte de lo que gane los próximos… —hizo la cuenta—, los próximos siete meses, pero necesito la peluca para septiembre. Vuelvo al este a la escuela de enfermería, así que tiene que estar terminada para el final del verano. —Rachel se sorprendió por las palabras que salieron de su boca. Solo quería establecer un límite para el precio de la peluca, pero apenas había expresado la idea, se entregó a la posibilidad.

La señora Hong sacó la cuenta del total y consideró la oferta de la muchacha. No perdería dinero, pero apenas obtendría ganancias. Necesitaba algo que hiciera más atractivo el trato. Desde el colapso de la bolsa de valores, la gente en todas partes estaba perdiendo sus empleos. La señora Hong se preguntaba si esa muchacha podría conservar el suyo toda la primavera y hasta el verano. Quizá sí. Quizá no. Era un riesgo que la señora Hong estaba dispuesta a tomar.

—Te diré algo, muchacha huérfana de Leadville. Me das todo lo que tienes, como depósito, y comenzaré a fabricar la peluca. Tú mantienes al día los pagos de cada mes. Con el pago final el primero de septiembre, la peluca estará terminada, y será tuya.

La alegría se apoderó del rostro de Rachel. La señora Hong se preguntó si la muchacha sabía lo bella que era.

—Sí, por supuesto, lo haré, señora Hong, vendré el mes próximo y cada mes.

—Hay una cosa más. Este es un precio muy especial. Si Madame Hildebrand o cualquiera de mis otras clientas se enteran alguna vez de lo que te permití pagar, se pondrán furiosas. Estoy sacando comida de mi propia boca para hacerte esta oferta. Y estaré haciendo todo el trabajo antes de que termines de pagarme. ¿Qué ocurre si no me pagas después de todo? Necesito una garantía. —La señora Hong hizo una pausa—. Si te demoras un pago o no pagas la totalidad para septiembre, me quedo con el cabello y la peluca y todo lo que pagaste hasta ese momento. ¿De acuerdo?

Rachel acordó con entusiasmo. ¿Qué era el dinero si ya podía disfrutar del hecho de que tendría el cabello de Amelia para ella? Desde detrás de la cortina de cuentas de bambú, salió la niña respondiendo al llamado de la señora Hong, que la envió deprisa al callejón. Regresó a los pocos minutos con un hombre de muchas arrugas que traía un rollo de papel y una caja que contenía una pluma y tinta. En cantonés, escribió dos copias de las condiciones del acuerdo entre la señora Hong y la muchacha huérfana de Leadville. La señora Hong tomó la pluma de caligrafía para crear el carácter de su nombre y Rachel firmó también.

—Entonces ahora, manos a la obra.

Horas más tarde, Rachel dejó atrás Hope Alley con la última luz de un día de invierno. Todo su dinero y el cabello de Amelia estaban con la señora Hong. En su bolsillo, un pedazo inescrutable de papel plegado era toda la promesa que tenía de que obtendría todo lo que negoció.

Al día siguiente, Mary le preguntó por qué no la había visitado. Demasiado plena de entusiasmo como para guardárselo, Rachel le contó todo sobre el teatro Tabor, Madame Hildebrand y la Casa del cabello de la señora Hong. Sin mencionar el robo de la trenza de Amelia, le contó que el día anterior había ido hasta el taller y que negoció bastante con la fabricante de pelucas por un precio que pudiera pagar por una peluca bonita, hecha de cabello rojizo oscuro.

—¿Por qué rojizo? —preguntó Mary—. Te verías más natural como morena.

—Ella tenía varias trenzas de cabello de las que podía elegir y solo ese me pareció lleno de vida.

Mientras se entretenía con la bandeja del almuerzo de Mary, Rachel narró lo que había pasado en lo de la señora Hong el resto de la tarde.

—Me hizo sentar en una silla, y una de las niñas...

—Come esto, ¿quieres? No lo he tocado. ¿Cómo se llaman las niñas?

—No lo sé, la señora Hong siempre les habla en chino. Lo averiguaré el próximo mes. Como sea, me sentó en una silla. ¿Conoces ese ungüento, de vaselina? Bueno, la señora Hong me frotó eso por toda mi cabeza. Después, una de las niñas le alcanzaba unas bandas de gaza empapadas en yeso, y ella las envolvía alrededor de mi cabeza como si fuera una momia. Tuve que sentarme allí por un largo rato mientras se secaba el yeso, luego lo cortó con una tijera para sacarlo de mi cabeza.

—¿No tuviste miedo?

—Sí, pero la niña sostenía mi mano y la señora Hong dijo: «No te preocupes, muchacha huérfana, nada va a hacerte daño». Entonces, una vez que quitó el molde de yeso, la otra niña lavó mi cabeza. ¡Las dos son tan encantadoras! Comencé a cantar la canción del alfabeto solo para entretenerla, ¡y ella cantó conmigo! No sabía que podía hablar inglés. Pero luego la señora Hong la envió a la habitación de atrás. Es muy estricta con las niñas.

—¿Son sus hijas? —Mary se secó la boca con un pañuelo. Este quedó salpicado de sangre. Lo escondió bajo la almohada.

Rachel se había preguntado lo mismo. La señora Hong les daba órdenes a las niñas como si fueran sirvientas, pero no era peor de lo que eran las monitoras en el hogar. De todos modos, ¿qué sabía Rachel de cómo trataban las madres a sus hijas?

—No lo sé. Veré si puedo averiguar eso, también.

Por el resto del mes, los días de trabajo de Rachel pasaron volando. En sus tardes libres visitaba a Mary, y cada viernes por la noche, ayudaba con la cena de Sabbat; la mesa se llenaba de residentes del hospital invitados al cálido círculo de la casa en Colfax Avenue. El día después de recibir el sobre con su siguiente paga, Rachel fue de vuelta a Hop Alley a pagarle a la señora Hong. Se entretuvo en el taller, alentada por la curiosidad de preguntar por las niñas.

—A esta la llamo Sparrow, porque parlotea todo el tiempo, y a la otra la llamo Jade, para que sea fuerte. ¡Ahora vayan, hagan su trabajo! —Las niñas entraron a prisa a la habitación de atrás. La señora Hong bajó la voz—. Me dicen «tía», pero no son nada mío. Su madre me paga para cuidarlas, para que les enseñe un oficio. Los padres eran sus clientes, hombres chinos, pero no sabe cuáles.

Rachel apartó la cortina de cuentas de bambú para ver a las niñas trabajando. Sparrow estaba peinando largas hebras de cabello y Jade, la mayor de las dos, operaba una máquina de coser, dando puntadas a capas de cabello sobre cintas de tela de lino. La manera en que trabajaban la hicieron pensar en las niñas de una fábrica de prendas, aunque no estaba segura de dónde provenía esa impresión.

En abril, la señora Hong le pidió a Rachel que se quedara en el taller.

—Necesito tomarte unas medidas.

Levantó un gorro tejido ajustado de un molde de yeso y lo puso en la cabeza de Rachel. Con una aguja larga e hilo de seda, la señora Hong tiró del gorro, hasta ceñirlo a la parte trasera de la cabeza y a sus sienes. Mientras la señora Hong trabajaba, Rachel le preguntó cómo había llegado a tener la tienda de pelucas. En vez de contestar directamente, la señora Hong comenzó con una historia transversal.

—Cuando los chinos vinieron a Estados Unidos para construir el ferrocarril, no les permitían traer a sus esposas e hijos. Después que se terminara el ferrocarril, unos volvieron a casa, otros se quedaron aquí. El ferrocarril cruzaba el territorio indígena y algunos de los chinos establecieron puestos comerciales en la frontera. Algunas veces una mujer indígena permanecía con un chino, para trabajar en el puesto comercial. Si el chino decidía venir a Denver a abrir una lavandería, la mujer podría dejar a su gente y seguirlo, lavar la ropa, tener sus hijos. La gente blanca redacta las leyes para que el hombre chino no pueda traer su propia esposa aquí, pero no les importa si vive con una mujer indígena con quien jamás se casará. —La voz de la señora Hong se volvió insensible y parecía que hablaba más con ella misma que con Rachel—. La gente blanca, ellos creen que los indígenas y los chinos somos sucios, no importa lo limpias que dejamos sus camisas.

Después de un minuto en silencio, Rachel preguntó:

—¿Qué ocurrió con el señor Hong?

La señora Hong se irguió.

—¿Qué la hace pensar que alguna vez me casé? Las mujeres casadas trabajan hasta morirse, todo su dinero se lo llevan sus esposos y lo pierden apostando. ¿Por qué me haría algo así? Me llamo «señora» porque a mis clientas les gusta creer que soy una viuda respetable. Las damas siempre sospechan de una mujer que no es la mujer de algún hombre.

Antes de irse, Rachel se detuvo en la habitación de atrás para decirles adiós a las niñas. Pensó que era triste que no fueran a la escuela y cruel cuando Jade le contó en susurros que su tía las dejaba encerradas en la tienda cuando salía a hacer una entrega o a tomar un pedido. No había nadie que rescatara a las niñas si la señora Hong las explotaba, ningún recurso si las trataban con rigor. ¿Quizá debería mencionarlo a la señora Abrams? Luego Rachel recapacitó sobre Sparrow y Jade, sus rasgos eran demasiado asiáticos para pasar por blancas, su piel era demasiado clara para ocultar descendencia mixta. Pensó en la profesión de su madre y sabía que había una peor clase de vida de la que las estaba salvando la señora Hong.

Mientras viajaba en el tranvía de vuelta a la comodidad de la casa en Colfax, Rachel imaginó dónde podrían haber terminado ella y Sam, si no fuera por la agencia: en los callejones traseros o en un vagón de carga o haciendo fila por un plato de sopa en alguna Hooverville. A menudo Rachel se preguntaba cómo hubiera sido si la señora de la agencia hubiera encontrado un hogar de adopción para ella y Sam. Podrían haber sido afortunados: un apartamento acogedor con una familia bonita, una madre adoptiva amable como la señora Berger, un padre adoptivo generoso como el doctor Abrams. O quizá, no. ¿A quién hubiera recurrido si, en ese apartamento acogedor, vivía un muchacho como Marc Grossman? Por primera vez, Rachel comenzó a apreciar de lo que la había salvado el hogar.

Capítulo dieciocho

EL PECHO DE MILDRED SOLOMON PRESIONABA CONTRA MI espalda; la parte trasera de mi cabeza descansaba sobre su clavícula. Ella me envolvió en sus brazos. Nuestra respiración delicada subía y bajaba al unísono. Sentí un tirón. ¿Estaba tironeando de mis dedos, por más morfina? Al bajar la vista, una aguja enhebrada con un hilo tan áspero como la crin de un caballo atravesaba los tendones de mis manos.

Desperté con un jadeo profundo, el peor sueño que tuve. De hecho, podía sentir el ardor del agua de mar en el fondo de mi garganta. Mientras limpiaba la saliva de mi boca, me senté en la cama y me acomodé mi peluca. Dirigí la atención a mi reloj, vi que era pasada la medianoche. Mildred Solomon gemía y se movía en un sueño espasmódico. ¿Qué sueños la perseguían?, me pregunté. Dudaba que yo estuviera en ellos.

La habitación me sofocaba, la ventana estaba cerrada desde la tormenta. Me levanté y la abrí, a la vez que deseé tener uno de los cigarrillos de Flo para pasar el rato hasta que la doctora Solomon se despertara de nuevo. No faltaría mucho ya.

Esa conversación sobre los campos de concentración me trajo a la mente a Sam y la historia que me contó después de retornar de la guerra. Llamó desde el teléfono público en Amsterdam Avenue, de inmediato, la voz familiar en la línea desplegó los recuerdos de todos esos años desde que se había ido a la guerra. Le dije que lo habría buscado en el muelle si hubiera sabido cuándo llegaba su barco.

—El puerto era un lío —dijo—. No quería verte involucrada en todo eso. —¿Le preocupaba que un soldado en su regreso me tomara y me besara o que entre los empujones de la muchedumbre me tiraran la peluca?

—¿Sabías que transformaron el hogar en un cuartel? —siguió diciendo—. No podía creerlo cuando el camión se detuvo aquí para dejarnos bajar. Estamos en el F3, ¿puedes imaginarlo? Ni siquiera en todo el tiempo que viví aquí vi el interior del dormitorio de las muchachas. ¿Por qué no vienes a verme?

Y así lo hice, corrí desde aquel apartamento viejo en Village hasta la parada del subterráneo más cercano, la línea Broadway parecía gatear hasta las afueras de la ciudad, mientras yo contaba los segundos hasta que vi otra vez a mi hermano.

Le dije al guardia de la entrada a quién venía a ver. Bastante pronto, Sam emergió del castillo. Fue extraño verlo cruzar aquellas puertas de roble hecho un hombre adulto en vez de un niño. Caminaba con determinación, casi con cierta jactancia. Durante la guerra había estado bastante temerosa de que fuera herido o asesinado, como lo había sido Simón Cohen. Pero ahí estaba Sam, entero y atractivo. El arcoíris en la insignia de su división brillaba en su hombro, pero el verde descolorido del uniforme hacía que sus ojos destellaran como el acero. Sam me levantó en un abrazo que duró tanto tiempo que unos soldados empezaron a silbar. Avergonzados, cruzamos la calle y nos sentamos en un banco debajo de un árbol de ginkgo, de cara a nuestro hogar anterior.

—¿Puedes superar eso, Rachel? Hui de este lugar hasta Leadville, vagabundeé de arriba a abajo por la costa occidental, terminé en una granja de manzanas en el estado de Washington, volví a Nueva York para alistarme, me embarcaron a Europa y, después de todo eso, ¿dónde acabo? Justo de vuelta donde comencé. —Se protegió los ojos del sol con la mano y levantó la vista a la torre del reloj—. Tiene sentido, de alguna manera. Un cuartel militar apenas se diferencia de un hogar. Salvo que, en aquel entonces, era solo un niño. Al menos en el ejército, soy un hombre. Puedo defenderme. —Su mandíbula se tensó, y vi, debajo de esa jactancia, al huérfano herido que se escapó a escondidas del castillo hace tantos años atrás.

No sabíamos cómo comenzar a charlar sobre lo que habíamos visto y hecho desde la última vez que estuvimos juntos. No es sorpresa que se nos dificultara reconectarnos. No era solamente la guerra: mi hermano y yo habíamos estado viviendo separados desde que la señora de la agencia nos apartó. Otros hermanos adultos tenían un hogar a donde ir de vuelta, padres a quienes visitar en las vacaciones, abuelos anfitriones del *Seder*. Entre los dos, Sam y yo no sabíamos cómo formar una familia. Nuestra conversación giró en torno a las fotos de Japón que habían aparecido en la revista *Life*: prendas derretidas en cuerpos desnudos, la piel disuelta en llagas burbujeantes, nacimientos de bebés deformes.

Cuando leí que la gente que había escapado al estallido atómico se estaba enfermando por la radiación, que estaban perdiendo su cabello, no pude evitar sentir una extraña conexión. En aquel momento, todo lo que sabía era que los rayos X recibidos de niña me habían dejado calva. Esa noche en la habitación de Mildred Solomon, me pregunté si el cáncer había estado creciendo en mí desde entonces.

—Algunas veces me pregunto si existe algún límite al daño que la gente puede hacerse entre sí —le dije a Sam.

—No —dijo—. No hay límite. —Fijó los ojos al otro lado de la calle, con la mirada distante, como si estuviera viendo una película proyectada sobre el costado del edificio—. Cuando nuestra división liberó Dachau, fue como si hubiéramos entrado al infierno. ¿Has visto los noticieros? —Asentí con la cabeza, mientras traía a mi mente los sobrevivientes esqueléticos arreados a los campos de reubicación, mantenidos allí hasta que el mundo pudiera resolver qué hacer con los judíos restantes de Europa—. Créeme, no lo muestran todo, ni remotamente. Tuvimos que convocar a un batallón de construcción para mover los cuerpos, estaban en una pila muy alta. Imagínate eso, luego agrégale el olor de la putrefacción, la mierda y el humo. —El puño de Sam cerrado sobre sus rodillas estaba poniendo blancos sus nudillos—. No, no lo hagas. No lo imagines. Lo tendré en mi cabeza bastante tiempo por los dos.

Pensé que había visto lo peor en el hospital. Los soldados sin extremidades o con los ojos reventados. Cicatrices que serpenteaban la extensión del cuerpo de un hombre como un mapa del Misisipí. Pero las cosas que Sam estaba contando me hicieron sentir descompuesta en una parte tan profunda de mi estómago que no sabía que existía. Cubrí su mano con la mía. Él le dio vuelta a la suya para aceptar el gesto. Permanecimos sentados por un largo rato así, sin importarnos ya si parecíamos dos noviecitos.

—¿Qué piensas hacer después de que te den la baja del servicio? —me referí a un empleo; asumí que se quedaría en Nueva York. Así que ya planeaba invitarlo a las cenas de los viernes por la noche, con los recuerdos de Sabbat con los Abrams que daban forma a mi imaginación. No es que intentaría cocinar: si deseábamos algo comestible, tendría que ordenar pollo asado del servicio de entrega de la esquina, pero no importaba. Esta vez, nos las arreglaríamos para ser una verdadera familia.

—Quería hablarte de eso —dijo—. Sabes, cuanto más lo pienso, más parece que toda la vida ha estado preparándome para solo una cosa. Quiero decir, después de vagar todos aquellos años, me alegró tener una razón para alistarme cuando estalló la guerra. Y fue bueno que volviera aquí para hacerlo. Escuché de mi único amigo en el oeste que pasó toda la guerra custodiando un campamento de reclusión de japoneses en Wyoming. ¡Qué pérdida de tiempo debe haber sido eso! Pelear me brindó un propósito y fui bueno en eso. Mantuve a la mayoría de mis muchachos vivos, maté a muchos de los suyos. Es bastante sencillo. —Sam hizo una pausa, soltó mi mano para extraer un cigarrillo del paquete que sacó de su bolsillo. Me ofreció uno, pero lo rechacé con el gesto de mi cabeza. De todas formas, cuando lo encendió, inhalé hondo, mientras deseaba recordar todo sobre ese momento.

—Me voy a Palestina, Rachel. Voy a traspasar esos malditos campos de detención británicos para unirme a la *Haganá*. Voy a pelear hasta que tengamos un país propio.

Dejé caer mi cabeza, conmocionada. Sam me abandonaba, otra vez. Mi idea de que fuéramos una familia era una fantasía infantil, de la que me había aferrado porque mi hermano era la única persona en el mundo que realmente, de verdad, me pertenecía. Es posible que haya estado viviendo como una mujer casada, pero ni un solo papel existía para testimoniar que ella y yo éramos familia. No importaba la cantidad de ocasiones en que nos juráramos lealtad una a la otra, ella jamás podía ser más que mi amiga, mi compañera de apartamento.

Sam se iba, pero al menos esta vez me dijo a dónde y por qué. Habló de las Naciones Unidas y de la política de partición con tal entusiasmo, que supe que no serviría discutir con él. Al contrario, intenté memorizar la manera en que sus pestañas revoloteaban a la luz del sol y la forma en que sus orejas se agitaban ligeramente mientras hablaba. Supe que pasaría bastante tiempo hasta que lo viera otra vez. Al volver a pensar en eso esa noche, mientras miraba la calle oscura de la ciudad debajo de la ventana de Mildred Solomon, se me ocurrió que quizá no viviría lo suficiente para que alguna vez visitara a mi hermano, conociera a mi cuñada o viera a mi único sobrino.

—¿Qué me dices de ti? —preguntó Sam, al tomar mi mano—. ¿Qué sigue para ti?

Respiré hondo. Había lamentado las cosas que no dije antes de irse a la guerra, me había prometido que si tenía otra oportunidad le contaría a mi hermano la verdad sobre mí. Retrocedió cuando usé la palabra «lesbiana», pero no quería que existiera algún malentendido. Mi corazón latía con tanta fuerza que me sentí mareada. Temía que se avergonzara de lo que yo era, de la manera en que se avergonzaba como me veía. Temía que pensara que esto, también, era de algún modo su culpa, el resultado de su fracaso para protegerme. Le tomó un rato mirarme, pero cuando lo hizo, dijo:

—¿Quién soy yo para juzgar?, mientras seas feliz.

No me había dado cuenta del peso que ejercían en mí esas palabras hasta que las pronuncié.

—Soy feliz, Sam, te lo juro.

—Hay algo que debería haberte dicho hace bastante tiempo también. Siento lo del tío Max. No debí dejarte con él. Solo que no sabía de qué otra manera cuidarte.

—No te culpes, Sam. Yo no lo hago. Bueno, lo hice al principio, pero ya no más. Se suponía que tendríamos padres para cuidarnos, pero no fue así. No fue nuestra culpa. Como sea, logré cuidarme sola, ¿cierto? Solo prométeme que harás lo mismo y te mantendrás a salvo.

—No voy a Palestina para estar a salvo, Rachel. Voy a luchar —Sam apretó mi mano antes de soltarla para encender otro cigarrillo—. Estaré peleando por los dos, por todos nosotros. Ningún judío jamás estará verdaderamente a salvo hasta que tengamos una nación. —Me pareció que Sam tenía razón sobre eso. Sin un estado, nuestra gente estaba tan vulnerable como los huérfanos sin un hogar.

—La liberación del campo de concentración me cambió, Rachel. No estábamos preparados para lo que fue, nadie podría haberlo estado. Recuerdo pensar que jamás hubieran conseguido meterme allí sin antes pelear.

—Aunque, ese es el punto, ¿cierto? Todos los que lucharon habían sido asesinados. —He escuchado a la gente decir que no pueden entender cómo los nazis lograron hacerlo, asesinar a millones, pero no comenzaron con los vagones de carga y las cámaras de gases. Comenzaron todo con la idea medieval de clasificar y separar judíos. Fuimos demonizados, deshumanizados, marginados en guetos, todo antes de ser transportados a los campos de concentración, con los crematorios fuera de vista hasta el último tramo del recorrido. En cada paso a lo largo del camino, reducían a aquellos como Sam que se salían de la línea, y hacían un ejemplo de su resistencia.

—Supongo que tienes razón —Sam dio una profunda inhalada a su cigarrillo, el humo se filtraba por su nariz—. Los otros muchachos, todos se preguntaban, ¿qué tenían los judíos para que los alemanes quisieran hacerles eso? Cuanto más nos adentrábamos en el campo, cuanto más veíamos, los soldados judíos en nuestra división comenzaron a mirarme, ya sabes, porque era el mayor, como que esperaban a ver qué iba a hacer sobre todo esto. ¿Sabes qué hice? Saqué a uno de esos nazis fuera del corral donde los habíamos encerrado. Lo arrastré por el lodo y lo puse de rodillas. Y dije, con bastante calma, aunque quería gritar lo dije casi susurrando para que en efecto inclinara su cabeza y me escuchara: *Soy un judío*. Y luego le disparé. —Sam tiró la colilla y la apagó en el suelo con la punta de su bota—. Después de eso, los muchachos se volvieron locos, comenzaron a ejecutar nazis por todo el lugar hasta que un oficial apareció y puso fin a todo eso.

Lo que temía, mientras Sam estaba en la guerra, era que lo mataran, no que se volviera un asesino. No me perturbaba el pensamiento de que le disparara al enemigo en batalla. Eso era algo que tenía que hacer para salvarse él o a sus hombres, para ganar la guerra. Pero lo que acababa de describir era un asesinato, ¿cierto? Sin embargo, no me escandalizó su confesión. Para Sam, a esa matanza la justificaban los horrores que lo rodeaban. Mas yo pensaba en el prisionero nazi de Sam, de rodillas en el lodo. Si hubiera mirado a su alrededor a la pila de cuerpos pudriéndose y hubiera tomado conciencia de la magnitud de la monstruosidad de sus acciones, ¿no hubiera recibido con satis-facción la punzante rapidez de una bala a pasar una vida entera con culpa y vergüenza? Para mí, el disparo de Sam no parecía un asesina-to, sino misericordia.

—Huele a óxido, toda esa sangre —dijo Sam—. Eso es lo que no te puedes lavar. No la sangre en sí, sino su olor.

—Sé a qué huele. Soy enfermera, ¿lo recuerdas? —bajé la vista hacia mis dedos, plegados en mi regazo—. No eres el único que ha tenido sangre en sus manos alguna vez.

Sam levantó una rodilla sobre el banco y giró para verme.

—Desde que vi esos campos de concentración, todo lo que sigo pensando es que ese podría haber sido yo, ¿entiendes? Tú y yo. Si hubiéramos estado viviendo en Alemania o Polonia o donde sea que haya vivido nuestra gente, esos hubiéramos sido nosotros. Eso me hizo sentir más judío que el hogar. En aquel entonces, todo era hebreo aquí y hebreo allá, las bandas de música y los equipos de béisbol, pero no se trata de eso. No se trata de Dios, tampoco, de la Torá. Se trata de supervivencia. —Había cierta rebeldía en la mirada de Sam que reconocí la noche cuando se negó a disculparse ante el supervisor general, un brillo que hizo que resplandeciera el acero en sus ojos. Si hubiéramos estado en Europa, Sam y yo, él hubiera luchado hasta la muerte antes que permitir que se lo llevaran en uno de esos trenes. Eso dejaba a la gente como yo. ¿Era posible que el resto de nosotros, como huérfanos de una institución, estuviéramos tan acostumbrados a hacer lo que nos decían que hiciéramos más fácil de lo que debería haber sido que nos acorralaran?

Nos despedimos, disimulando que no era para siempre. Vi a Sam desaparecer a través de las puertas antiguas de roble a medida que el castillo se lo tragaba. Para lo que estaba planeando, una baja oficial no hacía la diferencia. Pronto se deshizo de su uniforme estadounidense y abordó un barco rumbo al Mediterráneo. Desde aquel día, todo lo que tengo de él cabe en el cajón de los guantes de un baúl de viajes antiguo: las postales que guardé, las cartas que envió, ese rollo de fotografías.

En la oscuridad detrás de mí, Mildred Solomon gruñía en su sueño. Había dicho que no había comparación entre su trabajo en el hogar de niños y aquellos experimentos horribles en los campos de concentración, y tenía razón, por supuesto que la tenía. Pero, ¿los niños sobre la mesa del doctor Mengele se sintieron diferente a como yo me sentí en la de ella? No importan sus motivos, la manera en que nos utilizó fue la misma. No es sorpresa que no pudiera disculparse. Admitir que hizo esa clase de daño destruiría a una persona, ¿cierto?

Debería haber proseguido con la dosis completa. No tenía motivos para permitirle a Mildred Solomon que volviera a la conciencia. Ya lo sabía, jamás me daría lo que yo deseaba. No habría disculpa ni remordimiento. Debería haber vaciado la jeringa, haber dejado que durmiera, mientras yo salía de esa habitación hacia el pasillo iluminado, para cerrar la puerta al pasado detrás de mí.

Salvo que era imposible que dejara atrás el pasado. Se estaba multiplicando dentro de mí, el tumor generaba nuevas células minuto a minuto. Después de mi operación, si me despertaba, encontraba mis senos recortados e hilo negro anudado a lo ancho de mi pecho, era como si la misma doctora Solomon hubiera empuñado el cuchillo.

Continué de espaldas a ella, miraba por la ventana hacia las farolas de la calle, las ventanas iluminadas y los faros de vez en cuando. Por encima, el resplandor de la ciudad volvía gris al cielo oscuro. Las luces me hicieron dar cuenta de que era la indiferencia, no la oscuridad, lo que hacía peligrosa la noche. Las acciones cometidas en la ciudad durante la madrugada no se escondían tanto de la vista, sino que se ignoraban, como si los pocos que estábamos despiertos la mitad de la noche hubiéramos acordado todos mirar para otro lado. Era como aquellas personas en aquellos pueblos que vivían en la dirección del viento de los campos de exterminio. No era como si no pudieran sentir el olor del humo; solamente aparentaron no saber lo que estaba ocurriendo. Entonces, se me ocurrió que podría salir impune de cualquier cosa que hiciera entre la medianoche y el amanecer.

Si no pude obtener el arrepentimiento que anhelaba, ¿por qué en su lugar no cobraba justicia, como lo había hecho mi hermano? Mildred Solomon estaría muerta bastante pronto, sin importar lo que yo hiciera o dejara de hacer. ¿Por qué no transformar lo inevitable en algo intencional? ¿Por qué debería dejarla morir, sola e ignorada, dentro de pocos días o semanas, cuando esta noche su muerte, contemplada, podría significar mucho más? Por una vez, podía defenderme, ahora como adulta en lugar de niña; mi arma, una jeringa de morfina en vez de una pistola. Podría hacerlo ahora, antes de que la anciana se despertara. En medio de esta noche indiferente, nadie notaría si tomé la vida de una mujer.

Mareada de repente, me aferré a la repisa de la ventana para evitar caerme de espaldas en la habitación. La idea latió a través de mis arterias, palpitante en mi cuello. Ahora entendía que retener la morfina de Mildred Solomon podía elevarse de un acto egoísta a una iniciativa noble. ¡Qué ópera perfecta haría! El telón se levanta con una niña amarrada y dormida con cloroformo como un animal, luego cae sobre una anciana puesta a dormir como un perro en el final de sus días cual mascota.

En alguna parte de mi cerebro privado de sueño estaban todas las razones por las que asesinar a Mildred Solomon jamás me brindaría paz, pero estaba demasiado exhausta para encontrarlas. Tomé la ampolleta de morfina de mi bolsillo y la sopesé en mi mano. Sería tan sencillo llenar la jeringa y presionar el émbolo. No había nada que me detuviera. Al final del pasillo, de seguro Lucía estaba dormida sobre su regazo de hebras. Por la mañana, la enfermera diurna que encuentra un paciente terminal fallecido durante la noche no pensará nada mientras tira de la sábana para cubrir el cuerpo. No habría preguntas, ninguna investigación, ninguna autopsia. Nadie lo sabría.

Ni siquiera Mildred Solomon.

Me alejé de la ventana. No valdría la pena si la doctora Solomon no lo sabía. Quería ver en sus ojos que estuviera consciente, quería que la doctora supiera lo que su pequeña niña buena, su paciente más valiente, estaba a punto de hacer. Había sido su material para hacer conmigo lo que se le antojara. Ahora yo tenía el control. Si ella no podía sentir remordimiento por lo que me había hecho, entonces al menos sabría, antes de morir, cómo se sentía tener su vida en las manos de alguien más.

Caminé a tientas a lo largo de la pared, encontré el interruptor y encendí la luz. Parpadeé por el resplandor repentino. Después de escurrir un paño en el lavamanos, lo froté en el rostro de la anciana.

—Hora de despertarse, doctora Solomon.

Capítulo diecinueve

RACHEL ENTRÓ A LA SOCIEDAD DE SOCORRO EMPAPADA HASTA los huesos por una tormenta que retrasó a los tranvías y que la hicieron demorar. Le entusiasmaba contarle a Mary lo que había averiguado de la señora Hong, hablarle sobre lo que pensaba de Sparrow y Jade. Debido a la lluvia, los pacientes estaban todos adentro en vez de afuera, en el pórtico. Su respiración irregular y su tos bronca hacían eco por los pasillos.

Rachel fue a la habitación de Mary. La cama estaba vacía, el colchón hecho un rollo, los resortes expuestos. Al principio supuso que a Mary la habían cambiado de habitación. Entonces, la verdad se volvió obvia. Se sentó en la barra de hierro de la cama, demasiado conmocionada para llorar. La jefa de enfermeras la vio allí.

—Lo siento, Rachel, no tenía la intención de que te enteraras de esta manera. La fiebre de Mary se disparó ayer. Su corazón simplemente no pudo soportarlo. Sé que te preocupabas por ella, pero tenemos otro paciente de las tiendas de campaña esperando por ingresar. ¿Desinfectarías la cama por mí? —En silencio, Rachel asintió con su cabeza. La enfermera posó una mano cálida sobre su hombro—. Forma parte de este trabajo. Jamás nos acostumbramos a eso, pero aprendemos a soportarlo.

Rachel lavó la cama con lejía, desconcertada por el misterio de cómo una persona podía estar viva un minuto y en el próximo haberse ido. Lo había visto pasar, cuando murió su madre. Ese era un momento que aún podía recordar, el cambio en los ojos de su madre de ver a no ver. Le habría desagradado presenciar ese cambio en Mary, pero aun así deseaba haber estado con ella en el final. A Rachel le rompió el corazón que Mary hubiera muerto sola, tan lejos de su familia y sus amigos. El Hospital para Judíos con Tuberculosis notificaría a los padres, supuso. Cerca había un cementerio, la institución cubriría los gastos del entierro, pero era decisión de las familias enviar dinero para una lápida. Por lo que Mary le había contado, Rachel dudó que la tumba llevara su nombre alguna vez. Con la ayuda de otra enfermera, colocó un colchón limpio sobre el elástico. Antes de que el turno de Rachel terminara, una mujer que no hablaba inglés estuvo arropada en la cama de Mary. Agitada y sin aliento, gritaba en idish, con unos sonidos guturales que salpicaban sus labios con flema.

En la oscuridad de la noche, Rachel dejó que el tranvía la transportara por Colfax Avenue. Estaba tan perdida en sus pensamientos que pasó de largo la casa de los Abrams y tuvo que caminar de regreso desde la siguiente parada. Al abrir la puerta, encontró el comedor iluminado con velas y repleto de voces: había olvidado el Sabbat.

—Ven a sentarte con nosotros, Rachel —la llamaron, pero ella negó con su cabeza y avanzó con lentitud por las escaleras hasta la habitación Ivy. Cuando la señora Abrams fue a ver cómo estaba, encontró a Rachel con la mirada fija en la ventana veteada por la lluvia.

—Supe lo de Mary. Lo lamento tanto, querida. ¿Sabías que quería que tuvieras todas sus cosas bonitas? Por lo general, las hubieran donado al hospital, pero el doctor Abrams hizo que los residentes trajeran el baúl de viaje para ti. Les pediré que lo suban antes de que se vayan. —Hizo una pausa—. Sabes que invito a los residentes tanto más por ti que por ellos. Pensé que podría gustarte alguno. Muchachos jóvenes excelentes. Después de todo, es la manera en que Althea conoció a David. ¡Y no son ancianos como tu tío! ¿Te ha gustado alguien?

Rachel se encogió de hombros. No se le había ocurrido observarlos.

La señora Abrams le recomendó un baño caliente. Rachel aceptó la sugerencia, aprovechó para hundirse en el agua y ahogar los sonidos de la conversación que flotaba escaleras arriba. Después de un rato Rachel volvió y encontró el baúl erguido sobre un extremo en el centro de su habitación. Casi de su altura, parecía más grande aquí que en el hospital. Aflojó las abrazaderas y tiró de las manijas. Se abrió como un libro por su lomo. De un lado había una pila ordenada de cajones cerrados, cada uno con una perilla de cristal; del otro, una cortina, detrás de la cual colgaban los vestidos. Rachel abrió la cortina, como había hecho antes al pedido de Mary, y deslizó sus manos por el inventario conocido. Percibió la lana delicada y la lencería almidonada, el satín y la seda. Debajo de los vestidos estaban los zapatos, cuatro pares todos en su lugar. Se inclinó e inspiró un aroma anterior a la tuberculosis y al hospital: talco perfumado y cuero lustrado.

Rachel se quitó el camisón del orfanato, con la intención de probarse los vestidos y los zapatos, uno tras otro, como sabía que Mary hubiera querido. Luego se dio cuenta de que esa clase de vestidos no estaba hecha para usar sobre un torso desnudo, que los zapatos arañarían sus pies desnudos. Se sentó en el piso y comenzó a abrir los cajones, en busca de una combinación y de medias. El cajón más pequeño en la parte superior contenía peinetas y horquillas, unos pocos anillos, un collar de perlas de imitación. Luego estaban los guantes y los pañuelos, después la ropa interior. Encontró las combinaciones entre las enaguas y las pañoletas de seda. Las medias se encontraban debajo. Rachel se preguntó qué quedaba para el cajón del fondo. Tomó con dos dedos la perilla de cristal y lo abrió.

Cartas, fotografías, cintas. Un diario cerrado con candado. Una muñeca de cerámica con un brazo roto. Un bordado sin terminar aún en su bastidor, con la aguja y el hilo clavados en la tela tensa. Una concha de mar.

Rachel tocaba las cosas de Mary como si fueran un tesoro al descubierto, respetando el diario cerrado con llave, escuchando la concha, acunando la muñeca rota. Revolvió las fotografías y reconoció a Mary de niña montada en un poni pinto; en una pose con su madre en un círculo de flores; como debutante, acompañada por su padre en un esmoquin oscuro que contrastaba con su vestido largo resplandeciente. Había una foto de Mary y otra muchacha, con los brazos entrelazados en un sendero debajo de unos árboles. Allí estaban otra vez en la playa, con sus piernas enredadas fundidas con el oleaje. Y de nuevo, de la mano en la hamaca de un pórtico, los pies levantados, las cabezas hacia atrás y riendo.

Esta debe haber sido la amiga que Mary mencionó. Su amiga especial. La muchacha era bastante bonita, aunque no tan encantadora como Mary. Rachel acercó la fotografía. Mientras la cámara resaltaba los rasgos de Mary, los de la otra muchacha parecían confusos, con el mentón, el cabello y la nariz que se difuminaban todo en uno. Pero sus ojos evitaban que fuera insulsa. Amplios y expresivos, los ojos estaban siempre fijos en el rostro de Mary. La manera en que miraba a Mary era algo que Rachel reconocía. Era la misma en la que Naomi la miró aquella última noche en el hogar.

Rachel rara vez se permitía pensar en aquella noche, la manera en que Naomi la había tocado, cómo se habían besado. Recordar hacía que su corazón temblara, que su estómago sintiera náuseas por la culpa. Para distraerse, Rachel devolvió las fotografías a su lugar en el cajón, tomó el manojo de cartas y desató la cinta.

Todas iban dirigidas a Mary, las diferentes direcciones registraban sus movimientos: su casa por las vacaciones escolares, el White

Star Line durante un viaje al exterior y, finalmente, el sanatorio en Catskills. La dirección del remitente también cambiaba, pero el nombre era siempre el mismo. Sheila Wharton. No había ninguna de las cartas de Mary a Sheila: las cartas que la madre de Sheila encontró y quemó antes de prohibirle que viera a Mary otra vez.

Un escalofrío la recorrió. Tiró del edredón de la cama y envolvió su cuerpo desnudo. Mientras estaba arrodillada en frente del baúl abierto de par en par, sacó una carta de su sobre. Mary había dicho que la madre de Sheila pensaba que su amistad no era «natural». Era la misma palabra que la monitora había utilizado para advertirla sobre Naomi, pero Rachel casi no podía creer que Mary y su amiga habían hecho las cosas que ella y Naomi hicieron. Si fue así, Rachel estaba segura de que jamás las habrían escrito. Ni siquiera sabía qué palabras podrían haber usado.

Rachel desplegó la primera carta. El papel olía a flores. Recorrió con la mirada la escritura perfecta, en busca de una frase que una madre pudiese objetar. «Cuando paso la lengua sobre mis labios, aún puedo saborearte». Las palabras flotaron frente a los ojos de Rachel. Tuvo que parpadear, con fuerza, para concentrarse en las líneas escurridizas. Inmovilizó el papel en el piso y comenzó de nuevo desde el principio.

Era la medianoche cuando Rachel guardó con cuidado todas las cartas, las ató como estaban y las encerró en el cajón. Aseguró el baúl con las abrazaderas, luego lo empujó mientras arañaba el piso, hasta una esquina de la habitación. Al meterse a la cama, apagó la luz. Sheila le había escrito a Mary sobre el amor y los besos, sobre la clase de cosas que Rachel y Naomi habían hecho y más, las cosas que Rachel ni siquiera había pensado jamás. Esos pensamientos ahora monopolizaban su imaginación, como una película proyectada en la parte interna de sus párpados.

De las cientos de muchachas en el hogar, algunas de ellas tenían amistades tan apasionadas que podrían no haber sido naturales, pero

Naomi era la única que Rachel había conocido. Ahora conocía con certeza de otra muchacha —no, de dos muchachas—, que eran de la misma manera. Pero para Mary y Sheila, era más que besarse en secreto. Tenían planes de viajar a Europa juntas: hacer bosquejos en Venecia, hacer una excursión por los Alpes, visitar París, explorar Londres. Sheila también mencionó a otras muchachas en sus cartas, aunque Rachel sospechaba que algunas de ellas eran personajes de sus historias y no muchachas reales que conociera. Pero aun así... Había una nueva clase de vida que se revelaba en esas cartas, una vida que jamás había conocido lo suficiente como para imaginársela, una vida en la que dos muy buenas amigas podían tener, entre las dos, todo lo que importaba en el mundo.

Rachel ahora se permitió recordar lo extraño que fue, esa noche con Naomi, que no se había sentido en absoluto extraña. Las manos y la boca de Naomi sobre su piel le parecieron la cosa más natural del mundo. Más allá de los confines de la cama estrecha de un orfanato, ¿qué clase de vida podrían haber soñado ella y Naomi? Europa no, por supuesto, pero estar juntas, compartir un apartamento, ir a ver películas. La foto de Mary y Sheila en el océano recordó a Rachel el día en que Naomi la llevó a Coney Island. Supuso que ese fue el día en que encontraron la concha marina; Rachel imaginó a Sheila regalándosela a Mary, Mary prometiendo conservarla siempre. Pero, ¿qué le había hecho Rachel a Naomi? Le robó el dinero de la colegiatura que el tío y la tía le habían dado y había huido en medio de la noche. Eso fue imperdonable.

Naomi debe odiarla. Sam la había abandonado. Y ahora Mary estaba muerta. Bajo la manta, la enormidad de sus pérdidas se abalanzaba sobre Rachel como cuervos a la carroña.

Al día siguiente Rachel se resistía a salir de la cama. La señora Abrams le trajo un pocillo de té y algunas tostadas, y le contó que el doctor Abrams le haría saber a la jefa de enfermeras que no se sentía bien.

—Ha sido un golpe duro para ti, la muerte de Mary, ¿cierto? El doctor Abrams trata de no apegarse pero veo que, también, lo afecta la pérdida de un paciente. ¿Quieres que te ayude a organizar sus cosas?

Rachel entró en pánico con la idea de que la señora Abrams viera las cartas de Rachel, la imaginó retroceder indignada.

—No, gracias, señora Abrams. Ya revisé el baúl. Son solo sus prendas, nada más. Me prepararé para ir a trabajar.

—De acuerdo, querida. Baja cuando estés lista. —Le dio un beso en la frente, lo que dejó a Rachel preguntándose si la señora Abrams la trataría con tanta amabilidad si hubiera sabido la verdad: que Rachel era una ladrona y una mentirosa; que ella, tampoco, era natural.

Cuando finalmente se levantó para vestirse, se miró en el espejo, y mientras tanto recordaba los apodos que le habían puesto en el hogar: marciana, lagartija, huevo hervido. Solo Naomi siempre había pensado que era bonita. «Tan suave y bella». Rachel entendió, por primera vez, lo que Naomi debía sentir por ella. No era la protección pagada. Era más que una amistad. Pudo haber sido amor, si Rachel no lo hubiera arruinado todo.

Debía haberle enviado a Naomi cincuenta dólares apenas hubiera ganado lo suficiente para compensar la diferencia, hubiera devuelto el dinero con una carta en donde explicara lo apenada que estaba. En cambio, lo había derrochado en la peluca. Rachel se daba cuenta ahora que cada daño que le hizo a Amelia solo rebotaba, peor, en ella. ¿Qué tragedia atraería sobre su propia cabeza una vez que comenzara a usar el cabello de Amelia? Pero si dejaba de hacer los pagos, perdería todo lo que había invertido. Rachel había contado con ser bella una vez que tuviera la peluca, pero ahora se preguntaba qué bien le haría eso. Y qué tal si los residentes a la mesa de la señora Abrams comenzaban a notarla, empezaban a conversar con ella sobre los temas que estaba memorizando del *Essentials of Medicine*. ¿Qué tal si uno de ellos en efecto le hacía una propuesta de matrimonio, como el doctor Cohen le había hecho a Althea? Althea y su madre jamás entenderían por qué Rachel declinaría convertirse en la esposa de un doctor, cuidar de su casa, tener sus hijos.

Esa noche después del trabajo, Rachel ignoró el baúl, trató de no pensar en Naomi o en las cartas de Sheila a Mary, pero fue difícil para ella concentrarse en su lectura. «En el corte transversal, el pulmón tuberculoso se asemeja a una hermosa canica de cristal, debido a la combinación de los colores verde, gris y blanco». Consideró a los residentes, otra vez. Mary había dicho que todos los hombres eran unos animales, pero Rachel sabía que eso no era verdad. Lo dijo porque nunca tuvo un hermano, concluyó Rachel. Sam la había decepcionado, cierto, pero entre ellos había un vínculo que jamás podía romperse. Y Vic siempre había sido bueno con ella. Pensó en las tardes dominicales en la casa de la recepción, en la vez que la sacó a bailar, en cómo la había besado en la mejilla aquel último día que hablaron. Rachel pensaba, también, en la admiración y el afecto que el doctor Abrams le mostraba a su esposa, el respeto con el que trataba a todas las enfermeras. Pero aun cuando uno de los residentes hubiera sido tan protector como Sam, tan amable como Vic, tan agradecido como el doctor Abrams, sabía que siempre habría un lugar solitario en ella que solamente una muchacha como Mary o Sheila podía alcanzar. Una chica como Naomi.

¡Cómo debe haber herido a Naomi pensar, después de lo que compartieron aquella noche, que Rachel solo había estado en su habitación para robarla! Rachel temía que Naomi pensara que había utilizado su afecto como una distracción, al saber que jamás podía quejarse sin implicarse. En parte era verdad, Rachel tenía que admitirlo, pero no en realidad, no en el fondo. Cuando finalmente apagó la luz, la imaginación de Rachel recubrió las imágenes evocadas por las cartas de Sheila con los recuerdos de Naomi. Sus manos exploraban su propio cuerpo a medida que imaginaba las cosas que ella y Naomi podian haber hecho. Que aún podían hacer, algún día, si Naomi la perdonaba alguna vez. Si Rachel volvía a su hogar alguna vez.

La mañana siguiente Rachel resolvió que era una cobardía recluirse en Colorado, que permitiera que los Abrams la colmaran de amabilidad de manera injustificada y que dejara a Naomi pensar lo peor. Mientras se vestía para ir a trabajar, Rachel se prometió que después de que la peluca estuviera terminada, volvería a Nueva York y encontraría trabajo en uno de los hospitales de caridad de la ciudad. Calculó de manera optimista cuánto tendría que hacer durar sus ingresos magros, en cuanto tiempo podría devolverle el dinero a su amiga. En cuanto al viaje, había escuchado que las líneas de ferrocarriles estaban acoplando los antiguos vagones de inmigrantes a la parte trasera de los Limited, para ofrecer asientos económicos con bancos duros a los precios de la Depresión. Después de su último pago a la señora Hong, tendría que trabajar otro par de meses hasta que pudiera pagar siquiera la tarifa más barata. Aunque, ¿no había dicho la señora Abrams que Althea y los niños vendrían en el verano? Tal vez pueda viajar al este con ellos. Si los acompañaba a Chicago, el doctor Cohen hasta podría comprarle el boleto a Nueva York.

Los DÍAS Y las semanas pasaban a medida que Rachel empujaba las camas rodantes hacia o fuera del sol, cambiaba las bacinillas, servía las comidas, limpiaba la sangre y los escupitajos de los mentones. En abril, se sorprendió en la cena del *Seder* al darse cuenta de que era la más joven a la mesa. Al leer con timidez las preguntas en frente de los Abrams y de los residentes, no pudo evitar comparar esa ocasión sincera y algo tediosa con las Pascuas ajetreadas en el hogar, con el ritual de la comida apresurado para mantener el ritmo con los timbres.

Mientras la primavera doblaba la esquina en dirección al verano, el Hospital para Judíos con Tuberculosis se volvió un lugar cada vez

más atestado. En el este, los inmigrantes empobrecidos, que enfrentaban tiempos difíciles, estaban trabajando o preocupándose hasta
enfermar. Cubriendo la tos y el rubor de sus mejillas con pellizcos,
los pacientes tuberculosos gastaban las últimas monedas en un boleto
hacia la ciudad que esperaban los curaría.

Althea, resguardada del gentío en el compartimento Pullman,
arribó con sus niños a tiempo para el Día de la Independencia, de
nuevo sin su niñera. Rachel entendió, por los sollozos en las conversaciones que escuchó de manera accidental, que el doctor Cohen había
hecho quedar a la niñera el año anterior por razones diferentes a las
de la enfermedad, que Althea las había descubierto recientemente,
que la niñera había sido despedida y que Althea se había venido a casa
de su madre. Aunque lamentaba la angustia de Althea, Rachel recibió
con beneplácito la distracción de una casa llena de niños. Durante
la cena, la mesa estaba demasiado atestada ahora para recibir a los
residentes; después de que recogían los platos de la mesa, la familia
pasaba las noches armando rompecabezas y escuchando la radio. En
sus días libres, Rachel completaba las horas que alguna vez pasó con
Mary, llevando a Henry, a Simón y a la pequeña Mae, que ya corría
con confianza desenfrenada, al parque de Sloan's Lake. Entre el ajetreo del hospital y el de la casa en Colfax, los días largos del verano
pasaron rápido.

En agosto, de nuevo Rachel llevó sus ingresos hasta Hop Alley.
La señora Hong, al calcular el progreso en la peluca para hacerlo
coincidir con los pagos de Rachel, aseguró que estaría completa el
primero de septiembre, que era cuando se daría por cumplido el
contrato. Antes de salir del negocio de pelucas, Rachel repasó con
su mano el cabello de Amelia. Las hebras parecían estirarse para
alcanzar sus dedos. A pesar de que ahora sabía que debía haber
devuelto el dinero a Naomi en vez de invertir en la peluca, no pudo
evitar extasiarse con su belleza, entusiasmarse con la posibilidad de

transformarse en una belleza. Es posible que Naomi pensara que ella era bonita de esa manera, pero Rachel sabía que el resto del mundo no la veía igual. Se dijo que Naomi no le guardaría rencor por ese pedazo de belleza robada.

La señora Hong observaba a Rachel desde la escalera de incendios cuando se alejaba. Ahora deseaba haberle pedido más dinero, así podía poner la peluca en exposición por unos meses más. Los pedidos habían aumentado desde que la exhibía como muestra a las clientas, una de las cuales ofreció tres veces más de lo que Rachel había logrado pagarle. Pero la muchacha había mantenido su parte del acuerdo y la señora Hong no era nadie si no era fiel a su palabra.

Rachel le mencionó su decimosexto cumpleaños a la señora Abrams, que insistió en servir una torta con velitas, la primera de Rachel, para satisfacción de los niños, que ayudaron a soplarlas. Mientras comían el pastel y tomaban café, le alegraba escuchar que discutían los planes para el final del verano. La preocupaba que Althea nunca perdonase al doctor Cohen y que arruinara su idea de viajar con ellos. Pero la semana anterior Althea había recibido una carta de arrepentimiento de su esposo, la siguió ayer con un telegrama de disculpas y, finalmente, esa mañana, una súplica mediante una llamada telefónica de larga distancia. El doctor Abrams, sumamente traicionado por la infidelidad de su antiguo residente, de nuevo le ofreció a Althea que se mudara con los niños de vuelta a su hogar en Colfax. Pero la señora Abrams, a pesar de su compromiso con los derechos de las mujeres, sabía lo que era mejor para su hija. Althea tenía que ser la esposa de alguien, debía tener el brazo de un hombre al cual aferrarse. Si esperaba mucho más, el arrepentimiento del doctor Cohen podría convertirse en rencor.

—Deberías volver a tu hogar, querida —le dijo Jenny Abrams a su hija—, pero si aceptas mi consejo, tú y David se marcharán por un tiempo juntos, solo los dos. Él debe recordar por qué se

casó contigo, y tú debes recordarle que eres más que la madre de
sus hijos.

—¡Pero eres nuestra madre! —protestó Simón.

—¿Quién nos cuidará? —preguntó Henry.

Althea encontró la mirada de su madre. Todo el problema había
comenzado con la niñera. Rachel levantó la vista de su torta para descubrir los ojos de ellos sobre ella.

—Me encantaría ayudar con los niños —dijo, lo que provocó
la alegría de Simón y Mae; hasta Henry sonrió—. Lo que quiero
decir es que la ayudaría con gusto cuando viaje a Chicago, señora
Cohen. —Trató de explicar que ella seguiría viaje a Nueva York, pero
la señora Abrams la interrumpió.

—¡Claro, eso es perfecto! Entonces Rachel puede quedarse con los
niños mientras David y tú hacen un bonito viaje. —Rachel tragó con
torpeza y tuvo un ataque de tos que evitó que objetara los planes, mientras Simón balbuceaba sobre todas las cosas que le mostraría en Chicago.

—¿Por qué no solo hacemos que Rachel sea nuestra niñera? —preguntó Henry.

—¡Qué muchacho tan inteligente eres, Henry! —dijo Althea,
mientras giraba hacia Rachel—. El doctor Cohen te pagaría dos veces
más de lo que estás ganando en el Hospital para Judíos con Tuberculosis. No conseguirás una mejor oferta que esa.

—Temo que no podría trabajar para usted en Chicago. —Rachel
sabía lo egoísta y desagradecida que luciría al rechazarla, y ¿con qué
argumentos? Althea jamás creería que prefería vaciar bacinillas en un
hospital de caridad que ser la niñera de una familia exitosa de Hyde
Park. Rachel sabía muy bien que no podía decir lo ansiosa que estaba
por volver con la muchacha que esperaba que la amara. Usó la excusa
que le había dado a la señora Hong.

—Decidí volver a Nueva York a terminar la escuela de enfermería.
Lamento decírselo así, doctor Abrams, pero renunciaré al hospital.

—Ese es un excelente plan, Rachel, me alegra escucharlo —dijo el doctor Abrams, que luego se encontró con la mirada enfadada de su esposa al otro lado de la mesa—. Mi hija sería afortunada de tenerte como niñera de sus hijos, pero te has convertido en una enfermera auxiliar calificada y celebro que quieras completar tu educación.

Era evidente que la señora Abrams estaba decepcionada.

—Podrías tomar clases nocturnas en Chicago, ¿cierto?

—La muchacha es de Nueva York, Jenny —dijo el doctor Abrams—. No la presiones si desea regresar a su hogar.

—Pero, ¿viajarás con nosotros en el Pullman? —preguntó Althea.

—Sí, por supuesto, aunque esperaba…

—Al menos eso está arreglado. Nos iremos el treinta. Henry comienza con su nueva escuela este año y debe estar en casa antes del día del trabajador.

Por más que a Rachel le gustara la idea de volver a Nueva York, debía conseguir el dinero para Naomi antes de que pudiera pensar en pagar la colegiatura de la escuela de enfermería. Después de limpiar la mesa, Rachel se asomó al estudio del doctor Abrams.

—¿Puedo hablar con usted?

—Entra, Rachel. Toma asiento. —Ella se hundió en el sillón de cuero del otro lado del suyo—. ¿Qué sucede?

—Me preguntaba, ¿es muy cara la escuela de enfermería?

—Depende. ¿Has decidido en dónde presentarás tu solicitud de inscripción? Te sugeriría la Escuela de Enfermería del Hospital Monte Sinaí. Mi recomendación tendría influencia allí, entrené a una gran cantidad de sus residentes a lo largo de los años, y tienen alojamiento para las estudiantes de enfermería.

—¿Cree que si trabajo, como ahora, podría pagar la colegiatura?

—Hay algunos empleos en el hospital para los estudiantes, pero estarás muy ocupada estudiando como para trabajar tantas horas.

—En ese caso, tendré que encontrar un empleo por un par de años antes de poder pagar la escuela de enfermería. ¿Quizá pueda darme una referencia para eso?

—Estoy confundido. Si necesitas empleo, entonces ¿por qué no trabajas para Althea? ¿Temes no haber ahorrado lo suficiente?

—No he ahorrado nada, doctor Abrams. Como están las cosas, ni siquiera tendré dinero para el billete de Chicago a Nueva York.

Él arrugó el entrecejo.

—No entiendo, Rachel. Sé que no has sido frívola con tu dinero. Apenas has gastado un centavo por lo que puedo ver. Supuse que lo estabas ahorrando todo. ¿A dónde se ha ido?

Rachel vaciló, pero no había vuelta que darle a la verdad.

—Lo gasté todo en una peluca. Regateé bastante con la señora Hong, la fabricante de pelucas, para tener un buen trato, pero aún es tremendamente cara porque es hecha a la medida. Entrego a la señora Hong prácticamente toda mi paga cada mes y todavía me queda un pago que hacer.

El doctor Abrams la miraba incrédulo.

—¿Has gastado todo tu dinero en una peluca?

A Rachel le molestaba que pensara que era una chica engreída y tonta. Se preguntó si es que quizá no comprendía lo que significaba para ella, porque en realidad jamás la había visto con la cabeza descubierta. Al principio había asumido que no le interesaba, pero llegó a creer que era demasiado cortés para preguntar sobre su calva. Levantó su brazo y se quitó el sombrero *cloche*. Él trató de esconderlo, pero Rachel lo vio retraerse.

—¿Ya ve por qué la necesito, doctor Abrams?

—Lo lamento, Rachel, asumí que estabas acostumbrada a eso, eres una mujer joven, por supuesto que deseas verte normal. —Hizo un gesto para que volviera a ponerse el sombrero—. ¿Te molestaría contarme cuánto tiempo has tenido tu afección?

—¿Mi afección?

—La alopecia. ¿Cuándo comenzó?

—Siempre he estado así. Es por los tratamientos de rayos X que recibí en el hogar de niños.

—¿El hogar de niños? ¿Por qué estuviste en un hogar?

Rachel había olvidado, por un momento, la mentira que estaba viviendo con los Abrams. Cuando se dio cuenta de lo que acababa de revelar, el temor se aferró a su estómago y un rubor que subió por su cuello le devoró el rostro. Su cerebro estaba demasiado lento para inventar otra historia. Frente a lo inevitable, confesó que había sido huérfana mucho antes de que apareciera en su puerta. Con la cabeza baja, se preparó para el enojo del doctor Abrams.

—Dime, la historia sobre el tío que quería casarse contigo, ¿era verdad?

Al menos, en eso, Rachel fue sincera.

—Sí, era verdad. Es dueño de una tienda, en Leadville, Rabinowitz Dry Goods. Cuando llegué allí la primera vez, pensé que era mi padre que había huido cuando murió mi madre. Después de que mi hermano se fue, dijo que solo podía quedarme con él si nos comprometíamos.

El doctor Abrams asintió con su cabeza.

—Me alegra que al fin fueras honesta conmigo, Rachel. La enfermera con la que hablé, cuando verifiqué tus referencias me explicó tu huida y la de tu hermano del Hogar de Huérfanos Judíos. Se alegró mucho al saber que estabas a salvo. La señora Abrams y yo hemos estado esperando que llegaras a confiar en nosotros lo suficiente para contarnos la verdad.

Rachel no tenía idea de cómo responder. Resistió el impulso de colgarse a su cuello. Con lágrimas en el rostro, todo lo que pudo decir fue:

—Gracias, doctor Abrams.

—En cuanto al resto, déjame pensar las cosas por un tiempo. Hablaremos otra vez en unos días.

Desorientada, Rachel se retiró a la habitación Ivy. Él no la había acusado, no había gritado, no la había abofeteado. Rachel pensó en el supervisor general Grossman, con su rostro enrojecido y sudoroso cuando levantó su mano contra Sam. Pensó en su padre, con aquel cuchillo en la mano cuando luchó con su madre. Pensó en su tío, y la punta de la lengua que empujó entre sus labios. Rachel solo podía imaginar que la manera en que el doctor Abrams la estaba tratando era lo que otra gente quería decir cuando usaban palabras como «padre» y «familia».

Con un estetoscopio que colgaba de manera casual alrededor de su cuello, el doctor Abrams estaba en su oficina del Hospital para Judíos con Tuberculosis mirando concentrado a través de sus anteojos con montura metálica. Leía otra vez sobre el experimento con amígdalas de un tal doctor Solomon. El día después de que hablara con Rachel, le había pedido a uno de sus residentes que fuera a la biblioteca de la universidad para ver si encontraba algo sobre el Hogar de Niños Judíos y los rayos X, y aquí estaba sobre su escritorio un artículo angustiante. Utilizar niños saludables en un experimento tan peligroso le dio la impresión de que violaba la confianza. A diferencia de Rachel, ahora entendía lo innecesaria que fue la exposición excesiva a la radiación que había causado su alopecia. Había pensado que era un despilfarro invertir todos sus ingresos en una peluca cara hecha a la medida, pero ahora sentía que había una deuda con ella. Sin su conocimiento o su consentimiento había dado muchísimo ya, y ¿para qué? Era una idea pretenciosa proponer que la amigdalotomía podía reemplazarse con los rayos X. Cuando el doctor Abrams se negó a tratar a sus pacientes tuberculosos con los rayos X de tórax, hubo algunos que consideraron que estaba desactualizado, pero resultó que estaba en lo cierto: allí donde habían utilizado los rayos X, solo debilitaron aún más los pulmones. El doctor Abrams entendía que los avances médicos requerían de experimentación, pero utilizar niños tan pequeños de manera imprudente lo enfurecía. El residente dijo que ese era el único artículo publicado por M. Solomon; el doctor Abrams solo podía esperar que ese M. Solomon, quien sea que fuera, ya no trabajase con niños.

Unos días más tarde, cuando llamó a Rachel a su estudio, decidió guardarse lo que había averiguado. Consideró que solo dañaría más a la muchacha si ella se enteraba de que había sido deformada innecesariamente. Que continuase creyendo que su calvicie fue la consecuencia desafortunada de un tratamiento que le salvó la vida, mientras él asumía la responsabilidad de compensarla, hasta donde le era posible. Hizo llamadas telefónicas, escribió cartas en su favor, retiró dinero de su propia cuenta. El doctor Abrams solo tenía que presentar el hecho consumado.

Una vez más, Rachel comenzó a decir cuánto lamentaba haberles mentido a él y a la señora Abrams. Él la detuvo, al colocar una mano en su rodilla, con un contacto breve y reconfortante.

—No te disculpes, Rachel. Creo en juzgar a la gente por sus acciones más que por sus palabras. Has demostrado ser de mucha ayuda y muy trabajadora. Todas las enfermeras en el hospital hablan bien de ti, has sido una gran asistencia para Jenny, y mis nietos te adoran. Entonces, deseas volver a Nueva York e ir a la escuela de enfermería, ¿cierto?

Otra vez, Rachel se había arrinconado al no contar la verdad. Se dio cuenta de que él tenía razón, si su meta era ganar el dinero de Naomi, trabajar para Althea por un año sería la mejor elección. También tenía sentido conseguir el dinero para la colegiatura de esa manera, aunque su deseo por regresar a Nueva York era tan insistente como el sonido de un timbre. Intentó contarle al doctor Abrams que había decidido ir a Chicago, porque sabía que eso lo complacería, pero él la interrumpió.

—¿Sabías que el Hospital para Judíos con Tuberculosis financia una beca de enfermería en el Monte Sinaí? El requisito es que, después de completar el curso, el beneficiario trabaje aquí, pero tú ya lo has hecho, ¿cierto? Así que te propuse para la beca y me complace contarte que me notificaron esta mañana que has sido seleccionada. Cubrirá tu colegiatura y el alojamiento, con un pequeño estipendio para libros y gastos. Cuando llegues, el decano te evaluará para ver cuánto has aprendido por tu cuenta y te ubicará en las clases apropiadas. No me sorprendería que termines en un año. Serías bienvenida si regresas, pero como dije, ese no será un requisito.

—Pero, ¿por qué? —Rachel casi no podía creer lo que él estaba diciendo.

—¿Por qué qué, Rachel?

—¿Por qué usted y la señora Abrams son tan buenos conmigo? ¿Qué hice para merecerlo?

Él se veía complacido.

—Si el bien solo fuera para aquellos que lo merecen, el mundo sería un lugar sombrío. Aunque en tu caso, nuestra amabilidad ha sido recompensada con creces y con tan poco esfuerzo de nuestra parte. Es nuestro placer saber que serás una ciudadana productiva, al cuidar de otros, y ser capaz de cuidarte a ti misma. ¿Conoces la frase *tikkun olam*? —Rachel negó con su cabeza—. Estoy seguro de que es el principio que sustenta al orfanato que te cuidó. También es la creencia que sustenta al Hospital para Judíos con Tuberculosis. Significa que es responsabilidad de todos ayudar a alguien más, para el bien de todos nosotros. Tú has hecho fácil que nosotros estemos a la altura de esa creencia, Rachel.

Rachel repitió cada expresión de gratitud en la que pudiera pensar hasta que el doctor Abrams la hizo parar. Hablaron unos minutos más sobre la escuela de enfermería y los cursos que tomaría. Finalmente, Rachel se levantó para decir buenas noches, mientras asumió que el doctor Abrams tenía otras cosas que hacer. Al ir saliendo del estudio, giró en la entrada.

—Discúlpeme, pero me preguntaba sobre mi último pago. Debido a que la señora Cohen planea viajar el treinta, ¿sería posible, usted sabe, cobrar mi salario antes?

—Por supuesto, Rachel, solo haz saber en la oficina contable que el veintinueve será tu último día.

—¿Le importaría mucho que mi último día fuera el veintiocho?

El doctor Abrams se despidió con un gesto de la mano.

—Solo avisa en la oficina contable. ¡Ah!, y me aseguraré de que el doctor Cohen pague tu boleto de tren hasta Nueva York.

Rachel dejó la oficina y subió a la habitación Ivy, entusiasmada por los planes. Haría el pago final a la señora Hong el día siguiente al cobro de su última paga, luego partiría hacia Chicago con la señora Cohen y los niños. Arribaría a Nueva York casi sin un centavo, pero tan solo sería una noche antes de empezar la escuela: quizá podría pasarla en un banco del vestíbulo de la estación Pensilvania. La colegiatura y el alojamiento con un estipendio —apenas podía creerlo—. Era aún mejor que si la enfermera Dreyer se hubiera presentado frente al comité de becas. Estaba agradecida, de verdad, aunque más perpleja que antes por la manera en que podía conseguir de vuelta el dinero de Naomi. Rachel se preguntaba si era muy austera con el estipendio, ¿cuánto tiempo le tomaría poder pagar por el perdón de Naomi?

Agosto galopaba hacia el final, azuzado por las preparaciones de la partida de Althea. Antes de darse cuenta, a Rachel le estaban entregando la paga del mes. El día siguiente, el último en Denver, exasperó a Althea, que ya daba por hecho su tiempo con los niños, cuando le dijo a la familia que no podía ayudar a hacer sus maletas.

—Hay algo que debo hacer antes de que partamos —dijo, con el entusiasmo y la ilusión que se mostraban en su rostro.

Después de que Rachel saliera apresurada de la casa, la señora Abrams le dijo a su hija:

—Si no lo supiera, pensaría que salió corriendo a despedirse de algún joven.

Cuando Rachel apareció en Hop Alley más temprano de lo esperado, la señora Hong contuvo su frustración. Había planeado mostrar la peluca esa tarde a una clienta, una última oportunidad de utilizar aquel cabello extraordinario como propaganda de sus habilidades. Aun así, no le guardó rencor a la muchacha por el cumplimiento exitoso de su contrato. La señora Hong llamó al calígrafo como testigo e hizo un espectáculo al incendiar el pergamino con sus firmas, con los tres amontonados en la escalera de incendios y el papel en llamas, que caía revoloteando hacia la estrecha calle de ladrillos.

Para celebrar la ocasión, Rachel se había puesto uno de los vestidos de verano más bonitos de Mary, el de lino, que se sentía fresco en la parte trasera de sus muslos. La señora Hong sentó a Rachel frente al espejo y ciñó la peluca sobre su calva. Enmarcaba su rostro pálido, a la vez que resaltaba pinceladas rosadas en sus mejillas y motas doradas en sus ojos oscuros. El cabello de Amelia parecía alegrarse por haber sido liberado de la cabeza engreída de aquella muchacha y entregado a un destinatario más agradecido.

—La señorita Rachel es muy bella —susurró Jade. Sparrow aplaudía.

—Una cosa más —dijo la señora Hong, al levantar el mentón de Rachel. Le dibujó las cejas con un lápiz de cera castaño rojizo—. Listo.

Rachel volvió a su reflexión. Por primera vez en su vida, veía belleza. La mano de la señora Hong descansaba sobre su hombro. Rachel giró y dejó un beso sobre sus dedos. En respuesta, ella percibió un apretón en secreto, luego la señora Hong retrocedió.

—¿Por qué no están trabajando, niñas? —chasqueó con los dedos. Sparrow y Jade dieron un salto.

—¡Esperen! —Rachel las detuvo—. Para ustedes —dijo, mientras colocaba en cada manito, ya callosa, un largo de cinta de satín resplandeciente. Las niñas cerraron sus puños sobre aquellos tesoros sencillos, luego le dieron una mirada a la señora Hong.

—Bien, bien, solo vuelvan a trabajar —dijo. Las niñas se alejaron a saltitos y el bambú se agitó a su paso.

—La llevaré puesta. —Rachel se puso de pie. Mientras la señora Hong ubicaba el maniquí en una caja cilíndrica y la cerraba con una tapa redonda, le daba instrucciones para que siempre guardara la peluca adecuadamente, la cepillara y la cuidara. Después de tomar las asas trenzadas de la caja, se despidió y bajó con estrépito las escaleras de incendio. El sombrero *cloche* yacía olvidado sobre la mesa del taller.

La señora Abrams y Althea quedaron asombradas al ver a Rachel venir por el sendero de la entrada usando la peluca. Sin admitir que había cortado el cabello ella misma, finalmente explicó cómo había gastado tantos de sus días libres, así como también sus ingresos. La pequeña Mae trató de tocarla, pero Althea se acercó y retiró las manos pegajosas de su hija.

—Pareces una dama de verdad —dijo Simón, aunque Rachel no pudo entender si era un cumplido o una queja.

—Te ves encantadora, querida —dijo la señora Abrams—. Sin embargo, siempre lo fuiste.

Esa noche en la habitación Ivy, Rachel ubicó la peluca en la cabeza de maniquí dentro de la caja y extendió el vestido de Mary sobre el baúl para evitar que se arrugara. Varias etiquetas adheridas a la tapa del baúl hacían parecer como si Rachel hubiera abordado un barco de vapor a través del Atlántico y algunos trenes por toda Europa. Al menos podía agregar su propio rótulo de Denver a Nueva York. Pasó

un rato largo antes de dormirse. Con la cabeza desnuda sobre la almohada, sentía que su calva deseaba la peluca.

En la mañana, Henry ayudaba al doctor Abrams a trasladar el
baúl de viajes escaleras abajo mientras Rachel observaba desde arriba.
Estaba excesivamente nerviosa pensando si se desplomaba y se abría,
si los cajones se deslizaban o que ciertas cartas se esparcieran. Pero los
amarres y los pestillos aguantaron, y el baúl fue enviado a la estación
con el resto del equipaje de Althea. Rachel abandonó su vieja maleta
de cartón debajo de la cama y salió de la habitación Ivy cargando la
caja del sombrero. De pies a cabeza, ni una hebra o puntada era ori-
ginalmente de ella.

—Rachel, ahora eres tu propia persona —le recordó la señora
Abrams al dejar la casa en Colfax, y mientras se le acercaba para darle
un abrazo con sus brazos fuertes. Rachel creyó entender a lo que se
refería y asintió con la cabeza. El doctor Abrams despidió a la familia en la estación. Simón había superado al niño pequeño, cuya mano
había tomado la de Rachel tan solo el año pasado. Él caminaba más
adelante, mientras que la pequeña Mae colgaba de su brazo y Althea
lidiaba con el pequeñito, ya no más un bebé, que no paraba de moverse.

En la terminal de Chicago, el doctor Cohen se aproximó a su
esposa y a sus hijos, con el sombrero en una mano y flores en la otra.
Althea trató de mantenerse rígida, pero la manera en que se hundió
en sus brazos demostró cuánto necesitaba que la amara. Como lo
había prometido, el doctor Cohen le entregó a Rachel un boleto de
tren. Simón la advirtió sobre viajar sola.

—Rachel, no confíes en nadie, en especial en hombres con máscaras negras.

—Simón, has estado escuchando demasiado la radio. —Como
sabía que deseaba un beso pero se consideraba demasiado grande para
eso, Rachel le extendió la mano. Se despidieron como dos amigos con
un apretón de manos enérgico y con la promesa de escribirse.

En el tren a Nueva York, Rachel practicó su nuevo yo. Por primera vez, la gente la miraba sin adivinar nada sobre la calva oculta bajo su peluca. Notó la mirada de la gente encontrarse con su cara y su cabello, veía sus rostros enternecerse, arquear sus labios en una sonrisa. Ella les devolvía la sonrisa, complacida de que la consideraran bonita. Un entusiasmo extraño se encendió en ella, que no la dejaba dormir. A pesar de que tenía un año de escuela y que atravesara quién sabe cuántos meses de trabajo antes de que pudiera devolverle a Naomi su dinero, sentía con cada kilómetro que pasaba que se acercaba a donde pertenecía.

Capítulo veinte

—HORA DE DESPERTARSE, DOCTORA SOLOMON.

Con la severa iluminación de la luz de arriba, la piel marchita de Mildred Solomon se veía gris. Parpadeó y se retorció, por el dolor que punzaba sus huesos. En la mesa de noche, coloqué la jeringa con la dosis de la medianoche a un lado del frasquito. Como era doctora, al ver la cantidad de morfina que había reunido, entendería el poder mortal. Eso era lo que yo quería ver; la mirada que Sam había visto en los ojos de ese nazi: miedo, reconocimiento, rendición. Recuerdo la manera en que la doctora Solomon solía inclinarse sobre mi cuna, la forma en que bajaba su mirada hacia mí mientras tramaba sus experimentos. La manera en que yo la miraba, hambrienta de atención, complacida y orgullosa porque me había elegido. Ubiqué mi mano sobre mi pecho, con el recuerdo de los dedos amarillentos del doctor Feldman, segura de que fue Mildred Solomon la que había viajado en el tiempo para plantarme este cáncer. Había puesto el reloj de mi vida entera, en una cuenta regresiva que señalaba los años, los meses, los minutos. ¿Cuántos me quedaban? Bastante pocos, por su culpa. Había robado mi parte, una reducción de décadas que deberían haber sido mías. Lo que le quedaba de vida podía medirse en horas. A pesar de que fueran una pequeña recompensa, ahora me pertenecían. Solamente tenía que reclamarlas.

—Agua —graznó, mientras que con la punta de la lengua rodeaba sus labios agrietados—. Tengo sed.

La recliné sobre mi brazo, sostuve un vaso en su boca, lo incliné para que pudiera beber.

—¿Mejor?

Encogió los hombros. Podía ver que el ciclo desigual de morfina: demasiado, suficiente, muy poco, la estaba desgastando. Vibraba el pulso en su cuello, su pecho huesudo se movía agitado. Sus ojos rondaban la habitación distraídos, confusos, inquisitivos.

—Doctora Solomon, ¿sabe dónde está?

—Por supuesto que lo sé. No estoy senil. Es ese maldito doctor que prescribe demasiada. —Se concentra en mí—. Eres la Número Ocho, ¿cierto? Te recuerdo. ¿Conseguiste mi postre?

—Lo hice. Eso ya pasó. Doctora Solomon, míreme. ¿Recuerda lo que le mostré? —Levanté su mano a mi pecho, presioné los dedos contra la inflamación—.

—El tumor, sí. Lo recuerdo. No estoy senil. Piensas que es mi culpa, por aquellos rayos X, pero estás equivocada. Mi cáncer, ese es de los rayos X que administré. ¿Tienes pena por mí? No, no la tienes. Podrías haber enfermado de cáncer de todos modos. Te podría atropellar un autobús camino a casa. ¿Sería eso mi culpa, también? —tembló y se aferró a la manta—. Cuando era pequeña, contraje varicela. La única cosa que comía era postre de chocolate. Mi madre me lo preparaba todas las noches, lo colocaba en el refrigerador para mi desayuno.

Sus ojos se desplazaban sin rumbo. Por un momento, el tiempo se replegó sobre sí y ella era una niña, pequeña como yo lo había sido en el hogar de niños, una niña pequeña enferma en cama. Por un segundo, me imaginé como madre cuidando a mi propia hija.

Tomó mi mano y acarició su cabello. Luego me dirigió una mirada suplicante.

—¿Ya puedo comer mi postre?

Así nada más, el hechizo se rompió. No era ningún monstruo, apenas una mujer patética, moribunda, reducida a los deseos comunes de una niña. Yo era igualmente patética, también moribunda, rebajada por la autocompasión a los impulsos petulantes de una niña. Castigarla los pocos días que le restaban no me conseguiría nada más que vergüenza.

Un gran sollozo atragantado hizo erupción en mi garganta. Caminé tambaleante hasta la ventana mientras cada una de las emociones de los últimos días convergían en tristeza. Jamás había estado más sola que en ese momento. Si solo hubiera podido enviar mi espíritu flotando sobre las estrellas hasta Miami, con gusto hubiera abandonado mi cuerpo como a un costal vacío sobre el piso.

Sin embargo, estaba sola con Mildred Solomon. Sentía sus ojos en mi espalda. No quería que presenciara el dolor que me había causado, solamente deseaba infligir ese dolor en ella. Hace una semana, hubiera argumentado que el mundo se dividía entre aquellos capaces de infligir dolor y aquellos cuyo destino era ser heridos, que Mildred Solomon y yo estábamos en bordes opuestos de ese cañón. Ahora sé que cualquiera de nosotras podía traspasarlo. No era innato: solo las decisiones que tomábamos determinaban de qué lado vivíamos. Independientemente de donde uno comenzara, era un riesgo caminar por ese puente desvencijado de tablones unidos con cuerdas delgadas de cáñamo y un balanceo temible a mitad del trayecto. Aunque estar suspendido sobre el abismo había sido emocionante, con todas las reglas del tiempo, del espacio, del bien y del mal cayendo, una mirada hacia abajo había sido suficiente para recuperar la sensatez. Volví corriendo a mi lugar inicial, incapaz de terminar de cruzar.

Mientras me calmaba, escuché a Mildred jadeando. Miré detrás de mí, vi unas lágrimas que distorsionaban sus ojos. Por un segundo, todavía, imaginé que lloraba por mí, pero no. De la doctora Solomon no salían palabras amables lanzadas a través de la habitación.

—Duele, duele demasiado. Necesito morfina ahora.

Me alejé de la ventana y tomé la dosis de medianoche de Mildred Solomon, hacía rato atrasada. Me quedé mirando la jeringa en mi mano. Era la dosis completa que prescribió el doctor —más que suficiente para reducir su dolor—. Más de lo que deseaba. Tomé el frasquito, con la intención de modificar apenas su dosis, aunque había olvidado que estaba lleno.

Era la primera vez que la doctora Solomon lo veía. Sus ojos se agrandaron.

—¿Por qué tienes tanto?

—Era para ti. —Mi voz sonó monótona—. Cada vez que retenía algo: para hacerte hablar, para hacerte sufrir, guardaba un excedente, hasta que tuviera bastante.

—¿Bastante para qué?

—Bastante para matarte —susurré. Las palabras sonaron como el parlamento dicho por una actriz que había perdido su motivación. Hasta dudo que me escuchara. No es que me preocupara que le contara a alguien. Si se mantenía en la dosis prescrita, era improbable que volviera a hablar de manera coherente alguna vez.

Tomé aire. Terminé con las manipulaciones. Seguiría las órdenes del doctor. Después de esta inyección, dejaría a Mildred Solomon en un sueño sin dolor. Iría a sentarme a la enfermería hasta que terminase mi turno, luego me cambiaría el uniforme y saldría caminando del Hogar de Ancianos Judíos. No tenía deseo de ver mucho más que esto del futuro.

—¿Cuánto? —su voz se estremeció con frenesí.

—¿Qué?

No entendía su pregunta.

—¿Cuánta morfina?

Eché un vistazo, aunque ya sabía la respuesta.

—El frasquito sirve para las extracciones de sangre, contiene doscientos miligramos.

—¿Y hay más en la jeringa?

Se lo mostré, el líquido llegaba hasta la línea que marcaba cincuenta. Ella sonrió, sus labios secos se estiraron tanto que se agrietaron.

—Número Ocho, ¿cuál dijiste que era tu nombre de nuevo?

—Rachel Rabinowitz. No pensarás delatarme, ¿cierto?

—¿Delatarte? No, Rachel, no. No quiero delatarte. Deseo que me la inyectes. Toda. Deseo que esto termine. Lo deseo más que nada. Ahora, mientras todavía puedo hablar contigo y decirte lo que quiero. Ahora, mientras puedes estar conmigo, así no estaré sola.

Arrugué el entrecejo, a la vez que incliné mi cabeza. ¿Podía estar escuchando bien?

—No digas que no, Número Ocho. Por favor. Tú sabes que no tengo mucho más tiempo. Quiero decidirlo por mí misma. Ese doctor jamás me permitirá decidir algo. Pero tú, tú eres una buena muchacha, tú me ayudarás, ¿cierto? —Las palabras de Mildred Solomon se tropezaban una con la otra—. Por favor, va a ocurrir muy pronto, no puedes imaginar el dolor.

—¿Por qué debería importarme tu dolor? ¿Te importó el mío? —dije las palabras, pero solo eran sonidos vacíos.

—Ya hablamos de eso. No importa. Considéralo tu venganza si eso te hace feliz. Solo por favor, dámela, dámela toda ahora.

—No por venganza, no. No lo haré. Quería hacerlo, ¿sabes? Podría haberlo hecho, pero no lo hice.

Lágrimas de frustración humedecieron sus mejillas.

—Entonces hazlo para probar que eres mejor persona que yo. ¿Y qué si conocí a Marie Curie, si me dio la mano? Estuve mal, ¿es eso lo que deseas escuchar? Lo lamento. Ahí tienes, lo dije. Diré cualquier cosa que quieras, Número Ocho, pero por favor, solo haz esto por mí. —Sus palabras salían demasiado rápido de su boca como para que yo procesara su nuevo significado—. Si no lo haces, entonces déjame a mí. Lo haré yo misma.

La doctora Solomon tomó la ampolleta y la jeringa. Mis manos se aflojaron. Ni siquiera tenía que involucrarme. Podía dejar que aquello pasara sin ser responsable. Pero era torpe con la jeringa y tenía las manos demasiado temblorosas para dirigir la aguja. Aun si lograba extraer más morfina, no sería capaz de alcanzar la válvula de la sonda. Me pregunté qué haría en su desesperación. ¿Atravesar la aguja en su delgada piel? Imaginé que la perforación la desinflaría.

Le quité la jeringa y la ampolleta. No tenía fuerzas para resistirse. Con las manos vacías otra vez, la anciana lloró como un bebé.

—Nadie me escucha. Nadie hace lo que digo.

—¿Estás segura de que eso es lo que quieres?

Se tranquilizó.

—Sí, sí, es lo que quiero.

Sabía en lo más profundo que estaba diciendo la verdad. Era su decisión ahora, no la mía. ¡En qué clase de burla se estaban convirtiendo mis intenciones! Sin decir más, empujé la aguja a través de la tapa de goma de la ampolleta, llené al tope la jeringa y escurrí la morfina en su intravenosa.

—Toda, Número Ocho. Toda.

Volví a llenar la jeringa, presioné el émbolo. Observaba mis manos inyectar la dosis mortal como si alguien más controlara sus acciones, luego me senté en el borde de la cama. Mildred Solomon tomó mi mano.

—Te quedarás conmigo, ¿cierto?

—Lo haré.

—Buena niña —dijo, con unas palmaditas en mis nudillos—. Buena niña. —Sus palabras parecían venir desde muy lejos.

Contemplé su respiración volviéndose superficial e irregular. Pronto el diafragma estaría demasiado adormecido para bombear aire, el corazón demasiado hambriento de oxígeno para mantener su ritmo. El fin sería silencioso. No tenía que quedarme para saber lo que pasaría.

Pero me quedé. Hasta que la arteria carótida dejó de latir. Hasta que el rostro se volvió laxo y los ojos se hundieron en el cráneo. Hasta que el amanecer disipó la oscuridad.

Solo entonces abandoné el cuerpo de Mildred Solomon, al cerrar la puerta detrás de mí. Informé a Lucía que la paciente había recibido su medicación y que descansaba en calma. Mientras me escuchaba decir esas palabras, me sorprendieron lo verdaderas que sonaron. Marqué el registro y coloqué las jeringas en el autoclave. Más tarde, cuando fui a la sala de enfermeras para cambiarme, puse el frasquito de la ampolleta vacío, envuelto en mi pañuelo, sobre el piso. Como un novio en una boda, hice añicos el cristal con un pisotón.

LA LUMINOSA MAÑANA fuera del Hogar de Ancianos Judíos me cegó. Esperé en los escalones del edificio para que desaparecieran las máculas de mi visión. Al caminar hacia el subterráneo, mis piernas se sentían en el aire. Creí que la gente que pasaba me miraría de manera diferente, señalada por lo que había hecho. Pero nadie me clavó una mirada acusadora. Las calles soportaban el mismo tránsito, las aceras con los mismos peatones que habían tenido ayer y que tendrían mañana. Miré alrededor al gentío que esperaba en el andén, mientras me preguntaba si alguien más entre nosotros había tomado una vida. En apariencia, no se notaba.

En el subsuelo no tuve que esperar tanto por un tren. A medida que se mecía en el trayecto, traté de descansar mis ojos, pero temía rendirme al sueño demasiado pronto. En el traspaso de Times Square, me dio gusto distraerme con una familia que se sentó frente a mí.

El esposo tenía dificultades con un surtido de canastos de mimbre y bolsos de playa difíciles de manipular. El bebé inquieto que la madre alzó a su regazo le derribó el sombrero de paja. El sombrero rodó hacia mí cuando el tren avanzó con una sacudida. Lo levanté y se lo entregué al hijo, un pequeño con una gorra de béisbol. Parecía que su madre le había cosido la insignia de los Yankees.

—¿Qué le dices a la amable señora? —dijo su padre.

—Gracias, señora —dijo el muchacho con una voz bonita. Mechones de cabello rizado se escapaban de los límites de la gorra. Parecía tener cuatro o cinco años. La misma edad que yo tenía en el hogar de niños. La misma que tenía mi sobrino en estos momentos.

—De nada —dije, mientras resistía el impulso de abrazarlo.

Se acomodaron, la familia con los canastos y los bolsos amontonados alrededor de los pies, el bebé apretado entre los padres, el niño a un lado de ellos. Se dio vuelta para mirar por la ventana, a pesar de que no había nada más por mirar que una oscuridad que pasaba veloz a medida que nos movíamos por debajo de la urbe. Su cuello era tan delgado que me alarmó su fragilidad. Más debajo de sus piernitas y sus rodillas con hoyuelos, un cordón colgaba sin atar. Deseaba con todo mi corazón arrodillarme ante él y atárselo en un moño.

Mientras que el tren se mecía a lo largo de las vías, no pude mantener la somnolencia a raya mucho más. Cuando el convoy emergió para cruzar el río, el resplandor me forzó a cerrar los ojos. Giré mi rostro para atrapar algo de brisa por la ventana abierta y descansé mi cabeza contra el cristal vibrante.

—Señora —sentí un ligero contacto—. Señora, despierte, es el final de la línea.

Despegué mis párpados pegajosos. El niño tiraba de mi manga.

—Tenemos que bajar todos ahora, señora.

—De acuerdo, gracias, estoy despierta —la cabeza me palpitaba, tenía la visión borrosa. A través de las puertas abiertas del vagón, vi a su padre con los bolsos de playa y a su madre sosteniendo la mano del bebé.

Llamaban al niño con señas.

—Tengo que irme, señora.

—De acuerdo, que te diviertas —dije, porque por eso venía la gente a Coney Island una mañana de verano —me puse de pie y me dirigí hacia el andén, con los ojos entrecerrados por el sol.

Caminaba casi dormida por Mermaid Avenue arrastrando los pies en el trayecto, tropezaba con las personas a medida que me alejaba del paseo marítimo y de la playa atestada de gente. Los edificios modernos de apartamentos que habían reemplazado los depósitos y los talleres antiguos se alzaban frente a mí, entre ellos el nuestro.

Revisé el correo en busca de una carta o una postal, pero nuestra casilla estaba vacía. Si no fuera por su nombre en la etiqueta, habría comenzado a creer que la había inventado. Haría la llamada, me lo prometí y esta vez ella contestaría. Haría la llamada apenas descansara algo. Temía sufrir un colapso nervioso si escuchaba su voz en ese momento sin antes haber depurado el agotamiento.

Presioné el timbre del elevador y cerré mis ojos por solo un momento. Mientras estaba pendiente de la campanilla del elevador, escuché que se abrió la puerta del vestíbulo, luego unos pasos sobre el piso de mosaicos. Miré y vi a Molly Lippman que cargaba la bolsa de las compras. Retrocedí un paso y fingí impaciencia, mientras me preparaba para comentarle que había decidido subir por las escaleras. Pero fue demasiado tarde para evitarla. El elevador arribó cuando Molly llegaba a mi lado. Entramos juntas. Esperaba que viera lo cansada que estaba y que hoy no me hablara.

—Rachel, querida, parece que te duermes parada. ¿Hiciste doble turno? Atender ancianos debe ser muy exigente.

Murmuré algo, mientras miraba la luz del elevador parpadear al paso de cada piso. Deseaba que se moviera más rápido.

—Mi madre, bendita sea, era buena en exceso, pero en sus últimos días, ¡vaya, que nos dio trabajo! Así que, ¿qué noticias tienes?

El elevador se detuvo con una sacudida y la puerta se abrió deslizándose, pero el tormento aún no terminaba. Dije algunas palabras entre dientes sobre el trabajo y el clima mientras caminábamos una al lado de la otra hacia la entrada de nuestros apartamentos contiguos. Agarré la llave de mi bolso y la sostuve lista para usarla.

—Dime —dijo, al poner su mano en mi brazo— ¿has tenido de nuevo ese sueño? No he dejado de pensar en él, era tan interesante. Molly apoyó su bolsa en el piso, para acomodarse y sostener una conversación extensa. Empujé mi llave en la cerradura. En el cilindro el metal con muescas hizo clic, el sonido de mi escape.

—Estoy apurada, Molly —dije, al girar el picaporte—. Cuídate.

—Pero, Rachel, querida, quería contarte a quién vi en la tienda de comestibles…

Cerré la puerta, a la vez que sofocaba las palabras de mi vecina. Me sentí aliviada por haber escapado de Molly pero reacia a enfrentar el apartamento vacío. Cuando pasé por esa puerta la última vez, iba de camino a ver al doctor Feldman y aún esperaba que hubiera algo a lo que pudiera aferrarme. Apenas podía creer que fue ayer por la mañana. ¿A dónde fueron todas las horas? Mi último cumpleaños y este pronto coincidirían como las esquinas de una sábana plegada, en el medio todos los meses iguales. Ahora quería de vuelta, a aquellos días inadvertidos.

En cuanto al futuro, no podía ver más allá del sofá del otro lado de la habitación. En los pasos que me tomó alcanzarlo, me quité el vestido, las sandalias, me bajé las medias. Aún con la enagua, me estiré a lo largo del tapizado, la tela áspera frotaba mi piel. Debía haber sido incómodo, pero de algún modo no lo era, era como rascar una picazón. Observaba la luz del sol que entraba sesgada a la habitación, repartida en franjas por las ventanas venecianas. En cada franja iluminada, las motas y las pelusas formaban un remolino.

Cerré los ojos, mientras aún contemplaba en mis párpados la celo-
sía rosada. No quería nada más que olvidar el sueño. Sin embargo,
visualicé a la mujer en la pared del doctor Feldman, con su rostro
imperturbable ante las rayas que atravesaban su pecho. Él me había
dicho que era afortunada de que mi tumor aún era operable, pero no
me sentía para nada agradecida. Mi mente repasó toda una vida de
maneras en las que fui desafortunada. También podría haber estado
contando ovejas.

Estaba casi dormida cuando el sonido de una llave en la cerradura
me alertó con un sobresalto. Tenía que ser Molly usando la llave extra
que una vez intercambiamos. Me maldije por no haberla recuperado
jamás.

Capítulo veintiuno

LA ESTACIÓN PENSILVANIA ERA UN INVERNADERO, EL SOL AZOTA-
ba todo el techo de cristal de la nave central. Rachel sentía
el sudor que recorría su calva y se preocupó por la peluca.
Dejó el baúl y la caja del sombrero en el depósito de equi-
pajes y caminó hasta la calle sin problemas. Allí estaba de nuevo la
emoción de emerger a la calle Eighth Avenue, el ruido y la energía de
Nueva York renovados por el tiempo que se tomó en el oeste. Rachel
tenía que pasar el día y aguantar una noche antes de poder presentarse en la escuela de enfermería. Había decidido que la estación era el
lugar más seguro para pasar la noche pero no quería llamar la atención, acomodándose en un banco demasiado pronto. Sin pensar en
ningún destino, comenzó a caminar hacia las afueras del centro. Con
las prendas de Mary y el cabello de Amelia, buscaba su reflejo en las
vidrieras de los negocios y se sorprendía cada vez al ver que aquella
muchacha bonita era realmente ella.

El sonido agudo de trompetas y el golpeteo de los tambores de
una banda musical atrajo a Rachel hacia Times Square. Una multitud
bordeaba las aceras, bloqueándole la vista. Al abrirse paso, vio que el
desfile del día del trabajador venía por Broadway. Mientras se reclina-
ba contra un poste de luz, decidió que ver el desfile sería una buena

manera de pasar el tiempo. Su estómago protestó cuando pasó rodando un carro de alimentos. Gastó los últimos centavos de su bolsillo en un pretzel, con granos gruesos de sal que crujían entre sus dientes, y un helado italiano, con una dulzura gélida que aliviaba su sed, mientras los sindicatos, los grupos escolares y los políticos desfilaban.

Entonces, Rachel vio una escolta que transportaba la pancarta delante de la banda de música del Hogar de Huérfanos Judíos, que la hizo erguirse de inmediato y mover la cabeza a ambos lados en busca de un lugar para esconderse: fue el impulso de un fugitivo. Luego se relajó, al recordar que ya nadie del hogar estaba buscándola. Al contemplar la banda musical aproximarse, la agobió la nostalgia. Después de un año lejos, olvidó por un rato las injusticias y la rigurosidad del hogar al recordar la compañía familiar de miles de hermanos, el conocimiento reconfortante de que un timbre siempre sonaría para decirle qué hacer. ¡Qué cómoda estaba ahí: sin tener que preocuparse jamás de dónde vendría su próxima comida o dónde dormiría esa noche!

El desfile se detuvo para ejecutar una pieza. La banda del Hogar de Huérfanos Judíos estaba formada frente a ella, y el líder que había presidido el baile de Purim caminaba delante de los niños para levantar su bastón. Los espectadores a su alrededor elogiaban con cariño a los huérfanos encantadores con sus uniformes humildes y comentaban la precisión de su interpretación. Rachel pensó en las largas horas de práctica en el patio, con el polvo que levantaban a su paso a través de la grava. No tenían otra opción que ser perfectos.

Al otro lado de la calle, apartado de la multitud, vio a Vic con los brazos plegados sobre su pecho, vigilando la banda mientras tocaba. Por supuesto, pensó Rachel, ahora era celador. Su trabajo era marchar junto a los niños y cuidarlos, luego dirigirlos de vuelta por Broadway al final del desfile. Los ojos de Rachel se lanzaron a su alrededor, en busca de Naomi. Pero no. La banda estaba compuesta solo por muchachos, y las niñas del F1 eran demasiado pequeñas para formar parte de la escolta.

Las niñas de Naomi habrían visto el desfile más adelante por la calle Broadway y luego se retirarían al castillo. A su alivio pronto lo siguió el anhelo, cuando sintió lo intenso que era su interés por ubicar a su amiga.

Por milésima vez, Rachel repasó el plan en su cabeza, con la esperanza de que de algún modo, esta vez, pudiera pensar en una manera más rápida de ahorrar suficiente para recomponer su amistad. Nuevamente, el cálculo produjo el lapso de un año al menos, más probablemente dos, antes de que Rachel pudiera reunir el precio de su perdón. Temía que Naomi hubiera encontrado para entonces una nueva amiga, una amiga especial, entre las jóvenes de la institución Teachers College, y que en sus recuerdos Rachel hubiera sido relegada a un enamoramiento adolescente que había terminado en traición.

La banda del Hogar de Huérfanos Judíos hizo sonar la floritura final. Por un momento, el desfile estuvo en silencio, a la espera de que avanzaran de nuevo los que marchaban más adelante. Rachel notó que unas cuantas personas aprovechaban la quietud para cruzar la calle. En un impulso, ella también bajó a la calzada y cruzó la extensión de la calle, agachándose detrás del director de la banda y rodeando la pancarta de la escolta. Precisamente cuando la banda se puso firme, lista para continuar la marcha, Rachel llegó hasta Vic. Él era la única persona en Nueva York a quien sentía como familia, y esa relación le sugirió una posibilidad. Podía explicarle lo del robo del dinero de Naomi, que fue solo para seguir a Sam, podía contarle cuánto lo lamentaba, que tenía la intención de devolverlo. Podía preguntarle si Naomi la odiaba. Quizá él podía mediar entre ellas, convencer a Naomi de que aceptase la disculpa de Rachel. Ser amigas otra vez, Rachel trabajaría para compensarla mientras pasaban los días juntas. Rachel supo ahora la clase de amistad que eran capaces de tener. Entusiasmada con la esperanza, se aproximó a Vic, bloqueándole el paso mientras él recorría el trayecto del desfile más adelante, con sus ojos azules.

—¡Disculpe, señorita! —dijo, rodeándola.

—¡Espera! —Ella lo tomó por la manga, para hacerlo regresar.

Vic la miró directamente. Ella recordó su primer encuentro y la sonrisa amigable que le hizo suponer que él era su hermano, no el niño con mirada adusta a su lado. Muy poca gente en el mundo la había conocido tanto como Vic. Su mirada la hizo sentir acogida a casa. Ella le sonrió.

—No debería estar en la calle, señorita —apartó su brazo, volvió el rostro hacia el centro de la ciudad y se apresuró para alcanzar a la banda. Conmocionada, Rachel quedó parada a un lado de la acera hasta que un agente de la policía montada se acercó y su caballo movió la cabeza para hacerla volver a la multitud.

No la había reconocido. Por supuesto, se dijo Rachel. Era porque tenía la peluca y las prendas diferentes. Debía haber dicho algo antes de que fuera demasiado tarde. Sin embargo, su mirada vacía la había estremecido, como si ella se hubiera convertido en un fantasma. Aun cuando la hubiese conocido, ¿qué posibilidad había de que Vic pudiera ayudarla a hacer las paces con Naomi? Le devolviera el dinero o no, era una fantasía pensar que podía revertir el daño que había causado.

Sentía que la multitud la oprimía. Alguien tropezó con su hombro y la hizo dar un giro. Rachel escuchó una disculpa dicha entre dientes pero no pudo distinguir con bastante claridad de quién se trataba. Los empujones de la gente, el calor del sol, el bullicio del desfile, todo se volvió demasiado. Percibió el vacío de una entrada de subterráneo y descendió. En el subsuelo, se detuvo a un lado de los torniquetes (las compuertas mecánicas cuyos brazos horizontales giratorios solo permiten que pase una persona a la vez), con la intención de recuperar la compostura, cuando divisó una ficha sobre el piso sucio. Al inclinarse para levantarla, pensó que también podría pasar las horas siguientes moviéndose de aquí para allá bajo la ciudad. Al menos tendría la impresión de que avanzaba. Cuando el zumbido del tren anunció su llegada al andén, cruzó con un paso cansino las puertas abiertas sin mirar si iba al centro o a las afueras de la ciudad. Dentro del vagón, estaba aprisionada entre los vaivenes y las sacudidas de la gente que se amontonaba apretujada a su alrededor. Ya cuando el pasaje se aligeró bastante como para que le brindaran un asiento, se dejó caer en él, la noche sin dormir desde Chicago la había atrapado. Cuando el tren emergió a la superficie, la luz del sol parpadeaba sobre los ojos cerrados de Rachel. Contemplaba las manchas líquidas que flotaban por sus córneas. Si le quedaba algún deseo, era que el tren jamás se detuviera.

—Fin de la línea, señorita, todos los pasajeros bajaron en Surf Avenue.

Una mano sobre el hombro de Rachel la despertó con una sacudida. Un guarda uniformado estaba inclinado sobre ella, el borde de su gorra proyectaba una sombra sobre su rostro. Ella se puso de pie y se bamboleó por un momento, hasta que se aferró a una de las agarraderas. Con precaución, caminó tambaleante hasta el andén. Cuando la dirigían hacia el torniquete, se dio cuenta de su error. Tenía que haber cambiado de tren en una estación con traspaso gratuito, para continuar con su viaje sin rumbo y estirar —por tantas horas ociosas como le fuera posible—, el valor de la ficha que encontró, hasta viajar de vuelta a la estación Pensilvania. Con la mirada somnolienta, buscaba en el piso, pero no encontraba más fichas.

Al salir de la estación, Rachel no tenía idea de dónde estaba, hasta que vio el círculo distintivo de la montaña rusa con los rieles ondulantes de la Cyclone. De todos aquellos lugares, estaba en Coney Island. Debió dormir más de lo que pensaba para haber llegado hasta el final de la línea Beach. Un nuevo remordimiento punzante la atravesó. La felicidad prometida en esa fotografía de Mary y Sheila junto al mar jamás sería para ella. Parecía destinada a permanecer sola en el mundo, siempre huérfana.

La luz se puso en verde y cruzó la calle hacia el paseo marítimo, arrastrada por el avance de la gente a su alrededor. La música desbordaba por las puertas abiertas de los establecimientos destartalados. Los vendedores ambulantes vociferaban sus productos mientras los padres gritaban a sus niños. El aroma del azúcar quemado del copo de algodón se mezclaba con el olor a carne de las salchichas y el escozor agrio del chucrut, como provocando al estómago de Rachel para recordarle su pobreza. Mantuvo su mirada en el piso mientras exploraba los tablones en busca del destello de una moneda perdida, pero no avistó nada.

Rachel decidió ir hacia la playa. Allí podía despojarse de los zapatos, pasar una tarde melancólica mirando las olas o dormitándose sobre la arena, resguardada del escrutinio del gentío en vacaciones. En su camino, pasó por el carrusel. Reconoció los caballos labrados en el taller del tío Jacob, la pintura brillante del trabajo manual de Estelle. Todo lo que veía parecía diseñado para aguijonear su remordimiento de nuevo, una muestra de la felicidad que podría haber tenido. El operador la vio parada y abrió la verja, le ofreció la mano, pero Rachel metió las suyas en los bolsillos y las retiró vacías, indicándole que no podía pagar el paseo. Ella observó que los ojos de él recorrían su vestido, su rostro y su cabello hermoso. Con un gesto del mentón, le indicó que pasara. Parecía que las muchachas bonitas paseaban gratis, una economía de la belleza que jamás había conocido. Se le ocurrió, entonces, que así era como volvería a la estación Pensilvania: una muchacha bonita en el torniquete contando que perdió su bolso en la arena inspiraría a alguien a colocar una ficha en su mano. Su humor se animó por un momento cuando se aferró a un tubo y fue transportada por la plataforma rotatoria. Se subió a la silla de montar de uno de los caballos, que subía y bajaba, giraba y giraba.

La música carnavalesca tintineaba en sus oídos. Sintió la brisa del océano sobre el rostro, el sabor lejano de la sal en su lengua. Cada vez que el caballo se elevaba, su cabeza se sentía más liviana. Cada vez que descendía, su estómago se comprimía. Algo aturdida, miraba al mundo a su alrededor que pasaba oscilando confuso. En la confusión, una figura se destacó. En el siguiente giro del carrusel, estiró el cuello, para buscarla. Allá. El cabello corto acomodado detrás de las orejas. Un cinto se ceñía alrededor de un vestido. Rachel se sentó erguida, impaciente ahora por la plataforma que se movía y la alejaba de lo que creyó ver.

Al dar la vuelta de nuevo, Rachel preparó sus ojos para ver el sitio, pero no había nadie ahí. Un arrebato de frustración oprimió su garganta. Debió imaginarla. Pero no fue así. Allí estaba, caminando hacia ella en el sentido contrario al giro del carrusel, su mano se posaba por momentos en cada uno de las crines que pasaban, Naomi, con el cuello blanco levantado, sacudiéndose con el viento en medio de los caballos pintados.

Rachel la observaba aproximarse, mientras se preparaba para el enojo que de seguro tendría. Pero ahí estaba Naomi, bastante cerca ahora para tocarla, con una mirada confusa, sorprendida, alegre —todo menos enojada—. Rachel no podía entenderlo. Luego pensó que quizá Naomi, al igual que Vic, no la reconoció. La idea fue aterradora. Por más avergonzada que estuviera de sí misma, la noción de que ella no la conociera era devastadora. Se quitó la peluca de un tirón, para dejar expuesta la curva suave de su cráneo.

—¡Soy yo, Rachel!

Naomi posó una mano en la mejilla de Rachel, su brazo se movía con el movimiento oscilante del caballo. Sonrió.

—Claro que eres tú. Siempre has sido tú. ¿No lo sabes?

Rachel se deslizó de la montura, sus pies se encontraron con el vaivén de la plataforma. Naomi la rodeó por la cintura con un brazo firme y la guio a través de los niños que se reían hasta uno de los bancos tallados que envolvían el círculo central del carrusel. Se sentaron juntas, la peluca derramaba sus hebras a lo largo del regazo de Rachel. Naomi estiró el brazo para alcanzarla. Rachel esperaba que agarrara la peluca de cabello robado y la lanzara al engranaje grasiento del carrusel. Era todo lo que merecía.

—Así que eso es lo que le ocurrió al cabello de Amelia —Naomi sonrió un poquito—. Deberías haber escuchado sus gritos cuando se despertó esa mañana. No habías dormido en el dormitorio por mucho tiempo, nadie jamás pensó que fuiste tú. Siempre hubo alguien que envidió ese cabello. Las monitoras castigaron a todas las chicas por una semana, pero nadie confesó. Sin embargo, ¿sabes algo? Creo que Amelia se alegró, después de todo, de deshacerse de él. Recibió un corte *bob*, que le quedaba estupendo por supuesto —Naomi le volvió a poner la peluca a Rachel—. ¿Dónde conseguiste que te lo convirtieran en peluca?

—En la Casa del cabello de la señora Hong, en Denver —Rachel se preguntaba cómo es que tantos meses podían caber en tan pocas palabras.

—¿Colorado? Entonces Vic tenía razón. Pensó que te habías ido detrás de Sam. ¿Lo encontraste?

Rachel asintió con su cabeza. ¿Cómo era que Naomi estaba tan calmada y conversaba tan casual, después de lo que le había hecho?

—Estaba en Leadville, con nuestro tío. Pero nada fue como pensé que sería.

No debe saberlo, pensó Rachel. Pero, ¿cómo podía no saber que fue ella quien le robó su dinero? No se había enterado de quién le cortó el cabello a Amelia; las niñas siempre estaban robándose unas a otras: la desaparición de monedas, cintas o caramelos era una epidemia en el hogar. Cuando Naomi revisó su zapato y descubrió que el dinero ya no estaba, no debió sospechar de Rachel. Era la única explicación. ¿De qué otra manera se podía entender que Naomi estuviera sentada a su lado, con una mano sobre la suya, con las caderas juntas

apretándose con cada giro del carrusel? Todas las razones por las que
había pensado que Naomi estaba perdida para ella desaparecieron.
Naomi no sabía la verdad. Rachel, aliviada, al fin sonrió.

—Entonces, dime. ¿Fueron suficientes cincuenta dólares para que
hicieras todo el trayecto hasta Colorado?

Las mejillas de Rachel ardieron de vergüenza. Naomi sabía todo.
Ahora le daría la espalda, le devolvería la traición. El rostro de Rachel
pasó del rojo al blanco. Se preparó para la bofetada.

—Podrías haberme dicho —dijo Naomi—. Aunque sé que solo
me protegías, al no contarme todo tu plan. Cuando me preguntaron
si te había dado el dinero o te había ayudado a huir, jamás tuve que
mentir. Me sentía tan destruida al principio, que pudieron ver que
estaba contando la verdad. Entonces, la enfermera Dreyer convenció
al señor Grossman de que me compensara con tu cuenta y ahí fue
cuando concreté que todo el tiempo lo tuviste planeado.

Rachel se ordenó a sí misma que asintiera con su cabeza, que
sonriera como si supiera de lo que Naomi estaba hablando, con la
esperanza de que su confusión no se notara. Así que logró decir:

—¿Había suficiente?

Naomi asintió.

—No sé cuánto tenías del seguro de tu madre, pero creo que aún
hay algo. Sin embargo, el hogar se queda con eso, me dijo la enfermera Dreyer. Lo que sea que haya en la cuenta de un niño, si huye, el
hogar lo conserva. Lástima que Sam no pudo pensar en una manera
de conseguir su parte del seguro como lo hiciste tú. Naomi parecía
estar esperando una respuesta. El cerebro de Rachel se paralizó entre
tratar de deducir lo que acababa de pasar y sorprenderse absoluta-
mente. Era como presenciar un truco de magia.

—No te lo conté porque habrías intentado convencerme de que
no huyera —dijo Rachel. ¿Sería suficiente eso? Así lo esperaba. Si
Naomi jamás se enteraba de la verdad, podían volver a ser amigas.

Más que amigas. Podían ser como Mary y Sheila. Las oraciones de
sus cartas se desplazaron por la mente de Rachel. Pensar en ellas con
Naomi al lado le dificultaba respirar.

—Supongo que estabas en lo cierto entonces, porque hubiera tratado de convencerte. Después de lo que hicimos esa noche, lo último
que deseaba en el mundo era que te fueras. No puedo decirte cuánto
te extrañé y me preocupé por ti. Me parece que pensé en ti todos los
días.

—También yo pensé en ti —dijo Rachel, al ver el dolor en la
mirada de Naomi.

—¡Ah, bueno!, ya estás aquí, volviste a mí después de todo
—Naomi colocó sus manos en cada lado del rostro de Rachel—. Has
vuelto a mí, ¿cierto?

Fue así de fácil. Todo lo que Rachel tenía que hacer era dejar que
Naomi creyera la mentira y sería verdad. Ya no le importaba no ser
natural. Ahora todo lo que deseaba era tener una vida con Naomi
como Mary y Sheila jamás la tuvieron. Se inclinó y besó sus labios, sus
rostros se escondían detrás de los laterales tallados del banco.

—Estoy aquí, ¿cierto?

La sonrisa de Naomi era como el sol que atravesaba las nubes.

—Entonces, solo tendré que perdonarte.

Fue más que un truco de magia, pensó Rachel. Fue un milagro.

—Conseguí que otra celadora me cubriera hoy. Voy de camino a
lo de mis tíos. ¿Cómo supiste dónde encontrarme?

¿Qué podía decir Rachel, que fue un accidente?

—Vi a Vic en el desfile.

Naomi asintió, como si eso lo explicara. Haló a Rachel para
ponerla de pie y la condujo por la plataforma del carrusel. Parada en
el borde, tomó la mano de ella y contó hasta tres. Entre risas, saltaron
juntas, una sostuvo a la otra hasta que el piso dejó de dar vueltas.

Capítulo veintidós

L A PUERTA SE ABRIÓ. ALLÍ ESTABA ELLA, FORCEJEANDO PARA sacar la llave, con una bolsa de las compras que se le caía del brazo. Creí que estaba soñando. Me senté. Me vio, dejó caer la bolsa, pateó la puerta para cerrarla, corrió hasta mí.

—¿Dónde has estado toda la noche? Me preocupé muchísimo. Casi llamé a la policía.

Sus dedos rodeaban mis brazos. Sentí el pellizco de sus largas uñas en mi piel. No era un sueño —era real y estaba de vuelta—.

En mi interior se liberó algo que estuvo aferrándose todo el día, toda la noche, toda la semana, todo el verano. Suspiré tan profundamente que me mareé. Dejé caer mi cabeza sobre su hombro.

—¿Realmente volviste, Naomi?

—Estoy aquí, ¿cierto? ¿Dónde has estado? Eso es lo que quiero saber —me alejó a lo largo de mi brazo para mirarme de arriba abajo—. Parece que no has dormido en días. Y ¿es ese el cabello de Amelia que tienes puesto? ¿Cuándo comenzaste a usar de nuevo esa peluca antigua?

Me la quité y la dejé caer al piso. Mi calva se sintió liberada. Se inclinó para levantarla.

—Déjala —dije—. Ya me cansé de usarla.

—Solo permíteme guardarla.

Le di un manotazo.

—¡Dije que la dejes!

—Rachel, ¿qué te ocurre?

Esa no era la manera en que me imaginé que le daría la bienvenida a casa. Verla me elevó al cielo, aunque ella no podía darse cuenta por el modo en que yo estaba actuando. Tenía la piel seca por el sol de Florida, le sobresalían las arruguitas del vértice de sus ojos y los mechones de canas veteaban su cabello negro, pero aún podía ver en su rostro a la muchacha que solía ser. Se veía más hermosa de lo que era a los dieciocho años, hace todos esos años. Deseaba contarle todo, pero las lágrimas amagaban con solo pensarlo.

—Nada. Todo —me aclaré la garganta—. ¿Cuándo volviste?

—Ayer. Tío Jacob se sintió mucho mejor, así que cambié el boleto y volví antes.

—¿Ayer? —no podía creerlo. En cualquier momento de mi larga y horrorosa noche, pude haberme alejado de Mildred Solomon, llamado un taxi y estado a su lado en la cama. Apenas podía entenderlo—. ¿Por qué no me hiciste saber que venías a casa, Naomi? —mi voz estaba cargada de pesar—. Llamé y llamé pero nadie respondía.

—Deseaba sorprenderte, es todo. ¿Es un delito eso? De todos modos, los últimos dos días fueron bastante ajetreados. El vecino de tío Jacob nos invitó para una cena de despedida, y el propio tío quería que lo acompañara hasta la oficina de su abogado antes de irme. Escucha esto: nos regaló el apartamento, Rachel.

Ella esperaba ver mi entusiasmo, pero mi humor estaba demasiado sombrío.

—Te lo regaló a ti, quieres decir.

—Bueno, técnicamente, así es, firmó el traspaso. Pero, ¿no es eso magnífico? Ya no es un subalquiler gratuito. Sabes que consiguió bastante cuando le vendió el taller antiguo al promotor inmobiliario, por eso jamás nos cobró por tomar el apartamento cuando se mudó a Miami. Supongo que estar enfermo lo puso a pensar. Siempre tuvo la intención de dejármelo, pero no quería que tuviera que pagar el impuesto sobre la herencia, así que decidió dármelo ahora.

—Entonces, no tenemos que vivir aquí, ¿cierto? ¿Podríamos venderlo, mudarnos de vuelta a Village?

Me sonrió, como una maestra cuya alumna finalmente dedujo la solución a un problema.

—Eso es lo que intento decirte. Ahora, tú cuéntame, ¿dónde has estado toda la noche? Pensé que estabas trabajando, así que llamé al Hogar de Ancianos Judíos, solo para preguntar cuándo saldrías del trabajo, pero la recepcionista dijo que no estabas de turno ayer.

—¿A qué hora fue eso, cuando llamaste? —estaba tratando de comprender.

—Apenas llegué a casa, alrededor de la una. Y más tarde, cuando aún no llegabas, volví a llamar para preguntar por Flo, para ver si sabía dónde estabas, pero no estaba de turno anoche.

Acomodé un mechón de canas detrás de su oreja.

—Cambiamos los turnos, eso es todo. Flo trabajó ayer y yo trabajé anoche. Fue algo de último minuto, supongo que la recepcionista no sabía.

Ella giró sus ojos.

—¿Cómo no pude haber pensado en eso? Sabía que era tonto que me preocupara que estuvieses herida o algo así. Supuse que te habías quedado en Manhattan. Estuve a punto de comenzar a llamar a nuestros amigos para ver si sabían algo de ti.

—Deberías haberle pedido a la operadora que te comunicara con el quinto si deseabas hablar conmigo. Te he dicho cientos de veces que no te preocupes por Gloria.

—¡Oh, bueno!, ya estás aquí. Comencemos otra vez, ¿de acuerdo? ¡Rachel, sorpresa, estoy de vuelta!

Tuve que reír.

—¡Ah, Naomi, me alegra tanto verte!

Luego nos besamos y nos abrazamos. Sentí que encajaba en el contorno de su cuerpo. La delicada presión en la que se encontraron nuestros pechos me recordó lo que me esperaba y me alejé.

—Algo anda mal, ¿cierto? ¿Qué ocurre, Rachel?

Por dónde empezar: ¿en el pasado del hogar de niños, con todo lo que sabía ahora que me había pasado allí? Estaba demasiado cansada para repasar ese comienzo. Podía ganar algo de tiempo, solamente decir que estaba perturbada porque una paciente murió en mi turno, pero ella sabría que no estaba contando toda la verdad. Sentía reticencia de confesarle lo que había hecho durante la noche. Las reglas del bien y del mal no parecían tener validez cuando ayudé a Mildred Solomon a morir, pero con la luz del día, ¿qué tal si la misericordia se asemejaba al asesinato?

Respiré hondo. Comenzaría por el consultorio del doctor Feldman. Fue solo ayer por la mañana. Mildred Solomon podía aparecer en la historia más tarde. Solo debía comenzar con el dolor que sentía, el nódulo que encontré. Separé mis labios pero no pude forzarme a decir la palabra. «Cáncer»: sonaba como una maldición. Decidí que el tumor tendría que hablar por sí solo. Bajé de mis hombros los breteles de la enagua, me alcancé el sostén por detrás de mi espalda para desabrocharlo. Acerqué su mano hacia mi seno enfermo, mientras me preparaba para su reacción.

Acomodó su mano para encontrarse con la redondez ya conocida.

—¡Ah, Rachel!, lo sé, ha sido mucho tiempo.

Me reclinó sobre el sofá. Sus labios me besaron la sien, la mejilla, el mentón, luego recorrieron mi cuello y el hombro, y se quedaron en mi pezón erguido con un gemido.

Tuve la intención de alejarla, de decirle que no, que no era eso lo que pretendía. Pero en el momento que le tomó a mis manos encontrar sus hombros, la sensación que se extendía por mi pezón había estremecido mis rodillas y las puntas de mis dedos, y estallado entre mis piernas. Hacía un momento, estaba tan agotada que mi cuerpo parecía estar hecho de agua más que de huesos. Ahora se reanimó con el deseo, con un interés propio.

Me di cuenta cuánto deseaba eso, una última vez sin que ella lo supiera. Cedí a mi cuerpo y la acerqué más. Su mano izquierda recogió la parte baja de mi espalda, a la vez que se arqueaba mi pecho. La derecha siguió la silueta de mi pierna hasta que sus dedos encontraron su lugar favorito. Cerré los ojos y vi las luces de colores nadando ante mi visión.

Sus besos viajaron desde mi rodilla hasta mi ombligo y de nuevo hacia abajo, mientras me acariciaba con su nariz, sus mejillas y sus dientes las curvas de mi muslo. Entonces colgó mi pierna sobre el espaldar del sofá y hundió su cabeza. Su lengua y sus dedos exploraban mi paisaje íntimo, navegando en las ondulaciones, coronando las cimas, rodeando los afloramientos. Hay un lugar donde el techo de una caverna se convierte en el lecho de un mar, aquiescente aunque agreste. Ella lo encontró. Imaginé que era una mariposa enmarcada, batiendo las alas, las abría y las cerraba, mientras forcejeaba con el alfiler que me mantenía inmóvil. Mis oídos se llenaron con el rugido del oleaje. Sentí el orgasmo en oleadas que sacudieron mis músculos.

Ella se colocó encima de mí y me besó. Lamí sus labios, ávida por el sabor del océano en su boca. Se meneó contra mí hasta que tuvo su orgasmo, con un gemido contenido sobre mi hombro. Al desplazar su peso, acomodó su cabeza en la curva de mi brazo. Nuestros pies se retorcían juntos. Sentí elevarse mi cuerpo sobre una marea creciente de sueño. Mientras la inconsciencia me envolvía, me preguntaba si así sería sentir la muerte.

Desperté sola en la oscuridad, una sábana me arropaba en el sofá. Estaba fascinada con la cantidad de horas que había dormido: ella debió andar en puntas de pie todo el día por el departamento. No la culpo por haberse ido a la cama al final. El sofá no era un buen lugar para una buena noche de sueño, como me lo estaban recordando el dolor en la cadera y la rigidez en mi cuello. En el pasado cuando trabajaba en turnos rotativos, Naomi llegaba a casa de la escuela a las cuatro en punto todos los días, nunca tenía la seguridad de si estaría despierta, ansiosa por hablar o profundamente dormida por haber trabajado toda la noche. Le enseñé que me dejara como me encontrara, que siguiera con su propia rutina cualquiera fuera el cronograma que yo llevara.

Me alegraba tener tiempo para mí. Envuelta en la sábana, me levanté y caminé con sigilo hacia el baño. Me detuve en la puerta de su dormitorio para asegurarme de que realmente estuviera allí. Distinguí su figura cálida en la cama, escuché el sonido gracioso de su ronquido. Resistí el impulso de acurrucarme a su lado como un cachorro. Ahora que mi mente estaba descansada, alerta y en calma, debía ordenar mis pensamientos antes de que habláramos otra vez. Cerré la puerta para que no la despertaran mis movimientos.

Tomé una ducha de agua fría, para escurrir el sudor y la preocupación de los últimos dos días. Evité tocarme el seno, no levanté el brazo muy alto: los gestos que me habían permitido ocultarme la verdad por quién sabe cuántos meses. Estaba mucho más feliz entonces, sin saberlo. Pero mi ignorancia no detuvo el progreso de las células rebeldes, que se dividían y multiplicaban sin sentido, lo supiera yo o no. Si Mildred Solomon hubiera permanecido escaleras abajo, ¿cuánto tiempo habría tardado en darme cuenta de que la metástasis había ulcerado mi seno?

Todavía culpaba de mi cáncer a Mildred Solomon por su ambición egoísta, todavía maldecía a los rayos X por causarme ese tumor, pero tenía que reconocer que fue su arribo al quinto piso lo que me estimuló a descubrir lo que hicieron conmigo. Si no hubiera encontrado el artículo del doctor Feldman, ¿a qué tamaño hubiera crecido el tumor antes de que yo lo palpara? Hubiera pasado el momento para la cirugía, tengo que admitirlo. Me hizo doler la cabeza equiparar ambos pensamientos: tenía que agradecerle a Mildred Solomon por revelar el cáncer que ella misma provocó.

El espejo del baño reflejó mi cuerpo. Dejé que mis manos siguieran las curvas y las cavidades, las rellenaba y las vaciaba, el lustre de mi piel suave mostraba cada hoyuelo e imperfección, cada redondez y cada pincelada rosada. Imaginé las cicatrices después de la cirugía: una banda de suturas cruzando mi pecho. Me vería como el monstruo de Frankenstein. Entonces, como si estuviera parada detrás de mí y hablara por encima de mi hombro, la voz de Naomi apareció de repente en mi cabeza diciendo no, un monstruo no: una guerrera amazona. Era ridículo, pero la idea hizo que irguiera mi espalda. ¿Por qué no dejar que ella le diera nombre? La realidad sería la misma de cualquier modo. Mi cuerpo ya había sacrificado tanto en nombre de la ciencia, sin razón. Esta vez, habría una recompensa por la carne que entregaba al cuchillo del cirujano: Rachel Rabinowitz viviría algún tiempo más.

Me gruñó el estómago y tuve que reírme de mi digestión; ignorante de su destino, le preocupaba solo el ahora. Me enfundé en una bata y fui a la cocina. Encendí la cafetera y pensé en ver si Naomi había conseguido leche en la tienda de comestibles. Hizo eso y más: el refrigerador abierto revelaba un tesoro de fiambres y ensaladas; una bolsa de papel sobre el mostrador contenía panecillos cubiertos de semillas de amapola. Comí sentada a la mesa de fórmica; con mis ojos seguía los remolinos de la madera mientras me deleitaba con el sabor y la textura de los alimentos en mi boca.

Llevé el café al balcón. El cielo estaba lo suficientemente oscuro como para mostrar algunas estrellas, pese a competir con el resplandor de las luces de la calle. Eso me puso de ánimo para filosofar, por eso contemplé un largo rato, mientras mi mente se entretenía con conceptos que entendía a medias, como la relatividad, la distancia y el tiempo. Que yo pudiera ver una estrella significaba que su luz había viajado desde los confines del universo para aterrizar, en esa noche, en ese momento, en mis ojos. ¿Una coincidencia fortuita o siempre estuvo en mi destino: se predijo hace un milenio que levantaría mi rostro en ese balcón de Coney Island? No, esa manera de pensar no era para mí. Como el señor Mendelsohn, no creía en el destino ni en la fortuna. Otras personas encontraban consuelo imaginándose a Dios manipulando los hilos de sus vidas, pero me volvería loca tratando de comprender sus motivos inescrutables para todo.

En los meses venideros, habría fuera de mi control, pero había cosas que podía esperar. Mudarnos de regreso a Village para empezar. No habría tiempo, antes de la cirugía, para que Naomi vendiera ese lugar, pero ella y yo podríamos tomar un día para ir a ver apartamentos alrededor de Washington Square, hacer el depósito por un lugar con mucha iluminación y agua que no fuera marrón. Nos mudaríamos apenas me sintiera bien. Nuestros viejos amigos comenzarían a visitarnos de nuevo, las dos estaríamos libres de ser nosotras mismas en su presencia. Iríamos a nuestros restaurantes favoritos y el cliente ocasional de la calle no tendría idea siquiera del verdadero significado de las tantas mesas ocupadas por parejas de mujeres. Pasearíamos por las aceras estrechas, en busca de esas parejas de hombres caminando apenas separados, con el dorso de sus manos tocándose como si fuera por accidente. Cuando el tío de Naomi se mudó a Florida me había convencido de que era una buena idea mudarse hasta aquí y tengo que admitirlo, el dinero que ahorramos nos será útil ahora, pero ella sabía lo que significaba para mí, llegó a darse cuenta lo que significaba para ella, también: saber que no estábamos solas en el mundo.

Había algo más que estuve posponiendo por mucho tiempo. Después de que nos mudáramos, una vez que recuperara mis fuerzas, me gustaría visitar a mi hermano en Israel. Sabía que a Naomi no le agradaría que estuviese tan lejos, pero tendría que dejarme aprovechar la oportunidad de ver a Sam, a Judith y a Ayal antes que fuese demasiado tarde. Deseaba conocer a esa mujer que era mi hermana, sentir el peso de mi sobrino en mi regazo. Pensé en el muro que habían construido alrededor de los kibutz, con alambre de púas en la parte superior, y patrullados por soldados: mujeres y hombres. Esperaba que la paz llegara pronto. Me molestaba pensar en Ayal creciendo detrás de unos muros como crecimos nosotros. Sam, mejor que nadie, debía saber que ningún niño debería crecer de esa manera.

Imaginaba que volvería al trabajo después de eso, aunque supe, apenas el pensamiento cruzó mi mente, que jamás podría volver al Hogar de Ancianos Judíos, ni siquiera por un último turno. No temía que descubrieran lo que le hice a Mildred Solomon: al conocer las rutinas y las normas, estaba segura de que jamás sospecharían de mí. Hasta podía imaginarme frente a Gloria y a Flo de nuevo. Después de todo, ¿no tenía práctica ya en contarles falsedades? No, era más sencillo que eso. Estaba cansada de los hogares. Al contrario, buscaría un puesto en un consultorio, como lo hiciera Betty con el doctor Feldman: más papeleo que cuidado de pacientes, nada del trabajo pesado de movilizarlos de la cama. Deseaba poder contar la verdad sobre mí así no tendría que perder mis energías en mentiras, pero una palabra en falso podía arruinarnos a Naomi y a mí. Era algo tan insignificante decir compañera de apartamento o amiga, en lugar de amante o esposa. Trataría de que no me pesara tanto.

Las estrellas estaban empezando a desaparecer a medida que la oscuridad le aflojaba el puño al cielo. Un motor esperaba en la calle más abajo mientras la pila de periódicos de la mañana caía sobre la acera frente a nuestro edificio. El portero saldría pronto, agarraría la pila, cortaría la cuerda, caminaría por los pasillos y dejaría caer las noticias en nuestras entradas. Miré hacia la figura de la rueda de la fortuna que emergía y proyecté mi mente al futuro. El doctor Feldman dijo que la operación podía conseguirme cinco años, quizá más. Me juré que los viviría bien.

Entré y puse a hacer más café. Ya era tiempo que le contara a Naomi todo, sin esperar la mañana. Llevé dos tazas a la habitación, las ubiqué en la mesa de noche, acaricié su brazo para despertarla.

—¿Qué hora es? —murmuró, mientras se sentaba.

—Es temprano. Hice café.

—Puedo olerlo.

Encendió la luz y acercó el borde del pocillo a sus labios, sopló antes de tomar un sorbo. Nos miramos: yo, limpia y tersa; ella, desaliñada por el sueño. Aún parecía un milagro tenerla de vuelta otra vez. Cuando nuestras tazas estuvieron vacías, respiré hondo. No evitaría más las lágrimas que estaban contenidas hoy.

—Naomi, tengo que hablarte sobre algo.

—¿De qué se trata? ¿Algo anda mal? —mi tono de voz debió alertarla.

La palabra «cáncer» se me quedó atrapada en la garganta, esa C dura se me quedó atorada como un hueso que me había atragantado. Forcejeé para sacarla, con un tartamudeo como el del señor Bogan. Me las rebusqué con algo que tomara el lugar de la palabra que quería decir, algo que estuviera a la altura de la preocupación en sus ojos.

—Colorado —dije, para volver a evitarla una vez más—. ¿Recuerdas cuando hui del hogar, a Colorado?

—Claro —frunció el entrecejo, preguntándose, sin duda, a dónde iba esta conversación.

—Hay algo que jamás te conté sobre eso —habían pasado tantos años que era posible que ya no importara y aun así sentí esa ola de vergüenza—. Cuando tomé tu dinero, no sabía nada sobre mi cuenta. No tenía idea de que te devolverían el dinero. La verdad es que lo robé. Te robé a ti.

Naomi me contempló por un rato largo, como si tratara de desentrañar el rostro en un cuadro de Picasso.

—Jamás quise creer eso, pero quizá siempre lo supe. Quiero decir, eso es lo que pensé al principio, y me hizo sentir muy horrible, como que me usaste y luego te deshiciste de mí cuando terminaste. Me sentí tan mal por mí como por ti. Pero cuando la enfermera Dreyer arregló que me devolvieran el dinero, era lo único que tenía sentido, pensar que fue tu intención todo el tiempo. Quiero decir, era lo único que coincidía con lo que sentía por ti, con lo que yo pensaba que sentías por mí.

—Coincidía, más de lo que yo pensaba. Vuelvo la mirada al pasado ahora y es como si viera una versión hipnotizada de mí. Estaba tan desesperada por encontrar a Sam, por encontrar a mi familia, que bloqueó todo lo demás. Inclusive a ti.

—Entonces, cuando volviste, debiste haber esperado que yo estuviera enfadada contigo.

—Pensaba que jamás me perdonarías. Pensaba que había arruinado cualquier oportunidad de estar contigo.

—Pero volviste de todos modos —rellenó la palma de su mano con mi cabeza desnuda—. Eso fue muy valiente de tu parte.

¿Cuánto más podía confesar en esa conversación? En vez de explicar la coincidencia fortuita de cómo llegué a estar en el carrusel en ese momento aquel día, solamente asentí en silencio.

—Te hubiera perdonado, lo sabes, si solo lo hubieras pedido.

—Pero nunca lo hice. Dejé que creyeras una mentira todos estos años.

—No es demasiado tarde, ¿cierto? Pídemelo ahora.

—Naomi, lamento haber robado tu dinero. Lamento haberte mentido. Por favor, perdóname.

Sonrió y me besó.

—Concedido. Ahora, ¿hay más café? ¿O había algo más de lo que deseabas hablar?

Estaba tomando aire cuando escuché el golpe seco del periódico que golpeó la puerta de nuestro apartamento.

—Solo un minuto, quiero verificar algo.

Salí corriendo a buscar el periódico, encontré el horario de salida del sol, miré el reloj. Faltaba menos de una hora. Sería mi último indulto antes de contarle todo.

Volví a la habitación y la tomé del brazo.

—Escúchame, continuaremos hablando más tarde, pero quiero que te levantes. Quiero que vengas a la playa conmigo.

—¿A la playa? Pero está oscuro todavía.

—No, no es así, está clareando. Quiero ver el amanecer. ¿Por favor?

—¿Por qué solo no vienes a la cama? —retiró las sábanas, invitándome a entrar. Cualquier otro día, me hubiera tentado.

—Este amanecer será mi regalo de cumpleaños, ¿de acuerdo? Es todo lo que quiero.

Naomi hizo puchero.

—Eso no es justo, me estás sobornando.

—Lo sé —la saqué de la cama y la empujé hacia el baño—. Solo ponte algo rápido. —Me cambié la bata por unos pantalones cortos y una camiseta, ni siquiera me preocupé por la peluca—. Tenemos que apurarnos.

Podíamos ver bastante bien un amanecer nítido, la luz plateada que aparece antes que el sol lo anuncia como un pregonero. El paseo marítimo estaba desierto. Se escuchaba el golpeteo de nuestras sandalias sobre los tablones y en la escalera hacia la playa. Descalzas ahora, la arena recién rastrillada se nos filtraba a través de los dedos. Nos sentamos cerca del agua, el horizonte era una línea distante. La ola de calor había cedido y el aire que llegaba del océano era fresco. Ni pensé en tomar un abrigo.

—Ten, compartamos el mío —dijo ella.

Cada una metió un brazo en cada manga y el tejido de algodón se estiró por la espalda de las dos.

El planeta giró hacia el sol como lo hace siempre. Nosotras yacíamos sobre la arena mientras los colores se apoderaban del cielo: primero el rosado, luego el lavanda y, por último, el azul.

Agradecimientos

VAYA UN AGRADECIMIENTO SINCERO A ART BERMAN, NEIL Connelly, Catherine Dent, Misun Dokko, Anna Drallios, Margaret Evans, Marie Hathaway, Alex Hovet, Stephanie Jirard, Helen Walker, Karen Walborn, Petra Wirth y Rita van Alkemade por leer y responder los borradores de esta novela. Esta historia no hubiera existido sin la inspiración de Víctor Berger, mi difunto abuelo, quien creció en el *Hebrew Orphan Asylum* [Asilo de Huérfanos Judíos] de Nueva York, y de Fannie Berger, su madre, quien trabajó allí como celadora en la casa de recepción. También, estoy en deuda con Florence Berger, mi abuela, la guardiana de nuestra historia familiar; con Leona Ferrer, la coordinadora de divulgación de información de la Asociación Judía de Cuidados Infantiles; con Susan Breen y Paula Munier de la *Algonkian Pitch Conference*; con Jeff Wood de Whistlestop Bookshop; y con la Universidad Shippensburg de Pensilvania. Estoy profundamente agradecida con todos en William Morrow, en especial con Tessa Woodward, sin cuya orientación esta novela no sería lo que es hoy.

Referencias

A CONTINUACIÓN, SE encuentran algunas de las fuentes —libros, museos, archivos—, que inspiraron y documentaron *La huérfana número 8*.

Abrams, Jeanne E. *Jewish Denver 1859–1940*. Chicago: Arcadia Publishing, 2007.

Beloff, Zoe, Ed. *The Coney Island Amateur Psychoanalytic Society and Its Circle*. Nueva York: Christine Burgin, 2009.

Bernard, Jaqueline. *The Children You Gave Us: A History of 150 Years of Service to Children*. Nueva York: Asociación Judía de Cuidados Infantiles, 1973.

Blair, Edward. *Leadville: Colorado's Magic City*. Boulder, CO: Fred Pruett Books, 1980.

Bogan, Hyman. *The Luckiest Orphans: A History of the Hebrew Orphan Asylum*. Chicago: University of Illinois Press, 1992.

Caprio, Frank S., M.D. *Female Homosexuality: A Psychodynamic Study of Lesbianism*. Nueva York: Citadel Press, 1954.

Colección del *Hebrew Orphan Asylum*, Archivos de la *American Jewish Historical Society* y del *Center for Jewish History*, 15 West Sixteenth Street, Nueva York, NY.

Donizetti, Pino. *Shadow and Substance: The Story of Medical Radiography*. Nueva York: Pergamon Press, 1967.

Emerson, Charles Phillips, M.D. *Essentials of Medicine: A Text-book of Medicine for Students Beginning a Medical Course, for Nurses, and for All Others Interested in the Care of the Sick*. Filadelfia: J. B. Lippincott Company, 1925.

Exhibición: *Gilded Lions and Jeweled Horses: The Synagogue to the Carousel* [Leones dorados y caballos decorados con piedras preciosas. De la sinagoga al carrusel]. American Folk Art Museum, 45 West Fifty-third Street, Nueva York, NY. 2 febrero 2008.

Friedman, Reena Sigman. *These Are Our Children: Jewish Orphanages in the United States, 1880–1925*. Hanover: Brandeis University Press, 1994.

Grodin, Michael A. y Leonard H. Glantz. *Children as Research Subjects: Science, Ethics, and the Law*. Nueva York: Oxford University Press, 1994.

Hales, Carol. *Wind Woman*. Nueva York: Woodford Press, 1953.

Hess, Alfred F., M.D. *Scurvy Past and Present*. Filadelfia: J. B. Lippincott, 1920. Disponible en la Internet a través de *HathiTrust Digital Library*.

Howe, Irving. *World of Our Fathers: The Journey of the East European Jews to America and the Life They Found and Made*. Nueva York: Harcourt Brace Jovanovich, 1976.

Jessiman, Andrew G., M.D. y Francis D. Moore, M.D. *Carcinoma of the Breast: The Study and Treatment of the Patient*. Boston: Little, Brown and Company, 1956.

Jewish Consumptives Relief Society Collection [Sociedad de ayuda a judíos con tuberculosis] (colección), Beck Archives, University Libraries, Universidad de Denver, Denver, CO.

Archivos de *Lesbian Herstory Archives* [Historia Lésbica], 484 Fourteenth Street en Brooklyn, NY.

Lower East Side Tenement Museum [Museo sobre la historia de los edificios de apartamentos en Lower East Side], 103 Orchard Street, Nueva York, NY.

Mould, Richard F. *A Century of X-rays and Radioactivity in Medicine: With Emphasis on Photographic Records of the Early Years*. Filadelfia: Institute of Physics Publishing, 1993.

Museo de la Ciudad de Nueva York, 1220 Fifth Avenue, Nueva York, NY.

New York Academy of Medicine Library, 1216 Fifth Avenue at 103rd Street, Nueva York, NY.

Nyiszli, doctor Miklos. *Auschwitz: A Doctor's Eyewitness Account*. 1960. Prólogo de Bruno Bettelheim 1960. Transcrip. Richard Seaver 1993. Nueva York: Arcade Publishing, 2011.

The Unicorn Book of 1954. Nueva York: Unicorn Books, 1955.

Wesley, J. H., M.D. "The X-Ray Treatment of Tonsils and Adenoids." *The Canadian Medical Association Journal* 15.6 (June 1925): 625–627. Disponible en Internet a través de *PubMed Central*.

Yezierska, Anzia. *Bread Givers*. 1925. Nueva York: Persea Books, 1999.

Postdata

Sobre la autora

Sobre el libro

Pensamientos,
entrevistas
y más

Conoce a Kim van Alkemade

KIM VAN ALKEMADE nació en la ciudad de Nueva York y pasó su infancia en el suburbio de Nueva Jersey. Su difunto padre, un inmigrante de los Países Bajos, conoció a su madre, descendiente de judíos inmigrantes de Europa Oriental, en el edificio Empire State. Kim asistió a la universidad en Wisconsin, donde obtuvo un doctorado en inglés de UW Milwaukee. Es profesora en la Universidad Shippensburg y vive en Carlisle, Pensilvania. Sus ensayos creativos sobre obras de no ficción se han publicado en revistas literarias, incluidas *Alaska Quarterly Review, So To Speak* y *CutBank*. *La huérfana número 8* es su primera novela. ∾

Las verdaderas historias que inspiraron *La huérfana número 8*

Se aprueba la moción para la compra de pelucas

En julio de 2007, llevaba adelante una investigación sobre la familia en el *Center for Jewish History* en la ciudad de Nueva York, y examinaba con cuidado algunos materiales que había solicitado de los archivos de la *American Jewish Historical Society*. La idea de escribir una novela histórica era lo más alejado de mi mente cuando abrí la caja 54 de la colección del Asilo de Huérfanos Judíos y comencé a hojear las actas de las reuniones del comité ejecutivo.

Las actas ofrecían una mirada íntima a las operaciones diarias de un orfanato que, en la década de 1920, era una de las más grandes instituciones de cuidado infantil en el país y que alojaba más de 1200 niños en el edificio enorme de Amsterdam Avenue. El 9 de octubre de 1921, el comité ▶

El Hogar de Huérfanos Judíos está inspirado en el verdadero Asilo de Huérfanos Judíos de Manhattan. Inaugurado en 1884, ocupaba dos manzanas hasta que fue demolido en la década de 1950. En la actualidad, es el sitio del Parque Jacob Schiff Playground. Fotografía de la colección de la autora.

autorizó 200 dólares (más de 2000 dólares al valor actual) para vestir a los niños para el Concurso de Americanización [en inglés: *Pageant on Americanization*]. El tema de los instrumentos para la banda demandó bastante atención del comité ejecutivo: en octubre de 1922, se pospuso la decisión de cambiar los instrumentos de agudos a graves; en abril de 1923, aprobaron 3500 dólares para equipar a la banda con instrumentos graves; en enero de 1926, se informó al consejo del robo de los nuevos instrumentos para la banda. También, la sífilis era una preocupación, por lo que en enero de 1923, el comité instruyó al supervisor general a trabajar con el médico con respecto a los casos de sífilis; para octubre de 1926, se diagnosticaron diecinueve casos de sífilis en el orfanato, catorce de ellos en las niñas.

Sin embargo, una moción propuesta el 16 de mayo de 1920 fue la que captó mi atención y se transformó en la inspiración de *La huérfana número 8*. Ese día, el comité aprobó la compra de pelucas para ocho niñas que habían desarrollado alopecia como

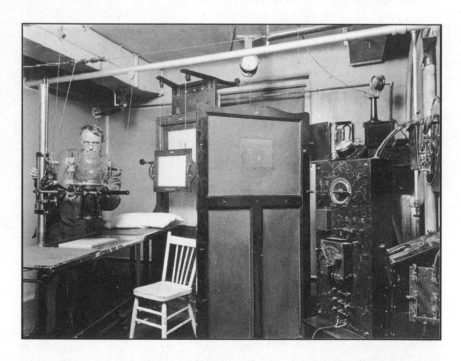

Mi descripción de la sala de rayos X en el Hogar de Niños Judíos está inspirada en esta fotografía de 1919 de la sala de rayos X del Vancouver General Hospital, *en donde no se realizó ninguna investigación médica que involucrara niños. Cortesía de* Vancouver Coastal Health.

consecuencia de los tratamientos de rayos X que habían recibido en el *Home for Hebrew Infants* [Hogar para Infantes Judíos] ordenados por la doctora Elsie Fox, una graduada de la facultad de medicina de *Cornell Medical School*. Surgieron muchas preguntas en mi mente. ¿Quién fue esa mujer que administró los rayos X? ¿Por qué el orfanato tenía una máquina de rayos X y de qué trataban a las niñas? ¿Qué podría haberle ocurrido a una de esas niñas calvas después de crecer en el orfanato? ¿Cómo habría influenciado eso el curso de su vida?

Luego recordé una historia que mi bisabuela, Fannie Berger, solía contar sobre el periodo en que trabajó como celadora en la casa de recepción del Asilo de Huérfanos Judíos. La había contratado el supervisor general en enero de 1918, cuando fue al orfanato a entregar a sus hijos a la institución, después de que su esposo se fugara. Uno de los trabajos de Fannie era afeitarles las cabezas a los niños recién ingresados como prevención contra los piojos. Era una tarea que le desagradaba, pero una vez se negó a hacerla. ▸

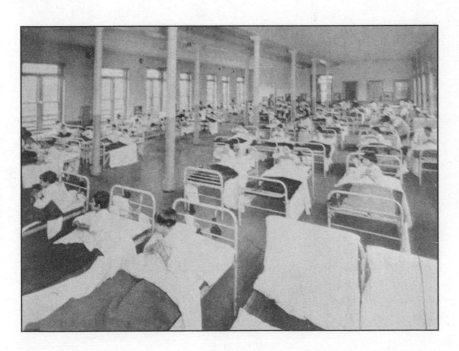

El dormitorio de Rachel en el Hogar de Niños Judíos está inspirado en esta fotografía de uno de los dormitorios del Asilo de Huérfanos Judíos. Cortesía de la New York Academy of Medicine Library.

Cuando era niña, solíamos ir hasta Brooklyn en automóvil mi madre, mi padre, mi hermano y yo, para visitar a mi abuela Fannie. A menudo la encontrábamos en un banco fuera del edificio, conversando con otras ancianas. Arriba en su pequeño apartamento, nos sentábamos un poco incómodos en el sofá cama mientras la visitábamos: ahora no puedo imaginarme que un niño tenga la paciencia para pasar una tarde entera así. Recuerdo que Fannie contaba una historia sobre la vez que una niña con un cabello hermoso ingresó al orfanato. Quizá mi imaginación más que mi memoria hizo que esa cabeza en particular fuera de un cabello notablemente rojo. Fannie estaba tan impresionada con el cabello de esa niña que se negó a afeitárselo y llevó su queja al supervisor general, que finalmente permitió que lo conservara. Para mi abuela, fue un momento único de valor: su negativa a afeitar la cabeza de una niña.

En el *Center for Jewish History*, mientras leía sobre los niños que habían recibido los tratamientos de rayos X en el Asilo de Huérfanos Judíos, me preguntaba si esas niñas calvas estuvieron al

El equipo de béisbol del Asilo de Huérfanos Judíos, hacia 1920. Mi abuelo Víctor está sentado en frente de su hermano Seymour, «fortaleza» del equipo. Fotografía de la colección de la autora.

cuidado de mi bisabuela cuando llegó a la recepción esta otra niña, la de cabello tan magnífico como para que Fannie desafiara la autoridad para preservarlo. Imaginé que el contraste entre esas dos niñas aumentaría la rivalidad, el cabello mismo se convertiría en su campo de batalla. Ese fue el momento en que concebí a Rachel y a Amelia, y con ellas comenzó a surgir la idea de una novela.

Contratista de blusas

Existe cierto misterio con respecto a la desaparición de mi bisabuelo Harry Berger, contratista en la industria de las blusas, quien había nacido en Rusia en 1884 y arribado a Nueva York en 1890. En la ficha de ingreso al orfanato, está escrito el comentario: «El padre tiene tuberculosis y ahora se encuentra en Colorado con su hermano», que da la impresión de que la enfermedad y la incapacidad de trabajar fueron los motivos por los que Harry decidió abandonar a su esposa y a sus tres hijos pequeños. Pero la historia que recuerdo haber escuchado es que Harry había embarazado a una joven italiana; cuando su familia amenazó con echarla de la casa, Harry le pidió a su esposa si la muchacha ▸

Imaginé que Rabinowitz Dry Goods se parecería mucho a Isaac's Hardware Store en Leadville, Colorado. Cortesía de Beck Archives, Colecciones Especiales, University Libraries, Universidad de Denver.

podía vivir con ellos. Fannie se negó, pero no se había preparado para que Harry se marchara. Décadas más tarde, cuando sufría demencia senil, desde su cama en la residencia de ancianos, Fannie revivió el día cuando él se marchó, rogándole al fantasma de su esposo: «No te vayas, Harry. Piensa en los muchachos. Guarda la maleta, superaremos esto».

No pudieron. Harry huyó a Leadville, Colorado. Fannie no podía volver a casa de sus padres porque había desafiado a su padre al casarse con Harry, a diferencia de la hermana obediente de Fannie, a quien su padre había casado con un tío rico. Después de que Harry se marchó, Fannie vendió las posesiones de la familia por un total de 60 dólares. En su desesperación, ella podría haber entrado en la prostitución: muchas madres abandonadas lo hacían en ocasiones, o tratar de subsistir de la caridad. En cambio, fue al Asilo de Huérfanos Judíos, como miles de padres antes que ella, quienes por motivos de muerte, abandono o enfermedad no podían cuidar a sus hijos.

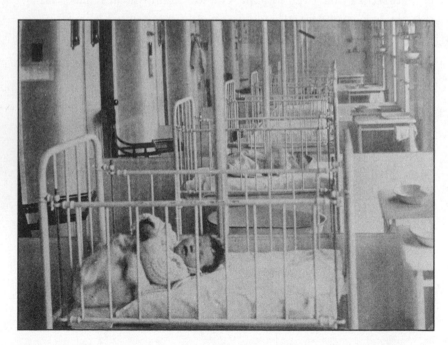

El Hogar de Niños Judíos, donde la doctora Solomon condujo su investigación, estuvo inspirado en el verdadero Hebrew Infant Asylum. Esta fotografía muestra a los bebés encerrados en las salas de cristal en el pabellón de aislamiento. Cortesía de la New York Academy of Medicine Library.

Como muchos residentes del orfanato, mi abuelo Víctor y sus hermanos, Charles y Seymour, no eran realmente huérfanos y, ciertamente, no estaban disponibles para la adopción. Lo que era inusual era que su madre terminara viviendo en la institución en la que los ingresara. En 1918, el orfanato estaba experimentando una escasez grave de ayuda. Con tantos hombres en el ejército, las mujeres tuvieron mayores oportunidades de empleo, lo que hacía a los trabajos en el orfanato —con poca paga, muchas horas y requisitos de residencia— poco atractivos. A pesar de que Fannie siempre dijo que fue un milagro que el supervisor general le ofreciera un puesto el mismo día que admitió a sus hijos en la institución, también es verdad que su pobreza y su desesperación por estar cerca de sus hijos la hicieron una candidata ideal.

Cuando Fannie comenzó a trabajar en el orfanato como doméstica de la casa de recepción, Charles solo tenía tres años: demasiado joven para el Asilo de Huérfanos Judíos. Fue enviado al *Hebrew Infant Asylum* [Asilo de Niños Judíos], donde pronto contrajo sarampión. Cuando Fannie iba a visitarlo, no tenía permitido entrar al pabellón, solo podía pararse en el pasillo a escuchar sus gritos. Cuando Charles se recuperó, Fannie amenazó con renunciar, a menos que permitieran que su hijo viviera en la casa de recepción con ella. Después de que Charles creciera lo suficiente para unirse a sus hermanos en el edificio principal, Fannie recibió una promoción a celadora y sus responsabilidades incluían ayudar a procesar las nuevas admisiones. Cada niño entregado al orfanato pasaba semanas en cuarentena en la recepción. Además de que les afeitaran sus cabezas, un doctor examinaba su estado físico y mental, los evaluaban en busca de difteria, los vacunaban y examinaban sus ojos y su dentadura, luego los enviaban a cirugía para quitarles las amígdalas y las adenoides. Mi bisabuela Fannie a menudo dejaba a los niños traumatizados llorando en sus brazos hasta que se dormían durante la noche.

El siempre tan eficiente muchacho del hogar

Incluso antes de mi descubrimiento en el *Center for Jewish History*, quise conocer todo lo que pudiera sobre la entidad donde había crecido mi abuelo Víctor; una institución tan grande que tenía su propio distrito del censo. Leí *The Luckiest Orphans* [Los huérfanos más afortunados], la historia más detallada del *Hebrew Infant Asylum* jamás escrita, y aprecié tanto la perspectiva que me brindó sobre la ▶

Fannie y Víctor en el Asilo de Huérfanos Judíos. Fotografía de la colección de la autora.

infancia de mi abuelo, que escribí al autor, Hyman Bogan, una carta de agradecimiento. Al parecer, no solía recibir correo de admiradores. Me quedé maravillada cuando respondí el teléfono una tarde en 2001 y escuché la voz extraña de un hombre que decía: «¿Hablo con Kim? Usted me escribió sobre mi li-li-libro». Hy me contó luego que su tartamudez había comenzado después que recibiera una bofetada en su primer día en el orfanato.

Le pregunté si podría reunirme con él en Nueva York para entrevistarlo y estuvo encantado con la propuesta. Juntos recorrimos el parque Jacob Schiff en Amsterdam Avenue, donde el enorme orfanato se erigió alguna vez. Muchas de las descripciones ficticias de la vida en el Hogar de Huérfanos Judíos se inspiraron en los relatos y recuerdos de Hy. Gracias a él, pude imaginar la vida de Rachel en el orfanato, de los clubes y bailes a la soledad y el acoso.

Mi investigación sugiere que mi abuelo Víctor se lucía en el Asilo de Huérfanos Judíos. Cuando era un alumno avanzado de la escuela secundaria, llegó a ser capitán asalariado, un puesto por debajo del de celador, así como vicepresidente del consejo de varones, miembro del comité del baile de disfraces, secretario de la Sociedad de la Serpiente Azul y miembro del equipo de básquetbol universitario. Para *The Rising Bell*, la revista mensual del orfanato, era «un joven gerente de negocios ajetreado». Al graduarse de DeWitt Clinton School, elogiaron a Vic por su «determinación» y «personalidad agradable», y predijeron un «futuro brillante en el mundo exterior» para ese «siempre tan eficiente muchacho del hogar». A pesar de que apenas hablaba de su infancia en el orfanato, expresaba su gratitud por la institución en la que vivió de los 6 a los 17 años.

Sin embargo, supe que había otro lado en los recuerdos de la infancia de Víctor. En 1987, mi papá se perdió; por dos meses, no tuvimos ni idea de su paradero. Cuando Víctor dijo: «Quiero hablarte de tu padre», esperaba las mismas tonterías optimistas que había estado escuchando por semanas: que todo saldría bien, lo valiente que era, lo fuerte que era. No podía estar más errada. «Tu padre los abandonó. Solo olvídalo de ahora en más». Sabía que la actitud de Víctor era descolocada: si de algo estábamos seguros era de que mi padre no había huido para comenzar una nueva vida en algún otro lugar, pero mi abuelo había llamado mi atención. «Mi padre nos abandonó, también, cuando mis hermanos, tus tíos Seymour y Charles, y yo solo éramos unos niños pequeños». Entonces lo comprendí. Víctor estaba ofreciéndome un consejo, de un huérfano a otro, de cómo un niño supera la vida sin un padre: solo olvídate de él.

«Recibimos una carta de mi padre una vez, ¿sabías eso?». Eso fue una novedad para mí. Siempre asumí que mi bisabuelo se había esfumado, con paradero desconocido. Hasta que comencé a investigar la historia familiar, ni siquiera conocía su nombre. «Cuando tu abuela Fannie trabajaba en la casa de recepción del orfanato, solíamos visitarla los domingos, mis hermanos y ▶

El comedor del Hogar de Huérfanos Judíos, donde se celebraba el baile de Purim, inspirado en esta fotografía de la cena del Día de Acción de Gracias en el Asilo de Huérfanos Judíos. Cortesía de la New York Academy of Medicine Library.

yo. Una vez, nos leyó la carta que había recibido de California, contando que nuestro padre estaba enfermo y si podíamos enviarle dinero para su tratamiento. Nos preguntó qué debía hacer. Le respondimos que no enviara ni un centavo. Unos meses después recibimos otra carta que decía que había muerto y si podíamos enviar dinero para una lápida. Mis hermanos y yo dijimos que no. Él nos abandonó, como lo hizo tu padre. No le debíamos nada y tú tampoco. Recuerda eso».

Lo que más me sorprendió, aparte de la revelación de las cartas, fue el enojo de Víctor. Irradiaba de él, como el calor elevándose del asfalto. Habían pasado setenta años y aún estaba enojado con su padre por dejarlo huérfano. En abril, la nieve derretida expondría el cuerpo de mi padre y revelaría que era la hija de un suicida, un desenlace que había sospechado todo ese tiempo. Seguro que eso era diferente a la manera en que Harry Berger había dejado a su familia. Pero nos abandonaron, Víctor y yo éramos niños abandonados por sus padres.

En lugar de seguir el consejo de mi abuelo de olvidar, por el contrario, me volví intensamente curiosa por saber más. Comencé a investigar la historia de mi familia, para conocer todo lo que pudiera sobre Harry Berger, el hombre que abandonó a su esposa y que la obligó a entregar a sus hijos al Asilo de Huérfanos Judíos. Al final, esa investigación condujo a los descubrimientos que me inspiraron a escribir *La huérfana número 8*.

Esta fotografía muestra a los pacientes que sufrían de tuberculosis siendo tratados con la helioterapia en la Jewish Consumptives' Relief Society, mi inspiración para el Hospital para Judíos con Tuberculosis. Cortesía de Beck Archives, Colecciones especiales, CJS and University Libraries, Universidad de Denver.

Las condiciones entre los animales

El tema que quedaba pendiente era sobre la mujer que había llevado a cabo los tratamientos con los rayos X que dejaron calvos a los niños. La doctora Mildred Solomon es un personaje por completo imaginario, a diferencia de su colega en la novela, el doctor Hess. Este está inspirado en el verdadero doctor Alfred Fabian Hess, que era un médico residente del *Hebrew Infant Asylum* en la época en que está basada mi novela y donde condujo investigaciones en enfermedades nutricionales de la infancia, incluso raquitismo y escorbuto. Su pabellón de aislamiento infantil fue elogiado en 1914 en un artículo del *New York Times,* que afirmaba que «la gran ventaja de los muros de cristal» era que «ni la enfermera ni el doctor debían hacer muchas visitas a los niños bajo su cuidado».

En la novela, el diálogo de mi personaje está inspirado en los escritos del propio doctor Hess; de hecho, el fragmento que Rachel lee en la biblioteca médica es una cita textual. Y en efecto, estaba casado con la hija de Isidor e Ida Straus, que se ahogaron en el Titanic.

El verdadero doctor Hess a menudo era asistido por la señorita Mildred Fish, coautora de algunos de los estudios de nutrición y mi inspiración, junto con la doctora Elsie Fox, de la doctora Solomon. ▸

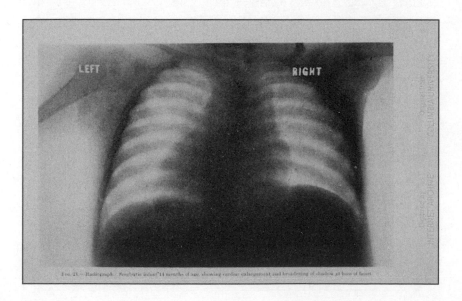

Radiografía de un bebé de 14 meses con escorbuto y un corazón agrandado, de Scurvy: Past and Present *by Dr. Alfred Hess (Philadelphia: Lippincott, 1920).*

Mi investigación me llevó hacia la *New York Academy of Medicine Library*, donde comencé a entender el personaje de Mildred Solomon más plenamente: las dificultades que habría atravesado, las presiones que soportaba, las metas a las que aspiraba. La confrontación de la doctora Solomon con Rachel brinda a la anciana la oportunidad de defender el trabajo de toda una vida y sus acciones.

A principios del siglo veinte, el campo médico se volvía más científico, y la investigación se privilegiaba cada vez más. Los descubrimientos asombrosos parecían justificar cualquier método que fuera necesario para lograr las vacunas y los tratamientos milagrosos, que conquistaran las enfermedades y relegaran sus condiciones, como el raquitismo y el escorbuto, a las páginas de la historia estadounidense. En la actualidad, se condena la ética de muchos de esos experimentos: la prueba de la vacuna de polio en niños de un orfanato; el estudio de sífilis sin tratar en prisioneros; la esterilización de personas en condiciones de pobreza o discapacitados intelectualmente. Por desgracia, la gente privada de derechos a menudo ha sido «material» para la experimentación médica.

Sin embargo, ahora parece imposible volver la mirada a experimentos como esos que condujeron la doctora Fox y el doctor

Pabellón del Hebrew Infant Asylum, alrededor de 1908. Cortesía de New York Academy of Medicine Library.

Hess, y no verlos a través del lente distorsionado del Holocausto. Al contarle a la gente de lo que se trata *La huérfana número 8*, he aprendido que decir las palabras «niños judíos» y «experimentos médicos» en la misma oración casi garantiza provocar un comentario sobre los nazis. Parecía inevitable que la propia Rachel, al volver la mirada sobre su infancia, hiciese la misma comparación y era justo permitirle a la doctora Solomon defenderse de la acusación.

Un muro que no pueden ver

Joan Nestle, cofundadora de los *Lesbian Herstory Archives*, fue a Milwaukee a brindar una conferencia cuando yo estaba en la facultad allí. Nos leyó, de los archivos, la carta de una mujer que había soportado la humillación y el miedo de una redada policial en un club de lesbianas en la década de 1950. Cuando imaginé la relación de Rachel y Naomi, al principio no había pensado más allá del reencuentro romántico en el carrusel. Pero a medida que desarrollaba la novela, me di cuenta de lo importante que era explorar la manera en que los personajes hubieran respondido a la época represiva en la que vivían. Como escribió una lesbiana en aquel momento: «Entre tú y otras amigas mujeres hay un muro que los demás no pueden ver, pero que es aparente para ti de una manera extraordinaria. La imposibilidad de presentar un rostro honesto a aquellos que conoces al final desarrolla una cierta deformación, que es perjudicial para cualquier rasgo básico que puedas poseer. Al estar siempre pretendiendo ser algo que no eres, pierdes de vista la importancia de las leyes morales».

En la década de 1950, la psiquiatría en Estados Unidos afirmaba que la homosexualidad era un desorden psicológico que se podía curar mediante el análisis y la terapia. La perspectiva científica dominante, como la expresa el doctor Frank Caprio en *Female Homosexuality: A Psychodynamic Study of Lesbianism* (Nueva York, Citadel Press, 1954), era que la homosexualidad se originaba en «una neurosis profundamente arraigada y sin resolver». Caprio explicó que: «Muchas lesbianas dicen que son felices y que no experimentan ningún conflicto con su homosexualidad, sencillamente porque han aceptado el hecho de que son lesbianas y de que continuarán viviendo su existencia como tal. Pero eso es solo superficial, una seudofelicidad. Básicamente, se sienten solas e infelices y temen admitirlo, se engañan creyendo que están libres de los conflictos mentales y de que están bien adaptadas a su homosexualidad». ▶

Postal de Photobelle W.I. Cortesía de la colección de fotografías del Lesbian Herstory Archives.

Como adultas, Rachel y Naomi habrían vivido con esa experiencia dual en su relación siendo invisibles (como compañeras solteronas) y peligrosas. Maestras y enfermeras lesbianas, en particular, temían perder sus empleos y su reputación. Vivir en Village habría ayudado a disminuir su aislamiento. Como observara Caprio de una manera útil: «El sector de Greenwich Village en Nueva York se ha conocido por muchos años como un centro de lesbianas y hombres homosexuales, donde tienden a congregarse, en particular, aquellos con talento artístico». Pero cuando Jacob, el tío de Naomi, les ofrece su apartamento sin cobrarles alquiler, la mudanza a Coney Island exacerba su sensación de aislamiento.

The Coney Island Amateur Psychoanalytic Society habría sido un grupo en el que la homosexualidad no se condenaba. La visita de Sigmund Freud en 1909 a Dreamland, Luna Park y a Steeplechase Park, lo condujo a confiar en su diario que «las clases más bajas de Coney Island no están tan sexualmente reprimidas como las clases cultas». La visita de Freud a Coney Island fue la inspiración para formar en 1926 la *The Coney Island Amateur Psychoanalytic Society*, que se reunía mensualmente y organizaba una noche al año el premio Dream Film: películas caseras con dramatizaciones de sueños significativos junto con la presentación del análisis de quien lo había soñado. Uno de ellos, *My Dream of Dental Irritation* [El sueño de mi molestia dental], de Robert Troutman, explora con franqueza el tema gay. Según Zoe Beloff, editora de la revista *The Coney Island Amateur Psychoanalytic Society and Its Circle* (Nueva York: Christine Burgin, 2009): «Troutman dice que se acercó a ese grupo de aficionados al psicoanálisis cuando era un adolescente que luchaba por aceptar su homosexualidad».

Como adultas, Rachel y Naomi habrían vivido y trabajado en una sociedad que denigraba y calumniaba su sexualidad. En el orfanato, no obstante, el entorno quizá haya sido más permisivo. Un hombre, al recordar sus años en el Asilo de Huérfanos Judíos, respondió en una encuesta de manera muy casual: «En cuanto a la homosexualidad, creo que había bastante ahí. En mi caso, masturbé a unos cuantos muchachos y ellos también a mí». Para las muchachas, los enamoramientos apasionados, que incluían notas de amor, confabulaciones por celos y demostraciones de afecto, eran comunes, aunque esas relaciones se entendían, en general, como sustituciones inmaduras de la atracción heterosexual que se esperaba que reemplazaran finalmente. A menos que, por supuesto, las muchachas eligieran de manera muy valiente «vivir su existencia como lesbianas».

— Kim van Alkemade ∽

El carrusel del parque de diversiones de Coney Island en la década de 1950. Los talladores judíos de Europa oriental creaban muchos de esos caballos. Primer plano de una fotografía de la colección de la autora.

Orientación para una lectura grupal de *La huérfana número 8*

1. ¿Se equivocó Harry Berger al huir? ¿Qué habría sido diferente si se hubiera quedado?

2. ¿Qué habría sido diferente si Rachel hubiera podido contarle a su amiga Flo la verdad sobre su relación con Naomi?

3. ¿Hizo mal la doctora Solomon al usar a Rachel para su estudio experimental de amigdalotomía con rayos X?

4. ¿De qué manera el Hogar de Huérfanos Judíos benefició a los niños que crecieron allí? ¿Cómo los afectó esa experiencia?

5. ¿Fue egoísta Sam al abandonar a Rachel en Leadville con su tío Max? ¿Por qué crees que Sam vuelve a abandonarla?

6. Si el doctor y la señora Abrams hubieran sabido que Rachel no era «natural», ¿crees que aun así habrían sido amables con ella?

7. ¿Qué piensas de la manera en que la señora Hong trata a Sparrow y a Jade?

8. ¿Es culpable la doctora Solomon de causarle el tumor a Rachel o se le debería agradecer por estimular que Rachel lo descubriera a tiempo para su tratamiento?

9. ¿De qué manera ha cambiado la actitud de los médicos sobre el tratamiento hacia las mujeres con cáncer mamario desde los tiempos del doctor Feldman?

10. ¿Justificarías a Rachel por haberle inyectado a la doctora Solomon una sobredosis de morfina para vengarse?

11. ¿Cómo crees que reaccionará Naomi cuando Rachel le cuente sobre el cáncer y la cirugía próxima?

12. En la novela, ¿qué otros muros han construido a su alrededor los personajes, entre ellos o en sí mismos?